Friederike
Das Glück ir

Montlake

Das Buch

Mia ist mit einem Kofferraum voller selbst getöpferter Becher auf dem Weg nach Spanien, um dort ein neues Leben anzufangen. Noch nie hat sie jemandem ihre Geschichte erzählt, und auch dem attraktiven Polizisten Sam, der ihr mitten im Schwarzwald bei Nacht und Nebel die Stoßstange abfährt, verheimlicht sie anfangs so einiges. Fasziniert von der jungen Frau quartiert Sam sie kurzerhand im bezaubernden Hotel Iris' Inn ein, bis ihr Auto repariert ist.

In vollen Zügen genießt Mia Sams Aufmerksamkeiten und das herzliche Willkommen von Gastgeberin Vera. Die gibt ihr das Gefühl, Teil einer großen bunten Familie zu sein und begeistert sich auch für Mias Töpfereien. Als Sam und Mia sich immer näher kommen, würde sie sich so gern fürs Hierbleiben und fürs Glück entscheiden. Doch so einfach ist das nicht, denn noch kennt niemand ihr Geheimnis …

Die Autorin

Mit ihrem ersten Liebesroman »Masche für Masche ins Glück« hat Friederike Hansmann ihre zwei größten Leidenschaften miteinander verbunden: das Schreiben und die Liebe zur Wolle. Am liebsten und besten schreibt sie in Cafés bei Kola und einem leckeren Stück Kuchen.

Die gebürtige Karlsruherin lebt heute mit ihrem Freund und ihren Stiefkindern in Celle. Hauptberuflich ist sie als Redakteurin und Projektmanagerin tätig.

Friederike Hansmann

DAS GLÜCK IN IHREN HÄNDEN

Roman

Montlake

Deutsche Erstveröffentlichung bei
Montlake, Amazon Media EU S.à r.l.
38, avenue John F. Kennedy, L-1855 Luxembourg
September 2022

Umschlaggestaltung: zero-media.net, München
Umschlagmotiv: © Rakpong Thongdet / EyeEm / Getty Images;
© 279photo Studio © Naticka © wrongorright / Shutterstock;
© Lumina / Stocksy United
Lektorat und Korrektorat: VLG Verlag & Agentur, Haar bei München,
www.vlg.de
Gedruckt durch:
Amazon Distribution GmbH, Amazonstraße 1, 04347 Leipzig /
Canon Deutschland Business Services GmbH, Ferdinand-Jühlke-Straße 7,
99095 Erfurt /
CPI books GmbH, Birkstraße 10, 25917 Leck

ISBN 978-2-49671-145-5

www.montlake.de

*Für alle, die sich ihre Familie
zusammenpuzzlen, wie es ihnen gefällt.*

Kapitel 1

Unsicher lenkte die junge Frau den Wagen die gewundene Straße entlang. Schon vor Stunden hätte sie sich einen Platz zum Schlafen suchen müssen, aber ihre knappe Reisekasse hatte sie dazu verleitet, so weit wie möglich Richtung Süden zu fahren. Jetzt bereute sie es. Aufgrund einer Vollsperrung hatte sie die Autobahn verlassen und über die Landstraße weiterfahren müssen. Dort war sie von einer Umleitung in die nächste geraten und nun wusste sie nicht mehr, wo sie war. Hätte sie doch bloß ein Navi gehabt! Doch das Auto war zu alt dafür und ihr Handyakku leer. Ein Sturm tobte seit Stunden und mittlerweile war es so spät, dass zusätzlich zu den dunklen Wolken und dem heftigen Regen auch noch die Dunkelheit der Nacht das Fahren erschwerte. Ein kräftiger Blitz erhellte für einen kurzen Moment die Finsternis. Als ein gewaltiger Donner direkt über ihr brach, zuckte sie erschrocken zusammen. Es ging nicht anders, sie musste so schnell wie möglich eine sichere Unterkunft finden. Bei diesem Wetter konnte sie sich nicht zum Schlafen, wie so oft, auf der Rückbank des Kleinwagens zusammenrollen. Im Auto war es zu gefährlich bei Unwetter. Zumindest sollte man nicht in einem Waldstück oder unter Bäumen parken – nur war sie mittlerweile irgendwo tief im Schwarzwald angelangt. Sobald sie einen Platz entdeckte, der einigermaßen sicher erschien, würde sie anhalten. Der Wagen schlingerte in einer engen Kurve, die abgenutzten Reifen kamen mit den Wassermassen, die über den Asphalt strömten, nicht mehr zurecht. Panik ergriff sie und schnürte ihr die Kehle zu. Ihr Herz schlug wie wild und ihre Handflächen waren klamm. Trotz der Angst bekam sie den Wagen wieder in den Griff und drosselte das Tempo, sobald sie die Kontrolle zurückerlangt hatte. Noch eine letzte Kurve und endlich war sie von der steilen Bergstraße, die sich durch den dunklen Wald gewunden hatte, herunter. Sie nahm undeutlich Lichter und Gebäude wahr. Eine Stadt. Gut, eine Kleinstadt, eher ein Dorf. Aber falls es hier einen Supermarkt oder eine Tankstelle, eine Kirche oder ein Gemeindehaus gab, konnte sie dort auf dem Parkplatz übernachten. Wenigstens ein paar Stunden schlafen, den Sturm aussitzen und früh am nächsten Morgen wieder los. Im Schritttempo rollte der Wagen die Hauptstraße entlang. Mia konnte kaum etwas erkennen. Eine Handvoll kleinerer Geschäfte, alle geschlossen, soweit sie das sah. An einer Kreuzung entdeckte sie eine Tankstelle. Das würde reichen. Sie lenkte ihren Wagen auf den Vorplatz und stellte ihn hinter einem großen Jeep ab, der dort parkte. Zitternd vor Erschöpfung zog sie den Zündschlüssel und atmete tief durch.

»Du lebst noch, Mia, du hast schon Schlimmeres überstanden, du bist nicht verletzt«, murmelte sie leise mit geschlossenen Augen und wiederholte das Mantra noch einige Male, um sich selbst zu beruhigen. Ein lautes Knirschen und der abrupte Hopser ihres Wagens ließen sie hochfahren. Der Jeep vor ihr war rückwärts auf sie draufgefahren! Das konnte nicht wahr sein. Das kleine Auto war alles, was sie, abgesehen von zwei Taschen mit Kleidungsstücken und einem Karton mit handgefertigten Bechern, besaß. Ein Mann stieg aus dem großen Auto und kam auf sie zu. Er hob die Hand zum Gruß. Das Gewitter war weitergezogen, dennoch regnete es noch so stark, dass Mia ihn kaum sehen konnte. Er trug eine dunkle, dicke Jacke und eine Cap tief ins Gesicht gezogen. Neben ihrem Wagen blieb er stehen, begutachtete den Schaden und rieb sich das kantige Kinn. Mia seufzte. »Geh einfach raus«, motivierte sie sich und öffnete die Wagentür. Regen knallte ihr kalt ins Gesicht und sie kniff die Augen zusammen, um besser sehen zu können. Innerhalb weniger Sekunden würde sie vollkommen durchgeweicht sein. Es war fast unmöglich, nasse Kleidung in einem Kleinwagen zu trocken, den man zum Schlafen nutzte. Es muffelte, die Klamotten blieben für immer klamm und die Feuchtigkeit im Innenraum des Wagens würde ihn auch nicht gerade zu einer Fünfsterneunterkunft werden lassen.

»Guten Abend«, grüßte der Mann und reichte ihr seine Rechte, die sie zögernd ergriff. Sein Händedruck war fest, souverän, ihre kleine Hand verschwand darin komplett. Dann warf sie einen Blick auf die Front ihres Autos und entzog ihm ihre Finger. Die Stoßstange hatte unter dem Schwung des Jeeps nachgegeben und hing nur noch halb in ihrer Verankerung. Ihr wurde schlecht und sie schwankte leicht. Entsetzt schlug sie ihre Hände vor den Mund und gab ein ersticktes Geräusch von sich. Ein fester Griff um ihren Oberarm hielt sie davon ab, in die Knie zu gehen. Es ist nur die Stoßstange, Mia, redete sie sich selbst gut zu. Halb so wild. Morgen kannst du einfach weiterfahren.

»Tut mir leid. Ich habe Ihren Wagen nicht gesehen hinter mir. Selbstverständlich komme ich für den Schaden auf. Wir haben hier eine Autowerkstatt im Ort. Gehört einem Onkel von mir, der macht Ihnen das wieder schick. Entschuldigen Sie, ich habe mich noch gar nicht vorgestellt. Ich bin Sam. Samuel Förster. Und Sie sind?«, fragte er interessiert. Er hatte eine jüngere Stimme, als sie bei seiner Statur vermutet hätte, sie war angenehm, warm, tief. Noch immer hielt er ihren Arm fest. Sie riss sich vom Anblick des Schadens los und sah hoch in sein Gesicht. Die Augen lagen im Schatten der Kappe verborgen, aber sie sah schwungvolle Lippen, die zu einem freundlichen Lächeln verzogen waren, ein kantiges Kinn mit hellen Bartstoppeln und eine außergewöhnlich krumme Nase.

»Mia«, flüsterte sie und kämpfte gegen die Tränen an. Hatte sie die höllische Fahrt durch die Berge überstanden, um dann einen Unfall auf einem Parkplatz zu haben? Das konnte einfach nicht wahr sein. Es war zu viel. Die Strapazen der Fahrt und die Anspannung der vergangenen Wochen machten sich bemerkbar. Am liebsten hätte sie sich irgendwie verkrochen, die Augen geschlossen und die ganze Welt ausgeblendet.

»Mia, und wie weiter?«, hakte er nach und unterbrach sich dann selbst. »Ich bin so unhöflich. Sie werden ja ganz nass. Kommen Sie, wir stellen uns hier drüben unter, während wir die Formalitäten klären«, fiel ihm plötzlich ein und er lotste sie unter das Vordach der geschlossenen Tankstelle. Er machte so große Schritte, dass die zierliche Mia ihm beinahe hinterherrennen musste, um nicht zu stolpern. Dankbar für diesen Einfall lächelte Mia ihm zu und wischte sich die Regentropfen mit dem Ärmel ihres Pullovers aus dem Gesicht, als sie im Trockenen standen. Mit einem tiefen Atemzug sammelte sie sich.

»Ach, alles halb so wild. Wir brauchen keine Formalitäten«, winkte sie betont lässig ab und ihr Lächeln verstärkte sich, als er seine Kappe nach oben schob, um sie besser sehen zu können. Er musste etwa Mitte dreißig sein, die krumme Nase sah aus wie mehrfach gebrochen, aber das tat seiner Attraktivität keinen Abbruch, ganz im Gegenteil, es verlieh seinem Gesicht einen interessanten Charakter. Rund um seine Augen zogen sich etliche Lachfalten. Womöglich konnte sie sich aus der Nummer rausflirten. Mia spekulierte, vielleicht würde er ihr einfach ein paar Euro in die Hand drücken und sie konnte die Stoßstange irgendwie selbst reparieren. Kabelbinder und starkes Klebeband wirkten Wunder und waren günstig zu bekommen.

»Wir brauchen doch nicht die Polizei zu rufen, das ist ja nur ein Kratzer«, spielte sie die demolierte Stoßstange herunter. Stirnrunzelnd musterte er sie eindringlich. Mia wurde immer kleiner unter seinem Blick. Mit einem Mal war es ihr unangenehm, dass sie eine unförmige, mit Farbklecksen bespritzte Latzhose und alte Laufschuhe trug. Ohnehin sah sie sehr jung aus, weil sie so klein und zierlich war, zudem ungeschminkt. Er musste sie für ein Kind halten. Um dem entgegenzuwirken, streckte sie sich etwas, schenkte dem großen Mann ein strahlendes Lächeln. Sam nickte bedächtig und hielt mit seinem Blick den ihren fest, während er langsam seine schwere Jacke öffnete und mit einem geübten Griff in die Brusttasche seines Hemdes einen Dienstausweis der Polizei hervorholte. Für einen kurzen Moment erstarrte Mia, fing sich aber schnell wieder.

»Herr Kommissar. Nun.« Das Lächeln, das gerade noch charmant und süß gewesen war, wurde etwas dünner, verkrampfter. Hoffentlich würde er sie nicht mit zur Wache nehmen, um den Vorfall ordnungsgemäß aufzunehmen. Sie hatte doch nichts verbrochen! Er war selbst der Unfallverursacher. Wollte er allerdings ihre Daten aufnehmen, käme sie in Erklärungsnot. Möglicherweise war sie zur Fahndung ausgeschrieben und wenn er ihre Daten durchs System laufen ließ – wer wusste schon, was da alles auftauchte. Lieber nichts riskieren. Bisher war sie immer durchgekommen, aber irgendwann wäre diese Glückssträhne sicherlich vorbei. Doch um sich eine Lösung für diese vertrackte Situation zu überlegen, war sie einfach zu müde.

»Was machen wir nun?« Sie nickte in Richtung der beiden Autos.

»Hatten Sie heute noch einen weiten Weg vor sich?«, fragte Sam und musterte sie weiterhin aufmerksam.

»Ja, bis Freiburg wollte ich fahren, eigentlich«, erfand sie schnell. Es war keine komplette Lüge. Freiburg war eine ihrer möglichen Stationen auf dem Weg in den sonnigen Südwesten

Europas. Und in Freiburg würde sie sicher die Keramikbecher verkaufen können, von denen sie noch gut fünfzig Stück im Kofferraum spazieren fuhr. Hoffentlich waren bei dem Aufprall keine zu Bruch gegangen. Die Becher bezahlten ihr Benzin, ab und an eine Dusche und eine Portion Nudeln. Wenn die kaputt gegangen waren bei dem Aufprall …

»Für jetzt ist es zu weit. Morgen könnte ich Sie hinbringen. Es fährt auch ein Bus, allerdings nicht besonders häufig, heute jedenfalls nicht mehr. Am besten ist es, Sie bleiben über Nacht«, ging er ihre Möglichkeiten laut durch. Entsetzt riss sie die Augen auf.

»Im Gefängnis?«, fragte sie und ihre Stimme überschlug sich fast vor Schreck.

Sam lachte lauthals auf über ihre vor Sorge geweiteten Augen und den offen stehenden Mund.

»Was wäre das Vergehen, für das ich Sie einbuchten sollte?«, wollte er wissen und zwinkerte ihr zu. »Nein, keine Sorge«, schob er beruhigend hinterher. »Hier in der Nähe, nur ein paar Kilometer außerhalb, gibt es ein Gästehaus. Die Frau meines Kumpels führt es zusammen mit ihrer Tante Vera. Ich bringe Sie hin, und morgen früh schauen wir, ob wir Ihren Wagen wieder auf die Straße bekommen. Heute können Sie nicht weiterfahren. Es tut mir wirklich sehr leid«, beteuerte er.

Mia biss sich auf die Lippe. Ein Gästehaus. Die linke Hand in ihrer Hosentasche umklammerte die letzten paar Münzen, die sie bei sich trug. Würde sie sich das Gästehaus leisten können?

»Ich übernehme die Kosten für die Übernachtung, kommen Sie. Wir bringen Sie erst mal ins Trockene.« Es war fast, als hätte er den Griff um die Münzen und ihr unbehagliches Zögern bemerkt.

»Das müssen Sie wirklich nicht …«, setzte sie an, beendete aber ihren Satz nicht. Mia machte einen halbherzigen Versuch, sein Angebot abzuwehren, aber ihr war klar, dass sie keine Wahl hatte. Wenn sie ihm gesagt hätte, dass sie lieber im Auto schlief, dann hätte er nur Verdacht geschöpft. Außerdem war sie nicht sicher, ob das nicht vielleicht sogar verboten war. Seufzend gab sie nach.

»Na gut. Ich muss nur schnell etwas aus dem Auto holen.« Mit hastigen Schritten lief sie zum Wagen, sprang dabei über die großen Pfützen, die sich auf dem Boden gesammelt hatten. Sam lief ihr hinterher, um zu helfen, falls es etwas Schweres zu tragen gab. Mia lehnte so weit im Kofferraum, dass sie halb darin verschwand. Vorsichtig öffnete sie den Karton mit ihren Bechern, schlug die Zeitungslagen zurück, mit denen sie die Becher gepolstert hatte. Auf den ersten Blick sahen alle heil aus. Der Plan war, alle auf einem Künstlermarkt in Freiburg zu verkaufen. Wenn sie genug loswurde, konnte sie mit dem Gewinn ihre Fahrt nach Spanien finanzieren. Dort würde sie am Meer leben, irgendein Job ließe sich schon finden. Kellnern, putzen, Regale im Supermarkt einräumen, egal was. Hauptsache, sie konnte sich davon ein Dach über dem Kopf leisten. Eines, das nicht zu einem Kleinwagen gehörte. Schon eine winzige Unterkunft würde reichen, das machte ihr nichts. Aber sie hatte das ungemütliche Wetter satt. Auf der Straße zu leben, war sicher einfacher, wenn es draußen keine Minusgrade hatte.

»Sollen die mit?«, fragte plötzlich Sam neben ihr. Vor lauter Regen und mit den Gedanken am Strand hatte Mia gar nicht gehört, wie er neben sie getreten war.

»Nein, die können hierbleiben. Ich wollte nur kurz schauen, ob sie noch in Ordnung sind. Hier ist es doch … sicher, oder, Herr Kommissar?«, fragte sie ihn misstrauisch. Darüber musste er lachen. »Ja, dafür stehe ich. Und sagen Sie bitte Sam statt ›Herr Kommissar‹.«

Energisch schloss Mia den Kofferraum, öffnete die Fahrertür, kletterte ins Auto und kam mit einem Rucksack und einem verdreckten Seesack wieder hervor. »Ich wäre dann bereit«, sagte sie abwehrend, als sie den Blick bemerkte, mit dem er ihre Habseligkeiten musterte. Kaum merklich reckte sie das Kinn. Wenn man so tat, als hätte alles seine Ordnung und als wäre es nicht ungewöhnlich, mit dermaßen wenig Gepäck zu reisen, glaubten die meisten Leute das auch. Es kam nur darauf an, wie man es ihnen verkaufte, hatte sie gelernt.

»Dann los.« Sam entzog ihr sanft den Seesack, dann führte er sie um den Geländewagen herum zur Beifahrerseite. Wohlerzogen, wie er war, öffnete er die Tür für sie und reichte ihr eine Hand, um ihr in den großen Wagen zu helfen. Zögernd ergriff Mia sie und kletterte dann schicksalsergeben hinein. Kurz dachte sie, dass es unvernünftig war, zu einem fremden Mann ins Auto zu steigen, aber er war immerhin Polizist, oder? Sie behielt eine Hand in der Nähe des Türgriffs, nur für alle Fälle.

»Keine Sorge«, beruhigte Sam sie, als er neben ihr am Steuer saß und den Wagen vorsichtig, aber souverän durch den Regen und die Dunkelheit lenkte. Mit so einem Jeep war das kein Problem, dachte sie neidisch. Die Scheinwerfer leuchteten die komplette Straße aus, sie gewann an Sicherheit und ihr wurde warm im Rücken, weil Sam mit einem Handgriff die Sitzheizung für sie angestellt hatte. Beeindruckt registrierte sie, wie geräumig der Wagen innen war. Auf der Rückbank hätte sie vermutlich sogar ausgestreckt liegen können. Kein unbequemes Zusammenrollen, kein halb im Fußraum liegen. Wer so ein Auto fuhr, wohnte allerdings für gewöhnlich nicht darin. Dann wandte sie sich wieder Sam zu, der weitererzählte. »Das Gästehaus ist etwas speziell, sehr bunt, aber gemütlich. Vera, das ist die Besitzerin, ist etwas Besonderes. Alle lieben sie. Ihre Nichte Georgie leitet das Hotel und ein kleines Geschäft mit Café hier in der Stadt. Wir sind gerade daran vorbeigefahren. Sie werden sich dort bestimmt wohlfühlen«, versprach er und ließ seine Augen dabei kurz über ihre Latzhose wandern, die von bunten Farbspritzern überzogen war. Sie bemerkte seinen Blick und strich nervös mit der flachen Hand über die Flecken auf dem Knie.

»Ja«, antwortete sie und sah aus dem Fenster. Der Wald lichtete sich – war sie hier vorhin ins Schlingern gekommen? Sie konnte sich vor Erschöpfung kaum noch daran erinnern. Die Aussicht darauf, die Nacht in einem warmen Bett zu verbringen, womöglich mit einer heißen Dusche vorab, trieb ihr fast die Tränen der Erleichterung in die Augen. Aber sie schluckte sie stolz hinunter. Hoffentlich würde er sein Wort halten und für die Unterkunft aufkommen. Sonst musste sie die Zeche prellen und ihre Reise per Anhalter fortsetzen. Und dabei auch noch die Becher zurücklassen. Ein paar Kurven weiter fuhr Sam langsam von der Straße ab auf einen Schotterweg. Dieser mündete in einem Rondell vor einem wunderschönen großen Bauernhaus. Hinter allen Fenstern im Untergeschoss brannte Licht, ebenso im oberen Stockwerk hinter zwei Fenstern. Auf der von Lampions beleuchteten Veranda vor dem Eingang stand eine einladende Bank. Die Auffahrt war mit hohen Blumen- und Pflanzenkübeln gesäumt. Es strahlte eine Wärme und Behaglichkeit aus, die Mia den Atem raubte. War das schön hier! Ein kleiner erstaunter Laut entschlüpfte ihr. Sam neben ihr beobachtete die starken Gefühle, die sich auf Mias Gesicht zeigten. Er ließ ihr einen Moment, das Haus auf sich wirken zu lassen.

»Gehen wir rein?«, fragte er nach einer Weile. Sie nickte bloß. Selbstverständlich trug er ihre Sachen zum Haus und klopfte kurz, aber kräftig an die weiße Holztür. Er wartete nicht ab, dass man ihm öffnete, sondern zog die Tür einfach selbst auf. Er war hier offensichtlich immer willkommen. Gemeinsam betraten sie einen großen Flur. Sam trat sich die Füße auf einer Matte sauber und Mia tat es ihm nach. Dann folgte sie ihm durch den Gang, vorbei an einer Küche, aus der es verdächtig gut roch.

Mias Magen knurrte laut als Reaktion auf die Wohlgerüche. Sie hatte heute noch nichts zu sich genommen und war am Verhungern.

»Hallo«, rief Sam laut und lief weiter in ein geräumiges Wohnzimmer, wohl das Herzstück des Hauses. Mia konnte die vielen Eindrücke, die auf sie einprasselten, kaum verarbeiten. Im Zimmer standen mehrere alte Sofas, bedeckt mit bunten Wollkissen und -decken in den außergewöhnlichsten Farbkombinationen. Zwei alte Fransenleuchten warfen warmes Licht in den Raum. Auf der langen Fensterbank standen Vasen voller Blumen und kleine Kräutertöpfe. Zwischen Küche und Wohnzimmer befand sich der Essbereich, an dessen langem Holztisch eine junge Frau saß. Sie hatte einen wilden blonden Lockenkopf und ein hübsches Gesicht mit spitzem Kinn. Als Sam an den Türrahmen klopfte, sah sie von ihrer Häkelarbeit hoch. Ein Strahlen erschien auf ihrem Gesicht. »Sam! Du warst aber lange nicht hier. Komm rein, komm rein«, rief sie über die laute Musik aus dem Plattenspieler hinweg und erhob sich langsam von ihrem Stuhl. Unter dem geblümten langen Kleid, das sie trug, zeichnete sich dezent ein Schwangerschaftsbauch ab. Sam lief auf sie zu, küsste sie auf die Wange und legte sanft mit einer intimen Geste die Hand auf ihren Bauch. Ob sie wohl seine Frau war, rätselte Mia neugierig.

»Guten Abend, Georgie. Wo ist dein Mann?«, fragte Sam in dem Moment, als hätte er ihre Gedanken gelesen. Die junge Frau lachte und schüttelte den Kopf, während sie die Hände in die Hüften stemmte, was ihren Schwangerschaftsbauch hervortreten ließ.

»Oben an der Bundesstraße hat es einen Baum entwurzelt und er ist mit einigen Leuten losgefahren, um zu gucken, ob sie ihn aus dem Weg räumen können. Tom behauptet, er tut es fürs Gemeinwohl, aber ich glaube, er macht es für den Baum.

Er will das Holz zum Verarbeiten haben. Hallo«, wandte sie sich an Mia und lächelte ihr herzlich zu.

»Hallo«, antwortete Mia leise. Sie war noch immer völlig überwältigt von den Farben und der Wohligkeit des Hauses. Aus der Küche kam eine ältere Frau gelaufen. Mit den grauen Locken und den gleichen veilchenblauen Augen sah sie Georgie ähnlich und musste ihre Tante Vera sein. Unter einem lila gebatikten Kleid trug sie einen grün gestreiften Rollkragenpullover und eine Hose mit unfassbar weiten Beinen, die sie auf Mitte der Waden mit breiten Haushaltsgummis zusammengefasst hatte. Mia hatte noch nie jemanden gesehen, der dermaßen verrückt gekleidet war. Sam stellte sie einander vor.

»Das ist Mia. Ich habe aus Versehen ihr Auto demoliert. Das sind Vera und ihre Nichte Georgie. Habt ihr ein Zimmer für heute Nacht frei? Ich würde Mia gern hier unterbringen. Andernfalls muss ich sie doch mit auf die Wache nehmen«, scherzte er und Vera und Georgie lachten mit ihm. Zwischen den dreien war eine Leichtigkeit, die Mia nie selbst erlebt hatte. Sie fühlte sich ausgeschlossen, aber das war in Ordnung. Schließlich gehörte sie nicht hierher. Genau genommen gehörte sie nirgendwohin.

»Klar, ich mache Ihnen gleich ein Zimmer fertig. Willkommen in Iris' Inn. Haben Sie vielleicht Hunger? Veras berühmter Eintopf müsste gleich fertig sein. Dazu selbst gebackenes Brot und Kräutertee? Oder lieber was Stärkeres auf den Schreck?«, bot Georgie ihr an. Mia wusste nicht, ob sie das Angebot annehmen durfte, aber ihr Magen knurrte erneut so laut, dass es alle hörten. Georgie zwinkerte ihr zu. »Das ist Antwort genug. Vera bereitet Ihnen ein Abendessen. Derweil zeige ich Ihnen schon mal Ihr Zimmer für heute Nacht.« Sie berührte Mia sanft am Arm und deutete zur Tür. Beim Losgehen wäre Mia fast gestürzt. Eine Katze strich ihr um die Beine, die sie bisher gar nicht bemerkt hatte, weil sie von den anderen Eindrücken so abgelenkt gewesen war. Sam griff schützend nach ihrem Arm. »Vorsicht«, warnte er. Mia nickte und folgte Georgie.

»Das ist unsere Katze, sie heißt Kater«, erklärte die junge Frau ihr auf dem Weg nach oben. Was? Mia lief ihr staunend hinterher. Wo war sie hier nur gelandet?

»Sie wollen sicher erst mal Ihre nassen Klamotten loswerden«, mutmaßte Georgie und Mia nickte wieder.

»Legen Sie mir gern Ihre Kleidung raus, ich wasche sie schnell und wenn wir sie vor dem Kamin aufhängen oder in den Trockner geben, haben Sie morgen früh was Warmes und vor allem Trockenes zum Anziehen«, plapperte sie weiter. Sie überlegte kurz und wählte ein Zimmer mit Fenster zum Garten. »Wenn der Regen endlich aufhört, werden Sie morgen einen fantastischen Blick über unser Grundstück haben. Das große Badezimmer ist am Ende des Flures. Dort finden Sie Handtücher und Waschutensilien. Bedienen Sie sich ruhig. Ich lasse Sie jetzt in Ruhe ankommen und schaue nach, ob Vera Ihr Essen schon bereit hat.« Damit ließ Georgie Mia in dem Zimmer allein. Sie sah sich um. Das breite Bett war mit weißer Leinenbettwäsche bezogen, am Fußende der Matratze lag ordentlich zusammengefaltet eine blaue genoppte Wolldecke, die aus gehäkelten Quadraten zusammengesetzt war. Auf einer hübschen Kommode standen eine Flasche Wasser, ein Glas und eine kleine Flasche Wein. Eine altmodische Gardine zierte das Fenster. Alles war sehr schlicht in angenehmen Naturtönen gehalten, sichtlich mit Liebe eingerichtet und passte wunderbar zusammen. Die lustige Decke und die Schlichtheit waren eine großartige Kombination. Mia bemerkte eine Schale mit einer Sammlung von rosa Kieselsteinen auf der Fensterbank und lächelte. Wie einladend das hier war! Plötzlich hörte Mia jemanden an der Zimmertür und drehte sich um. Sam stand dort mit einem Tablett in den großen Händen und räusperte sich.

»Vera schickt mich mit Eintopf, frischem Brot und Butter und einem heißen Tee. Sie sollen nach dem Essen gefälligst in die Badewanne gehen. Ihre Worte, nicht meine. So etwas würde ich mir nie herausnehmen.« Sein Lächeln erhellte das ganze Gesicht.

»Danke«, flüsterte Mia gerührt.

»Selbstverständlich«, entgegnete er und stellte das Tablett auf ihrem Nachttisch ab.

»Ruhen Sie sich gut aus. Ich hole Sie morgen Vormittag ab und dann sehen wir gleich nach Ihrem Wagen. Schlafen Sie gut, Mia.«

Sie konnte nur noch nicken.

Kapitel 2

Mia schälte sich aus den nassen Klamotten, wickelte sich dann in den weichen Bademantel, den sie im Schrank gefunden hatte. Sie versank fast in dem großen Kleidungsstück, aber es war so gemütlich! Aus Angst, versehentlich etwas zu verkleckern und die teure Leinenbettwäsche zu beschmutzen, setzte sie sich zum Essen im Schneidersitz auf den Boden vor das Bett. Sie hatte sich vorgenommen, jeden Löffel des heißen Gemüseeintopfes zu genießen. Ganz langsam. Aber ihr Hunger ließ sie das leckere Essen fast gierig in sich reinstopfen. Gut, dass niemand sie dabei beobachtete, sie schämte sich vor sich selbst dafür. Aber es war köstlich, heiß und kräftig. Genau, was sie nach diesem Tag brauchte. So geizte sie auch nicht mit der Butter, die sie auf die dicke Scheibe warmen, frischen Brotes strich. Genüsslich biss sie hinein. Das Brot war würzig, saftig und so viel besser als alles, was sie in den vergangenen Wochen gegessen hatte. Als sie fertig gegessen hatte, war kein Krümel, kein Klecks Butter und kein Tropfen von dem Eintopf übrig geblieben. Mia war das erste Mal seit Wochen wirklich satt. Danach wühlte sie in ihrem Seesack nach frischen oder wenigstens einigermaßen sauberen Klamotten und fand eine Unterhose und ein langes T-Shirt, das immerhin keine Flecken aufwies und nicht unangenehm roch, wie der Schnüffeltest ergab. Mit dem Bündel unter dem Arm schlich sie leise über den Flur zum Badezimmer. Das Bad war modernisiert, wobei die Frauen, die das Hotel leiteten, erkennbar besonderen Wert daraufgelegt hatten, alles mit hochwertigen, dennoch optisch altmodischen Details einzurichten. Die große Wanne stand auf eleganten Klauenfüßen aus Messing. Auf der Fensterbank verbreiteten drei Kerzen in Windlichtern, die schon jemand für sie angezündet hatte, ein wohliges Licht. Auf dem frisch lackierten, aber bestimmt achtzig Jahre alten Stuhl neben der Wanne lagen mehrere flauschige Handtücher für sie bereit. Oben auf dem Stapel entdeckte sie ein Säckchen mit Lavendelblüten. Auf einer Karte stand in schwungvoller Schrift: »Nimm mich mit ins Badewasser.« Mia tat wie ihr geheißen und warf das Säckchen ins heiße Wasser. Ein betörender Geruch erfüllte das Bad. Sie bewunderte die kleinen Seifenstücke, die liebevoll in edles Papier eingeschlagen waren, und wählte passend zu den Blüten eines der Sorte Milch-Lavendel aus. Eine Badewanne mit Blüten und selbst gegossene Seife. So etwas hatte sie noch nie erlebt. Dort, wo sie herkam, hatte es nie Genuss und Luxus gegeben. Entspannung war sowieso ein Fremdwort. Baden diente der Säuberung, mehr nicht. Dafür reichten Kernseife und ein kratziger Waschlappen. Mia schüttelte die dunkle Erinnerung ab und stieg vorsichtig in das heiße Wasser. Mit einem Seufzer ließ sie sich sinken. Fast wäre sie eingeschlafen, wenn nicht ein zaghaftes Klopfen sie erschreckt und in die Realität zurückgeholt hätte.

»Ja?«, fragte sie zögerlich. Von draußen ertönte Georgies helle, freundliche Stimme.

»Ist alles in Ordnung? Benötigen Sie noch etwas?«, erkundigte sie sich durch die geschlossene Tür.

»Nein, danke. Alles ist perfekt. Vielen Dank«, antwortete Mia.

»Gut. Falls Sie Cremes oder eine frische Zahnbürste benötigen, finden Sie alles im Wäscheschrank. Bedienen Sie sich bitte! Wenn Sie mögen, legen Sie mir noch Ihre Wäsche einfach auf den Flur, ich kümmere mich gern darum. Dann ist morgen früh alles bereit.«

»Danke, das ist sehr nett. Wenn Sie mir sagen, wo die Waschmaschine ist, kümmere ich mich aber auch gern selbst darum. Sie möchten sicherlich ins Bett«, bot Mia an. Nicht so selbstlos, wie es vermutlich wirkte. Sie wollte nicht, dass jemand ihre Sachen durchwühlte. Und wenn sie es geschickt anstellte, konnte sie ihre übrigen Klamotten auch mitwaschen und trocknen, nicht nur die Kleidung, die der Regen durchweicht hatte. Damit sparte sie das Geld für einen Waschsalon. Und nach ihrer Inspektion von vorhin benötigte fast alles, was sie dabeihatte, eine gründliche Wäsche.

»Natürlich, wie Sie mögen. Die Waschmaschine ist im Wäscheraum unten im ersten Geschoss. Direkt unter diesem Badezimmer. Wenn Sie noch etwas brauchen für heute Nacht, machen Sie sich ruhig bemerkbar. Das Zimmer, in dem meine Tante schläft, liegt im Erdgeschoss direkt neben der Wäschekammer. Scheuen Sie sich nicht, sie zu wecken, wenn etwas sein sollte. Ich bin morgen früh wieder da. Frühstück gibt es ab acht Uhr.«

Georgie wartete noch kurz auf eine Antwort, aber als keine kam, ließ sie die junge Frau in Ruhe. Sie hatte dermaßen verschreckt und eingeschüchtert gewirkt, die Arme. Georgies Herz war übergeflossen, als Sam mit diesem verloren wirkenden Mädchen in dieser stürmischen Nacht aufgetaucht war. Das waren sicher nicht nur die Hormone, von denen sie zurzeit gelenkt wurde.

Langsam ging sie die Treppe nach unten, wo bereits ihr Mann Tom auf sie wartete. Als sie in seinem Gesichtsfeld auftauchte, leuchteten seine Augen auf.

»Ich sage Vera Bescheid, dann können wir los. Ich muss unbedingt ein bisschen auf dem Sofa liegen«, stöhnte sie und rieb sich den schmerzenden Rücken. Tom küsste sie auf die Schläfe und raunte ihr zu, dass er gern ihren ganzen Körper einmal durchmassieren würde, sobald sie zu Hause wären. Ein Gefühl von Liebe und Dankbarkeit durchlief sie. Das war genau das, was sie brauchte!

Mia hörte, wie ein Wagen davonfuhr. Sie entspannte noch ein wenig und stieg schließlich schweren Herzens aus der Wanne, als das Wasser abgekühlt hatte und ihre Hände schon ganz schrumpelig waren. Achtsam schlang sie eines der kuschelweichen großen Handtücher um ihren zierlichen Körper, strich begeistert über den flauschigen Stoff und zog dann noch den viel zu großen Bademantel darüber. Vorsichtig öffnete sie den Schrank, den Georgie ihr genannt hatte. Ordentlich in hübsche, mit Stoff bezogene Schachteln sortiert, präsentierte sich das Paradies vor ihr. Dutzende verschiedene Cremes und Tuben lagen fein säuberlich beschriftet darin. Sie wählte eine reichhaltige Pflege für die Nacht aus, nahm sich eine frische Zahnbürste und Zahnpasta. Neugierig inspizierte sie die Kästchen. Eine Schachtel mit Tampons ließ sie innehalten. Sie hatte den Überblick über ihre Periode verloren, seit sie unterwegs war. Die schlechte Ernährung, der Stress der letzten Monate hatten ihren Zyklus unregelmäßig gemacht. Es zuckte in ihren Fingern. Da Hygieneprodukte unglaublich teuer und für sie daher unerschwinglich waren, hätte das doch niemandem wehgetan, wenn sie sich hiervon eine Handvoll mitgenommen hätte. Endlich wäre sie dann mal vorbereitet gewesen, falls ihre unberechenbare Menstruation plötzlich einsetzte. Sie schluckte. Es war etwas anderes, sich hier zu bedienen. Das war stehlen. Wenn sie nachts in den Mülleimern der großen Supermärkte wühlte und Produkte mitnahm, die noch in Ordnung waren, aber das Haltbarkeitsdatum überschritten hatten und deshalb entsorgt worden waren, betrachtete sie das nicht als Stehlen. Scheiß drauf, dachte sie. Niemand würde es merken. Beherzt griff sie zu und ließ eine Handvoll Tampons in der Tasche ihres Bademantels verschwinden. Zwei Tuben Zahnpasta in Reisegröße und eine Seife folgten. Genug, das reichte! Beherrscht zog sie die Hände zurück. Wenn sie es übertrieb, würde es auffallen und dann sperrte Sam sie wirklich ein. Leise schlich sie zurück in ihr Zimmer, warf alle Klamotten in den geflochtenen Weidenkorb, den Georgie für die Wäsche vor der Tür abgestellt hatte. Mit dem Korb im Arm machte sie sich auf die Suche nach der Waschküche. Weil sie niemanden wecken wollte, huschte sie auf Zehenspitzen den Gang entlang und fand dank Georgies Beschreibung das richtige Zimmer. All ihre Sachen passten in die große Trommel der Waschmaschine. Mia wählte das Kurzprogramm und lehnte sich an die Wand gegenüber. Was für eine Nacht! Immerhin saß sie frisch gebadet und satt gefuttert im Trockenen. Und morgen würde sie einfach Sams Angebot, das Auto reparieren zu lassen, ausschlagen und weiterfahren. Es gab kein Gesetz, das es verbot, ohne Stoßstange zu fahren – oder? Hm. Sie wusste es nicht, aber sie war gewillt, es darauf ankommen zu lassen. Am besten wäre es, er würde sie fahren lassen und ihr einfach ein paar Euro für die Reparatur in die Hand drücken. Die sie nicht dafür ausgeben, sondern für echte Notfälle aufbewahren würde.

Als die Wäsche durchgewaschen war und im Trockner rumpelte, überwältigte sie die Müdigkeit. Eigentlich hatte sie geplant aufzubleiben, bis alles erledigt war, aber sie konnte genauso gut morgen früh aufstehen und ihren Wäscheberg heimlich herausholen. Georgie kam nicht vor acht Uhr, hatte sie gesagt. Das warme, breite Bett lockte Mia. Und endlich gab sie ihren Widerstand auf, schlich so leise, wie sie gekommen war, zurück in ihr Zimmer und kroch unter die dicke Decke. Es dauerte nicht lange, und sie schlief tief und fest. Wohlbehütet in einem beeindruckenden Haus, in dem sie durch Zufall gelandet war. Was für ein Glück!

Mia schlief nach langer Zeit endlich mal wieder richtig gut, sodass sie auch nicht von der aufgehenden Morgensonne geweckt wurde. Als sie die Augen aufschlug, war es draußen bereits hell. Der Regen hatte beim Einschlafen noch gegen das Fenster geprasselt, jetzt aber aufgehört und die Sonne schien schwach durch die Gardine. Von unten drang das Klappern von Geschirr zu ihr herauf, und sie meinte sogar durch die geschlossene Zimmertür Kaffeeduft wahrzunehmen. Mia reckte sich und seufzte wohlig. Wie gut fühlte sich das an! In den vergangenen Monaten hatte sie es fast vergessen. Dann fiel ihr die Wäsche wieder ein und sie sprang eilig aus dem Bett, schlüpfte in den Bademantel und riss die Tür auf. Beinahe wäre sie über den großen Korb gestolpert, der mit ihrer Wäsche – fein säuberlich gefaltet – vor ihrem Zimmer stand. Schamesröte schoss ihr ins Gesicht. Verdammt, sie war nicht schnell genug gewesen. Es war ihr unangenehm, dass sie ohne zu fragen die Gelegenheit genutzt hatte, ihre gesamte Dreckwäsche zu reinigen. Ihre Kleidung war nicht unbedingt schäbig, aber auch nicht besonders gut. Sie versuchte, sorgsam damit umzugehen, aber sie besaß nun mal nur zwei Hosen, zwei Pullover, ein paar Shirts und Leggins. Und ihre Socken und Unterwäsche waren auch nicht die neuesten. Manchmal trug sie die Hälfte ihrer Garderobe einfach übereinander, wenn es nachts im Auto zu kalt wurde. Es war nicht leicht, die Kleidung dabei vor Verschleiß zu bewahren, aber sie gab sich Mühe. Mia atmete tief durch. Dann hatten sie eben ihre gesamte Kleidung gesehen, was sollte es, das war jetzt nicht mehr zu ändern! Sie griff sich den Korb, verstaute ihre Sachen im Seesack und schlüpfte in Jeans und

Pullover. Als sie nach unten ging, nahm sie ihr schmales Gepäck schon mal mit nach unten, wo sie es leise im Flur abstellte.

»Ach, guten Morgen, Sonnenschein«, rief die ältere Frau – Mia hatte sofort wieder das schräge Outfit und die wilden grauen Haare vor Augen. Heute trug sie zwei Kleider übereinander, dazu geringelte, gestrickte Overknees. Es war ein ebenso gewagtes Outfit wie das gestrige, aber irgendwie passte der Stil zu dem Freigeist, der auf sie zuschwebte, eine abgeschlagene Tasse in der Hand.

»Sehen Sie mal, was ich gerade kaputt gemacht habe: dieses wunderschöne Teil. Rumms, an die Tischkante.« Vera zeigte ihr mit schwungvoller Geste, wie sie die Tasse gegen den Tisch gedonnert hatte, und mit der anderen Hand das herausgebrochene Teil.

»Was sagt man dazu?«, fragte sie noch, erwartete aber offensichtlich keine Antwort. Sie stellte Tasse und Bruchstück auf dem Frühstückstisch ab.

»Wollen Sie Toast oder Haferbrei zum Frühstück? Porridge, entschuldigen Sie. Meine jungen Mädels, mit denen ich das Gasthaus führe, sagen immer, ich solle ihn Porridge nennen, klingt leckerer als Haferbrei. Aber im Prinzip ist ja alles das Gleiche. Also, was darf es sein?«, wollte sie stattdessen von Mia wissen, die sich von der alten Frau an den Tisch gedrängt vorfand.

»Toast, danke.«

Während Vera zwischen Küche und Essbereich herumwirbelte, Marmeladen und Honig auf den Tisch stellte, griff Mia nach dem Bruchstück und fuhr die Kanten mit dem Finger nach.

»In Japan würde man das Stück einfach zurück an die Tasse kleben und die Narbe mit Gold veredeln. Kintsugi nennt man es«, plapperte sie plötzlich vor sich hin. Erschrocken legte sie das Teil zurück neben die Tasse.

»Ist das so?« Vera betrachtete die junge Frau neugierig.

»Habe ich mal gehört«, murmelte diese und wich dem aufmerksamen Blick aus.

»Eine schöne Tradition. Ich wünschte, die Menschen würden mit ihren Narben ebenfalls so umgehen – einfach mit Gold veredeln«, erwiderte Vera und tischte ihrem Gast ein üppiges Frühstück auf. Es war mehr als nur ein paar Scheiben getoastetes Brot. Abgesehen von den Marmeladen und dem Honig, hatte Vera ihr auch eine kleine Schale mit Obst aufgetischt, ein gekochtes Ei, eine Auswahl an Käse und kleine, knackig aussehende Tomaten. Mias Magen knurrte wieder leise bei dem Anblick und ihr lief das Wasser im Mund zusammen.

»Ah, Sie sind schon wach. Guten Morgen«, rief Georgie, die zur Tür hereinkam. Mia schob sich gerade ein dick mit Honig bestrichenes Brot in den Mund und murmelte undeutlich: »Guten Morgen.«

Mit Georgie kam ein Mann. Er war groß, hatte breite Schultern und dunkle Haare, die an den Schläfen schon grau wurden. Er trug Jeans, derbe Boots und ein abgewetztes Jeanshemd. Mit einem liebevollen Kuss auf die Wange begrüßte er Vera und nahm ihr die dampfende Tasse, die sie in der Hand gehalten hatte, ab. Grüßend hob er sie, als Georgie ihn als ihren Mann Tom vorstellte, und nickte Mia zu, die ebenfalls nickte und mit ihrer Kaffeetasse zurückprostete.

»Haben Sie gut geschlafen?«, wollte Georgie wissen und lächelte ihr freundlich zu. Mia nickte und errötete.

»Wie ein Stein!«, platzte sie heraus. »Es ist wirklich ein wunderschönes Hotel! Vielen Dank, dass ich hier kurzfristig übernachten durfte.«

Georgie drückte liebevoll Mias Schulter, als sie an ihr vorbeiging, um Vera an der Küchenzeile zur Hand zu gehen.

»Das ist schön. Es war vielleicht eine wilde Nacht. Wir wohnen mitten im Wald – wenn ich es nicht so sehr lieben würde, hätte ich mich vergangene Nacht bei dem Sturm zu Tode gegruselt«, erzählte sie freimütig. Mia nickte verständnisvoll. Mit Unbehagen dachte sie an die Autofahrt durch den dunklen Wald zurück.

»Guten Morgen zusammen«, rief eine Stimme aus dem Flur und der Schreck fuhr Mia in den Magen. Sam kam um die Ecke und begrüßte Tom mit freundschaftlichem Schulterklopfen.

»Vera, Geliebte. Hast du noch ein Stück Kuchen für mich?«, fragte er und setzte sich, als wäre er hier genau wie Georgie und Tom zu Hause, einfach Mia gegenüber an den Tisch. Kuchen zum Frühstück? Sie sah ihn bewundernd an. Es kam ihr vor wie purer Luxus.

»Für dich immer, Schätzchen«, gab Vera zurück, verschwand in der Vorratskammer neben der Küche und tauchte mit einer Platte Kirschkuchen wieder auf. Mias Augen wurden immer größer. Vera, die das bemerkte, schnitt kurzerhand drei Stücke ab. Einen Teller gab sie kommentarlos, aber mit wissendem Nicken an Tom weiter, der ihr einen Kuss durch die Luft zuwarf. Einen Teller reichte sie Sam, der sich mit Begeisterung darauf stürzte, und einen stellte sie vor Mia ab.

»Essen Sie, Mädchen, Sie brauchen etwas auf den Rippen.« Sie zwinkerte ihr zu und Mia zögerte wirklich nur ganz kurz, dann gab sie nach, zog den Kuchen zu sich heran. Er schmeckte himmlisch – saftig, butterig mit einer feinen Note Zimt. Ein kleiner, genussvoller Seufzer entfuhr ihr.

»Mia, Ihr Wagen ist schon in der Werkstatt«, setzte Sam an und beobachtete, wie sie zusammenzuckte.

»Wie ist er da hingekommen?«, fragte sie entsetzt. In dem Wagen waren noch die Becher! Hoffentlich hatten sie den Transport heil überstanden.

»Die Werkstatt ist direkt hinter der Tankstelle. Das Auto war nicht abgesperrt und wir haben ihn einfach geschoben. Keine Sorge, es passiert ihm nichts. Mein Cousin und ich haben heute Morgen schon einen Blick auf die Stoßstange geworfen. Er sagt, er kann sie reparieren. Allerdings ist ein Teil abgebrochen, das er bestellen muss. Es wird frühestens am Dienstag hier sein. Können Sie bis dahin bleiben?«

Mia hatte während seiner Erklärung die ganze Zeit entsetzt den Kopf geschüttelt. Das waren drei Tage. So lange konnte sie unmöglich bleiben!

»Wenn Sie einen Termin in Freiburg haben, kann ich Sie hinbringen. Immerhin bin ich schuld daran, dass Sie nun hier feststecken«, bot er zerknirscht an.

»Ich kann nicht bleiben«, beschloss Mia und schüttelte weiterhin energisch den Kopf.

»Also, Platz hätten wir«, mischte sich Georgie ein. »Wir befinden uns noch in der Nebensaison und sind nicht ausgebucht. Wir haben für das Wochenende ein paar Buchungen, aber selbst dann wären noch zwei, drei Betten frei. Bleiben Sie, solange Sie wollen. Wirklich!«, beteuerte sie.

»Ich könnte Sie ebenfalls nach Freiburg fahren und später wieder mit zurücknehmen«, bot Tom an. »Ich muss sowieso dorthin, etwas Geschäftliches erledigen.«

Mia ging das alles zu schnell. So fix konnte sie nicht entscheiden, sie musste ihre Optionen durchgehen. Die Hilfsbereitschaft der anderen überforderte sie maßlos.

»Das müssen Sie nicht. Aber danke«, lehnte sie das Angebot schließlich ab. »Ob ich heute oder in drei Tagen nach Freiburg komme, spielt keine Rolle. Aber ich kann doch nicht einfach hier…« Sie breitete einen Arm aus und alle vier sahen sie verwundert an.

»Papperlapapp, Sie bleiben hier. Genießen Sie einfach die kleine Auszeit. Ich berechne Sam allerdings einen horrenden Freundschaftspreis. Ich denke, drei Mal Rasenmähen im Sommer ist ein angemessener Ausgleich dafür.« Vera stemmte resolut die Hände in die Taille.

»Also gut«, gab sich Mia geschlagen. Wenn sie sich zu sehr wehrte, würde man nur Verdacht schöpfen. Das war etwas, das unter allen Umständen zu verhindern war.

»Wunderbar«, freute sich Georgie und die Freude schien echt zu sein.

»Wenn Sie fertig sind mit Ihrem Frühstück, holen wir Ihre Sachen aus dem Wagen. Und dann zeige ich Ihnen die Stadt«, schlug Sam vor. Mia nickte. Was blieb ihr schon übrig? Und die Aussicht, ein weiteres Mal in dieser großen Badewanne abzutauchen, war einfach zu verlockend. Die Straße hätte sie schnell genug wieder. Es war beschlossene Sache, sie würde noch drei Tage im Luxus schwelgen und dann aber wirklich zurückkehren zu ihrem Roadtrip Richtung Spanien.

Kapitel 3

Bei Tageslicht und ohne den strömenden Regen sah die kleine Stadt gleich viel freundlicher aus. An der kurzen Hauptstraße gab es ein paar wenige, aber ausgesprochen hübsche Geschäfte. Gegenüber der Tankstelle, wo sie gestern ihren Wagen so unglücklich hinter Sams Geländewagen geparkt hatte, war in einem Eckhaus ein Geschäft mit allerhand Kunsthandwerk in der Auslage untergebracht, daneben ein Café. Sam deutete dorthin, als sie ausstiegen.

»Der Laden gehört Vera. Sie hat ihn lange Zeit mit ihren selbst gemachten Sachen betrieben und er lief nicht schlecht. Als Georgie dann vor zwei Jahren hier auftauchte und die Führung in die Hand nahm, fing er an, richtig gut zu laufen. Wenig später kam Lina – sie ist gerade für ein paar Wochen in Schweden – und irgendwie entstand eine Dynamik, die wir gern als ›Georgies Wunder‹ betiteln. Der Laden lief immer besser, die beiden kauften das kleine Geschäft daneben, eröffneten darin ein Café und gleichzeitig entstand Veras Gästehaus. Sie bieten Kurse und Workshops an zu allem Möglichen. Ähm …«, er geriet bei der Beschreibung etwas ins Schlingern. »… Seifenmachen, das mit der Wolle, Papierschöpfen. Kräuterhokuspokus. Ich weiß es nicht genau. Meine Mutter ist begeisterte Anhängerin geworden und verpasst keinen Workshop. Ich kann mich zu Hause vor Seifenstücken nicht mehr retten.«

Mia sah sich staunend um. Der Laden war noch geschlossen, aber sie erspähte durch die Fenster Regale mit Dekoartikeln. Vor dem Geschäft stand eine Bank und die Blumenkästen daneben waren trotz der frühen Jahreszeit schon üppig bepflanzt.

»Wer ist Iris? Wegen Iris' Inn?«, fragte sie schließlich. Sams Gesicht wurde ernst, seine Augen bekamen einen traurigen Schleier.

»Iris. Eine wunderbare Frau. Veras Freundin. Sie starb vor eineinhalb Jahren, hatte einen Tumor. Die sanfteste, schönste Frau, die wir hier kannten. Zu ihrem Gedenken wurde das Gästehaus nach ihr benannt. Kommen Sie, wir holen Ihre Sachen aus dem Auto.«

Mit einer Hand an ihrem Arm lenkte er sie sanft hinter die Tankstelle, wo sich die Werkstatt seines Onkels befand. Auf dem Gelände stand ihr kleiner Wagen. Bei Tageslicht sah die abgebrochene Stoßstange noch erbärmlicher aus als bei Nacht. Mia kämpfte mit den Tränen und schluckte sie mit aller Macht hinunter. Sie täuschte ein Niesen vor, putzte sich die Nase und tupfte ihre Augen trocken. Sam bemerkte es, schwieg aber schuldbewusst.

Mia kramte nach dem Schlüssel in ihrer Jackentasche und öffnete den Kofferraum. Sie beugte sich tief hinein, um den Karton gut greifen zu können. Heute trug sie eine enge Jeans, die ihre schlanke Figur zur Geltung brachte. Als sie sich nach vorne beugte, rutschte die viel zu große Jacke über ihren kleinen festen Hintern nach oben. Der Karton, in dem die Becher lagerten, war breit und unförmig, sodass sie ihn nicht gut zu fassen bekam. Als Mia einen Blick über die Schulter warf, um zu sehen, ob Sam vielleicht mit anpacken konnte, erwischte sie ihn dabei, wie er ihren Allerwertesten betrachtete. Mia zog fragend eine Augenbraue hoch und Sam zuckte ertappt zusammen.

»Warten Sie, ich packe mit an«, schlug er hastig vor und half ihr beim Herausheben des großen, schweren Kartons.

»Ist das alles, was wir mitnehmen sollen?«, fragte er. Interessiert ließ er seine Augen durch den Kofferraum schweifen, in dem sich ein zusammengerollter Schlafsack befand, außerdem ein Plastikkorb der Art, wie sie stapelweise in Lebensmittelgeschäften zum Sammeln der Einkäufe bereit standen, darin ein Teller, hinter dem drei, vier Besteckteile hervorlugten. Mia knallte den Deckel des Kofferraums zu, bevor er weiterschnüffeln konnte.

»Ja«, gab sie kurz angebunden von sich.

»Okay. Brauchen Sie etwas aus dem Supermarkt oder kann ich Ihnen sonst noch etwas Gutes tun?« Hinter seinem neutralen Gesichtsausdruck konnte Mia nicht ausmachen, ob er erkannt hatte, was die Dinge in ihrem Kofferraum aussagten. Und wenn schon – jeder konnte doch mit einem Schlafsack und ein paar Haushaltsgegenständen durch die Gegend fahren. Wenn er sie darauf ansprechen würde, würde sie irgendwas erfinden, vielleicht, dass sie leidenschaftliche Camperin sei oder gern ihr eigenes Besteck dabeihatte, weil auf den Autobahnraststätten … Aber Sam fragte nicht.

»Nein, ich denke, ich habe alles. Vielen Dank, Herr Kommissar.« Mia sah ihm fest in die Augen. Sie bildete sich ein, einen kurzen Moment des Misstrauens in seinen hübschen Augen gesehen zu haben. Also lächelte sie ihn an. Vielleicht half das.

»Sam Förster, wann kommst du mal wieder dein Küken besuchen?«, rief hinter ihnen plötzlich eine rauchige Frauenstimme. Aus dem Beifahrerfenster eines verbeulten, dreckbespritzten Autos lehnte eine ältere, rundliche Frau. Sam nickte ihr freundlich zu.

»Maria. Du weißt doch, wie beschäftigt ich damit bin, böse Jungs zu fangen und einzusperren. Es ist ein Vollzeitjob. Sobald ich kann, fahre ich raus zu dir und Donald. Und zu Hans, natürlich«, fügte er noch hinzu.

»Das will ich wohl hoffen. Und bring gefälligst genug Zeit für einen Kaffee mit«, forderte die Frau ihn auf, und der Fahrer neben ihr, ein Mann in ihrem Alter, hupte zwei Mal kurz, als sich das Auto wieder in Bewegung setzte.

»Nie im Leben«, murmelte Sam. Er wandte sich an Mia. »Kleiner Tipp, falls Maria Sie jemals auf einen Kaffee einlädt, sagen Sie ›Nein‹. Unbedingt. Andernfalls brennt Ihnen ein Schluck von dem Gebräu ein Loch in den Magen.« Dabei stellte er den Karton mit einer Leichtigkeit auf den Rücksitz des Jeeps, als wäre er mit Federn gefüllt.

»Ist Donald ihr Mann?«, fragte Mia neugierig. Sie war in einer Stadt mit lauter komischen Käuzen gelandet, schien ihr. Irgendwie gefiel ihr das. Sam lachte lauthals auf.

»Donald ist meine Ente. Marias Mann heißt Hans. Er saß am Steuer, der alte Grummler.«

»Sie haben eine Ente? Donald, wie Donald Duck?«, hakte sie ungläubig nach. Um seine Augen bildeten sich tiefe Lachfältchen und er zwinkerte ihr zu.

»Ja. Letztes Jahr haben wir eine Schar Wildentenküken gerettet, die sich im kleinen Wehr am Fluss verfangen hatte. Hans und Maria haben eine Hühnerfarm. Und Ziegen. Sie liebt diese Ziegen«, erzählte er und seine Stimme wurde ganz warm vor Zuneigung. »Jedenfalls haben sie die Küken für uns aufgenommen und aufgepäppelt. Von Mama Ente war weit und breit nichts zu sehen. Einer der Erpel ist meiner. Ich habe ihn Donald genannt. Sie wollte, dass ich ihn zu Weihnachten schlachte und zu Hause als Festtagsbraten auftische, aber das konnte ich doch unmöglich tun! Donald gehört zur Familie.«

Mia runzelte die Stirn. Die waren eindeutig alle nicht normal in dieser Kleinstadt.

Sam fuhr sie zurück ins Hotel und half beim Ausladen des Kartons. Er staubte bei Vera noch ein zweites Stück Kuchen ab und machte sich dann auf den Weg, um in seiner Stadt nach dem Rechten sehen. Mia blieb mit ihrem Karton im Wohnzimmer zurück. Vorsichtig öffnete sie den Deckel, nahm jeden Becher einzeln zwischen dem Zeitungspapier heraus und begutachtete sie gründlich. Einige waren zwar umgekippt, aber alle hatten den Zusammenstoß mit Sams Wagen in der Nacht zuvor gut überstanden. Zum Glück hatte sie sich die Mühe gemacht, sie so gut zu polstern. Erleichtert atmete sie aus. Vera nahm schwungvoll neben ihr auf dem Sofa Platz und lugte neugierig in den Karton. Ein begeisterter Ausruf entfuhr ihr und sie griff vorsichtig nach einem der getöpferten Becher. In der Kollektion hatte Mia mit Effekten experimentiert und kleine glitzernde Punkte in die Glasuren eingearbeitet. Einhorn-Becher nannte sie die Reihe, weil sie in kitschig bunten Farben schillerten und glitzerten, wenn Licht darauf fiel. Um diesen Effekt zu erzeugen, hatte Mia lange herumexperimentiert und den ein oder anderen Becher dabei zerstört. Doch es hatte sich gelohnt, sie liebte die bunten Keramiken und hatte auf einigen Märkten schon etliche verkauft.

»Haben Sie die etwa selbst gemacht?«, fragte Vera ehrfürchtig. Mia nickte verlegen.

»Die sind ja wunderschön! Was haben Sie damit vor?«, wollte die ältere Frau weiter wissen und fuhr vorsichtig mit dem Zeigefinger über die Struktur des Bechers.

»In Freiburg gibt es regelmäßig Kunsthandwerkermärkte, dort wollte ich sie verkaufen«, murmelte Mia.

»Eine gute Idee! Da habe ich auch schon oft meine Seifen und Kerzen verkauft. Nun ja, jetzt habe ich Georgie, die sich im Laden darum kümmert, aber früher habe ich es selbst getan. Auf diesen Märkten herrscht immer eine ganz besondere Atmosphäre. Ganz viele richtige Künstler verkaufen dort«, schwärmte Vera und Mia bekam immer größere Augen. Künstler. Und sie. Das konnte was werden. Wenn sie mindestens zehn Becher verkaufte, hätte sie genug Spritgeld für die nächste Etappe Richtung Süden. In Spanien hatte sie kein konkretes Ziel, aber daran klammerte sie sich fest, seit sie vor ein paar Wochen losgefahren war. Wenn man sonst kein Ziel hatte, klangen Sonnenschein, Strand, Meer, Touristen nicht schlecht, und sie war überzeugt, dass sie Spanisch leicht erlernen konnte, wenn sie erst mal dort war.

»Haben Sie sich schon einen Preis für diese Schönheiten überlegt?« Vera streichelte liebevoll über die bunten Glasuren. »Die würden mir auch gut in meinem kleinen Ladengeschäft gefallen.«

»Zehn Euro«, sagte Mia forsch und ignorierte, dass sie auch schon welche für acht verkauft hatte, schließlich wollte sie sich nicht unter Wert präsentieren. Vera gab einen überraschten Ton von sich und legte den Kopf in den Nacken. Dann legte sie Mia herzlich einen Arm um die Schulter und drückte sie kurz.

»Schätzchen, verlangen Sie lieber fünfzehn oder zwanzig. Das sind sie allemal wert. Wenn Sie mögen, nehme ich Ihnen zehn Stück ab und verkaufe sie für zwanzig in unserem Laden.« Sie klopfte sich belustigt auf die Oberschenkel und stand auf, als das Telefon klingelte. Zwanzig Euro! Mia überlegte fieberhaft. Sie würde viel mehr verdienen als angenommen. Natürlich nur, wenn sich die Becher auch verkauften. Aber wenn Vera glaubte, sie für diesen Preis verkaufen zu können, waren sie das vielleicht sogar wert.

Den restlichen Tag verbrachte Mia Tee trinkend und in Zeitschriften blätternd im Wohnzimmer. Es waren nur zwei andere Gäste anwesend, die aber am Morgen zu einer Tagestour aufgebrochen waren und erst abends zurückkehren würden. Vera kramte im Haus, räumte auf, kochte, buk, erledigte

Hotelangelegenheiten. Georgie kümmerte sich derweil im Laden um die Geschäfte. Mia hatte also ihre Ruhe. Am späten Nachmittag ertappte sie sich dabei, wie sie minutenlang einfach nur aus dem Fenster gestarrt hatte. Das hatte sie zuvor noch nie getan, es brachte ihr eine bis dahin unbekannte Ruhe und Frieden. Da der Regen offenbar eine längere Pause eingelegt hatte, brach sie für einen kurzen Spaziergang auf. Die Luft roch frisch und klar, nach Wald, Wiese und Regen. Es war ganz anders hier als in den Städten, die sie kannte. Die Einsamkeit empfand sie als friedlich. Dabei hatte sie den Schutz der Anonymität in der Großstadt immer für das Beste gehalten, was ihr passieren konnte. Vielleicht war ein kleiner Autounfall im Nirgendwo auch nicht zu verachten. Zumindest hatte ihr der Zusammenstoß ein Bett, eine Badewanne und ein paar Tage mit warmen Mahlzeiten beschert. Als es zu dämmern begann, kehrte sie schnell zurück zum Hotel. Zähneklappernd – es war Frühling und im Wald wurde es schnell kalt, wenn sich die Sonne zurückzog – eilte sie die Stufen hoch. Im Flur schlüpfte sie artig aus ihren schmutzigen Turnschuhen und stellte sie zum Trocknen auf ein dafür vorgesehenes kleines Regal.

»Mädchen, waren Sie die ganze Zeit draußen? Ohne Jacke?« Vera streckte ihren grauen Lockenschopf zur Küchentür heraus und schüttelte missbilligend den Kopf.

»Sie gehen schön nach oben in die heiße Wanne und ich bringe Ihnen ein Stück frischen Kuchen. Blaubeere dieses Mal. Mögen Sie doch, oder?«, fragte sie, wartete aber Mias Antwort gar nicht erst ab. Mia grinste. Zwei Stück Kuchen an nur einem Tag. Und das zweite Vollbad innerhalb von 24 Stunden. Sie war im Paradies gelandet!

Im Bad ließ sie, wie geraten, die Wanne mit heißem Wasser volllaufen und wählte einen anderen Badezusatz als am Vortag. Da sie wusste, dass das hier in ein paar Tagen vorbei wäre, hatte sie beschlossen, bis dahin alles anzunehmen, was sich ihr bot. Wohlig ächzend sank sie tief in den duftenden Schaum. Fast wäre sie vor Schreck untergegangen, als Vera einfach zur Tür hereinkam. Sie klopfte zwar, aber im selben Atemzug öffnete sie schon die Tür, sodass Mia gar keine Gelegenheit hatte, zu reagieren. Vera stellte ein Tablett mit einem großen Pott Tee und Kuchen, auf dem ein riesiger Klecks Sahne thronte, auf dem Stuhl neben der Wanne ab. Mia verschränkte verschämt unter Wasser die Arme vor der nackten Brust. Vera fuchtelte mit den Händen über der Wanne herum.

»Vor lauter Schaum sehe ich doch sowieso nichts. Außerdem habe ich selbst zwei Brüste. Obwohl – so wie die mittlerweile hängen, zählen sie vielleicht schon gar nicht mehr. Wissen Sie, in meinem Alter kümmert einen das nicht mehr.«

Damit ließ sie Mia zurück, die der alten Frau entsetzt hinterherstarrte. Wenn Sie morgen wieder baden durfte, würde sie die Tür abschließen!

Den Sonntag verbrachte Mia ähnlich wie den Samstag. Sie saß im Wohnzimmer, ließ sich von Vera eine Tasse Tee nach der anderen kochen, las Zeitschriften und sah aus dem Fenster in den Garten. Noch blühten hier nur wenige Blumen, aber der Garten war üppig angelegt, in ein paar Wochen wäre es wunderschön zu beobachten, wie der Frühling alles zum Blühen brachte. Der Gedanke stimmte sie traurig. Sie würde nicht mehr hier sein, um diesem Schauspiel zuzusehen.

Nach einem umfangreichen Mittagessen wurde sie müde und zog sich in ihr Zimmer zurück. Am helllichten Nachmittag schlafen – Mia kam sich absolut verwegen vor. Als sie wieder erwachte, dämmerte es bereits sanft. Durch das Fenster beobachtete sie gedankenverloren eine Weile die Wolken am Himmel. Wenn ihr Magen nicht auf die

Gerüche, die aus dem Untergeschoss nach oben drangen, mit einem lauten Knurren reagiert hätte, wäre sie ewig liegen geblieben. Mal sehen, was Vera heute gekocht hatte. Wenn sie wieder unterwegs wäre, würde sie die großen Mahlzeiten, alle gekocht mit viel Liebe, schmerzlich vermissen. Und den himmlischen Kuchen! Sie klopfte sich vergnügt auf den flachen Bauch und schlüpfte in ihre Jeans. Da passte jedenfalls noch einiges rein.

Sam saß am Esstisch und naschte von Veras frischem Brot, das vor ihm in einem hübschen Korb lag. Er hatte einen langen, aber guten Tag hinter sich. Frühmorgens hatte man ihn aus dem Bett geklingelt, weil ein Einbruch im Nachbarort gemeldet worden war. Wenn er Rufbereitschaft hatte, war er immer besonders froh darüber, dass er die Dienstwohnung über der Polizeistation bezogen hatte. Vor zwei Jahren war er aus Frankfurt zurück in seinen Heimatort gezogen, um hier eine kleine Außendienststelle des Reviers zu eröffnen. Das Hauptrevier befand sich ein paar Ortschaften weiter, aber zu seinem Glück gab es die Einheit hier. Und noch schöner, dass seine Wohnung direkt darüber lag. Ein Bett, ein Fernseher, Tisch, Kochnische, Schrank, Badezimmer. Mehr war es nicht. Aber es war seins, genau wie diese Stadt seine war. Wenn Notrufe reinkamen, saß er innerhalb einer Minute im Einsatzfahrzeug. Auch, wenn er morgens um fünf Uhr geweckt wurde wegen vermeintlicher Einbrecher. Die Diebe hatten vier Pfoten und eine hübsche Nase. Leider durfte er keine Waschbären verhaften. Schon seit einigen Jahren hatten sie vermehrt Meldungen von Waschbären in der Region. Die Tiere waren von Aktivisten aus einer illegalen Pelzfarm freigelassen worden und vermehrten sich ungehindert. Klar, sie waren putzig, aber sie richteten auch immer wieder Schaden an. Und manchmal hielt man sie für Einbrecher, die im Garten randalierten. Es war nicht das erste Mal gewesen, dass Sam wegen Waschbären gerufen worden war. Von dem Einbruchsort war er zu einem Autounfall gefahren, hatte anschließend die Beschwerde eines Dorfbewohners aufgenommen, der behauptete, sein Nachbar habe ihm den Rasenmäher geklaut, der wiederum beklagte das Fehlen einer Harke. Beides fand Sam beim jeweils anderen in der Garage. Fall gelöst! Er hatte einen fünfjährigen Bonbondieb an der Tankstelle gestellt und ihn in Handschellen zum Auto seiner Mutter geführt. Zwinkernd hatte er ihm einen Lutscher in die klebrige Faust gedrückt. So war sein Leben hier. Nichts Aufregendes, keine wilden Schießereien, keine Bandenkriminalität wie in der Großstadt. Er liebte alles daran. Den gemächlichen Rhythmus einer liebenswerten Kleinstadt, die schrulligen Bewohner, die Ruhe. Er wollte nirgendwo anders sein. Und jetzt saß er bei Vera, weil er den ganzen Tag das Bedürfnis verspürt hatte, nach ihrem Gast zu schauen. Rein beruflich, redete er sich ein. Schließlich war er für die Sicherheit der Bewohner und der Gäste dieser Stadt verantwortlich und nicht etwa, weil ihm die wunderschönen großen, goldschimmernden Augen nicht aus dem Kopf gingen. Dennoch sah er augenblicklich hoch, als besagter Gast die Treppe fürs Abendessen herunterkam. Erst traten ihre schlanken Fesseln in sein Blickfeld, dann die muskulösen Beine und der zierliche Rest des Körpers. Sie trug eine enge Jeans, darüber einen viel zu großen Pullover, der ihr bis zur Mitte der Oberschenkel reichte und dessen Ärmel sie an den Handgelenken ein paar Mal umgeschlagen hatte. Die dunkelbraunen schulterlangen Haare waren zu einem lockeren Zopf geflochten. Ihre Augen sahen verträumt aus, als wäre sie gerade aus dem Bett gekrochen. Als sie ihn entdeckte, zuckte ihr süßer Mund kurz und lächelte dann scheu. Es fuhr ihm direkt in die Magengrube. Sam schluckte. Verdammt, sie war wirklich hübsch!

Mia hatte Sams Blick sofort bemerkt, als sie die Treppe hinuntergestiegen war. Er saß an dem großen Esstisch und beobachtete auch jetzt noch jeden ihrer Schritte. Verhalten nickte sie ihm zu und nahm ihm gegenüber am Tisch Platz. Schweigend schob er ihr den Brotkorb und die Schale mit gesalzenem Olivenöl, die vor ihm standen, zu und nickte auffordernd. Vera kam aus der Küche und stellte einen Stapel Teller auf den Tisch.

»Sam, erzähl Mia doch von deinen Räubern«, forderte sie ihn kichernd auf und tanzte zurück in die Küche. Mia sah ihn fragend an und Sam nickte zustimmend.

»Es war der Tag der Diebe. Heute Nacht wurde ich zu einem schweren Einbruch gerufen, ein paar Kilometer Richtung Norden. Ein alter Mann hat gehört, wie in seinem Hinterhof jemand herumschlich und auf die Mülltonnen kletterte. Wir hatten letztes Jahr ein paar Einbrüche in der Gegend, also bin ich sofort los. In mein Auto, Blaulicht an, hätte mir selbst einen Strafzettel verpassen müssen wegen Geschwindigkeitsüberschreitung.« Mia lächelte mit ihm, als er selbst lachen musste über seine Beschreibung.

»Taschenlampe, Waffe, alles im Anschlag«, berichtete er weiter und ihr Blick fiel auf seine breite Brust, als er mit seinen Armen und Händen nachstellte, wie er auf Einbrecherjagd gegangen war. Dieser Mann konnte Diebe sicher auch mit einem gezielten Faustschlag niederstrecken. Seine krumme Nase erzählte zumindest die Geschichte von einigen Faustkämpfen in seiner Vergangenheit. Sie kehrte zurück zu seiner Beschreibung, wie er im Hinterhof herumschlich, auf das Schlimmste gefasst.

»Wissen Sie, wen ich erwischt habe, wie er gerade die Mülltonne leerte?«, fragte er und grinste sie an. »Einen Waschbären. Schon lange keinen mehr gesehen. Die kleinen

Räuber. Arme Kerle, wenn sie schon im Müll nach was zu essen wühlen müssen.«

Mias Gesicht wurde für einen kurzen Augenblick ernst. Jedem konnte es passieren, in so eine Notlage zu geraten. Nicht, dass sie darauf stolz war, aber auch sie hatte schon Müll durchwühlt.

»Hätten Sie denn Handschellen in dieser Größe gehabt?«, scherzte sie und tunkte ein Stück Brot ins Olivenöl, um ihn nicht ansehen zu müssen.

»Ich sollte mir ein Sortiment davon zulegen. Ein paar Stunden später habe ich einen Bonbondieb in der Tankstelle auf frischer Tat ertappt. Er war gerade so groß, dass er über die Ladentheke schauen konnte.«

»Unerhört«, bestätigte sie ihm und er musste erneut lachen, dieses Mal über ihren neutralen Tonfall.

»Haben Sie noch nie was geklaut, Herr Kommissar?«, wollte sie wissen und sah ihn herausfordernd an. Nickend legte er sich die Hand auf die Brust.

»Doch. Dritte Klasse. Alle hatten coole Gelstifte und ich musste mit richtiger Tinte schreiben. Meine Mutter war eine Öko-Terroristin, und Gelstifte, die man nicht nachfüllen konnte, kamen nicht infrage. Ich habe fünf Stück geklaut. Damals gab es hier noch eine kleine Schreibwarenabteilung in der Post. Vera, erinnerst du dich noch an Herrn Sünders? Er hat dort gearbeitet«, rief er Vera zu, die soeben wieder aus der Küche kam, um etwas auf den Tisch zu stellen. Empört schnaubend stemmte sie ihre Hände in die Hüften.

»Und ob, den kannte ich gut. Hat mir immer Komplimente gemacht und auch ein- oder zweimal versucht, mich zum Kaffee einzuladen. Dabei war er verheiratet! Alter Schwerenöter. Hat er dich beim Klauen erwischt?«

»Schlimmer. Meine Mutter. Sie hat mich an den Ohren zur Post zurückgezerrt und ich musste gestehen, um Gnade winseln und hatte fünf Tage Hausarrest. Für jeden Stift einen. Zu Weihnachten hat sie mir einen Zehnerpack geschenkt.«

Seine Erzählung klang vergnügt. Mia kam nicht umhin, sich zu fragen, wie ihre Mutter auf einen derartigen Vorfall reagiert hätte. Sie wäre mit Schweigen bestraft worden und hätte ihr Zimmer tagelang nicht verlassen dürfen. Hausarrest und Liebesentzug wegen der Schande, die sie mit einem kleinen Diebstahl über die Familie gebracht hätte.

»Was haben Sie mit dem Bonbondieb gemacht? Wie lautete seine Strafe?« Gespannt schob sie sich das köstliche Stück Brot in den Mund und sah, wie Sam kurz stockte und sich mit den großen Händen übers Gesicht rieb, als wollte er unliebsame Gedanken vertreiben.

»Abgeführt. In Handschellen. Für Erwachsene, aber er war trotzdem mächtig stolz drauf. Ich kenne den kleinen Racker. Seine Mutter ist mit mir zur Schule gegangen. Er hat mir sein Ehrenwort gegeben, es nicht wieder zu tun.«

Vera stellte sich neben ihn und strich Sam über den blonden Schopf. Mia bemerkte all diese kleinen, beiläufigen, liebevollen Gesten. Ein Hauch Eifersucht mischte sich unter die Verwunderung. Wann hatte ihr jemals jemand liebevoll über den Kopf gestrichen, so ganz ohne Agenda? Einfach nur so, aus einer Verbundenheit heraus?

»Wer war es? Der Kleinste von Susanne Müller-Traubach?«, wollte Vera wissen und schnaubte erneut, als Sam nickte.

»Dann ist er bestraft genug und muss nicht eingesperrt werden«, beschloss sie und tischte das Abendessen auf. Es gab gegrillten Tofu und Pilze sowie cremigen Süßkartoffelstampf. Es roch herrlich würzig nach Kräutern und Unmengen Knoblauch. Dazu ein frischer Salat mit Ziegenkäse. Mia lief beim Anblick der leckeren Speisen auf dem Tisch das Wasser im Mund zusammen.

»Du bleibst doch zum Essen, Sam?«, vergewisserte sich Vera und ihrer Stimme war zu entnehmen, dass ein Nein ohnehin nicht vorgesehen war.

»Tom und Georgie müssten auch jeden Augenblick kommen. Aber wir fangen ohne sie an. Hungernde soll man nicht warten lassen. Und dass unser Gast Hunger hat, sehe ich doch ganz genau! Schätzchen, bedienen Sie sich bitte«, forderte Vera Mia auf, die sich verlegen über die Lippen strich. Hoffentlich hatte sie nicht gesabbert.

Kapitel 4

Sam schöpfte gerade den gegrillten Tofu auf Mias Teller, auf dem sich bereits ein Berg aus Gemüse und Salat befand, als die Tür aufging und Tom mit Georgie hereinkam. Der große Mann stützte seine schwangere Frau, die leise weinte. Erschrocken sprangen Vera und Sam auf, Mia drehte sich zu den anderen und sah sich unsicher um. Georgie trug eine schlabberige Jogginghose und einen Pullover, der ihr zwei Nummern zu groß war, bestimmt beides von Tom, mutmaßte Mia. Der jungen Frau liefen Tränen übers Gesicht und sie hatte eine Hand schützend auf ihren noch kleinen Babybauch gelegt, die andere umklammerte Toms Hand, der mit der freien Hand seine Frau vorsichtig ins Wohn- und Esszimmer bugsierte.

»Was ist passiert?«, rief Vera besorgt. Sam war aufgesprungen, zu den beiden geeilt und stützte nun Georgie am anderen Arm. Zusammen ließen die beiden Männer die Schwangere sanft in einen Sessel gleiten. Tom schob einen Hocker davor und legte ihre Füße sanft darauf. Eine Sekunde später hatte Vera schon eine Häkeldecke über Georgies Beinen ausgebreitet. Die Fürsorge ihrer Freunde und Familie entlockte Georgie ein wackliges Lächeln, doch darunter sah sie einfach nur verzweifelt aus. Mia beobachtete die Szene still.

Tom setzte zu einer Erklärung an.

»Georgie hatte heute Mittag plötzlich starke Schmerzen und leichte Blutungen. Wir sind sofort ins Krankenhaus gefahren und man hat ihr Medikamente gegeben, die zum Glück schnell gewirkt haben, aber der Schreck war groß.«

Vera kniete sich neben Georgie und legte den Kopf schräg, sodass ein Ohr auf dem Bauch ihrer Nichte lag. Zärtlich umfasste sie die kleine Halbkugel und flüsterte dann an das Baby in Georgies Bauch gewandt: »Du hast es aber eilig, kleiner Wurm. Das geht so nicht. Bleib mal schön da drin. Da ist es warm und rosa, das tut dir gut. Hörst du mich?«

Die Frau hatte einen Knall! Aber ihre Fürsorge und Schrulligkeit waren liebenswert, man verzieh ihr diese sonderbaren Sätze und Gesten, Mia fand es sogar eher berührend und schön. Diese Frau kümmerte sich nicht darum, was andere über sie dachten, sie sagte frei heraus, was sie fühlte, und handelte so, wie es ihr gerade spontan in den Sinn kam. Das war besonders.

Langsam versiegte Georgies Tränenstrom.

»Sie haben mir Bettruhe verordnet. Ich durfte nur nach Hause, weil Tom ihnen geschworen hat, dass ich mich in den nächsten Wochen kein bisschen bewege. Nicht arbeiten, nur aufstehen zum Pinkeln und rund um die Uhr versorgt werden. Wie soll das gehen?«, fragte Georgie und Vera drückte ihre Hand.

»Du bleibst einfach hier und ich kümmere mich um dich. Habe ich schließlich auch gemacht, als du mit gebrochenem Herzen hier aufgetaucht bist. Wir kriegen das Baby schon geschaukelt. Nur nicht so doll, damit es schön drinbleibt«, bot sie selbstverständlich an.

»Und unser Geschäft? Lina kommt erst in ein paar Wochen zurück. Das schaffst du nicht alles allein. Das Café, der Laden, das Hotel, zwei Workshops sind in der Zeit geplant«, rief Georgie verzweifelt. »Wir haben so hart gearbeitet für diesen

Erfolg. Ein Rückschlag wäre bitter. Die Geschäfte tragen sich gerade so. Es muss weitergehen!«

»Georgie, du hast die Ärzte gehört. Du darfst nicht arbeiten. Unser Baby …« Tom schluckte schwer und drückte sein Gesicht an Georgies Hand. »Ich weiß ja, wie sehr du das Geschäft liebst, das Hotel, das Café.«

»Ja, es hängt alles zusammen, das eine ergibt ohne das andere keinen Sinn. Kein Café, kein Laden, kein Hotel«, stellte Vera fest. »Was hatten wir denn noch mal geplant? Kerzengießen und Seifenherstellung, wenn ich mich richtig erinnere. Und ausgebucht sind die Workshops auch. Die Gäste übernachten hier.«

»Ich kann meine Mutter fragen, ob sie aushilft«, bot Sam an, doch Georgie winkte ab.

»Deine Mutter hat genug zu tun mit ihrem ersten Enkelkind. Deine Schwester und ihr Mann brauchen deine Mutter gerade mehr als wir. Aber es ist lieb, dass du es anbietest. Wir müssen eine andere Lösung finden. Wir können, wir dürfen die Workshops nicht absagen.«

»Ich kann helfen«, schlug Mia spontan vor. Alle drehten sich überrascht zu ihr um, als hätten sie vergessen gehabt, dass sie am Tisch saß und alles mitbekam, was im Wohnzimmer gesprochen wurde.

»Also, ich weiß natürlich, dass Sie mich ja gar nicht kennen, aber ich habe es nicht eilig und kann ein paar Tage länger bleiben. Natürlich muss ich am Mittwoch endlich nach Freiburg und anschließend wollte ich nach Spanien fahren, das kann jedoch ein, zwei Wochen warten, ich müsste nur … Bescheid sagen, dass es später wird«, erfand sie wichtige Verabredungen, damit es nicht klang, als wäre sie eine Herumtreiberin. Die sie eigentlich war. Aber niemand würde eine Herumtreiberin seine Geschäfte übernehmen lassen. Vera eilte zu ihr und nahm sie fest in den Arm.

»Das würden Sie tun?«, vergewisserte sie sich. Tom und Sam warfen einander Blicke zu, wie Mia nicht entging. Es stimmte, die beiden kannten sie nicht und waren zu Recht misstrauischer als die gutgläubige Vera.

»Natürlich«, bekräftigte Mia überzeugend. »Sie haben mich alle ganz selbstlos aufgenommen, da kann ich mich ja nur erkenntlich zeigen, indem ich mit anpacke. Und ob ich jetzt weiterfahre oder etwas später, darauf kommt es nicht an. Aber ich muss das Geschirr nach Freiburg bringen, sonst wird es knapp.« Was genau knapp würde, das ließ sie lieber im Ungewissen. Das schien zu überzeugen, denn Georgie nickte und auch Sam und Tom entspannten sich etwas.

»Nur für ein paar Tage, bis Ihre Kollegin wieder hier ist«, schob sie noch hinterher. Arbeit gegen Obdach, das hatte Mia schon einmal angeboten. Damals war sie jünger gewesen, verzweifelt und verloren, es war aus der Not heraus entstanden. Es hatte sie gerettet aus einer misslichen Lage, doch die Abhängigkeit, die sie damals verspürt hatte, die wollte sie nicht wieder erleben. Es war besser, auf sich gestellt zu sein. Jetzt war sie stärker, reifer. Ein paar Tage hier in der hübschen Unterkunft, aushelfen bei den Workshops – das konnte nicht schaden! Im Gegenteil, vermutlich würde es ihr guttun, wie die vergangenen Tage ihr gutgetan hatten im Iris' Inn. Gestärkt würde sie sich anschließend auf den Weg Richtung Südwesten machen, der Sonne entgegen.

»Was wäre denn genau zu tun?«, erkundigte sich Mia bei Vera, die noch immer ihre Arme festhielt.

»Das Hotel muss auf Vordermann gebracht werden. Wir erwarten am kommenden Freitagabend zwölf Frauen. Unterschätze niemals eine Horde Frauen, sag ich nur. Alle Zimmer müssen gereinigt und vorbereitet werden. Wir müssen Kuchen backen und Speisen kochen, die wir während des Workshops anbieten. Beim Workshop selbst brauche ich eigentlich nur jemanden, der sich um das leibliche Wohl der Gäste kümmert und alles hier im Hotel im Griff hat, bis wir abends zurückkehren. Und einen Shuttle-Service. Jemand muss die Frauen mit mir zusammen von der Stadt aus hierherfahren.«

»Okay«, sagte Mia und nickte. Das klang machbar. Und wenn sie dadurch in den Genuss von ein paar weiteren Tagen Schaumbad und vollem Magen kam, war das kein schlechter Deal.

»Selbstverständlich können Sie so lange hier wohnen. Ich befürchte, ich kann Ihnen nicht allzu viel Gehalt zahlen, aber Kost und Logis anbieten und ein paar Euro bar auf die Hand. Außerdem sollten wir uns endlich duzen!«

Mia nickte und lächelte. »Machen Sie … ich meine, mach dir darüber keine Sorgen. Ich freue mich, wenn ich helfen kann.«

Es war ihr ernst damit. Auch wenn ihre Absichten nicht so heroisch waren, wie sie nach außen wirkten. Man hatte sie mit offenen Armen aufgenommen, mit leckerem Essen und purem Luxus in Form von Schaumbädern und einem bequemen Bett überhäuft. Alles nur, weil sie wegen einer kleinen Autopanne hier gestrandet war. Dafür war sie dankbar und wollte gern zum Dank etwas aushelfen. Mindestens genauso schwer wog jedoch die Tatsache, dass sie seit einigen Wochen mit dem Auto unterwegs war, darin lebte und eine Pause ihr schlicht guttun würde. Sie würde hier jeden Moment genießen und ihre Batterien wieder aufladen. Mia beschloss, dass eine Hand die andere wusch und es ein guter, fairer Deal war für alle Beteiligten.

Später am Abend brachte Tom Georgie nach Hause und versprach, sich um sie zu kümmern. Vera ließ ihn schwören und war kurz davor, von ihm einen Blutsschwur zu verlangen. Wenn er mal wegmusste, würde er Georgie vorbeibringen und sie auf Veras Sofa parken, wo sie striktes Arbeitsverbot hatte, beteuerte er. Georgie war viel zu durcheinander, um von der ganzen Aufregung genervt zu sein. Sie hatte Angst um das Baby. Es musste so lange in ihrem Bauch bleiben, wie es nur ging. Ihr Herz zersprang fast vor Sorge. Sie liebte dieses kleine, noch unbekannte Wesen jetzt schon sehr, wie sie mit Tränen in den Augen kundtat.

»Ich verlasse mich dann auch auf euch, dass ihr auf sie aufpasst!«, nahm Tom Mia und Vera im Gegenzug das Versprechen ab. Vera spuckte in ihre Handfläche und hielt sie ihm hin. Er verzog das Gesicht, schlug aber ein. Als sie weg waren, sank Vera entkräftet auf einen Stuhl, nahm eines der bunten Kissen in die Arme und presste ihr Gesicht hinein.

»Das ist ja eine schöne Scheiße«, murmelte sie und Mia und Sam grinsten sich wegen Veras Wortwahl kurz an. Um Vera einen Moment allein zu gönnen, damit sie die Neuigkeiten in Ruhe verdauen konnte, begann Mia, den Tisch abzuräumen.

»Lass stehen, Mädchen. Das können wir morgen machen. Ich bin zu erschöpft. Und jetzt, wo du zur Familie gehörst, muss ich auch nicht mehr auf Sauberfrau machen«, redete sie auf Mia ein. Doch die schüttelte den Kopf.

»Geh ruhig ins Bett, Vera, ich kümmere mich um den Abwasch. Das geht doch schnell. Ich habe gesagt, ich helfe. Also kann ich auch gleich damit anfangen«, wehrte sich Mia. Nickend griff Sam nach den Töpfen und trug sie in die Küche.

»Mia hat recht, wir machen das. Ruh du dich aus, Vera«, bot er an, und während Vera ihn beim Wort nahm und sich in ihr Zimmer zurückzog, räumten Mia und Sam gemeinsam den Tisch ab. Dann füllte Mia die Spülmaschine und nahm sich anschließend einen Lappen, um den Tisch sauber zu wischen. Sam lehnte am Türrahmen und beobachtete, wie sie mit energischen Bewegungen Krümel zusammenkehrte.

»Es ist wirklich nett von dir, ihnen zu helfen«, setzte er an. Mia rieb fester an einer Stelle und sah sich nicht zu ihm um.

»Ich habe gehört, anderen in der Not zu helfen, sei eine Tugend. Irgendwann im Leben hilft dir vielleicht mal jemand, wenn du selbst in Not bist. Und das war ich gerade erst. Du hast dafür gesorgt, dass ich hier einfach so spontan für ein paar Tage unterkommen kann. Das ist nicht selbstverständlich und es ist mir wichtig, etwas zurückzugeben«, erklärte sie. Schließlich drehte sie sich zu ihm um. Als sie bemerkte, wie aufmerksam er sie ansah, musste sie schlucken. Langsam kam er auf sie zu. Sie wich nicht zurück und blieb stocksteif stehen, bis er direkt vor ihr stoppte, so nahe, dass ihre Körper sich fast berührten. Ihr Herz raste. Eine Wärme ging von ihm aus, sein intensiver, aufregender Geruch drang in ihre Nase. Ruhig hob er eine Hand. Ihr Blick fiel auf seine Polizeimarke, die wie immer aus seiner Hemdtasche hervorlugte. Mit etwas Überwindung riss sie sich davon los und sah ihm fest in die Augen. Gewappnet für das, was gleich passieren würde, mit einem leicht flatternden Magen und einem Prickeln überall an ihrem Körper. Doch ganz anders als erwartet, drückte Sam ein Küchenhandtuch sanft gegen ihre Wange und rieb damit vorsichtig über ihre Haut. Irritiert zuckte sie zurück.

»Du hattest da den ganzen Abend einen winzigen Soßenfleck«, erklärte er und sie spürte, wie ihr das Blut ins Gesicht schoss. Oh, für einen Moment hatte sie gedacht, er werde sie küssen. Wie dämlich konnte man denn sein? Immerhin war er Polizist und sie nur eine kleine Herumtreiberin. Er kannte sie gar nicht und sie wusste ja auch fast nichts über ihn. Vielleicht war er sogar verheiratet, nicht alle trugen dann einen Ehering. Gut aussehend, charmant, hilfsbereit, die Frauen mussten verrückt nach ihm sein. Wie dumm von ihr. Und wie peinlich, dass sie gedacht hatte, er werde sie, ausgerechnet *sie*, küssen! Beschämt wandte sich Mia ab, murmelte: »Danke.« Dann drückte sie ihm den Lappen in die Hand und ließ ihn einfach stehen.

»Gute Nacht«, rief sie, während sie eilig die Treppe hochlief, ohne sich noch mal nach ihm umzudrehen.

Der nächste Tag startete mit einem Besorgungsmarathon. Mia zog mit Vera los, um die Einkäufe für das Wochenende zu tätigen. Schon auf dem Weg zum Supermarkt zählte Vera auf, was sie alles brauchten. Immer wieder sprang sie in ihrer Planung kreuz und quer, mal sollte es kleine Wraps geben, dann Minipizzen, dann Blätterteigtaschen oder doch vielleicht Quiche? Schon nach wenigen Minuten gab Mia es auf, eine Einkaufsliste zu schreiben, und sah aus dem Beifahrerfenster. So schön war es hier bei Tageslicht und ohne Gewitter. Die dunklen Bäume wirkten ganz anders als bei ihrer Ankunft, weniger bedrohlich, ganz im Gegenteil, eher sehr friedlich. Die kleinen Orte, durch die sie fuhren, um zu dem größeren Supermarkt ein paar Kilometer entfernt zu gelangen, sahen bezaubernd aus mit ihren alten Fachwerkhäusern und Bauernhöfen. Eine absolute Idylle, fand Mia.

Auf dem Parkplatz vor dem Supermarkt angekommen, eilte Vera los.

»Halt«, rief Mia. »Brauchen wir keinen Wagen?«

»Na klar! Gut, dass ich dich dabeihabe!« Vera drehte schnurstracks um, löste einen Wagen aus der Kolonne und brauste wieder los, Mia im Eiltempo hinterher. So kopflos, wie die Essensplanung während der Autofahrt geklungen hatte, so konfus erledigte Vera auch den Einkauf. Kaum in dem einen Gang angelangt, entschied sie sich um und sprang schon in den nächsten. Mia blieb nichts anderes übrig, als hinterherzulaufen und die Sachen, die Vera willkürlich in den Einkaufswagen warf, ordentlich zu stapeln, bei Bedarf eine zweite oder dritte Packung zu schnappen und dabei die ganze Zeit an Veras Fersen zu haften. Mit den Mengen an Lebensmitteln und Ideen konnte man eine ganze Kompanie verköstigen. Aber Mia sagte nichts, schüttelte nur ungläubig den Kopf und belud später den Kofferraum.

Anschließend machten sie einen Abstecher in den Laden, um nachzusehen, ob alles in Ordnung war. So früh im Jahr – die Wintersaison war gerade vorbei und die Wandersaison, die mit dem Frühling begann, war noch nicht in vollem Gange – kamen selten Touristen vorbei, also beschloss Vera, das Café die ganze Woche über zu schließen und jeden Tag nur für ein paar Stunden in den Laden zu gehen. Da sie schon mal hier waren, zeigte sie Mia alles. Das Café war hübsch, klein und gemütlich. Vorher war in dem Gebäude eine Metzgerei untergebracht gewesen und die alte Fleischertheke, die noch davon zeugte, war zur Kuchenvitrine umfunktioniert, die Wände in einem angenehmen warmen Creme-Ton gestrichen. Die Secondhand-Möbel waren zwar wild zusammengewürfelt aus unterschiedlichen Stilen und Epochen, ergaben aber doch ein harmonisches, behagliches Gesamtkunstwerk. An einer Wand verband ein großer Durchbruch das Café mit dem Ladengeschäft nebenan. Helle, ausladende Regale waren dort an den Wänden mit Seifenstücken, Gläsern mit Tee, Kerzen in unterschiedlichen Farben und Formen ausgestattet. Auf einem Kleiderständer hingen gehäkelte Strickjacken und Stolas. Mehrere Häkeldecken stapelten sich auf einem Tischchen. Und alles roch angenehm nach Lavendel. Es war wunderschön. In der Mitte des Ladens entdeckte Mia hübsche, aus Holz gefertigte Schalen, Becher, Krüge, die samtweich geschmirgelt waren.

»Die drechselt Tom, wenn ihm langweilig ist, sind die nicht hübsch?« Mit einer zärtlichen Geste strich Vera über eine der Holzschalen. Mia nickte schweigend. Von all diesen Eindrücken war sie schlichtweg überwältigt.

»Wir können in den nächsten Tagen noch mal gemeinsam herkommen, dann zeige ich dir unsere Waren genau und drüben im Café, wie die Küchengeräte zu bedienen sind, aber für heute reicht es, würde ich sagen. Lass uns nach Hause fahren. Ich suche nur noch eine Sache. Hier muss irgendwo ein Auftrag liegen, den ich mitnehmen wollte«, schlug Vera vor und durchwühlte einen niedrigen Papierstapel neben der Kasse.

Der Laden gefiel Mia sehr. So viele schöne Dinge, die niemand brauchte und die bestimmt alle haben wollten. Alles war mit Geschick arrangiert und drapiert, man sah direkt, wie viel Liebe und Herzblut in Geschäft und Café geflossen waren. Bei all der Gemütlichkeit war dennoch alles ordentlich, sauber, übersichtlich. Ganz klar war das Georgies Werk, bemerkte Mia grinsend, als Vera fluchend durch den Laden lief, weil sie das Gesuchte nicht fand.

»Zu viel Ordnung ist fatal«, fluchte Vera leise und riss planlos Schubladen auf. Mia musste ein Lachen unterdrücken.

»Wir fragen Georgie einfach in den nächsten Tagen. Kein Problem«, hielt sie Vera irgendwann auf, bevor die Frau den Laden komplett auseinandernahm.

Zurück in Veras Haus machten sich die beiden Frauen nach einem kurzen Mittagssnack an die Arbeit. Vera fing an, die Speisen für das Wochenende vorzubereiten. Sie hatte sich endlich entschieden, dass es Quiche geben sollte, weil man die jetzt schon vorbereiten, einfrieren und problemlos auftauen konnte. Außerdem ließ sie sich auch gut im Café aufwärmen und servieren. Mia füllte in der Zwischenzeit Vorräte im Bad auf, wusch Handtücher und legte Wäsche zusammen. Sie saugte gründlich und wischte anschließend alles zwei Mal. Als Vera am Abend nach ihr sah, bemerkte sie bewundernd und mit einem Hauch Entsetzen, dass alle Betten mit militärischer Präzision frisch bezogen waren. Sie lobte Mia, die unter den lieben Worten stolz errötete. Doch dann schüttelte Vera die Kopfkissen resolut wieder auf, sodass sie etwas unordentlich, aber viel gemütlicher wirkten. Sie zwinkerte Mia zu.

»Wie ich schon sagte: Zu viel Ordnung ist ungesund. Und jetzt machen wir beide erst mal Feierabend. Bist du alt genug für Wein?«, fragte sie Mia kritisch und warf ihr einen strengen Blick zu. Diese nickte feierlich.

»Ja, allerdings vertrage ich nur weißen.«

Vera seufzte. »Die Jugend von heute«, murmelte sie. »Als ich jung war, haben wir einfach alles konsumiert, was uns in die Finger gefallen ist. Nicht, dass uns das immer bekommen ist, aber es hat uns einige interessante Erfahrungen beschert.«

»Das kann ich mir vorstellen.«

»Dann also Weißwein. Komm mit runter an den Kamin. Du hast dir deine Pause wirklich verdient!«

Während Mia mit gemütlich an die Brust gezogenen Beinen auf dem Sofa saß, holte Vera zwei Gläser Wein und ein paar Cracker.

»Vera«, setzte Mia vorsichtig an. »Du meintest doch, ich könnte die Becher … also, meine Becher … bei euch …« Der Mut verließ sie, ihre Stimme wurde immer leiser. Vera ließ sich neben ihr auf das Sofa nieder und tätschelte ihr wissend die Hand.

»Wir nehmen zwanzig Stück. Den Rest kannst du in Freiburg verkaufen. Ich kann dir ein paar Adressen nennen. Oder hast du schon Abnehmer?«, wollte sie wissen und schenkte ihnen beiden das Glas Wein bis zum Rand ein. »Oh«, entfuhr es ihr, als beide Gläser so voll waren, dass sie auch von Mias einen kleinen Schluck nehmen musste, um beim Überreichen nichts zu verschütten. Mia runzelte die Stirn, trank aber kommentarlos ihren ersten Schluck von dem herrlich süßen Wein. Mia vermied es, Alkohol zu trinken, wenn sie unterwegs war. Zu gefährlich. Alkohol ließ einen leichtsinnig und unvorsichtig werden. Hier dagegen konnte sie eine Ausnahme machen. Sie hatte nichts zu fürchten, keine Sorgen heute Nacht. Da konnte sie den Wein ausnahmsweise wirklich genießen.

»Nein, noch nicht. Das heißt, der Künstlermarkt soll sehr gut sein. Habe ich von Freunden gehört«, behauptete sie. Freunde hatte sie eigentlich keine, aber eine junge Frau, die ebenfalls töpferte, hatte ihr davon berichtet, als sie sich vor Kurzem auf einem Flohmarkt, wo beide ihre Waren verkauften, zufällig begegnet waren. Nur deshalb war sie auf ihrem Weg nach Spanien überhaupt hier in den Süden gefahren. Ein Umweg, der ihr unterwegs schon ab und an völlig bescheuert vorgekommen war. Aber abzubiegen und einfach direkt Richtung Sonne zu fahren, kam Mia nicht in den Sinn. Die andere Herumtreiberin hatte ihr von einem Kreativbasar vorgeschwärmt und wie sehr die Menschen in der Region rund um Freiburg Kunsthandwerk liebten und zu schätzen wussten. Sie hatte ihr garantiert, dass sie alle ihre Becher dort auf einen Schlag loswerden könnte, und Mia wollte ihr unbedingt glauben. Damals wusste sie nicht, wohin sie sollte, und Freiburg schien ihr wenigstens ein konkretes Ziel zu sein. Auf dem Weg hierher war dann die Idee entstanden, von dort weiter nach Spanien zu ziehen.

»Morgen rufe ich meinen guten Freund Theo an. Theo ist Tischler und verkauft seit Jahren auf diesem Markt. Er wird wissen, wo du dich melden musst, damit du einen Stand aufbauen kannst. Hast du denn alles, was du für einen Marktstand benötigst? Einen Tisch? Eine Decke? Einen Stuhl? Etwas Warmes zum Anziehen? Es wird kalt, wenn man den ganzen Tag bei dem frischen Wetter dort steht. Du kannst dich natürlich jederzeit durch eine kleine Tanzeinlage aufwärmen, so mache ich das auch immer. Das lockt Kunden an«, plapperte Vera vor sich hin und nahm einen großen Schluck Wein. »Am besten so«, fügte sie hinzu, stand auf und drehte sich zwei, drei Mal im Kreis, die Hände erhoben, die Augen genießerisch geschlossen. Dann stemmte sie die Hände in die Hüften und ließ sie mit viel Schwung kreisen. Diese Frau hatte einfach Spaß am Leben, stellte Mia zum wiederholten Male fest. Wohlwollend klatschte sie Applaus, als Vera sich nach ihrer Tanzeinlage wieder aufs Sofa fallen ließ. An einen Tisch oder andere Ausstattung hatte Mia nicht gedacht. Bisher hatte sie ein paar Becher einfach aus dem Kofferraum heraus verkauft. Sie sah nicht aus wie jemand, der monatelang auf der Straße gelebt hatte, eher wie eine junge Kunststudentin. Mia ließ die Leute in dem Glauben, weil es den Verkauf förderte. Mittellose Studentin hatte was von Kunst, Kultur, Pariser Flair und Romantik. Eine mittellose Obdachlose war hingegen bedauernswert – wenn überhaupt.

»Kann ich mich bei jemandem dazustellen?«, fragte sie Vera. Die Gebühr für einen ordnungsgemäßen Stand konnte sie momentan nicht aufbringen.

»Auch das fragen wir Theo. Dein Auto müsste morgen doch repariert sein, oder? Keine Sorge, es ist in guten Händen. Sams Onkel ist ein Wunderheiler, was Autos angeht. Meine Karre war auch schon einige Male bei ihm.«

Das stellte jetzt nicht gerade ein Gütesiegel dar. Veras alter Volvo fiel fast auseinander und sah noch schäbiger aus als Mias kleiner, zerbeulter Flitzer.

»Na, dann hoffen wir, dass ich morgen Abend wieder ein eigenes Auto habe. Puh, ich muss langsam ins Bett. Was steht morgen an?«, wollte sie noch gähnend wissen. Vera verzog grübelnd das Gesicht und zuckte dann mit den Schultern.

»Das sehen wir dann, uns fällt schon was ein, keine Sorge. Gute Nacht, Liebes. Träum was Schönes!«

Für ein weiteres Vollbad war Mia zu müde, stellte sie mit Bedauern fest. Der Tag hatte ihr viel Spaß gemacht, selbst das chaotische Einkaufen mit Vera. Dann das Café und den Laden zu sehen, die Hausarbeit im Hotel, Weintrinken mit Vera – alles schöne Erlebnisse! Doch nun war sie hundemüde, ihr fielen schon fast die Augen zu. Also reichte eine kurze Dusche, dann schlüpfte sie ins Bett. Einen Moment lang beobachtete sie die dunklen Wolken am Himmel. Das erste Mal seit Langem war sie zufrieden. Und da war noch etwas. Ein fast unbekanntes Gefühl. Ja, glücklich, sie war tatsächlich glücklich. Ein guter Tag, schon der dritte in Folge. Das musste ihr Rekord sein. Mit dieser Gewissheit schlief sie lächelnd ein.

Kapitel 5

Sam saß in der Wache an seinem Schreibtisch und grübelte. Gerade hatte sein Onkel ihm Bescheid gegeben, dass Mias Wagen zum Abholen bereit sei. Er war versucht, sofort aufzuspringen und ihr die gute Nachricht zu überbringen. Etwas hielt ihn zurück. Instinkt? Sorgfalt? Es gab keinen wirklichen Anlass, misstrauisch zu sein. Sie war nur eine junge Frau auf der Durchreise. Nach Spanien. Über Süddeutschland. Mit Kennzeichen aus Hamburg. Sein Polizistengehirn hatte das unbewusst gecheckt und abgespeichert. Was ihn zwickte, war, dass die Geschichte einfach keinen Sinn ergab. Wer fuhr denn im Frühling so eine Route? In den Bergen lag teilweise noch Schnee. Von Hamburg nach Spanien gab es direktere Wege, vor allem mit so wenig Gepäck. Sie hätte fliegen können, oder hatte Mia etwa Flugangst? Brauchte sie ein Auto vor Ort? Das ergab alles keinen Sinn, aus seiner Sicht. Sam trommelte mit den Fingern auf der Tischplatte und starrte auf die gegenüberliegende Wand, an der eine große Deutschlandkarte hing. Hamburg, Süddeutschland, Spanien. Er hätte es einfach sein lassen sollen. Es war nichts vorgefallen, er fand keinen richtigen Grund für sein Misstrauen. Dennoch gab er sich pflichtbewusst einen Ruck und tippte das Kennzeichen in die Datenbank ein.

In weniger als einer Sekunde hatte er die Angaben auf dem Bildschirm. Als Halterin des Wagens war Miriam Eisenhauer eingetragen. Miriam. War Mia die Kurzform von Miriam? Sam fluchte leise. Jetzt war er angefixt. Es kribbelte in seinem Nacken. Also stimmte doch etwas nicht. Mit wenigen weiteren Klicks fand er heraus, dass die Halterin 94 Jahre alt war. Das war definitiv nicht Mia! Sam atmete kräftig aus und dachte nach. Gehörte das Auto einer Angehörigen? Es war nicht als gestohlen gemeldet. Allerdings konnte es auch sein, dass eine 94-Jährige noch gar nicht gemerkt hatte, dass Auto oder Kennzeichen fehlten. Am schnellsten hätte er eine Antwort bekommen, wenn er Mia direkt fragte. Nur, wie hätte sie es wohl gefunden, wenn sie festgestellt hätte, dass er ihr hinterherspionierte? Hätte sie verstanden, dass es seine Aufgabe als Polizist war?

»Wahrscheinlich fällt sie dir um den Hals und küsst dich, du Idiot«, verfluchte er sich selbst und rieb sich mit beiden Händen angespannt über sein Gesicht. Half ja nichts, er hatte eine Pflicht zu erfüllen. Also suchte er ein paar Nummern aus Hamburg heraus und griff zum Hörer.

Als Mia abends von ihrer Tour mit Vera zurückkam, stand ihr Wagen vor dem Hotel. Sie waren auch heute den ganzen Tag über beschäftigt gewesen. Vera hatte ihr eine ausführlichere Tour im Café gegeben und gezeigt, wie dort die Maschinen funktionierten, damit sie am Wochenende Kaffee kochen, Milch aufschäumen, Tee zubereiten und die Quiches aufwärmen konnte. Außerdem hatten sie noch ein paar Besorgungen erledigt für den Workshop, Material gekauft, ausgepackt, sortiert, Gästetütchen gepackt. Die Liste, die Georgie ihrer Tante per Telefon diktiert hatte, schien gar kein Ende zu nehmen. So war Mia wie schon am Abend zuvor glücklich, aber müde, als sie ins Gästehaus zurückkehrten. Und dann stand da ihr kleiner Wagen! Ihr Herz schlug kurz heftig vor Aufregung, dann beruhigte sie sich wieder. Von Sam war weit und breit nichts zu sehen. Den Autoschlüssel fanden sie in Veras Briefkasten mit einer kleinen Notiz von Sam. Der Wagen war von Sams Verwandtschaft nicht nur repariert, sondern auch außen geputzt worden. So gut hatte er seit Monaten nicht mehr ausgesehen, vielleicht seit Jahren. Was wäre wohl passiert, wenn sie jetzt einfach eingestiegen und Richtung Spanien losgefahren wäre? Nein, das war Quatsch. Immerhin hatte sie den Frauen versprochen, zu helfen. Und sie genoss ihren Aufenthalt zu sehr, um ihn jetzt schon zu beenden. Solange sie darauf achtete, den richtigen Augenblick für ihre Abreise nicht zu verpassen, würde nichts Schlimmes geschehen.

»Also, Theo fährt leider dieses Mal nicht zum Markt«, berichtete Vera ihr später nach einigen Telefonaten mit Freunden aus Freiburg. »Er hat es mit dem Ischias. Aber seine Nichte Melli hat einen Stand mit Seidentüchern und dort kannst du dich mit deinen Bechern dazustellen.«

»Wirklich?«, hakte Mia skeptisch nach.

»Na klar!« Vera klang überzeugt und so packte Mia am nächsten Morgen sehr früh den Kofferraum voll mit ihren Bechern und fuhr, eine große Portion Reiseproviant von Vera auf dem Beifahrersitz, nach Freiburg. Ach, war das eine hübsche Stadt! Vielleicht blieb ihr später nach dem Markt noch Zeit, einen kleinen Spaziergang durch die Altstadt zu machen. Mia parkte in der Nähe des Platzes, auf dem der Handwerkermarkt stattfinden sollte, und machte sich erst mal auf die Suche nach Melli. Der Stand mit den Seidentüchern war nicht zu übersehen. Unter einem weißen Partyzelt hatte sie ihren Tisch aufgebaut, darauf Körbe mit ihren Schals. Einige besonders schöne hingen bereits an einer Leine, die durch das Zelt gespannt war, damit man schon von Weitem sah, was Melli zu bieten hatte. Die junge Frau begrüßte Mia mit einer schwungvollen Umarmung, als wären sie schon seit Langem Freundinnen, und räumte ihr mehr Platz auf dem Tisch ein, als Mia erhofft hatte. Dann half sie ihr, die Becher vom Parkplatz aus zum Stand zu tragen und beim Arrangieren der schönsten Stücke.

Der Tag fing gut an. Es war zwar noch frisch, aber die Sonne schien und lockte einige Spaziergänger auf den Markt. Je später der Vormittag, desto mehr Menschen strömten herbei und schlenderten von Stand zu Stand. Melli war nett, ließ Mia die meiste Zeit aber in Ruhe, weil sie hinter ihrem Stand sitzen und einen Krimi lesen wollte. Mia war zu aufgeregt für so was. Sie lächelte Passanten freundlich an, plauderte mit allen, die stehen blieben, und gab sich große Mühe, höflich, offen und wie eine echte Künstlerin zu wirken. Über den Vormittag verteilt, verkaufte sie allerdings nur wenige Becher. Vera hatte ihr die Adressen von drei kleinen Boutiquen aufgeschrieben, wo sie früher auch schon Waren verkauft oder ausgestellt hatte. Dort wollte sie es am späten Nachmittag probieren, sobald der Markt schloss. Neben ihr stand ein Mann, der aus Treibholz Bilderrahmen herstellte, hinter ihr in der Reihe eine Frau, die Babyrasseln aus Stoff verkaufte. Der ganze Marktplatz war voller Künstler. Mias Herz schlug Salto, als ihr klar wurde, dass sie dazugehörte. Auf eine Art zumindest. Sie hatte diese Becher mit ihren eigenen Händen geformt. In Tagträumen versunken, zuckte sie zusammen, als plötzlich der Stand wackelte und es laut schepperte. Erschrocken hielt sie die Tischplatte fest und starrte entsetzt auf den Boden neben ihrem Stand. Fünf Becher lagen in Scherben auf dem Asphalt. Ein Junge stand davor und sah sie genauso panisch an wie sie ihn. Er war mit Vollkaracho in den Stand gerannt.

»O nein!«, flüsterte Mia und Tränen traten ihr in die Augen. Fünf Becher bedeuteten vier Übernachtungen in einem schäbigen Hostel. Oder zwei Übernachtungen und zwei Wochen Lebensmittel. Echte, gekaufte Lebensmittel, die sie nicht aus irgendwelchen Mülltonnen zog. Eine Frau eilte zu ihnen herüber und riss den Jungen an sich.

»Hast du dich verletzt?«, fragte sie besorgt und ihre Stimme überschlug sich beinahe. Der Kleine schüttelte den Kopf, fing aber an zu weinen, als er merkte, wie besorgt seine Mutter war. Mit funkelnden Augen wandte sich die Mutter an Mia.

»Sie müssen hier schon besser aufpassen!«, fuhr sie Mia an, die bei der verbalen Attacke nach Luft schnappte. »Er hätte sich ernsthaft verletzen können. Das ist geradezu fahrlässig.«

»Ich kann doch gar nichts dafür, wenn er in unseren Stand läuft«, wehrte sich Mia zaghaft. Melli stellte sich neben sie und stemmte die Arme erbost in die Seiten.

»Den Schaden werden Sie doch wohl bezahlen, oder?«, mischte sie sich ein und die Frau lachte hysterisch auf.

»Ich denke nicht. Ein Glück, dass er sich an den Scherben nicht schwer verletzt hat! Haben Sie beide überhaupt eine Genehmigung für den Stand?«, wollte sie wissen und sah beide herausfordernd an. Melli wollte zu einer Antwort ansetzen, aber Mia hielt sie zurück. »Lass gut sein, Melli. Schon okay. Das passiert.« Bloß nicht auffallen, Herumtreiberinnen durften niemals auffallen.

Melli warf Mia einen langen Blick zu und zuckte dann mit den Schultern.

»Dann würde ich vorschlagen, wir belassen es dabei. Passen Sie in Zukunft trotzdem besser auf Ihren Sohn auf. Das hier ist kein Spielplatz«, ermahnte sie die Frau abschließend mit einem, wie Mia fand, bewundernswerten Mut.

Schnippisch mit der Zunge schnalzend drehte sich die Frau um, stapfte wütend davon und zog ihren heulenden Sohn an der Hand hinter sich her. Aufmunternd klopfte Melli Mia auf die Schulter.

»Das wird schon wieder. Wenn du in vier Wochen auch hier verkaufen willst, sag Bescheid. An meinem Stand ist immer Platz für dich«, bot sie ihr an und Mia nickte dankbar. In vier Wochen war sie vielleicht schon Hunderte Kilometer weiter südwestlich. Wenn sie denn das Geld für die Fahrt aufbrachte. Fünf Becher! Mit gebrochenem Herzen sammelte sie die Scherben auf und warf sie in den Müll.

Dieses Mal stand Sams Wagen in der Auffahrt, als sie am Hotel ankam. Ihr Herz hüpfte kurz – vor Schreck, wie sie sich einredete. Immerhin war er Polizist. Aber sie konnte nicht umhin, festzustellen, dass sie nervös vor Freude war. Sam saß an dem großen gemütlichen Tisch und trank Kaffee, dazu aß er ein Törtchen, das Vera ihm vor die Nase gestellt hatte.

»Hi, wie lief es bei dir?«, rief Vera vergnügt, als Mia mit dem Karton in den Armen hereinkam. Sam sprang auf, nahm ihr die unhandliche Fracht ab und stellte sie ins Wohnzimmer auf den Boden.

»Schrecklich. Es gab einen mittelgroßen Zusammenstoß zwischen Kind und Stand. Dabei sind fünf Becher zerbrochen. Und mein Herz mit«, berichtete Mia und schluckte Tränen hinunter.

»Das ist ja furchtbar!« Veras Reaktion war genau das, was Mia brauchte. Die ältere Frau drückte liebevoll ihren Arm und strich ihr kurz über den Kopf. Das machte das Tränenhinunterschlucken nur noch schwerer, fand Mia. Sie sehnte sich danach, fest in den Arm genommen und getröstet zu werden.

»Ich hole dir erst mal einen Tee. Oder etwas Stärkeres? Schnaps? Whiskey?« Schon eilte Vera in die Küche.

»Nur Tee, bitte«, rief Mia ihr hinterher und schälte sich aus ihren zwei Pullovern, die sie gegen die Kälte übereinander getragen hatte.

»Ich kaufe dir einen Becher ab!«, bot Sam an und kramte nach seinem Geldbeutel in der Jacke, die über der Stuhllehne hing. Abwehrend hob Mia die Hände und schüttelte den Kopf.

»Danke, aber das musst du nicht. So etwas passiert. Ich hätte nur lieber fünf Becher verkauft als weggeworfen.« Resigniert ließ sie sich auf den Stuhl fallen.

»Deswegen möchte ich ja einen kaufen. Für meine Mutter. Sie hat demnächst Geburtstag und liebt solche …« Sam verschlug es die Sprache, als Mia ihn plötzlich böse anfunkelte. »… Sachen«, beendete er seinen Satz vorsichtig und langsam. Mia kniff die Augen zusammen.

»Danke, aber ich brauche keine Almosen. Ich werde die restlichen Becher schon verkaufen. Ich muss den Vorfall nur kurz verdauen.« Sein Angebot machte sie wütend. Ja, sie war auf Unterstützung angewiesen. Aber das musste sie ja nicht jedem auf die Nase binden. Sie hatte es satt, ständig dankbar sein zu müssen für jede kleine Nettigkeit. Es kam ihr vor, als müsste sie immer doppelt dankbar sein, weil sie es als Herumtreiberin eigentlich gar nicht wirklich verdient hatte, nett behandelt zu werden, zumindest fühlte es sich für sie so an.

»Das sind keine Almosen. Ich brauche ein Geschenk für meine Mutter. Und mir gefallen deine Becher. Meine Mutter wird sie toll finden. Ich denke, ich nehme sogar fünf Stück.« Sam hielt ihrem zornigen Blick stand. Es machte sie noch wütender, als sie spürte, wie ihr das Blut in die Wangen schoss.

»Fünf Becher. Für dich 150 Euro. Sonderangebot«, behauptete Mia frech und sah ihn provozierend an. Das war ein Vielfaches von dem, was Vera im Laden verlangen würde, und noch viel, viel mehr als das, was sie selbst auf dem Markt dafür verlangt hatte. Wortlos stellte Vera Tee und ein Törtchen vor ihr ab und verzog sich eilig in Richtung Küche. Dort blieb sie im Türrahmen stehen und beobachtete das Schauspiel, das sich ihr bot. Weder Sam noch Mia wichen in ihrem Duell aus. Schließlich wandte Sam sich doch ab, kramte in seinem Geldbeutel und legte 120 Euro auf den Tisch.

»Den Rest bringe ich dir morgen«, brummte er. Mia verschränkte die Arme vor der Brust und fing nach einem langen Moment des Schweigens laut zu lachen an.

»Danke, Sam. Aber das kann ich nicht annehmen. Such dir bitte fünf Becher für deine Mutter aus. Du bekommst einen Sonderpreis. Einen echten.« Sie nahm fünfzig Euro von dem Geldstapel und schob ihm den Rest wieder zu.

»Wenn meine Schwester deine Becher erst mal gesehen hat, bin ich wahrscheinlich gezwungen, den Rest auch noch zu kaufen. Hast du noch mehr?«, fragte er neugierig. Mia verstaute ihren Gewinn in der Hosentasche und widmete sich hungrig dem Törtchen, das Vera vor ihr abgestellt hatte. Genussvoll biss sie hinein und schloss für einen herrlichen Moment des Zuckerrauschs die Augen. Ein zustimmender Ton entfuhr ihr. War das lecker! In ein paar Tagen würde sie wegfahren, vermutlich mit zwei, drei Kilo mehr auf den Rippen. Der Entzug wäre danach umso schlimmer, aber sie genoss es einfach zu sehr, um sich zu beherrschen. Außerdem glaubte sie, dass es Vera irgendwie glücklich machte, sie zu verwöhnen. Wer wäre sie gewesen, das abzulehnen?

»Nur die, die im Karton sind. Such dir die schönsten für deine Mama aus. Vera, das schmeckt köstlich.« Dankbar lächelte sie Vera zu, die ihr zuzwinkerte.

»Ich habe etwas von meinem Liebesöl in den Boden gemischt«, behauptete sie und warf Mia und Sam bedeutungsvolle Blicke zu. Sam grinste nur. Er kannte Vera schon ewig und ihre Hexenphasen waren berüchtigt. Mal glaubte sie, sie sei eine Kräuterhexe, dann verspürte sie eine direkte Verbindung zum Universum oder zu Göttern, um anschließend zu behaupten, das sei doch alles Hokuspokus. Man wusste nie, in welcher Phase sie gerade steckte. Um zu verbergen, dass sie wieder rot wurde, dieses Mal nicht vor Wut, stand Mia auf, holte den Karton und stellte ihn vor Sam auf den Tisch.

»Kannst du nicht einfach fünf auswählen, die zusammenpassen?«, fragte er sie bittend und griff dabei nach ihrer Hand. Doch Mia schüttelte den Kopf und verspürte Bedauern, als er ihre Hand losließ, um sich die Keramiken anzuschauen.

»Du kennst deine Mutter besser als ich. Nur Mut. Sie passen alle auf die ein oder andere Art zusammen.« Stolz beobachtete sie, wie er die Becher untersuchte. Schließlich wählte er fünf Becher aus, die in blauen und lila Tönen glasiert waren.

»Was hättest du für deine Mutter gewählt?« Seine Frage war harmlos und er stellte sie aus ehrlichem Interesse ohne Hintergedanken. Aber Mia zuckte leicht zusammen. Ihre Mutter hätte keinen dieser Becher gewollt. Zu verspielt, zu bunt, zu individuell, zu kreativ, fast schon vulgär. Mia stopfte sich den Rest des Törtchens in den Mund und murmelte ausweichend: »Etwas Einfarbigeres.« Schnell fügte sie hinzu: »Vera, wie läuft es mit den Vorbereitungen für übermorgen? Kann ich noch etwas erledigen?«

Vera kam aus der Küche, setzte sich neben sie und dachte einen Moment lang nach. Dann zählte sie an den Fingern ab: »Wir müssen die Einmachgläser spülen und ins Café bringen. Dort halten wir den Workshop ab. Wir brauchen Blütenblätter aus meiner Sammlung, die Dochte müssen zugeschnitten werden, die Öle überprüft und aufgestockt. Wir müssen das Café noch ordentlich schrubben und etwas dekorieren. Also, morgen und am Freitag werden wir noch richtig schuften, mein Mädchen. Aber heute nicht mehr.«

Mias Augen leuchteten. Es klang alles wunderbar, nach etwas, das ihr Spaß machen würde. Alles davon, selbst das Schrubben, wie Vera es genannt hatte. Hätte sie das immer machen können, das wäre … STOPP! Mia bremste sich selbst aus. Keine Träumereien. Sehr bald würde sie aufbrechen und weiterziehen. Bis dahin konnte sie hier helfen und die Kuchen genießen. Aber danach musste Schluss sein. Wenn sie sich wieder emotional verhedderte, wäre sie nie frei. Das war ihr schon einmal geschehen und sie hatte sich damals vorgenommen, besser darauf zu achten, dass das nicht wieder passierte. So etwas hatte keine Zukunft.

»Wie geht es Georgie?«, wollte Sam wissen und Vera seufzte.

»Sie ruft mich alle zwei Stunden an und nervt unendlich damit. Als hätte ich noch nie Gäste empfangen! Ständig fällt ihr etwas ein, das noch bedacht werden muss. Wenn Lina aus Schweden zurück ist, wird alles leichter. Dann kann sich Lina um die Hotelangelegenheiten kümmern und ich einfach Kuchen backen, Kerzen ziehen und meine Blumen pflegen. Wird auch Zeit. Diese Schufterei ist nichts für eine alte Frau wie mich.«

Sam und Mia lächelten. In Wahrheit genoss diese alte Frau den ganzen Trubel in vollen Zügen.

»Wann kommt Lina zurück?«, hakte Sam nach und erntete ein Schulterzucken von Vera.

»Als sie abgereist ist, wusste sie es noch nicht genau. Aber ich hoffe eigentlich, dass sie in ein paar Tagen wieder da ist. Sie meinte, definitiv vor dem Frühlingsfest. Das ist in drei Wochen. Wir sind ausgebucht, und ich bereite den Flohmarkt mit den anderen Frauen vor. Letztes Jahr besuchten so viele Leute auch von außerhalb das Fest, es war die Hölle los. Café, Laden, Flohmarkt und Hotel kann ich ja schlecht allein managen.«

»Was ist das Frühlingsfest?«, erkundigte sich Mia und pickte mit angelecktem Zeigefinger die letzten Törtchenkrümel von ihrem Teller.

»Der Legende nach«, setzte Vera an und fing an zu kichern, als sie merkte, dass ihr keine Legende dafür einfiel. »Quatsch. Wir feiern seit Jahren ein Fest zu Ehren des Frühlings. Der ist hier in der Gegend kurz und geht eigentlich gleich in den

Frühsommer über. Aber wir zelebrieren die ersten Blüten an Bäumen, Blumen, die Liebe, die plötzlich überall in der Luft zu spüren ist, die Sonne und uns. Es gibt einen Flohmarkt, alle Geschäfte haben geöffnet und sind mit Blumenkränzen geschmückt. Es wird Livemusik geben, meine Freunde Hans und Maria grillen im großen Stil, man kann tanzen, es gibt eine Tombola. Wir lieben das Frühlingsfest. Lina und Georgie haben letztes Jahr mit ihren Zaubertricks – sie nennen es Marketing, ich sage, das geht nicht mit rechten Dingen zu – dafür gesorgt, dass viele Touristen angereist sind. Unser Hotel war glatt ausgebucht! Und dazu kommen viele Tagesgäste aus der Umgebung. Wir feiern alle gemeinsam. Kannst du nicht so lange bleiben? Das ist ein Spektakel, das du erleben musst«, flehte sie Mia an und griff nach ihren Händen.

»Klingt toll«, bestätigte diese und erwiderte Veras Händedruck. »Aber so lange kann ich nicht bleiben. Du brauchst das Zimmer oben außerdem für deine Gäste.«

»In meiner Wache ist meistens eine Pritsche frei«, bot Sam an. Vera kicherte und Mia runzelte die Stirn.

»Das ist ja sehr … verlockend.« Sie hoffte, niemand werde das Angebot ernsthaft in Betracht ziehen.

An den zwei folgenden Tagen arbeiteten Vera und Mia emsig, um den Workshop vorzubereiten. Vera achtete aber auch darauf, genügend Pausen einzulegen. Nicht, weil sie sich um Mia sorgte – die war zäh! –, sondern weil sie selbst einfach zu gern auf der hinteren Veranda saß und die Pflanzen im Garten beim Wachsen beobachtete. Mia lernte schnell, sich Veras Rhythmus anzupassen. Tatsächlich rief Georgie alle paar Minuten an, weil ihr noch etwas eingefallen war. Jedes Mal rollte Vera mit den Augen, raufte sich die Haare und nuschelte leise Beschwörungen vor sich hin. Einige von Georgies Aufträgen griff Vera auf, einige gab sie an Mia ab und nicht wenige fielen einfach unter den

Tisch. »Es muss doch nicht überperfekt sein«, konstatierte Vera und Mia nickte, weil Widerrede ohnehin sinnlos war.

»Manche der Frauen, die wir ab Freitag hier zum Workshop begrüßen, waren bereits bei anderen Workshops, die kennen uns also. Es wird schon alles gut werden. Im Zweifelsfall improvisieren wir einfach. Das ist ohnehin am besten«, murmelte Vera Mia zu, als mal wieder ein Anruf von Georgie ihre Betriebsamkeit störte.

»Deine Nichte braucht eine Aufgabe. Gibt es denn nicht etwas, das sie von zu Hause aus erledigen kann? Im Bett liegend?«, schlug Mia vor, nachdem Vera nach einem kurzen Gespräch aufgelegt hatte. Eifrig wischte Mia die Tische im Café sauber. Vera lief umher, schüttelte Sitzkissen auf, faltete Decken zusammen und verstaute sie anschließend in einem großen roségoldenen Korb, der dekorativ in einer der Ecken unter einer riesigen Geigenfeige stand, die mit ihren großen grünen Blättern optisch Frische in den Raum zauberte. Wenn sie gemeinsam durchs Café wirbelten, waren sie schnell fertig mit den Vorbereitungen, was überwiegend an Mias Fleiß und Eifer lag.

»Ich bin sicher, wenn es etwas zu tun gab, hat sie es heimlich bereits erledigt. Steuerunterlagen ausgefüllt, Material bestellt, Artikel für ihren Blog geschrieben. Sie macht das toll, weißt du. Die Seite hat sehr zum Erfolg unseres Geschäfts beigetragen. Aber nun braucht sie Ruhe. Sie soll einfach die Füße hochlegen und uns machen lassen.« Wie um zu demonstrieren, wie das mit dem Füßehochlegen aussehen konnte, ließ sich Vera auf einen der Cocktailsessel fallen und streckte die Beine von sich. Mia hielt in ihrer Arbeit inne, ihr war ein Gedanke gekommen.

»Wie wäre es, wenn wir allen Teilnehmerinnen zum Abschluss des Workshops einen Gutschein über fünf Prozent für den Laden mitgeben als Dankeschön. Vielleicht kaufen sie dann gleich bei euch ein. Georgie könnte die Gutscheine individuell von Hand schreiben«, überlegte Mia laut. »Vielleicht immer mit einem Zitat zum Thema Licht, Leuchten, Strahlen, etwas, das zum Motto ›Kerze‹ passt … Das gibt es doch bestimmt.«

Vera sah Mia einen Moment lang an, dann sprang sie auf, nahm Mias Gesicht in ihre Hände und küsste die junge Frau fest auf die Wange, was Mia erst erstarren und dann nervös lachen ließ. Solche Gefühlsregungen war sie nicht gewohnt.

»Du bist genial, Mia-Mädchen. Das schlage ich Georgie sofort vor. Guck mal bitte, ob du die Gutschein-Karten findest. Meine Nichte hat schon mal welche drucken lassen. Die müssen irgendwo sein.« Vera scheuchte Mia vom Café durch den Durchbruch in der Zwischenwand in den Laden. Etwas zögerlich machte sich Mia auf die Suche, während Vera Georgie anrief und ihr die besondere Aufgabe übermittelte. Es kam ihr komisch vor, einfach freimütig in Unterlagen herumzuwühlen. Wo mochte Georgie solche Karten verstauen, überlegte Mia und ging dann hinter die Kasse, öffnete zielgerichtet ein paar Schubladen des Verkaufstresens. Da lagen die Karten, altrosa mit weißer, geschwungener Prägung. Eine Seite war mit »Gutschein« beschriftet, die andere war frei, sodass man den Betrag oder auch ein paar Zitate darauf schreiben konnte, wie Mia es vorgeschlagen hatte. Es würden ungefähr ein Dutzend Frauen am Abend anreisen für den Workshop, also zählte sie zwanzig Karten ab, die Georgie später beschriften konnte. Heute würde noch nichts stattfinden, außer einem Umtrunk und dem Kennenlernen der Frauen. Dafür standen schon kleine Snacks im Café bereit und Getränke kalt. Die Gutscheine konnten sie an einem anderen Tag, vielleicht zum Abschluss der Veranstaltung austeilen.

»Toll! Das war eine gute Idee.« Vera kam zu Mia in den Laden. »Georgie macht sich direkt daran, Zitate zu recherchieren. In einer halben Stunde kommt Tom und holt die Karten ab. Er bringt sie spätestens am Sonntagmorgen zurück und dann können wir sie verteilen. Klasse! Du bist wirklich ein Goldstück, Mädchen.« Unter dem Kompliment errötete Mia leicht. Vera drückte ihr verständnisvoll den Arm.

»Folge mir, wir machen uns jetzt einen kleinen Sekt auf. Das haben wir uns verdient. In drei Stunden kommen die Gästinnen. Das wird ein Spaß, sag ich dir!«

Und das wurde es. Von der Herzlichkeit und Leichtigkeit, mit der Vera die Frauen begrüßte, war Mia ganz überfordert. Da gab es keine Berührungsängste und mit ihrer schrägen, aber liebenswerten Schrulligkeit kam sie gut an bei den Frauen. Die Begrüßung war für Mia ein bisschen zu viel, sie fühlte sich nicht unwohl, aber auch nicht gerade in ihrem Element. Lieber beschäftigte sie sich damit, Sekt auszuschenken und Häppchen zu reichen. So umging sie den Small Talk, der Vera und den anderen Frauen offenbar leichtfiel. Unermüdlich flitzte sie zwischen Café und Küche hin und her. Hoffentlich machte sie nichts falsch! Hoffentlich fiel sie nicht durch eine Unachtsamkeit auf! Mit der Zeit entspannte sie sich jedoch. Vor allem, als Vera sie irgendwann aufhielt, ihr ein Glas Sekt in die Hand drückte und eine kleine Ansprache hielt.

»Herzlich willkommen«, fing sie an und hob zum Gruß ihr Sektglas. »Wie schön, dass wir wieder einen Workshop zusammen machen. Viele von euch kennen Lina und Georgie, meine Geschäftspartnerinnen, die heute beide leider nicht dabei sein können. Dafür haben wir Mia.« Mit einem Lächeln in ihre Richtung machte sie alle Gästinnen auf Mia aufmerksam, die am liebsten unter all den Blicken im Erdboden versunken wäre. Zum Glück schwang Vera keine lange Rede. »Mia ist unsere Retterin in der Not und hilft uns am Wochenende beim

Workshop und im Gästehaus. Wenn ihr irgendwas braucht, geht gern auf sie zu. Ein weiteres Kissen, noch mehr Kaffee oder ein Glas Sekt … Mia ist eure Frau! Und damit: Prost! Auf ein kreatives Wochenende.«

Der nächste Tag begann mit Frühstück im Hotel, für das Mia schon frühmorgens bei den Vorbereitungen half. Während Vera in der Küche Rührei briet, deckte Mia den Tisch, faltete Servietten, kochte Kaffee und füllte ihn in Thermoskannen ab, schnitt Obst und Gemüse in mundgerechte Häppchen. Als die ersten Frauen zum Frühstück kamen, schickte Mia Vera hinaus, damit die sich mit ihnen unterhalten konnte, und blieb selbst in der Küche, wo sie schon mal anfing, das Kochgeschirr aufzuräumen. Kaum waren die Workshop-Teilnehmerinnen endlich aufgebrochen, wischte sie das Esszimmer, räumte die Spülmaschine ein und verstaute die Reste. Zufrieden mit ihrem Werk machte sie sich auch auf den Weg ins Café, um dort Vera beim Workshop zur Hand zu gehen. Materialien austeilen, für leibliches Wohl sorgen, einfach da sein und helfen. Aber Vera hatte etwas anderes mit ihr vor. Als Mia im Café eintraf, überredete sie sie, selbst eine Kerze zu gießen. Mia hatte nicht den Mut, sich gegen Veras Vehemenz durchzusetzen, und nahm sich schicksalsergeben ein besonders voluminöses Einmachglas, in das sie ihre Kerze gießen sollte. Die Frauen schmolzen Wachs, schwatzten, tranken Tee und Kaffee und den ein oder anderen Sekt, warfen getrocknete Blüten schwungvoll ins Kerzenwachs, dann wiederholte sich alles von vorne. Es war eine entspannte Atmosphäre, es wurde viel und laut gelacht. Mia bemühte sich, ganz besonders sorgfältig mit ihrer Kerze umzugehen. Sie beschloss, nur Lavendelblüten und -blätter zu nehmen und cremeweißes Wachs. Der Duft würde sie immer an ihr erstes Vollbad im Iris' Inn erinnern. In einer kurzen Kreativpause kümmerte sie sich um die Snacks für die Frauen und stellte weitere Getränke kalt.

So fleißig, wie sie den Tag begonnen hatte, beendete sie ihn auch. Ihre erste richtige Pause gönnte sie sich, als alle Frauen satt und entspannt im Wohnzimmer in Veras Gästehaus saßen und plauderten. Leise schlich sich Mia hinaus auf die Veranda und atmete tief die klare Luft ein. Was für ein Tag! Ihr Schädel brummte, aber sie war auch ausgefüllt mit Glücksgefühlen. Die Frauen waren alle nett, dankbar, aufmerksam. Nicht ein einziges Mal hatte sie den Eindruck gehabt, ein Dienstmädchen für sie zu sein, sondern eher eine von ihnen. Vera trat neben sie, die Katze auf dem Arm.

»Es macht viel Spaß, oder?«, fragte sie Mia. Diese nickte und streckte die Hand aus, um die verschmuste Katze namens Kater zu kraulen.

»Ja, das macht es. Aber ich bin fix und fertig«, gestand sie Vera. Die ältere Frau lachte und etliche Lachfältchen verzierten ihr Gesicht.

»Geh doch ins Bett. Das hast du dir verdient, nach diesem Tag. Ich kümmere mich darum, dass alle versorgt sind. Wie ich das liebe! Diese Energie, ist das nicht herrlich? So viele kreative Frauen.«

»Okay, aber dann kümmere ich mich morgen früh allein ums Frühstück für die Frauen!« Darauf bestand Mia. Vera nickte, ließ die Katze auf den Boden hinunter und gab Mia einen liebevollen Kuss auf die Wange.

»Danke für deine Hilfe, Mia-Mädchen. Ohne dich wäre es heute nicht gegangen. Das Universum wird sich erkenntlich zeigen.« Sie legte die Handflächen zusammen und senkte demütig den Kopf.

»Oh, prima. Sag dem Universum, eine Tankfüllung wäre super. Ich könnte auch ein, zwei neue T-Shirts gebrauchen.« Mia grinste und ließ Vera auf der Veranda allein.

Am Sonntag stellten die Frauen ihre Kerzen fertig und stießen zum Abschluss des Wochenendes miteinander an. Wie versprochen hatte Tom schon frühmorgens die Gutscheine vorbeigebracht. Georgie hatte erstklassige Arbeit geleistet. In schwungvoller Schrift stand auf jeder Karte ein anderes ausgewähltes Zitat, das die Frauen an dieses Wochenende erinnern sollte. Die Gutscheine waren über fünf Prozent Rabatt für den Laden ausgestellt. Da einige der Frauen am selben Tag abreisen wollten, öffneten Vera und Mia den Laden für sie.

»Lass das mal nicht Sam wissen. Für eine Sonntagsöffnung des Ladens brauche ich eigentlich eine Genehmigung«, flüsterte Vera Mia verschwörerisch zu und die schwor es hoch und heilig. Obwohl es nicht ihr eigenes Geschäft war und sie schließlich nur aushalf, erfüllte sie der Anblick der Frauen, die staunend durch das Geschäft liefen und hier und da entzückt ausriefen, wie hübsch eins der angebotenen Produkte sei, mit Stolz. Georgies Wunder, so hatte Sam es betitelt, erinnerte sich Mia und musste ihm zustimmen. Das Geschäft war wirklich bezaubernd und Lina, die sie ja bisher nur aus Erzählungen kannte, hatte aus der alten Metzgerei ein romantisches kleines Café gestaltet, beides passte hervorragend zusammen. Ein traumhafter Ort, einfach zum Wohlfühlen! Was Sam wohl gerade machte, fragte sich Mia und stellte sich vor, wie er durch die Gemeinde fuhr, Verkehrskontrollen durchführte, Bonbondiebe einfing und Enten rettete. Ob sie ihn noch mal sah, bevor sie abreisen würde?

»Ach, ich liebe diesen Laden einfach«, seufzte eine der Frauen und riss Mia aus ihren Gedanken. Angestrengt versuchte Mia, sich an ihren Namen zu erinnern.

»Kommen Sie gern wieder, Angela.« Hoffentlich hieß sie so. Die Frau sah sie bekümmert an.

»Mein Mann und ich ziehen demnächst nach München. Er hat da einen Job angeboten bekommen. Von dort ist es ein bisschen weit für ein paar Seifen und Kerzen«, bedauerte sie und Mia nickte ihr verständnisvoll zu.

»Aber zu einem Workshop würde ich jederzeit wieder kommen! Habt ihr gar keinen Onlineshop? Wie schade!«

Die meisten Frauen waren abgereist, nur ein paar waren zurück ins Hotel gefahren, um dort eine weitere Nacht zu verbringen. Mia und Vera waren im Laden und im Café geblieben, um dort aufzuräumen, damit am nächsten Tag nicht so viel Arbeit anstand. Vera hatte Sams Angebot doch noch angenommen und seine Mutter Linda gebeten, sich an diesem Sonntagspätnachmittag im Hotel um Café und Kuchen für die verbleibenden Gästinnen zu kümmern. So konnten sie hier in Ruhe sauber machen und die Teilnehmerinnen waren trotzdem bestens versorgt. Die Frage nach dem Onlineshop hatte Mia seit Angelas Bemerkung nicht losgelassen. Auf ihre Frage hin schüttelte Vera den Kopf.

»Georgie schreibt ihren Blog über unser Dörfchen und unser Geschäft. Aber einen Onlineshop haben wir nicht. Kennst du dich damit aus?«, wollte sie wissen.

»In der Schule hatte ich einen IT-Kurs, wir haben ganz leichte Dinge programmiert, nichts Ernstzunehmendes. Aber in einer Projektwoche haben wir mit einem Tool Websites für Fantasiegeschäfte gebaut. Das ist wie technisches Lego, man steckt einfach Bausteine zusammen. Es gibt viele Vorlagen, die man dafür nutzen kann, und dann muss man nur noch Details anpassen, wie Farben, Schriften, Bilder und so weiter. Es ist ein paar Jahre her, aber die Templates, diese Vorlagen, die gibt es bestimmt immer noch. Vielleicht wäre das was für euch? Ihr könntet mit euren Produkten auch Kundinnen aus anderen Gegenden erreichen und glücklich machen.«

Ihre Schulzeit schien ihr eine Ewigkeit her zu sein. Eigentlich waren es nur ein paar Jahre, aber sie hatte die Schule ohne Abschluss verlassen, und dann war ihr Leben schlichtweg aus den Fugen geraten. Sie hatte andere Wege eingeschlagen als die meisten Teenager in dem Alter. Es kam ihr vor wie ein anderes Leben.

»Also, wenn du möchtest, kannst du das morgen gern mit Georgie besprechen. Tom muss etwas in der Umgebung erledigen und fährt sie nach dem Frühstück zu uns. Er ist übrigens in seinem früheren Leben ein IT-Nerd gewesen. Ich habe nie richtig verstanden, was er da eigentlich gemacht hat, aber ich glaube, er war ziemlich erfolgreich. Vielleicht kann er dir da ja helfen.« Während sie plauderten, packten sie alles zusammen, was zurück ins Hotel mitgenommen werden musste. Geschirr, Gläser und leere Flaschen trugen sie ins Café, räumten die Spülmaschine ein und nach einem schnellen Durchlauf auch wieder aus. Mia brachte es nicht übers Herz, Vera zu sagen, dass sie eigentlich morgen aufbrechen wollte. Sie hatte versprochen, beim Workshop zu helfen, und das hatte sie getan. Aber irgendwann musste sie weiterziehen und eigentlich war der Montag dafür angedacht gewesen.

»Jetzt habe ich noch etwas für dich«, wandte sich Vera an Mia und zog die junge Frau zurück in den Laden.

»Deine Idee mit den Gutscheinen war wortwörtlich Gold wert! Wir haben heute so viel verkauft wie den ganzen Monat nicht.« Sie öffnete die Kasse und zählte ein paar Geldscheine ab, die sie der verdutzten Mia in die Hand drückte. »Das ist dein Anteil. Als Bonus. Falls das Universum sich mit seiner Dankbarkeit zu viel Zeit lässt«, flüsterte sie und kicherte. Über den Tag verteilt hatte Vera selbst das ein oder andere Glas Sekt mit den Frauen getrunken und war nicht mehr ganz nüchtern. Mia starrte auf das Bündel Geldscheine in ihrer Hand. 250 Euro! So viel hatte sie noch nie besessen, in ihrem ganzen Leben nicht. Ihr traten die Tränen in die Augen.

»Ich habe euch Tampons gestohlen«, brach es unvermittelt aus ihr heraus und sie schlug beschämt die Hände vors Gesicht. »Eine ganze Handvoll. Und Zahnpasta. Es tut mir so leid. Ich lege sie zurück! Gleich nachher, wenn wir im Hotel sind.« Sie hatte die Güte dieser Frau nicht verdient. Eine Diebin war sie. Oh, wie sehr schämte sie sich dafür. Doch statt mit ihr zu schimpfen und ihr das Geld wieder abzunehmen, lachte Vera einfach nur aus vollem Hals.

»Das macht doch nichts. Du kannst meinen Anteil an Tampons haben. Ich bin durch mit dem Thema – der Allmächtigen sei Dank! Ach, Liebes, komm her«, sagte sie liebevoll und zog die weinende Mia an ihre Brust. Beruhigend tätschelte sie ihr den Rücken.

»Die Tampons sind doch egal. Nimm so viele, wie du willst. Und wenn du noch etwas anderes brauchst, sag einfach Bescheid. Wir haben von allem mehr als genug.«

»Danke«, schluchzte Mia und wischte sich die Tränen an ihrem T-Shirt-Ärmel ab. »Es tut mir wirklich leid. Bitte sag Sam nichts davon. Sonst verhaftet er mich womöglich.«

»Weißt du, wie Männer reagieren, wenn wir Frauen über Tampons sprechen? Sie verlassen fluchtartig den Raum! Oder vielleicht ist das bei euch jungen Leuten anders. Aber keine Sorge. Dein Tampon-Geheimnis bleibt unter uns. Und jetzt wird nicht mehr geweint. Wir fahren nach Hause, es gibt Abendessen und du gehst schön in die Wanne. Falls die Frauen dich lassen. Ich habe das Gefühl, einige könnten dir den Platz dort streitig machen.«

»Danke, Vera«, flüsterte Mia und wurde von der älteren Frau noch mal fest in den Arm genommen. Mia erwiderte die kräftige Umarmung dankbar.

Kapitel 6

Der nächste Morgen brachte noch kleine Aufgaben für Mia mit sich. Sie half erneut beim Richten des Frühstückstischs für die Frauen, die das schöne Wochenende am Vorabend im Hotel hatten ausklingen lassen und heute abreisen würden.

»Eine der Frauen hat sich doch noch für eine Häkeldecke aus dem Geschäft entschieden«, flüsterte Vera Mia in der Küche ins Ohr. »Ich würde schnell mit ihr dorthin fahren.«

»Natürlich. Ich kann in der Zwischenzeit schon mal die Zimmer oben fertig machen, Wäsche abziehen, lüften, wischen und so …«, bot Mia an und Vera nickte dankbar. Eine kleine Gefälligkeit zum Abschied. Das Putzen machte ihr nichts aus und sie wusste, wie sehr sich Vera darüber freute, wenn ihr diese Arbeit abgenommen wurde. Außerdem zögerte es ihren Abschied noch etwas hinaus. Zehn Tage war sie nun hier und sie hatte sich vielleicht ein kleines bisschen in Vera, Georgie und das Hotel verguckt. In die kleine Stadt. Den Laden, das Café und die Herzlichkeit und Kreativität, die hier im Hotel zu spüren waren. Wenn sie erst nachmittags losfuhr, reichte das doch vollkommen!

Vera und die Frauen verließen das Hotel und Mia blieb allein zurück. Energisch riss sie überall die Fenster auf, damit das ganze Haus durchatmen konnte, dann legte sie eine von Veras Platten auf den Plattenspieler, drehte die Lautstärke voll auf und flitzte durch die Räume. Die Arbeit ging ihr leicht von der Hand. Erst drehte sie eine Runde durch alle Zimmer und nahm die Bettwäsche ab, stopfte sie umgehend in die Waschmaschine und kehrte zurück, um jedes Zimmer aufzuräumen, Geschirr einzusammeln, zu saugen und zu wischen. Eine Gästin hatte ihr Make-up-Täschchen liegen lassen. Die alte Mia hätte es vielleicht einfach stibitzt – aus der Not heraus. Die neue Mia drehte das Täschchen, aus dem seitlich ein Lippenstift herausspitzte, in den Händen. Rosa Lippenstift. Damit hatte die große Krise damals zu Hause angefangen. Wie lächerlich, dachte sie. Lippenstift. *Nur Huren benutzen so etwas. Billig. Ordinär. Enttäuschung.* Das waren die Worte ihrer Mutter gewesen. Dabei hatte sie sich nur, wie jeder durchschnittliche Teenager, ein bisschen ausprobieren wollen. Mit zartrosa Lippenstift. Um gerecht zu sein, korrigierte sich Mia selbst im Kopf, als sie daran dachte. Genau genommen hatte es die Krise nicht ausgelöst, sondern das Fass zum Überlaufen gebracht. Das Verbot des Lippenstiftes war nur ein Sinnbild für die Unterdrückung und Erniedrigung in ihrer Familie gewesen. Als sie davongelaufen war, hatte sie den verdammten Lippenstift, wegen dem die grundsätzlich angespannte, furchtbare Lage zu Hause eskaliert war, mitgenommen. Mia richtete sich auf und streckte die Schultern durch. Das war lange her. Sie nahm das Täschchen, notierte, in welchem Zimmer es gelegen hatte, damit Vera es der Frau per Post nachschicken konnte. In den Hotelunterlagen waren bestimmt die Adressen verzeichnet. Vielleicht nicht von Vera, aber Georgie oder die unbekannte Lina hatten ganz sicher daran gedacht.

Ohne eine weitere Pause machte sie sich wieder an die Arbeit, lud die gewaschene Wäsche in den Trockner um und schrubbte danach die beiden großen Badezimmer bis in die hintersten Fugen. Die Musik war dermaßen laut aufgedreht, dass sie nicht hörte, wie Sam hereinkam. Als Mia plötzlich eine Bewegung hinter sich vernahm, erschrak sie dermaßen, dass sie hochfuhr, dabei mit der Hand vom Badewannenrand rutschte und fast hineinstürzte. Gerade so fing sie sich. Erschrocken presste sie die Hand auf ihr galoppierendes Herz.

»In anderen Ländern steht das unter Strafe, Sam«, schimpfte sie und sah ihn mit immer noch rasendem Herzen an, es raste auch weiter, als sie ihren Schreck schon überwunden hatte. Er hatte einfach dieses bestimmte Etwas. Das konnte man nicht leugnen, er war attraktiv, mit seiner großen, sportlichen Statur, der aufrechten Haltung und dem direkten Blick strahlte er eine gewisse Autorität aus. Doch sein Gesicht war freundlich, wenn er lachte sogar jungenhaft verschmitzt, und seine Augen funkelten dabei.

»Hi«, schob sie hinterher und lächelte etwas schüchtern.

»Hi.« Einen Moment sah er sie einfach nur an. »Bevor du aufbrichst, wollte ich noch etwas mit dir besprechen«, fuhr er fort. Seine Mundwinkel sanken nach unten, als er ihre Abreise erwähnte, seine Miene verdüsterte sich leicht. »Wegen der Versicherung. Sie braucht deine Meldeadresse und die Infos aus den Fahrzeugpapieren.«

Mia starrte ihn schweigend an, rappelte sich auf, wischte sich die Hände an ihrer Jeans ab und nickte.

»Moment. Ich hole sie dir.«

Ihre Hände waren feucht vor Angst. Sie hatte die Papiere des Autos, aber der Wagen war nicht auf sie angemeldet, vielleicht war das etwas Schlimmes? Als das Auto vor einigen Monaten in ihren Besitz übergegangen war, hatte sie sich nicht darum gekümmert, was notwendig war. Ob die Versicherung das überhaupt genau prüfte? Und dann war da ja auch noch ihre Flucht aus Hamburg. Ein bisschen befürchtete sie, dass es dort Menschen gab, die einige Fragen an sie hatten, die sie nicht beantworten konnte oder wollte. Damals hatte sie einfach instinktiv reagiert und nun bangte sie, ob das alles rechtens war. Furcht kroch ihr den Nacken entlang, als sie zu ihrer Tasche lief und nach den wichtigen Dokumenten suchte. Mit zitternden Händen zog sie den Umschlag, in dem sich auch ihre Einnahmen befanden, aus ihrer Tasche. Nervös überreichte sie Sam die Papiere. Er warf einen professionellen Blick darauf. Als er las, auf wen der Wagen eingetragen war, runzelte er die Stirn.

»Miriam Eisenhauer«, murmelte er und Mia rutschte das Herz in die Hose. Er faltete ein Blatt auseinander, das Mia zu den Unterlagen gelegt hatte.

»Was ist das?«, fragte er und überflog die wenigen Zeilen aufmerksam.

»Frau Eisenhauer hat mir den Wagen vor ein paar Monaten verkauft. Ich habe ihn noch nicht umgemeldet. Das Papier hat sie unterschrieben. Es soll ein Kaufvertrag sein«, murmelte Mia und räusperte sich leise. Sie musste überzeugender klingen, wenn sie einem Polizeichef etwas vormachen wollte. Wobei dieser Teil immerhin der Wahrheit entsprach. Er musste aber nicht erfahren, dass die alte Frau ihr den Wagen für einen Euro verkauft hatte, nur um ihre Erben zu ärgern. Und dass Mia, nachdem die Frau gestorben war, einfach getürmt war. Einige Jahre hatte sie in der Hansestadt bei ihr gelebt und sich um sie gekümmert. Die alte Frau hatte ihr den Führerschein finanziert, damit Mia mit dem kleinen Wagen Besorgungen für sie übernehmen konnte. In diesem Zuge hatte Mia sich in Hamburg angemeldet. Mia erinnerte sich nur zu gut daran, wie sie bibbernd im Einwohnermeldeamt gesessen hatte, weil sie befürchtete, dass, sobald sie ihren Perso vorzeigte, die Beamtin vor ihr aufspringen und sie zu ihrer Familie zurückbringen werde. Auch wenn Mia zu dem Zeitpunkt bereits volljährig gewesen war und ihre Eltern keine Entscheidungsgewalt mehr über sie hatten. Aber die Angst vor ihren Eltern war einfach zu tief in ihr verankert. Nichts dergleichen war passiert. Ein Aufkleber auf dem Perso, das war's.

»Und eine Adresse? Ausweis oder Reisepass?«, fragte Sam und sah sie mit ausdruckslosem Gesicht an.

»Ja. Moment.« Sie würde ihm einfach den Perso zeigen, damit er sich alles notieren konnte, was er brauchte. Sicher würde es einige Tage dauern, bis er die Details an die Versicherung gemeldet hatte. Bis dahin war sie auf und davon. Widerwillig überreichte sie ihm die kleine Karte.

»Du bist in Hamburg gemeldet? Und du meintest neulich, du bist auf dem Weg nach Spanien, richtig?«

»Ja«, bestätigte Mia. Ihre Hände waren klamm, sie zitterte und hoffte, er werde es nicht bemerken.

»Hast du Familie in Spanien?« Es kam ihr vor wie ein Verhör, das er mit ihr veranstaltete, auch wenn seine Stimme neutral war, genau wie sein Blick. Ängstlich nickte Mia. Sie hatte eine entfernte Cousine dort. Es war nicht gelogen, wenn sie seine Frage bestätigte. Dass sie seit Jahren keinen Kontakt zu ihr hatte und nicht mal genau wusste, in welcher Stadt sie lebte und ob sie überhaupt noch in Spanien studierte oder längst zurück in Deutschland war, spielte keine Rolle, solange er bloß nicht nachfragte.

»Okay, das sollte genügen«, beschloss Sam endlich. Mia war kurz davor, auf die Knie zu fallen vor Erleichterung, dass die Fragerunde vorüber war, aber sie blieb stehen.

»Ich mache mir kurz eine Kopie davon.« Er wedelte mit den Dokumenten und ging in Veras Büro. Mia atmete auf, lief ins Wohnzimmer und stellte die Musik leiser. Gerade, als Sam zurückkehrte und ihr die Unterlagen überreichte, kamen Tom und Georgie zur Tür herein. Tom führte seine schwangere Frau vorsichtig ins Wohnzimmer, half ihr aufs Sofa und reichte ihr eine Decke. Die beiden sahen sich einen Moment innig in die Augen und Mia verspürte eine Art Eifersucht. Die beiden hatten eine Liebe, die beneidenswert war, einfühlsam, liebevoll, voller Vertrauen ineinander. Ob sie irgendwann jemanden finden würde, der sie genauso ansah, während er sie zudeckte?

»Vera hat berichtet, dass der Workshop ein voller Erfolg war. Danke, Mia«, sagte Georgie und lächelte sie dankbar an. Mia erwiderte das Lächeln und zuckte mit den Schultern.

»Ich hatte viel Spaß, wirklich. Es war fantastisch! Und ich habe die Zeit hier sehr genossen. In Wahrheit muss ich mich bei euch bedanken«, gab sie die netten Worte zurück.

»Bleibst du noch einen Moment? Lina will gleich facetimen und dich unbedingt kennenlernen.« Georgie hob ihr Handy. Mia nickte nur und bot Georgie an, ihr einen Tee zu kochen. Schon wenige Minuten danach rief Lina an. Auf dem Bildschirm erschien eine hübsche Frau mit dunklen Haaren. Auf ihrem Schoß saß ein kleines Mädchen, das verschüchtert in die Kamera grinste. Georgie winkte zur Begrüßung und zwinkerte dem Mädchen zu.

»Hallo! Hallo, ihr! Wie geht es euch?«, wollte sie wissen.

»Uns geht es ganz gut. Aber meine Oma ist krank. Momentan ist sie im Krankenhaus, erzähle ich dir nachher.« Lina schielte zu ihrer Tochter und signalisierte, dass das Thema nicht für kleine Ohren gedacht war.

»Wie geht es dir denn? Ist das Baby noch drin?«, erkundigte sie sich und sah sehr besorgt aus. Georgie winkte ab.

»Ja. Alles okay. Es war nur ein großer Schreck letzte Woche! Es ist noch viel zu früh für das Kleine. Ein paar Monate haben wir noch vor uns. Am Wochenende lief alles gut. Keine Blutungen mehr, keine Schmerzen. Ich darf leider nur aufstehen, um ins Bad zu gehen. Alles andere wurde mir verboten und ich werde mit strengen Augen beobachtet. Für ein paar Wochen muss ich ruhen, im schlimmsten Fall tatsächlich bis zum Geburtstermin.« In Georgies Gesicht konnte man lesen, wie schrecklich die Situation für sie war, aber die Sorge um das ungeborene Kind war noch viel größer als ihr Kummer über ein paar Wochen Bettruhe. Durch den Raum warf Tom seiner Frau einen liebevollen Blick zu, den Georgie kurz erwiderte, bevor sie sich wieder dem Bildschirm zuwandte. Lina schickte das Mädchen in die Küche.

»Was ist mit deiner Oma? Wird sie wieder oder ist es was Ernstes?«, erkundigte sich Georgie, als die Kleine nicht mehr zu sehen war. Lina zuckte mit den Schultern.

»Entschuldige, ich wollte nicht vor Lola darüber sprechen. Meiner Oma scheint es wohl sehr schlecht zu gehen, die Vitalwerte sind miserabel. Hier in Schweden haben sie wirklich tolle Krankenhäuser. Aber es sieht nicht gut aus. Wir rechnen ehrlich gesagt damit, dass sie es nicht mehr allzu lange schafft. Das ist auch okay, irgendwie. Sie ist über neunzig! Eigentlich wollten wir nächste Woche zurückkommen. Aber ich würde gern noch ein bisschen bleiben. Vielleicht sehe ich sie nie wieder und noch ein paar gemeinsame Momente mit ihr wären schön.« In Linas Augen standen Tränen. Georgie nickte.

»Selbstverständlich bleibst du! Nimm dir so viel Zeit, wie du brauchst. Was ist mit Peter, bleibt er auch?«, wollte sie wissen.

»Der muss geschäftlich zurück und fliegt in ein paar Tagen. Er käme aber in drei oder vier Wochen, um Lola und mich abzuholen. Wenn es denn … du weißt schon. Danke, mein Schatz«, wandte sie sich an ihre Tochter, die halb auf dem Bildschirm erschien, als sie Lina einen Keks reichte. Nach der süßen Übergabe war die Kleine schon wieder auf und davon.

»Okay. Wenn wir irgendetwas für dich tun können, sag bitte Bescheid!«, bot Georgie an. Mia bewunderte diese Frau. Da saß sie, schwanger, durfte sich kaum bewegen, aber natürlich bot sie Hilfe für eine Freundin an.

»Es ist nur die Sache mit dem Frühlingsfest. Wir haben viel geplant und wenn du auch ausfällst, ist Vera ganz auf sich gestellt damit. Ich möchte nicht fies klingen, aber das wird eine

Katastrophe, wenn wir sie damit allein lassen!« Lina verzog das Gesicht und Georgie lachte bestätigend. Sie sah hoch und begegnete Mias Blick. Mia nickte und lächelte zaghaft.

»Das Frühlingsfest ist in drei Wochen, richtig?«, erkundigte sich Mia.

»Es sind nur noch zweieinhalb. Aber ja. Ungefähr. Das ist übrigens Mia.« Georgie drehte die Kamera, damit Lina und Mia sich sehen konnten. Die beiden winkten sich zu.

»Schön, dass ich endlich ein Gesicht zu dem Namen habe. Ich habe schon gehört, dass du eine große Hilfe warst. Ich kann mich gar nicht genug bei dir bedanken! Wenn wir uns mal begegnen, revanchiere ich mich.« Lina lächelte Mia dankbar zu. Verschämt biss Mia sich auf die Lippe und wurde mal wieder ein bisschen rot.

»Gern geschehen. Ähm … Also, ich habe es nicht supereilig. Ich bin sozusagen zwischen zwei … und wollte die Fahrt für eine …« Mia suchte nach dem richtigen Wort. »… eine Auszeit nutzen.« Das klang professionell und nicht wie eine Herumtreiberin. Eine Künstlerin auf einem Roadtrip als kleine kreative Pause zwischen zwei beruflichen Stationen.

»Erwartet dich deine Familie in Spanien nicht?«, wandte Sam ein, der mit Tom am anderen Ende des Wohnzimmers stand und geduldig wartete, bis die Frauen mit ihrem Gespräch fertig waren. Mia sah ihm fest in die Augen.

»Das sollte kein Problem sein. Wenn ich noch länger bleiben darf, helfe ich gern. Hauptsache, ich bekomme jeden Tag Kuchen«, fügte sie lachend hinzu, in der Hoffnung, der Situation etwas mehr Leichtigkeit zu geben. Georgie nickte.

»Das kriegen wir hin. Aber, Mia, wir wollen dich nicht aufhalten.«

Mia schüttelte vehement den Kopf und winkte ab. »Wirklich, ich helfe gern. Ich muss nur irgendwo schlafen.« Und sie hoffte bei diesen Worten, dass es nicht ihr Auto sein würde. Oder die Pritsche in der Polizeiwache, die Sam ihr schon mal angeboten hatte.

»Das ist allerdings ein Problem. Laut den Buchungen sind wir ab übermorgen durchgängig ausgebucht. Aber vielleicht …«, dachte Lina am anderen Ende des Videoanrufs laut nach. Sam mischte sich ein.

»Die alte Feuerwache steht leer. Oben ist doch die Dienstwohnung. Sie ist nicht gerade groß und man müsste wohl mal durchwischen, aber irgendwie ist sie gemütlich«, schlug er vor. Tom nickte bestätigend und erklärte, was es mit der Wache auf sich hatte.

»Das Feuerwehrhaus steht seit ein paar Jahren leer, die Dienststelle ist mit einigen anderen Gemeinden zusammengelegt worden. Es gab verschiedene Pläne im Ort, was mit dem Gebäude geschehen sollte. Aber bisher konnte keine Idee wirklich überzeugen und deshalb wird es wohl auch in nächster Zeit nicht benutzt werden.«

»Wolltest du es nicht sogar mal kaufen und zu deiner Holzwerkstatt umgestalten?«, erinnerte sich Georgie.

»Ja, aber ich habe noch das andere Projekt, das sich schon länger zieht, und bevor das nicht umgebaut ist, brauche ich kein weiteres. Jedenfalls steht das Haus leer und du kannst die Dienstwohnung sicher für ein paar Tage beziehen.«

»Klingt gut. Ich brauche auch nicht viel Platz. Kann ich es mir anschauen?«, fragte Mia und Sam nickte. »Ich habe die Schlüssel.«

Georgie und Lina besprachen noch einige Details ihrer Geschäfte. Lina schlug vor, die Buchungen und Anfragen, die das Hotel betrafen, von Schweden aus zu klären. So nahm sie den beiden Frauen wenigstens eine kleine Last ab. Georgie bedauerte es sehr, dass sie an Bett und Sofa gefesselt war, aber ihre Gesundheit und die des Babys gingen natürlich vor.

Mia lief in die Küche, um Georgie einen Teller mit Obst zuzubereiten und einen kurzen Moment allein zu sein. Sie konnte es kaum glauben. Die Schicksalsschläge dieser beiden Frauen sorgten dafür, dass sie noch ein paar Tage länger in diesem geschützten Paradies bleiben konnte. Kraft tanken, von lieben Menschen umgeben sein, keine Angst haben müssen, drei bis zehn leckere Mahlzeiten pro Tag zu sich nehmen können, jede Nacht in einem Bett schlafen. Hätte sie an Gott geglaubt, dann hätte sie ihm jetzt dafür gedankt. Vergessen war ihr Plan, so schnell wie möglich zu türmen. Sie musste eine Träne von ihrer Wange wischen. »Danke«, murmelte sie an niemand Bestimmten gewandt. Sie nahm ein paar Kekse sowie den Teller mit frischem Obst und ging damit zurück ins Wohnzimmer. Tom sprang auf und nahm ihr die Sachen ab, um sie auf den kleinen Tisch neben Georgie zu stellen.

»Ich muss los«, verabschiedete er sich von der Gruppe. Er küsste seine Frau lange und fest auf den Mund. »Wir sehen uns. Und vielen Dank, Mia«, fügte er noch hinzu, klopfte Sam freundschaftlich auf die Schulter und ging.

»Wollen wir auch? Ich kann dir die Station gleich zeigen, wenn du magst«, bot Sam an. Mia warf Georgie einen fragenden Blick zu, aber die winkte ab.

»Ich werde mich hier nicht wegbewegen. Gleich telefoniere ich noch mit meiner Freundin Nathalie, und Tante Vera kommt auch bald zurück. Geht! Geht, endlich!«, scheuchte sie Sam und Mia davon.

Die alte Feuerwache bestand aus einer großen Garage, in der früher ein Einsatzfahrzeug gestanden hatte, sowie einem Geräteraum im Erdgeschoss. Es roch muffig darin, wie auf einem Dachboden, der schon lange nicht mehr gelüftet worden war, und der Duft von Motoröl hing schwach in der Luft. So was schreckte Mia jedoch nicht ab. Durch die Garage gelangte man über eine Wendeltreppe in ein kleines Zimmer über dem Geräteraum. Es gab eine Kochnische und ein winziges, spartanisches Bad mit Toilette und Duschkabine. An einer Wand im Hauptraum standen fünf leere Metallspinde, deren Türen geöffnet waren. Außer einem verkratzten Holztisch und einer Sitzbank stand noch ein breiter Ledersessel da, auf dem jemand schon viele Stunden gesessen hatte. Die Polster hingen durch, das Leder war an einigen Stellen abgeschürft. Er sah sehr gemütlich aus.

»Das ist es. Wir müssen dir noch ein Bett reinstellen. Aber es ist ganz okay, oder?«, fragte Sam und lehnte sich an den Türrahmen. Mia stand mitten im Raum, sah sich aufmerksam um, sog alles in sich auf. Es war traumhaft! Vor ihren Augen entstand ein Bild, wie es hier aussehen konnte, wenn ein großes Bett dazukam, ein bisschen Deko, vielleicht ein Krug mit frischen Blumen. Sie hatte noch nie Blumen in einer Vase gehabt. In ihrer Vision trank sie aus einem ihrer selbst gemachten Becher Tee in dem Ledersessel, die Beine gemütlich an den Körper gezogen. Vielleicht lief Musik. Oder sie las ein Buch.

Ein Geräusch holte sie zurück in den kahlen Raum. Sie drehte sich zu Sam um, der sich gerade bückte. Um seine Beine schlich ein getigerter Kater. Das Tier hatte nur noch ein Ohr und sein Fell war struppig und etwas stumpf. So sah ein richtiger Katzenopa aus.

»Hallo, Käpt'n«, begrüßte Sam das Tier leise und wurde im Gegenzug mit einem sanften Kopfstoß gegen das Schienbein belohnt. Mia hörte es schnurren.

»Käpt'n?«, fragte sie und näherte sich beiden langsam. Dann ging sie in die Knie und hielt dem Kater die Hand zum Schnuppern hin. Sofort rieb er sein verknautschtes Gesicht daran und das Schnurren wurde lauter. Es schien durch seinen ganzen Körper zu vibrieren.

»Er ist schon ewig der heimliche Käpt'n hier, daher sein Name. Beschützt die Feuerwache vor Ratten und Mäusen, früher – und jetzt wohl immer noch. Er war ein Streuner, der jedes Mal von den Feuerwehrmännern gefüttert wurde, wenn er vorbeikam. Bis er irgendwann einfach blieb.« Traurigkeit mischte sich in seine Stimme, als er fortfuhr. »Mein Vater war hier Einsatzleiter, viele Jahre. Er ist bei einem Dienstunfall vor drei Jahren gestorben.« Sam setzte sich auf den Boden und lehnte sich an die Wand. Der Kater ließ sich neben ihm nieder, rollte sich auf den Rücken und bot seinen Bauch zum Kraulen an. Ein unwiderstehliches Angebot, dem Sam ganz offensichtlich gern nachkam, indem er seine Hand tief in dem weichen Bauchfell vergrub.

»Danach wurde die Feuerwehr mit den Nachbarorten zusammengelegt«, erzählte er weiter. »Meine Mutter wollte Käpt'n mit nach Hause nehmen und sich um ihn kümmern. Mein Vater und Käpt'n waren beste Freunde. Haben immer zusammen in dem Sessel da drüben Mittagsschlaf gehalten. Aber der Kater wollte nicht woanders sein. Vier Mal ist er uns weggelaufen und immer wieder hier aufgetaucht, also haben wir ihn gelassen. Er hat sich das hier als sein Zuhause ausgesucht.«

Mia beugte sich nach vorne und legte ihre Hand tröstend an Sams Wange, weil er so traurig aussah. Sein Vater musste ihm sehr fehlen. Sie verstand das Gefühl nicht, konnte es nicht verstehen, aber sie spürte die Schwere seines Verlusts. Sam sah hoch und schmiegte seine Wange für einen Moment in ihre Hand. Sie sahen einander an. Sein Blick füllte ihr Herz.

»Es ist schön, dass du noch ein bisschen bleibst«, sagte er leise und seine Stimme klang ganz rau. Mia legte ihre zweite Hand an seine andere Wange, beugte sich vor und küsste ihn. Langsam, aber bestimmt. Ihr Herz raste, ihr Puls galoppierte, als er ihren zarten, tröstenden Kuss erwiderte. Seine Lippen waren weich, sein Dreitagebart kratzte in ihrem Gesicht, aber sein Kuss schmeckte fantastisch. Nach Mann, aufregend und doch vertraut, obwohl es die erste Berührung ihrer Lippen war. Sam zog sie näher heran, bis sie in seinen Armen lag. Ihr Kuss wurde intensiver, sie schmiegte sich begehrend an seine Brust. Einen Arm um ihren Rücken geschlungen, presste er sie sanft an sich. Mit der anderen Hand fuhr er langsam, genießend über ihren Oberschenkel. Es war eine zärtliche Geste, aber Mias Haut brannte. Es war lange her, dass sie jemanden geküsst hatte. Nachdem sie die ersten Monate auf der Straße überstanden hatte, war sie einer Gruppe jugendlicher Obdachloser begegnet und hatte sich ihr angeschlossen. Dort hatte sie einen Jungen kennengelernt, mit dem sie in einer dunklen Ecke eines verlassenen Lagerhauses geschlafen hatte. Es gab keine Romantik dort, kaum Zärtlichkeit. Sex, Küsse, Berührungen dienten nur einem Bedürfnis – nicht allein zu sein, wenigstens etwas Nähe in kalten Nächten zu haben. Das hier war etwas anderes. Sie ließ sich in Sams Arme sinken, ließ sich völlig auf ihn ein. Sam zwang sich, den Kuss zu beenden, bevor er zu weit gehen würde. Langsam löste er sich von ihr und erwiderte ihren intensiven Blick, als sie berauscht von diesem Kuss die Augen öffnete und ihn ansah. Ihre Lippen verzogen sich zu einem sanften Lächeln.

»Die Wohnung wäre dann eingeweiht«, flüsterte sie mit kratziger Stimme an sein Kinn und er lachte. Sam gab ihr einen kurzen Kuss auf die Schläfe.

»Vielleicht ganz gut, dass noch kein Bett hier drin ist. Wir besorgen dir eins.« Er rappelte sich auf und zog Mia hoch. »Tom kann dir eins bauen.«

»Er kann mir eins bauen? Ein Bett?«, hakte sie stirnrunzelnd nach. Einem Impuls folgend schloss Sam sie noch mal in die Arme.

»Klar. So läuft das hier. Wenn du was brauchst, musst du nur Bescheid sagen. Mein Büro ist gleich da drüben. Meine Wohnung übrigens auch. Und ich habe ein Bett.« Er warf ihr ein verschmitztes Grinsen zu und deutete dann mit der Hand aus dem Fenster. Sie folgte der Geste und sah hinaus. Gegenüber, auf der anderen Straßenseite, stand die kleine Polizeiwache, Sams Außendienststelle.

»Man wollte eigentlich, dass ich in der Dienststelle ein paar Ortschaften weiter arbeite, aber ich konnte mir ein kleines Büro hier in der Stadt erkämpfen. Darüber liegt meine Dienstwohnung. Sie ist genauso winzig wie diese hier. Und ich wohne gern mitten in meiner Stadt. Dienstlich bin ich oft auf der Wache drüben und sowieso ständig in der Gegend unterwegs. Da muss ich ja nicht …«

Er wandte sich ihr wieder zu und hörte auf zu reden, als sie zu ihm aufblickte. Mit einer Hand fuhr er über ihren Rücken, bis seine Fingerspitzen in ihrem Nacken verharrten. Ein angenehmes Prickeln breitete sich an der empfindsamen Stelle aus. Langsam entzog sie sich ihm. Jahrelang hatte sie ohne körperliche Nähe existiert, es war ihr fast zu viel, wie gut es sich in seiner anfühlte. Wie perfekt sie in seine Arme gepasst hatte. Seine Lippen auf ihren, als der Kuss leidenschaftlicher wurde und seine Hände über ihren Körper fuhren. Es hatte fast geschmerzt, so schön war es gewesen. Das musste sie erst verarbeiten. Sam streckte die Hand nach ihr aus und strich ihr mit dem Daumen über die Wange. »Deine Augen. Manchmal schimmern sie golden«, stellte er fest. Der intime Moment wurde unterbrochen, als sein Telefon klingelte. Mia konnte sehen, wie sich Sam in den Polizisten verwandelte. Mit einem Mal stellte er sich aufrechter hin, seine Stimme war ruhig, tief und ernst. Von der Zärtlichkeit, die bis gerade eben mitgeschwungen hatte, war nichts mehr zu hören. Mit präzisen Fragen klärte er Details ab. Nachdem er aufgelegt hatte, zog er den Schlüssel für die Feuerwehrwache aus der Hosentasche und drückte ihn Mia in die Hand.

»Ich muss leider los. Soll ich dich zum Hotel zurückbringen? Oder willst du hierbleiben und dich noch ein bisschen umschauen?«

Mia schüttelte den Kopf.

»Ich glaube, ich laufe rüber ins Geschäft. Das ist doch nur zwei Straßen weiter, oder? Wir sind daran vorbeigefahren, wenn ich es richtig mitbekommen habe. Wenn Vera noch da ist, kann sie mich später mitnehmen. Geh du mal deinen Pflichten nach, Herr Kommissar.«

Er grinste bei der Bezeichnung, zog sie für einen schnellen Kuss an sich und eilte dann die Stufen hinunter. Kater Käpt'n und Mia sahen ihm nach.

»Also, du Streuner. Wir werden wohl die nächsten paar Wochen eine WG haben. Kommst du klar damit?«, fragte sie den Kater, der sich schnurrend an ihrem Bein rieb. Sie nahm das als ein Ja und gab dem Impuls nach, mit einer Pirouette durch den kleinen Raum zu schweben. Eine eigene kleine Wohnung, mit Katze und Ledersessel. Nur für sie. Fast drei Wochen lang. Sie lebte einen Traum, ganz sicher!

Kapitel 7

In den folgenden Tagen überschlug Mia sich fast vor Arbeit. Es gab viel zu tun und im Hotel konnte sie Vera besser vertreten als im Geschäft, wo sie zu den Produkten nur wenig hätte sagen können, wenn Kunden Fragen hatten. Georgie saß die meiste Zeit im Hotelwohnzimmer auf dem Sofa, eine Tasse Tee in der einen Hand, eine To-do-Liste für Mia, Vera oder Tom in der anderen. Wie angeordnet, bewegte sie sich kaum, aber in ihrem Kopf ratterte die Erledigungsmaschine, man konnte es ihr richtig ansehen, wie sie überlegte, plante und im Geiste Aufgabenpakete strukturierte. Mia sprang mit großer Freude ein, um auszuhelfen, wo immer sie benötigt wurde. Dank ihres Eifers waren die Zimmer im Hotel blitzblank, alle Wäsche gewaschen und gebügelt. Neue Gäste begrüßte sie mit einem Willkommenstrunk und verwies bei Fragen an Georgie. Wenn sie die Einkäufe erledigte, übernahm Vera das Kochen. Das war Mia auch ganz recht. Für so viele Menschen zu kochen war doch etwas anderes als nur für ein oder zwei Personen, so wie sie es bei Miriam Eisenhauer getan hatte. Nebenbei liefen die Vorbereitungen für das Frühlingsfest. Vera organisierte zusammen mit einigen anderen Frauen, unter anderem Sams Mutter, die Tombola. Mia übernahm die Tour durch die Gemeinde und sammelte überall im Dorf Spenden dafür und für den Flohmarkt ein, die sie dann im alten Feuerwehrhaus zwischenlagerte. Wenn es im Hotel oder für das Frühlingsfest nichts zu tun gab, half sie im Café, das Vera nun wieder täglich für ein paar Stunden öffnete, da der Strom an Touristen, die zum Wandern in die Gegend kamen, stetig anschwoll, mit jedem sonnigen Frühlingstag ein bisschen mehr. Wenn all das erledigt war, brachte sie das Feuerwehrhaus auf Vordermann. Sie reinigte es zwei Mal von oben bis unten, schrubbte die Kacheln des kleinen Bades, polierte das Waschbecken in der Küche, bis es blitzte, und schob den Ledersessel ans Fenster. Die Metallspinde hatte sie gründlich ausgewischt und darin die wenigen selbst gefertigten Becher gestapelt, die noch übrig waren. Mit etwas Wehmut strich sie über eine der Keramiken. Das Töpfern fehlte ihr. Die formbare, feuchte Masse an ihren Fingern, der Druck ihrer Hände, mit dem sie aus einem Klumpen Ton einen Becher, eine Schale oder eine Vase modellieren konnte. Sie vermisste den besonderen Geruch, die Aufregung, bis das Teil aus dem Ofen kam – war es geglückt oder hatte es den Brennvorgang nicht überstanden? Es war jedes Mal ein kleiner Adrenalinstoß gewesen, wenn ihr etwas gelungen war. Dieser Stolz auf etwas Selbstgemachtes, das ganz nach ihren Ideen und Vorstellungen entstanden war. Als sie Hamburg verlassen hatte, hatte sie auch die Möglichkeit zum Töpfern aufgegeben. Unzählige Stunden hatte sie in der alten Werkstatt im Schuppen hinter Miriam Eisenhauers Haus verbracht, in der die Töpferei ihres längst verstorbenen Mannes aufgebaut war. Mit Internetvideos und Büchern aus der Bibliothek hatte sich Mia das Töpfern selbst beigebracht und war – besonders am Anfang – mehrfach gescheitert. Das gehörte zum Lernprozess dazu, hatte sie befunden und nicht aufgegeben. Neben der Arbeit für Miriam Eisenhauer war es ihre Hauptbeschäftigung gewesen und so stellten sich auch schnell Erfolge ein. Nach dem Tod der alten

Dame war sie mit all ihren Bechern losgefahren, mittlerweile hatte sie einige verkauft und ein Regalbrett in Veras Geschäft gefüllt. So war ihr nur ein halbes Dutzend Becher geblieben. Behutsam stellte sie die wertvollen Stücke in einen der Spinde, als sie hörte, wie jemand die Feuerwache betrat und ihren Namen rief. Überrascht lief sie zur Treppe und sah Tom und einen ihr unbekannten jungen Mann in der Garage stehen. Sie winkte den beiden fröhlich von der Empore zu und der junge Mann stellte sich als Toms Cousin Tobi vor.

»Wir haben dein Bett dabei. Können wir raufkommen und es aufbauen, dauert nicht lange?«, fragte Tom.

»Wirklich?« Mia schlug die Hände vor den Mund und bekam ganz große Augen. »Ja, ja! Kommt hoch!«

Mit Staunen beobachtete sie, wie Tom und Tobi eine Seilwinde am Geländer anbrachten, das vor der Wohnung verlief und verhinderte, dass man aus dem oberen Stockwerk in die Feuerwache fiel. Dann zogen sie große, grobe Balken nach oben.

»Kann ich helfen?«, erkundigte sich Mia, aber Tom drückte ihr nur einen Pinsel und eine Farbkarte für Lasur in die Hand.

»Nur, indem du dir eine Farbe aussuchst.« Tobi und Tom sortierten die Bretter in der Wohnung und schraubten fachmännisch bereits die ersten Winkel an, als Mia die ersten Farbkarten studierte.

»Wie teuer ist Lasur?« Im Kopf überschlug Mia ihr aktuelles Guthaben. Mit einem kurzen Blick über seine Schulter sah Tom sie an und schüttelte dann den Kopf.

»Die Lasur ist ein Geschenk, genau wie das Bett. Such dir was aus. Ich besorge die Farbe für dich.«

»Das kann ich nicht annehmen, Tom.«

»Klar, kannst du. Tobi, halt mal«, forderte er seinen Cousin auf. Die beiden waren ein eingespieltes Team, sie arbeiteten regelmäßig auf Baustellen zusammen, erklärte Tom, als Mia ihnen bewundernd zusah.

»Du kümmerst dich so gut um Georgie, wenn ich unterwegs bin«, fuhr er fort. »Das hier ist das Mindeste, was ich tun kann, um mich dafür erkenntlich zu zeigen. Wenn du nicht wärst, würde Georgie ja doch heimlich arbeiten. Such dir eine Farbe aus und ich kümmere mich selbstverständlich darum.« In seiner Welt mochte das so sein, aber in Mias war es das nicht. Es fiel ihr schwer, damit umzugehen.

Noch schwieriger wurde es, als Sam ein paar Tage später mit einer Matratze auftauchte und dazu noch Bettzeug samt einem Stapel Bezüge mitbrachte.

»Von meiner Tante. Ihre Kinder sind alle ausgeflogen und sie räumt gerade ihr Haus aus.« Er drückte ihr eine Decke und Kissen in die Arme und wuchtete die große Matratze über die Wendeltreppe nach oben. Das Bett stand bereits aufgebaut, aber noch unbehandelt in der kleinen Wohnung. Daneben hatte Tom die große Dose mit Lasur abgestellt, die Mia sich nach seinem Besuch ausgesucht hatte. Er deutete darauf.

»Brauchst du Hilfe beim Lasieren?«, fragte er und musste über ihr Gesicht lachen. Sie stand im Türrahmen, Decke und Kissen in den Armen, und war offensichtlich völlig überfordert.

»Alles okay?«, hakte er nach und seine Stimme wurde dabei warm und zärtlich. Mia nickte langsam, aber ihre Augen wurden immer größer und Tränen schimmerten darin.

»Wieso überlässt mir deine Tante all das? Sie kennt mich doch gar nicht. Ich habe gar nichts für sie getan. Das habe ich mir nicht verdient.«

»Mia.« Sam ging rüber zu ihr, nahm ihr das Bettzeug wieder ab, legte es zur Seite und schloss sie in seine Arme. Es dauerte einen Moment, bis sie ebenfalls die Arme hob, ihn damit umfasste und sie hinter seinem Rücken verschränkte. Sein regelmäßiges Atmen beruhigte sie Zug für Zug. Liebevoll strich er ihr über den Rücken.

»Du kannst es gegen einen deiner Becher eintauschen. Meine Tante hat am Geburtstag meiner Mutter die fünf Stück gesehen, die ich dir abgekauft habe, und ist vor Neid geplatzt. Ginge es dir damit besser?«

Mia nickte schweigend, sie schämte sich für ihre Überforderung. Für all die verwirrenden Gefühle. Dankbarkeit, Rührung, Zuneigung, alles stürzte auf einmal auf sie ein. Sam legte seine Hände um ihr Gesicht und küsste sie ruhig. Mit geschlossenen Augen ließ sich Mia in den zarten Kuss fallen.

»Hast du Hunger?«, murmelte Sam an ihrer Stirn, als er sich von dem Kuss löste.

»Immer«, antwortete sie ernst und er lachte.

Sam nahm sie mit in ein kleines Lokal, ein paar Kilometer außerhalb der Stadt. Er schwor, dass es hier die beste Pizza gebe.

»Teilen wir uns eine große?«, fragte er, als sie eintraten. Er hielt ihr die Tür auf und sie drehte sich beim Hineingehen nach ihm um.

»Du spinnst wohl! Ich teile nicht beim Essen«, rief sie empört und funkelte ihn mit ihren wunderschönen Augen belustigt und etwas empört an. Sein Herz machte einen gewaltigen Sprung. Von ihrem unbändigen Hunger war er ernsthaft beeindruckt.

»Alles klar. Hi, Petra«, begrüßte er die Kellnerin und hob zum Gruß die Hand. Er kannte fast alle Gäste, die an den Tischen saßen. Freundlich grüßte man ihn zurück. Einige musterten Mia neugierig, zwei, drei Gesichter kannte sie selbst schon von den Touren mit Vera, als sie die Tombola-Flohmarkt-Runde einige Tage zuvor gedreht hatten, und lächelte den Leuten zu.

Sam ergriff ihre Hand und zog sie an einen freien Tisch. Die bedeutungsvollen Blicke, die sich einige Gäste zuwarfen, waren unübersehbar.

»Wir werden heute wohl das Gesprächsthema Nummer eins sein«, stellte Sam leichthin fest und reichte Mia die Speisekarte. Er wusste längst, was er wollte. Seit Jahren wurde hier alles gefeiert, was es zu feiern gab: von Kindergeburtstagen über gewonnene Fußballspiele bis zu Junggesellenabschieden. Die hausgemachte Pizza aus dem Steinofen war legendär, die Portionen riesig, Limonade und Bier eiskalt. Das Lokal war nicht besonders elegant eingerichtet und sah seit Jahrzehnten gleich aus. An den Wänden hingen Kunstdrucke mit Motiven von Venedig, New York, Paris. Die Sammlung wurde kurioserweise durch mehrere Schwarzwälder Kuckucksuhren ergänzt. Auf den Tischen lagen karierte Tischdecken, auf jedem Tisch standen eine Vase mit frischen Blumen und eine Kerze. Seine Mutter, mit der er und seine Geschwister hier regelmäßig einkehrten, sagte immer, das Lokal werde es wohl nie in eine Design-Zeitschrift schaffen, verdiene aber mindestens drei Michelin-Sterne für das leckere Essen. Es freute ihn, dass er es Mia zeigen konnte.

»Stört dich das?«, fragte sie und schlug die Karte auf. Sam schüttelte den Kopf. Mutig beugte sie sich nach vorne und küsste ihn fest auf den Mund.

»Dann stört dich das hier auch nicht?«, wollte sie frech wissen.

»Kein bisschen.«

»Gut. Ich will eine Pizza mit Peperoni und scharfer Salami«, forderte sie und Sam nickte grinsend. Geschmack hatte sie also auch.

»Du kennst hier jeden, oder? Wie ist das so?« Mia legte die Speisekarte zur Seite und sah sich um. Sam folgte ihrem Blick. Ja, er kannte hier fast jeden persönlich und die übrigen zumindest vom Sehen. Das kam natürlich nicht nur daher, dass er hier aufgewachsen war, sondern auch von seinem Beruf, der Kontakt zu vielen Menschen mit sich brachte.

»Ich mag das. Als Kind war es super, hier aufzuwachsen. Es ist nun mal eine sehr kleine Kleinstadt, eher ein Dorf. Alle meine Freunde wohnten in der Nähe, genau wie meine große Verwandtschaft, wir konnten den ganzen Sommer draußen herumrennen und spielen. Mit meinen Geschwistern, Cousinen und Cousins, mit unseren Freunden. Wir waren ständig draußen. Am Fluss, in den Bergen, im Wald. Alles war ein Abenteuer. Und wir waren so frei! Das war sehr cool.«

Mia hing gebannt an seinen Lippen.

»Das klingt beneidenswert schön«, flüsterte sie und sah kurz hoch, als Petra ihnen die Getränke hinstellte und ein paar Worte mit Sam wechselte. Er erkundigte sich nach ihrem Mann und den Kindern, sie bat ihn, Grüße an seine Geschwister auszurichten.

»Warst du nie weg?«, bohrte Mia nach, als Petra sie wieder allein ließ.

»Doch! Nach der Schule hatte ich für eine kurze Zeit die Schnauze voll vom Dorfleben. Ich war jung und wollte endlich was erleben. Ein echtes Abenteuer, dachte ich. Bin zur Polizeischule und habe die Ausbildung durchlaufen. Erst war ich bei einer Hundertschaft in Frankfurt und habe mich dann für den höheren Dienst entschieden. In einer Großstadt wie Frankfurt kann beides ganz schön krass sein. Irgendwann habe ich gemerkt, wie sehr mir die Natur fehlte. Der Wald, die Berge. Die klaren Flüsse. Meine Familie. Wir müssen mal einen Ausflug machen, damit du die wahre Schönheit der Landschaft erleben kannst. Ich mag, dass hier alles überwiegend harmonisch verläuft, die meisten Leute sind einfach entspannt. Es war perfekt, als ich die Stelle hier im Dorf bekam. Ich wünschte, mein Vater hätte noch gelebt, als ich die Außendienststelle hier übernommen habe. Wir hätten so viel Zeit miteinander verbringen können, bei ihm in der Feuerwache oder gegenüber bei mir in der Wache.«

»Das mit deinem Vater tut mir sehr leid«, flüsterte Mia und ergriff seine Hand, Sam nahm den Trost gern an. »Ihr hättet zusammen auf die Gemeinde aufpassen können, wie Superhelden.« Der Vergleich gefiel ihm und sein Vater hätte sich bestimmt sehr darüber amüsiert. Die Pizza wurde gebracht und Mias Augen wurden fast genauso groß wie die überdimensionale Pizza auf ihrem Teller. Sam lachte.

Mia schaffte gerade mal die Hälfte der Pizza, ließ sich den Rest aber einpacken. Nie im Leben hätte sie freiwillig ein Stück davon zurückgelassen. Sam bestand darauf zu bezahlen.

»Du kannst das Bier bezahlen, das ich gleich trinken werde, wenn wir dein Bett lasieren«, schlug er vor, als sie Hand in Hand das Lokal verließen. Sein Gesicht wurde plötzlich sehr ernst, als er zwei Personen entdeckte, die in einer dunklen Ecke des Parkplatzes standen und stritten. Mia folgte seinem Blick und wurde nervös, als sie hörte, dass sich der Mann und die Frau einen heftigen Wortwechsel lieferten. Worum es genau ging, konnte sie nicht verstehen, aber der Tonfall des Mannes war scharf und wütend, seine Körpersprache bedrohlich. So hatte ihr Vater geklungen, wenn er sich über sie oder ihre Mutter geärgert hatte, was immer dafür gesorgt hatte, dass ihre Mutter später ihre Angst und ihren Frust an Mia ausließ. Mias ganzer Körper war angespannt. Sam drückte ihr beide Pizzakartons in die Hand und ging mit ruhigen, aber bestimmten Schritten zu den beiden. Mit etwas Abstand folgte Mia ihm, blieb dann einige Meter entfernt stehen.

»Guten Abend zusammen. Michael, Tina. Alles klar hier?«, fragte Sam. Der Mann sah zu ihm und fluchte, als er erkannte, wer ihn angesprochen hatte. Seine Frau drehte sich unauffällig etwas ab und senkte den Kopf, sodass ihr die Haare ins Gesicht fielen.

»Der ehrenwerte Polizist. Das ist ja wieder typisch. Alles klar hier?«, äffte der Mann Sam nach, der sich von der Provokation nicht aus der Ruhe bringen ließ.

»Wir wollen keinen Ärger, Michael. Die Gäste möchten nur in Ruhe Pizza essen«, warnte Sam den Mann, der vor Zorn knallrot anlief.

»Würde ich auch gern. Aber diese blöde Ziege hier hat das ganze Haushaltsgeld ausgegeben. Sagt sie mir jetzt. Warum sind wir dann überhaupt hierhergefahren? Häh?«, brüllte er und seine Frau sank noch mehr in sich zusammen.

»Okay, immer mit der Ruhe«, sprach Sam in einem entspannten Tonfall auf Michael ein. Aber Mia sah, dass die Muskulatur in seinen Armen angespannt war. Er war auf alles vorbereitet.

»Hey, Tina«, sagte Mia unvermittelt, kramte mit ihrer freien Hand in der Hosentasche und zog einen Zwanzigeuroschein heraus. »Vielen Dank, dass du mir den Zwanziger gestern geborgt hast. So peinlich, im Supermarkt zu stehen und festzustellen, dass man nicht genügend Geld hat für den Großeinkauf«, plapperte sie in betont fröhlichem Tonfall vor sich hin und näherte sich der Frau. Sie hielt ihr den Geldschein hin und nickte ermutigend. Dann wandte sie sich an Michael.

»Tut mir leid, wenn es meinetwegen Ärger gab. Tina hat mir gestern aus einer Notsituation ausgeholfen und ich bin noch nicht dazu gekommen, ihr das geliehene Geld zurückzugeben.« Unschuldig lächelnd sah sie Michael fest in die Augen. Der starrte sie an und schnaufte wütend, aber sein Zorn schien zu verrauchen.

»Okay, dann euch einen schönen Abend«, wünschte Sam und nahm Mia am Arm, um sie von den beiden wegzuführen. Schweigend brachte er sie zum Auto und hielt ihr die

Beifahrertür auf. Sie kletterte hinein und stellte den Karton mit der restlichen Pizza auf ihrem Schoß ab, ihr Herz pochte noch heftig vor Aufregung, langsam ließ jedoch die Anspannung, die sie in der bedrohlichen Situation empfunden hatte, nach. Sam setzte sich neben ihr hinters Lenkrad und zückte sein Telefon.

»Willy, wir haben gerade einen Streit zwischen Michael und Tina aufgelöst. Vorm Lokal. Ja. Genau. Danke«, erklärte er die Situation dem diensthabenden Kollegen der Wache. »Vielleicht schickt ihr prophylaktisch eine Streife in die Gegend, falls der Streit wieder aufflammt. Okay. Gute Nacht. Wenn was sein sollte, meldet euch, ich bin in der Nähe.«

Er legte auf und fuhr los.

»Das hättest du nicht tun müssen, aber es hat die Lage zumindest sehr schnell beruhigt. Vorübergehend«, wandte er sich mit ernster Miene an Mia, die mit den Schultern zuckte.

»Es war spontan. Du kennst die beiden?«

»Ja. Leider. Er ist kein … doch, ist er. Wenn er arbeitet, bleibt er nüchtern und ist einigermaßen verträglich. Sobald er zu trinken beginnt, wird er ein mieses Arschloch. Aber ich kann nichts machen. Wir waren schon ein paar Mal vor Ort, weil besorgte Nachbarn uns gerufen haben, wenn die Streitereien eskalierten. Ich war auch schon mit Kolleginnen bei Tina und mit dem psychologischen Dienst, wir waren bei ihr, als ihr Mann nicht da war, weil wir dachten, dann erreichen wir sie besser mit unserer Hilfe. Aber nein, sie zeigt ihn partout nicht an. Ich wünschte, sie würde den Mut finden, ihn zu verlassen. Irgendwann bringt er sie mit seinen Ausbrüchen um, befürchte ich.« Sams Griff um das Lenkrad verstärkte sich und seine Fingerknöchel traten deutlich hervor. »Wie ich das verabscheue! Ich bin Polizist geworden, weil ich etwas verändern wollte, mich um Menschen kümmern und aufpassen, dass ihnen nichts passierte. Mit den beiden stoße ich immer an meine Grenzen. Wir können nur präsent sein, besonders wachsam. Wenn sie weglaufen würde, dann würde ich ihr sogar dabei helfen.«

»Ja, manchmal ist das die einzige Lösung«, murmelte Mia und sah aus dem Fenster in die Dunkelheit. Trotz seiner Berufserfahrung würde Sam das vermutlich nie wirklich verstehen. Weglaufen war nicht seine Art, er würde sich immer allem stellen. Aber sie wusste, wie sich die Verzweiflung anfühlte, wenn man keinen anderen Ausweg mehr fand. Ob von langer Hand geplant oder in einer Kurzschlussreaktion – es war ein Weg aus einer Situation, die man nicht anders verlassen konnte, weil man schwach war, hilflos, machtlos. Man musste Stärke aufbringen, um auszubrechen. Denn es war alles andere als leicht, wie sie selbst gelernt hatte. Vor allem, wenn man nicht wusste, wohin man fliehen sollte. Mia wandte sich an Sam.

»Leider kann ich dich jetzt nicht mehr auf das versprochene Bier einladen. Das waren meine letzten zwanzig Euro, die ich dabeihatte.« Der Verlust schmerzte sehr. Zwanzig Euro waren unglaublich viel Geld für sie. Aber sie versuchte, sich klarzumachen, wie gut sie es zurzeit hatte und dass sie davon ruhig etwas abgeben konnte an jemanden, der es noch dringender brauchte als sie.

»Kein Problem. Bier geht auf mich.« Er lächelte zu ihr herüber und sie erwiderte es. Mit einer für ihn selbstverständlichen Geste legte er ihr eine Hand aufs Knie und strich kurz liebevoll darüber. Es verpasste ihr einen kleinen Erregungsschub. Wie gut sich das auf nackter Haut angefühlt hätte? Sie wollte nicht darüber nachdenken, wohin das führte. Was sie dachte oder fühlte. Weil, das wusste sie genau, sie fühlte sich großartig. Und das wollte sie genießen. Wer wusste schon, wie lange es anhielt.

Mia verbrachte die schönste Nacht ihres bisherigen Lebens mit Sam. Er ließ U2 und Billy Joel aus seinem Handy ertönen, hatte für sie beide je zwei Dosen Bier besorgt und ihr gezeigt, wie man

Holz lasierte. Der Nachthimmel war sternenklar und sie saßen in der kleinen Feuerwache, tranken Bier, lauschten der Musik und bemalten das Bett. Kurz nach Mitternacht bekam Mia wieder Hunger und aß die kalte Pizza auf dem Boden sitzend.

»Wenn etwas kalt noch mal so lecker schmeckt, weiß man, dass es wirklich die beste Pizza war«, verkündete sie zufrieden. Grinsend wischte er mit dem Daumen einen Klecks Tomatensoße aus ihrem Mundwinkel und erzählte von seiner Kindheit. Wie er mit seinen Geschwistern hier aufgewachsen war. Von seinen Eltern, von Freunden. Wenn er ihr Fragen stellte, versuchte Mia, ehrlich zu antworten, aber meistens wich sie aus und lenkte das Thema geschickt auf ein anderes. Meistens, indem sie ihn küsste. Damit ließ Sam sich nur allzu gern ablenken. Seine Küsse waren sanft, leidenschaftlich, lustig, abwechslungsreich. Sie hatte nicht gewusst, dass es so etwas gab. Und sie genoss jeden davon. Seine Lippen auf ihren, in ihrem Nacken, seine Hände auf ihrem Körper, die immer wieder zu ihrem Hintern zurückkehrten. Er war verrückt danach, stellte sie lachend fest. Aber es fühlte sich so, so, so gut an! Als sie jedoch Anstalten machte, ihm das T-Shirt auszuziehen, um mehr von seiner warmen Haut zu spüren, hielt er ihre Hände fest und fluchte leise.

»Ich bin ein langsamer Typ«, gestand er ihr und schloss die Augen. Es schien ihm schwerzufallen, sich selbst zu bremsen.

»Wie langsam?«, fragte Mia atemlos. Er umarmte sie fest, vergrub seine Nase in ihrem Nacken.

»Sehr. Wir sollten das in vollen Zügen genießen. Grundsätzlich spricht nichts gegen schnellen Sex auf dem Boden, aber noch schöner finde ich es ausgiebig und bewusst. Es soll etwas Besonderes werden«, sagte er und gab ihr damit ein Versprechen. Er nahm ihren Kopf in seine Hände und sah sie an. Was sie in seinen Augen las, ließ ihren Magen aufgeregt flattern.

Da waren Lust, Begierde, Interesse und so viel Zuneigung. Alles, was sie auch spürte.

»Na gut«, akzeptierte Mia seine Grenze. Wenn sie nicht in seinen Augen gesehen hätte, es nicht in seinen Küssen gespürt hätte, wie sehr er sie wollte, hätte sie sich jetzt geschämt und zurückgewiesen gefühlt. Aber so griff sie einfach nur nach dem Pinsel.

»Lass uns das hier fertig machen und zum Hotel fahren. Ich bin sicher, Georgie hat für mich eine drei Kilometer lange Liste vorbereitet. Morgen wird ein langer Tag.«

Kapitel 8

Mia wachte von Vogelgezwitscher auf und fühlte noch den Glücksrausch von der vergangenen Nacht. Wann war sie jemals lächelnd aufgewacht? Sie hatte sich überhaupt nie für einen lächelnden Menschen gehalten. Zu Hause hatte sie schließlich selten Grund dazu gehabt. Aber hier. Hier war das Paradies. Heute würde sie aus dem Hotel aus- und in die alte Feuerwache einziehen. Jetzt, wo das Bett fertig lasiert und über Nacht getrocknet war, konnte sie ab sofort dort schlafen. Dann hätte sie endlich ein eigenes Zuhause. Wenn auch nur für zwei Wochen. Sie würde das Hotel, seine Annehmlichkeiten und seine Bewohner – die stets gefüllte Speisekammer, zwei Bäder mit Badewannen, weiche Bettwäsche, Kuchen, Vera und Georgie, die Katze namens Kater – vermissen. Dafür wartete im neuen Zuhause der Streuner Käpt'n auf sie. Mia machte sich im Geiste eine Notiz, ihm unbedingt einen Napf und Futter zu besorgen. Solange sie da war, sollte er es besonders gut haben. Mia streckte sich noch einmal wohlig und sprang energiegeladen aus dem Bett. Nach einer kurzen, sehr heißen Dusche packte sie ihre Sachen zusammen, zog das Bett ab und wischte gleich den Raum durch. Als sie anschließend nach unten ging, thronte Georgie bereits auf ihrem Lieblingsplatz auf dem gemütlichen

Sofa vor dem Fenster. Mia ging direkt zu ihr, die Hand ausgestreckt. Fordernd wackelte sie mit den Fingern. Georgie lachte und zückte einen Zettel.

»Eigentlich fühle ich mich heute wirklich viel besser, ich glaube, ich kann auch etwas davon übernehmen.« Sie machte Anstalten, sich von ihrem Lager zu erheben, aber Mia schob sie sanft an der Schulter zurück.

»Kommt nicht infrage. Was glaubst du, stellt Tom mit mir an, wenn er mitbekommt, dass ich das zulasse? Nee, nee. Du bleibst hier sitzen. Tee trinken, Kekse essen und lesen. Häkeln ist auch erlaubt. Das war's. Haben wir uns verstanden?«, fragte sie streng und Georgie nickte. Mias Blick fiel nach draußen in den Garten und sie verharrte in ihrer Bewegung.

»Was …?«, setzte sie an und brach ab. Draußen sprang eine splitterfasernackte Vera durch die Lavendelplantage, warf die Hände in den Himmel und schüttelte ihren Körper. Georgie folgte Mias Blick und lachte lauthals auf.

»Ach das. Vera begrüßt den Frühling und bittet die Götter um schönes Wetter für ihre Pflanzenzucht. Immerhin macht sie es mittlerweile nur noch so früh am Morgen, dass es meistens niemand mitbekommt. Wusstest du, dass sie alle Kräuter und Blumen, die sie für Kerzen, Seifen und Gewürzmischungen erntet, selbst anpflanzt?«, erklärte sie und grinste über Mias ungläubiges Gesicht. Mia fing sich jedoch schnell wieder. Vera war nun mal so. Sie stellte sich kurz vor, was ihre Eltern über die ältere Frau gesagt hätten. Vermutlich hätten sie nicht mal passende Vokabeln für den Freigeist gefunden.

»Mir kam zu Ohren, du hattest gestern Abend ein Date mit Sam.« Georgies Augen leuchteten und sie kicherte begeistert, als sie sah, wie Mia errötete.

»Na ja. Kein offizielles Date. Wir waren nur Pizza essen und haben danach das Bett, das Tom mir gebaut hat, lasiert.« Und danach hätten wir fast auf dem Boden gevögelt, wenn er nicht so anständig wäre, fügte sie in Gedanken hinzu und seufzte laut.

»Er ist ein guter Kerl«, meinte Georgie. Misstrauisch sah Mia sie an.

»Ist das eine Warnung an mich, es nicht zu versauen?«, hakte sie forsch nach und reckte selbstbewusst das Kinn. Georgie schüttelte den Kopf, dass die blonden Locken nur so flogen.

»Nein. Wieso sollte ich etwas Derartiges sagen? Ich sage einfach nur, dass er ein guter Kerl ist. Ich bin schwanger, meine Hormone drehen völlig durch. Die ganze Welt soll bitte glücklich und verliebt sein«, erklärte sie.

Mia kam nicht dazu, zu antworten. Die Terrassentür ging auf und Vera lief, nackt wie sie war, an ihnen vorbei in ihr Zimmer. Mia und Georgie folgten ihr mit belustigten Blicken.

»Gut, dass die Zimmer der Gäste, die wir gerade beherbergen, nach vorne rausgehen«, stellte Mia pragmatisch fest und Georgie nickte zustimmend. Als Vera zurückkam, trug sie ein kirschrotes Blumenkleid, darunter eine neongrüne Sportleggins, rosa Sportschuhe und eine blaue Sonnenbrille mit runden Gläsern.

»Wir können los.«

Ihr erster Stopp war Linas Haus, das auf dem Weg zum Dorf lag, Mia war schon einige Male daran vorbeigefahren und hatte die Größe und Eleganz bestaunt. Vera und sie wollten ein paar Dinge für den Flohmarkt abholen, die Lina ihnen genannt hatte. Zum Glück hatte Vera den Ersatzschlüssel. Mias Mund stand offen, als sie das Anwesen nun aus der Nähe betrachtete. Es war noch beeindruckender, als wenn man es nur von der Straße aus sah. Alles war ordentlich und mit Bedacht gestaltet. Es sah aus wie aus einer Gartenzeitschrift. Die Kieselsteine der perfekt geschwungenen Auffahrt hatten alle die gleiche helle Farbe, der Rand war mit runden Flusskieseln eingefasst, die

Blumenkübel waren prächtig ausgestattet und schienen während Linas Abwesenheit von einem Gärtner gepflegt zu werden, das rote Haus sah einladend aus.

»Wow«, entfuhr es ihr, als sie vor der Haustür parkten. Vera lächelte.

»Warte ab, bis du drinnen bist. Das Mädchen hat ein Händchen für Einrichtung, sag ich dir. Aber der Garten, der wäre mir zu perfekt. Da wächst ja gar kein Unkraut! Und was wäre das Leben ohne Unkraut, frage ich dich.« Sie fragte nicht wirklich, denn kaum hatte sie es ausgesprochen, sprang sie vergnügt aus dem Auto und tänzelte die Stufen zur Eingangstür hinauf. Mia folgte ihr vorsichtig, achtete darauf, nichts zu berühren und nirgends anzustoßen. Sie hatte eine Heidenangst, dieses perfekte Zuhause zu zerstören. Zielstrebig lief Vera durch die Küche und von dort durch eine Tür in die Garage. Im Flur hing ein Gemälde, vor dem Mia stehen blieb. Die kräftigen Farben aus Rot-, Rosa- und Pinktönen zogen sie in ihren Bann. So etwas hatte sie noch nicht gesehen. Beim genaueren Hinsehen erkannte sie ineinander verschränkte Gliedmaßen, es war eine Liebesszene mit zwei Frauen. Mia bekam rote Ohren. Neben ihr tauchte Vera auf, einen Karton im Arm.

»Das ist ziemlich heiß, nicht wahr?«, fragte sie und kicherte wie ein junges Mädchen. Mia nahm ihr den Karton aus den Armen.

»Allerdings. Und wunderschön!« Noch konnte sie den Blick nicht davon abwenden.

»Es ist von unserer Künstlerin. Kit Haas. Sie ist letztes Jahr zurückgekehrt. Hier geboren, hier großgeworden und dann zum Kunststudium nach Paris und New York gegangen. Wir dachten, das Mädchen sehen wir nie wieder. Mann, war die talentiert, schon als ganz junger Hüpfer. Hat sich in New York in einen anderen Künstler verliebt. Vergessen, wie der heißt. Er malt irgendwas Großflächiges. Hab ja keine Ahnung von Kunst, aber das hier spricht mich an. Man will doch sofort jemanden ausziehen, oder?« Veras Stimme wurde träumerisch, aber nur für einen kurzen Moment. Dann klatschte sie in die Hände.

»Jedenfalls hat das mit diesem Künstler nicht geklappt, also kehrte sie zurück zu uns. Wir dachten, sie übernimmt vielleicht die Feuerwache als Studio, hat sich aber einfach von Tom den Schuppen ihrer Großeltern ausbauen lassen und malt da dieses ganze unanständige Zeugs. Ich find's großartig. Wir müssen los. Trag du das schon mal zum Auto, ich hole die anderen.«

»Wie viele Kartons sind es?«, wollte Mia wissen und riss sich von dem atemberaubenden Gemälde los.

»Vier. Und wir haben übrigens ein Vorkaufsrecht als Organisatorinnen. Du solltest unbedingt diese Kartons von Lina durchstöbern. Ihr ähnelt euch in Größe und Statur. Und das Mädchen hat bestimmt die ganz guten Sachen. War mal eine Münchner Karrierefrau im Hotelbusiness.« Vera nickte Mia ermunternd zu.

»Das kann ich nicht«, wehrte Mia ab. Aber sie hätte es gern getan. Sie hatte so viel Geld verdient und angespart, seit sie hier war. Abgesehen von den zwanzig Euro, die sie Tina in die Hand gedrückt hatte, hatte sie bisher kaum etwas davon ausgegeben, weil sie im Hotel mit Essen versorgt wurde.

»Du wolltest, dass das Universum dir ein paar T-Shirts bringt. Ich bin das Universum. Und ich sage dir, da sind ein paar Tops für dich drin.« Vera legte den Arm um Mias Schultern.

»Ein Teil, ein Euro. Das sind meine Regeln. Und da ich hier das Sagen habe …«

Wie hätte man sich dieser Logik entziehen können?

»Okay. Aber erst mal bringen wir alles in die Feuerwache. Dort stapeln sich schon die ganzen anderen Kisten mit Spenden aus der Gemeinde. Auf meiner Liste steht für heute, dass wir sie vorsortieren sollen. Georgie ist echt ein Organisationstalent. Schreibt sie auch Listen übers Listenschreiben?«

»Ich würde es ihr zutrauen! Lina ist genauso, die beiden sind Listenfanatikerinnen. Apropos Liste – lass uns loslegen, es steht noch viel an.«

Einige Stunden später saß Mia in der Feuerwache. Sie hatte alle ihre Sachen hergebracht, das Bett bezogen und es sich gemütlich gemacht. Auf dem Bett hatte sie ihre Fundstücke ausgebreitet. Vera hatte recht behalten, in Linas Kartons waren tatsächlich einige Kleidungsstücke gewesen, die ihr gefielen. Nur die dunkelblauen Stoffhosen und die vielen weißen Blusen, die Lina früher jobbedingt getragen hatte und die sie nun loswerden wollte, hatte Mia sofort weggelegt. Es erinnerte sie an die Schulkleidung, die sie als Teenager tragen musste. Sie hatte drei Stoffhosen, zwei Faltenröcke, ein paar weiße und eine schwarze Bluse besessen. Das war alles. Keine Jeans, keine Jogginghose und schon gar kein normales T-Shirt. *Wie siehst du schon wieder aus? Zieh dich gefälligst ordentlich an, aber sofort!* Das hatte sie jedes Mal zu hören bekommen, wenn sie sich von ihrer einzigen Freundin ein Kleid oder einen Jeansrock geliehen hatte. Nie wieder würde sie Stoffhosen und Bluse tragen. Grimmig hatte sie die Sachen wegsortiert zu den anderen Klamotten, die sie schon durchgegangen war. Ihre Wahl fiel auf ein paar Shirts, eine weite, bequeme Jeans, einen kurzen Rock sowie ein Kleid und zwei Pullover. Feierlich legte sie dafür zehn Euro in eine Brotdose, die sie als Kasse für den Flohmarkt verwenden würde. Käpt'n spazierte zur Tür herein und rieb sich zur Begrüßung an ihrem Bein.

»Hallo, mein Streunerkumpan. Hast du Hunger?« Mia stand auf und ging zur kleinen Küchenzeile. Sie hatte sich aus dem Fundus der Flohmarktsachen zwei Teller, zwei Tassen sowie Messer und Gabel genommen und damit das Wenige ergänzt, das sie schon besaß. Natürlich hatte sie auch dafür ein paar Euro in die Kasse getan. Sie füllte einen der Teller mit Katzenfutter, das sich extra für seniorige Kater eignete. Es hatte sie ein kleines Vermögen gekostet, aber Käpt'n sollte es gut bei ihr haben.

»Ist jemand zu Hause?«, rief Sam von unten und Mia sprang auf. Sie lief zur Balustrade und winkte ihm. Mit großen Schritten stieg Sam die Wendeltreppe zu ihr hoch.

»Ich habe den restlichen Tag frei«, erklärte er und küsste sie zur Begrüßung. Sie schmiegte sich an ihn.

»Ich befürchte, ich bin noch lange nicht fertig. Georgies Listen sind unbeschreiblich detailliert und umfangreich. Was hast du vor, vielleicht kann ich ein paar Stunden freinehmen und heute Abend noch ein paar Dinge erledigen?«

»Wir haben schönes Wetter. Ich dachte, wir fahren in den Wald und ich zeige dir ein paar Stellen, wo man ungestört knutschen kann. Ich habe das alte Fahrrad meiner Schwester für dich mitgebracht. Du kannst es dir ausborgen. Sie nutzt es eh nicht mehr, seit sie in Stuttgart wohnt. Zu hügelig, sagt sie.«

Mia trat einen Schritt zurück. »Ich kann's nicht«, flüsterte sie.

»Ach, wir fragen Vera, sie sagt bestimmt Ja. Nur ein oder zwei Stunden«, bat er und ergriff ihre Hand.

»Nein, das meinte ich nicht. Ich kann nicht Fahrrad fahren«, gestand sie ihm. Er sah sie entsetzt an. Als er ihren beschämten Blick sah, riss er sich zusammen.

»Dann bringe ich es dir bei«, bot er an. Mia war skeptisch.

»Hat das Fahrrad Stützräder?«, wollte sie wissen und er zog sie an sich.

»Nein. Aber ich halte dich fest. Komm mit.«

Etwas widerwillig stapfte Mia hinter ihm her. Vom Flohmarkthaufen nahm sie sich einen alten Motorradhelm mit und setzte ihn auf. Vor der Wache standen zwei Räder, ein Mountainbike und ein Allzweck-Damenrad. Sam nahm das kleinere von beiden und stellte sich davor, sodass er auf den Sattel sah. Er klemmte den Vorderreifen zwischen seine Beine und hielt den Lenker fest. Mit einem Nicken forderte er sie auf, näher zu kommen.

»Das Wichtigste ist, immer in Bewegung zu bleiben. Später, wenn du etwas Übung hast, kannst du es auch einfach mal rollen lassen. Aber jetzt ist wichtig, dass du gleichmäßig in die Pedale trittst. Hier sind die Bremsen«, fuhr er fort und erklärte das Rad und seine Funktionen. Wenige Minuten später saß Mia auf dem Sattel. Trockenübung nannte er es. Sie sollte erst mal sitzen und ein Gefühl für das Fahrzeug bekommen. Es fiel ihr schwer, ihm zu vertrauen, aber er ermunterte sie, gab ihr nicht das Gefühl, dass es albern war, dass sie so etwas Kinderleichtes wie Fahrradfahren nicht konnte. Und sie war neugierig. Es sah immer verlockend aus, wenn sie andere damit sah, und sie hatte sich schon oft gefragt, wie es sich anfühlte, einfach aufzusteigen und loszufahren.

»Und jetzt drehst du eine Runde. Ich laufe nebenher und halte das Rad oder dich fest, falls du umkippst, okay?« Er ließ ihr eigentlich keine Wahl. Mit dem Motorradhelm auf dem Kopf kam sie sich zwar bescheuert vor, trotzdem nickte sie resolut und fuhr los. Die ersten Meter waren wackelig, dann hatte sie das mit der Balance schnell besser raus. Mit – wie sie fand rasender – Geschwindigkeit näherte sie sich schon der Bordsteinkante.

»Was muss ich tun? SAM!«, schrie Mia auf.

»Weiterfahren oder bremsen«, rief er zurück, neben ihr herjoggend. Mia konnte sich nicht entscheiden, das brachte sie ins Wanken. Mit einem lauten »Oje« fiel sie samt Fahrrad um. Sam, der nach ihr gegriffen hatte, als sie zur Seite kippte, wurde von ihrem Schwung mitgerissen und gemeinsam landeten sie in einem Busch. Mia lachte aus vollem Herzen. Sie war Fahrrad gefahren! Etwa zwanzig Meter weit. Gut, und dann war sie maximal unelegant ins Gebüsch gefallen, aber das war egal. Stolz und aufgeregt strahlte sie Sam an.

»Noch mal«, forderte sie, als sie und Sam sich aufrappelten. Sie klopfte sich mit beiden Händen flach auf den Helm, als wäre sie kurz davor, etwas Waghalsiges zu tun, für das sie sich selbst anfeuern musste.

»Okay.« Sam stellte das Fahrrad gerade hin und Mia stieg auf.

In den nächsten Tagen verfolgte Mia eine Idee, um Georgie zu beschäftigen. Sie sprach ihren Plan mit Vera ab und verbrachte zwei Vormittage nur im Geschäft, um sich ganz auf das Vorhaben zu konzentrieren. Sie hatte sich eine Digitalkamera geliehen und knipste jedes Produkt, das sie im Laden anboten, von mehreren Seiten. In der Schule hatte sie ein Jahr lang den Fotografiekurs besucht, bis sie sich für den IT-Kurs interessierte und dorthin wechselte. Es war lange her, aber die Freude war geblieben, wie sie begeistert feststellte. Die Sonnenstrahlen dienten als Lichtquelle, die alte Holzbank vor dem Geschäft als Requisite. Die teils liebevoll in hochwertiges Papier eingeschlagenen Produkte bildeten auf dem gemusterten dunklen Holz einen schönen Kontrast und kamen dadurch wunderbar zur Geltung. Am zweiten Tag ihres Fotomarathons hielt Sam mit seinem Wagen bei ihr an. Er beugte sich aus dem Fenster und sie sprang eilig über die Straße, um ihm einen schnellen Kuss zu geben, bevor er weitermusste.

»Was machst du da?«, erkundigte er sich neugierig.

Stolz berichtete sie von ihrem Plan. »Ich will Georgie einen Onlineshop für den Laden einrichten. Dann kann sie die Texte dazu schreiben und hat etwas zu tun. Wenn wir ihr nicht noch ein paar Aufgaben geben, die sie vom Sofa aus erledigen kann, wird sie nur übermütig.«

»Gute Idee. Bis später.« Sam zog Mia halb durch das Fenster in seinen Wagen und küsste sie zärtlich.

Mia wartete, bis er davonfuhr, dann sprang sie über die Straße zurück zu ihrem Outdoor-Fotostudio. Erneut hielt ein Wagen neben ihr, dieses Mal stieg eine Frau aus und kam zu ihr gelaufen.

»Hallo. Haben Sie geöffnet?«, fragte sie freundlich und Mia wollte bedauernd verneinen. Doch stattdessen nickte sie mutig.

»Nicht offiziell. Aber wenn Sie sich umschauen wollen, kommen Sie gern mit.« Sie hielt der Kundin die Tür auf und bat sie mit einer einladenden Geste hinein. Die Frau schlenderte durch den Laden, nahm ein paar Produkte prüfend in die Hand. Als sie bei den Seifen Halt machte, trat Mia neben sie.

»Alles hier ist selbst gemacht von meinen Freundinnen.« Sie errötete bei ihrer eigenen Wortwahl, fuhr aber unbeirrt fort. »Die Kräuter und Blüten, die in den Seifen stecken, bauen sie selbst an«, informierte sie die Kundin. Diese lächelte ihr zu und Mia hoffte bloß, dass sie keine Fragen stellte. Über die Produktion oder die weiteren Inhaltsstoffe konnte sie nichts erzählen.

»Meine Freundin Angela hat mir von hier mal eine Seife mitgebracht. Die hat mir sehr gut gefallen. Ich bin extra einen kleinen Umweg gefahren, um mir den Laden einmal selbst anzuschauen«, plauderte die Frau und Mia entspannte sich.

»Haben Sie noch von der Seife? Ich glaube, es war Koriander-Zitronengras.« Ihre Augen waren erwartungsvoll auf Mia gerichtet. An Koriander-Zitronengras erinnerte sich Mia spontan nicht, dabei hatte sie die Seifen alle gerade erst abfotografiert und kannte das Sortiment seitdem gut.

»Lassen Sie mich schnell nachschauen, einen Moment bitte.« Mit ihrem Handy in der Hand ging sie in den kleinen Raum im hinteren Teil des Ladens, in dem Georgie die Unterlagen sammelte und Büroarbeiten erledigte.

»Georgie«, flüsterte sie, als Georgie ihren Anruf entgegennahm. »Wir haben eine Kundin im Laden und ich bin allein.

Sie sucht eine bestimmte Seife. Koriander-Zitronengras. Weißt du auswendig, ob es davon noch welche gibt?«

»Ja, vielleicht sind die noch nicht im Regal. Ich glaube, Vera wollte noch die Preisetiketten gestalten. Aber sie sind schon geschnitten und eingewickelt, soweit ich weiß. Geh mal in den Verkaufsraum, das zweite Regal auf der linken Seite von der Kasse aus gesehen hat ganz unten zwei Kisten, darin müssten sie sein. Wow, ich war wochenlang nicht im Geschäft und hab es trotzdem genau vor Augen.« Georgie lachte. »Da müssten, jedenfalls meiner Erinnerung nach, die grünen Seifen liegen. Danke, dass du einspringst, das ist ja lieb!«

»Das mache ich doch gern. Es gibt auch später noch eine Überraschung für dich«, kündigte Mia an und legte auf, ohne mehr zu verraten. Dann ging sie zurück in den Verkaufsraum, zielstrebig zum Regal. Zog die Kisten, die Georgie ihr beschrieben hatte, hervor und nahm eine der Seifen heraus. Es war, wie Georgie vermutet hatte. Sie waren schon in das hübsche Papier, das sie im Geschäft für die Seifen verwendeten, eingewickelt, aber noch nicht mit einem Preis ausgezeichnet, genau wie Georgie vermutet hatte. Obwohl sie nur auf dem Sofa sitzen und nicht arbeiten durfte, entging ihr nichts, was mit dem Geschäft zu tun hatte.

»Hier haben wir sie. Koriander-Zitronengras, sie sind noch nicht ausgezeichnet, aber der Preis ist der gleiche wie bei den anderen Seifenstücken. Es gibt auch ganz neu eine wunderbar frische Seife mit Rosmarin und Ingwer. Wollen Sie mal schnuppern?« Mia bot der Frau eine weitere Seife an. Diese hielt sie an die Nase, schnupperte überrascht und nickte begeistert.

»Hmmm. Interessanter Duft, frisch, herb«, fasste die Kundin zusammen und sah sehr zufrieden aus. Am Ende verließ sie den Laden mit vier verschiedenen Seifenstücken und einer großen Kerze mit Rosenblättern. Stolz darauf, wie sie die

Situation gemeistert hatte, schloss Mia den Laden wieder ab und fuhr zum Hotel.

»Was ist meine Überraschung?«, überfiel Georgie sie mit ihrer Frage, kaum dass Mia zur Tür hereinkam. Lächelnd hielt diese die Kamera in die Höhe.

»Aber zuerst: Ich war im Laden beschäftigt. Für diese Überraschung, von der ich gleich berichten werde. Das war mit Vera abgesprochen und dann kam plötzlich eine Kundin und ich habe ihr ein paar Seifen verkauft, ich hoffe, das war okay.« Mia verzog das Gesicht zu einer nervösen Grimasse und warf einen vorsichtigen Blick zu der schwangeren Frau, die auf ihrem Lieblingsplatz saß und sich konstant den kleinen Bauch streichelte.

»Klar. Kein Problem, ganz im Gegenteil. Vielen Dank dafür. Wir müssen uns bald eine Lösung überlegen. Tante Vera wird in den nächsten Wochen sehr viel Zeit in den Gewächshäusern und auf der Plantage verbringen. Ich nenne es Plantage, weil der Begriff Garten einfach nicht mehr ausreicht, um diesen Wahnsinn zu beschreiben.« Mit einer vagen Geste in Richtung des satten Grüns vor den Wohnzimmerfenstern fuhr sie fort. »Sie weigert sich, einen Gärtner einzustellen. Aber wenn ich hier womöglich für die nächsten Wochen sitzen bleiben muss und Lina in Schweden ist, kann Tante Vera nicht auf der Plantage, im Hotel, im Café und im Laden sein. Ich weiß, sie würde es versuchen und dann nichts davon mit der notwendigen Aufmerksamkeit …« Georgie seufzte. »Egal, das lass mal meine Sorge sein. Was ist denn jetzt meine Überraschung? Ich sterbe vor Langeweile und alles ist willkommen. Außer du willst, dass ich deine Steuererklärung mache. So langsam reicht es mir, mittlerweile spiele ich die Steuerberaterin für das halbe Dorf. Ich möchte keine Steuerformulare, Kreditanträge oder

Fördermittelberechnungen mehr sehen in den kommenden Wochen.«

Mia setzte sich neben Georgie und reichte ihr die Kamera, schaltete sie ein und zeigte ihr die erste Aufnahme.

»Vera hat mir vom Blog erzählt. Und als neulich eine Workshop-Teilnehmerin beklagte, dass sie eure Waren nicht mehr bekommen kann, wenn sie wegzieht, hatte ich eine Idee: Ich richte euch einen Onlineshop ein. Es gibt da ein relativ simples Tool, das du einfach an den Blog andocken kannst. Hier auf der Kamera sind Bilder der verfügbaren Waren. Etwa zwei Drittel der Produkte, die im Laden stehen, habe ich bereits fotografiert. Den Rest reiche ich in den nächsten Tagen nach. Ich kann den Shop auch befüllen und dir die Handhabung später erklären. Es gäbe da allerdings eine Aufgabe für dich.« Eine kleine Pause ließ die Spannung spürbar steigen. »Es würde viel besser aussehen, wenn man ein paar kleine Texte und Beschreibungen dazu hätte. Ich dachte, das wäre etwas, was du vorbereiten kannst. Hier. Sitzend. Vom Sofa aus. Nicht anstrengend!« Mia wartete gespannt auf Georgies Reaktion. Sie hatte nicht mit Tränen gerechnet. Ablehnung, ja. Skepsis, vielleicht. Aber Georgies kornblumenblaue Augen füllten sich mit Wasser und sie fing an, hemmungslos zu weinen. Hilflos starrte Mia sie an. War sie zu weit gegangen? Bestimmt hatte sie es übertrieben. Wieso musste sie sich auch einmischen? Lina, Vera, Georgie, das war das Frauengespann und sie gehörte nun mal nicht dazu. Sie war nur Besuch, der ein bisschen aushalf. Was hatte sie sich eingebildet? Definitiv hatte sie eine Grenze überschritten!

»Das ist so eine schöne Idee«, schluchzte Georgie und wischte sich die Tränen von der Wange. »Ich wollte immer einen einrichten und bin einfach noch nicht dazu gekommen. Kannst du das wirklich?«, fragte sie. Mia nickte langsam. Waren das etwa Freudentränen?

»Ja, denke schon. In der Schule habe ich viel fotografiert und am IT-Kurs teilgenommen. Es gibt Vorlagen, damit sollte es eigentlich leicht gehen. Aber du müsstest die Beschreibungen liefern. Schön ausführlich, das ist wichtig für die Suchmaschinen. Ich denke, es gibt noch mehr Kundinnen wie diese eine Frau, von der ich gesprochen habe, und wäre das nicht fantastisch, wenn die Verkaufszahlen dadurch noch zusätzlich steigen?«, erklärte sie ihre Motivation. Georgie nickte und wischte sich immer wieder gerührt die Tränen von den Wangen, die nicht aufhören wollten zu fließen.

»Das sind die Hormone. Tut mir leid«, entschuldigte sie sich und schüttelte den Kopf über sich selbst, aber sie lächelte dabei und Mia stimmte in ihr Kichern ein. Dann tat sie etwas, was sie ewig nicht getan hatte. Sie beugte sich vor und drückte ihre Freundin fest.

Kapitel 9

Die nächsten Tage vergingen wie im Flug. Mia liebte die kleine Wohnung über der Feuerwache mit dem alten Kater, der zumeist schnurrend auf dem Ledersessel lag, stets bereit, ausgiebig hinter dem einen verbliebenen Ohr gekrault zu werden. Mit ihm auf dem Schoß saß sie frühmorgens und abends, bevor sie ins Bett ging, in dem gemütlichen Möbelstück, trank Tee und sah aus dem Fenster. Sie hatte sich noch nie so beschützt und sorgenfrei gefühlt wie dort. Von ihrem Fenster aus konnte sie auf die Polizeistation und zu Sams Wohnung darüber sehen. Er war für drei Tage unterwegs gewesen, nachdem ein paar Touristen nicht in ihre Pension zurückgekehrt waren. Zusammen mit dem gesamten Landkreis, den Rangern des Nationalparks und Hunderten Freiwilligen organisierte er die Suche nach den Vermissten. Vorhin hatte sie die Nachricht bekommen, dass die Wanderer gefunden worden waren, und jetzt erwartete sie Sam jederzeit zurück. Mia sah sehnsüchtig rüber. Sie wusste, sie würde nicht lange im Ort bleiben, und wollte die kurze Zeit mit ihm genießen. Nach wie vor ließ er es langsam angehen, doch bei jedem Treffen wurden ihre Küsse leidenschaftlicher, intensiver, wilder. Wenn er seine Zurückhaltung nicht bald aufgab, würde sie ihn wohl oder übel mit Handschellen fesseln und vernaschen müssen. Bei der Vorstellung grinste sie fröhlich. In den vergangenen drei Tagen hatte sie viel um die Ohren gehabt, dennoch war Zeit gewesen, um ihn zu vermissen und sehnsuchtsvoll an seine Umarmungen zu denken. Tagsüber half sie Vera und Georgie, so gut es ging. Was Georgie vorhergesagt hatte, war eingetroffen. Vera verbrachte immer mehr Zeit mit den Pflanzen, die jetzt im Frühling besonders viel Aufmerksamkeit benötigten. Dazu kam die steigende Anzahl von Gästen, die sich im Hotel niederließen. Der Laden und das Café hatten nur nachmittags geöffnet. Zu zweit bekamen sie einfach nicht alles unter einen Hut. Spätabends befüllte Mia auf Georgies Laptop, den sie sich über Nacht lieh, den kleinen Onlineshop des Ladens. Bald konnte er livegeschaltet werden, Mia und Georgie waren gleichermaßen aufgeregt deshalb. Wenn sie ansonsten mal eine freie Minute hatte, übte Mia fleißig Radfahren. Mittlerweile konnte sie nicht nur unfallfrei geradeaus fahren, sondern auch abbiegen. Allerdings ohne vorher ein warnendes Handsignal zu geben. Der Polizist Sam hatte sie streng ermahnt, sich an die Verkehrsregeln zu halten, aber ihre Freude am Radfahren war so ansteckend, dass er beide Augen zukniff.

Als Sam endlich von seinem Einsatz zurückkehrte, war er erschöpft von der Suche und der großen Verantwortung, die er nicht nur für die verloren gegangenen Wanderer, sondern auch für den Suchtrupp empfunden hatte. Eigentlich brauchte er eine ausgiebige Dusche und ein großes Frühstück. Doch ein anderer Hunger führte ihn zuerst zu Mia. Mit etwas Glück erwischte er sie noch in der Feuerwache, bevor sie zum Hotel aufbrechen würde. So war es! Im Sessel sitzend genoss sie sichtlich die ruhige Morgenstunde und die wärmenden Sonnenstrahlen, die durch die stumpfen Fensterscheiben in die Wohnung fielen. Gedankenverloren streichelte sie den Kater, der sich neben sie auf das Lederpolster gequetscht hatte. Für ihn war immer Platz dort, wie Sam wusste. Mit der freien Hand hielt sie eine Teetasse, aus der Dampfschwaden stiegen.

»Hi.« Am liebsten hätte Sam ewig im Türrahmen gestanden und Mia mit Käpt'n beobachtet. In diesem riesigen, alten Sitzmöbel wirkte sie noch kleiner und zierlicher. Sie sah entspannt auf. Und noch ein bisschen verwuschelt vom Schlafen. Vermutlich war sie gerade erst aufgestanden, denn sie trug nur eine U-Buxe und ein verwaschenes T-Shirt. Sam, der die ganze Nacht durchgearbeitet hatte, sehnte sich danach, einfach ins Bett zu steigen und die nächsten Stunden darin liegen zu bleiben, gern mit Mia in seinem Arm. Mia sah zu ihm und ihr Gesicht strahlte, die goldbraunen Augen funkelten glücklich. Sie war so wunderschön, fand Sam, dem ganz anders wurde bei diesem Anblick.

»Oh. Hallo. Wieder zurück?«, fragte Mia das Offensichtliche. »Ihr habt sie gefunden, habe ich schon gehört. Geht es ihnen gut?«, wollte sie wissen. Sam kam zu ihr, gab ihr einen zärtlichen Kuss und nickte. Müde rieb er sich das Gesicht und setzte sich ächzend auf den Boden vor ihr.

»Ja, was für ein Wahnsinn. Einer der Gruppe hat sich den Fuß gebrochen und die anderen wollten Hilfe holen. Dabei haben sie sich verlaufen. Es ist saukalt nachts in den Bergen. Glücklicherweise haben wir sie entdeckt, lang hätten sie nicht mehr durchgehalten. Wir haben gute Suchhundetrupps hier in der Gegend und eine Drohne für solche Aktionen. Das hätte übel ausgehen können.«

»Ja, zum Glück ging alles gut!«, stimmte Mia zu, beugte sich etwas vor, um ihm liebevoll über den Kopf zu streichen. »Du siehst erschöpft aus. Kannst du dich ein bisschen ausruhen?«

»Mal sehen. Ich habe zu viel Kaffee getrunken heute Nacht. Aber immerhin habe ich heute frei. Und du auch.«

Mia schüttelte den Kopf. »Das geht leider nicht. Morgen ist doch das Frühlingsfest. Im Hotel ist die Hölle los. Der Laden und das Café müssen heute öffnen, weil die ersten Besucher schon angereist sind«, protestierte sie.

»Maria und ein paar Freundinnen von Vera und meine Mutter, sie alle helfen heute bei Vera aus. Du hast frei. Es ist der erste Tag seit Wochen, Mia, du hast es dir verdient.«

Er warf ihr einen flehenden Blick zu, dem sie nicht widerstehen konnte.

»Na gut. Was haben wir vor?«, fragte sie und lächelte ihn an.

»Eine Radtour in die Berge. Ich will dir unseren Liebesteich zeigen. Es ist ein natürliches Becken im glasklaren Fluss, umgeben von dichtem Wald. Es ist außergewöhnlich schön dort. Du musst ihn gesehen haben, bevor die Wandertouristen kommen und ihn in Beschlag nehmen.« Und bevor du gehst, fügte er traurig in Gedanken hinzu. Er wollte nicht, dass sie weiterzog, dafür mochte er sie zu sehr. Da war eine Chemie zwischen ihnen beiden, so etwas war ihm noch nie zuvor begegnet. Mia musste es doch auch spüren!

»Ich brauche noch ein Frühstück. Dann können wir los.« Sie erhob sich aus dem Sessel, lief ungeniert halb nackt wie sie war durch die Wohnung und kramte in einem der Metallschränke nach etwas zum Anziehen. Sam starrte auf ihre schlanken Beine. Wie sie sich wohl um seine Hüften anfühlten? Er rieb sich die Brust in der Herzgegend, wo er ein süßes, schmerzhaftes Stechen verspürte. Zu gut, vermutlich. Dann rappelte er sich auf, bevor er sich in den Gedanken verlor.

»Meine Mutter hat mir Frühstück auf die Wache gebracht. Das reicht für drei.«

»Prima. Und was isst du dann?«, fragte sie lachend und zwinkerte ihm über die Schulter zu. Er ging zu ihr, küsste sie in den Nacken und schlang die Arme von hinten um sie, drückte sie sanft an sich.

»Dich vielleicht.«

Sie fuhren langsam, weil Mia inzwischen zwar recht sicher auf dem Rad unterwegs, aber noch nicht an Steigungen gewöhnt war, die hier in der Gegend ganz schön steil sein konnten. Nach zehn Minuten bogen sie schon von der Straße ab in einen Waldweg. Mia konzentrierte sich enorm, um auf dem weichen und teils furchigen Boden die Spur zu halten. Sam kannte den Wald wie seine Westentasche. An einer Stelle mussten sie die Räder über einen kleinen Bachlauf tragen, an einer anderen schoben sie ein Stück, weil der Weg matschig war und Mia unsicher wurde. Immer tiefer tauchten sie in den dichten Wald ein. Es war ein idealer Tag für ihre erste richtige Radtour. Die Sonne schien kräftig, aber die Bäume um sie herum kühlten die Luft angenehm herunter. Nach etwas mehr als einer Stunde bogen sie auf eine Lichtung und da war er. Der Liebesteich. Das glasklare Wasser schoss zwischen den Felsen hervor, sprudelte über Gestein und sammelte sich in einem etwa zehn Meter breiten, fünfzehn Meter langen nierenförmigen Becken, das von großen, halbrunden Steinen umgeben war, zwischen denen Farn wuchs. Am gegenüberliegenden Ende des Wasserfalls sprang der Fluss dann weiter und nahm wieder Geschwindigkeit auf. Mia staunte. Es war so schön, wie Sam es versprochen hatte.

»Wie tief ist es?«, fragte sie ihn atemlos. Er lachte über ihr begeistertes Gesicht.

»Ziemlich tief, etwa zwei bis drei Meter. Und saukalt. Man kann aber im Sommer darin schwimmen«, antwortete er. Mia schlüpfte aus ihren Schuhen und der kurzen Hose und zog sich ihr gelbgestreiftes T-Shirt über den Kopf. Sie trug keinen BH darunter und stand mit dem nackten Rücken zu ihm. Es war ihr vor Sam nicht unangenehm. Mit ein paar Schritten Anlauf sprang sie, die Füße voraus, mutig ins Wasser. Als sie auftauchte, schrie sie begeistert auf und japste nach Luft, weil das Wasser so kalt war. Mit den Armen rudernd, strahlte sie übers ganze Gesicht.

»Es ist wirklich saukalt«, stellte sie fest und strampelte mit den Beinen, um auf der Stelle zu bleiben.

»Ach, verdammt«, gab Sam von sich, entledigte sich ebenfalls seiner Schuhe, der Jeans und des T-Shirts. In Boxershorts folgte er ihr mit einem grimmigen Schrei. Das eiskalte Wasser empfing ihn, nahm ihm fast die Luft. Als er auftauchte, schwamm Mia mit wenigen Zügen zu ihm heran, schlang die Beine um ihn und presste ihren kalten, nackten Körper an ihn. Bereitwillig öffnete er die Arme, um sie enger an sich zu ziehen, doch Mia ließ ihn plötzlich los und drückte ihn mit ihren Händen unter Wasser. Prustend tauchte er wieder auf und Mia schwamm lachend von ihm weg.

»Na warte!« Mit wenigen Zügen war er bei ihr, erwischte ihren Fuß und zog sie schwungvoll an sich. Mia schluckte Wasser, hustete, quietschte und versuchte, sich strampelnd von ihm freizumachen. Keine Chance. Er schlang die Arme von hinten um sie und tauchte mit ihr zusammen unter. Als sie wieder hochkamen, rutschte seine Hand aus Versehen auf ihre linke Brust. Mia zuckte leicht zusammen. Es fühlte sich verdammt gut an, von ihm berührt zu werden. Sanft streichelte er sie, küsste ihren Hals. Genießend lehnte sie sich an ihn, er konnte an dieser Stelle im Teich stehen und sie ließ sich in seine Arme fallen. Seine großen Hände fuhren zärtlich, aber bestimmt über ihren Körper.

»Lass uns rausgehen, es wird zu kalt«, murmelte er nach einer Weile in ihr Ohr und sie nickte. Mit kräftigen Schwimmzügen schwamm sie voraus ans Ufer und zog sich mühelos am Felsen hoch.

»Du hast ganz schön Muckis in den Armen«, bemerkte Sam bewundernd und Mia flexte den rechten Arm.

»Kommt vom Töpfern. So filigran das Endstück ist, so kräftig muss man es am Anfang kneten.«

Sam folgte ihr aus dem Wasser, zog sich die nasse Boxershorts aus und stieg splitterfasernackt in seine Jeans. Mia hingegen strampelte die nasse Unterhose von sich und legte sich bäuchlings auf den warmen Waldboden zum Trocknen. Sie beobachtete seine Reaktion auf ihre Nacktheit. Seine Streicheleinheiten hatten beiden Lust auf mehr gemacht. Auf viel mehr. Sam legte sich neben sie auf den Rücken und ließ sich die Sonne auf die Brust scheinen. Nach einer Weile rollte er sich auf die Seite und streichelte ihren Rücken.

»Wieso kannst du schwimmen, aber nicht Radfahren?«, wollte er wissen. Mia stützte sich auf die Ellenbogen und sah ihn an. Er wollte mehr von ihr wissen. Hatte immer wieder Fragen nach ihrer Herkunft, ihrer Familie gestellt. Sie hatte sie so ehrlich sie konnte beantwortet, ohne allzu viel preiszugeben. Das würde sie auch dieses Mal tun. Er, mit seiner perfekten Großfamilie, er würde nicht verstehen, woher sie kam, wie es bei ihr zu Hause gewesen war. Sie wollte nicht, dass das etwas zwischen ihnen veränderte, wollte kein Mitleid, keine bohrenden Fragen. Aber zu viel lügen wollte sie auch nicht. Sie hatte die Wahrheit schon recht weit gedehnt, seit sie ihm das erste Mal begegnet war, und mehr konnte sie nicht mit sich selbst vereinbaren.

»Schwimmunterricht war an meiner Schule Pflicht. Sonst hätte ich es vielleicht auch nicht lernen dürfen. Meine Eltern waren komisch, was das angeht. Sie wollten nicht, dass ich irgendeine Art von Sport ausübe.« Sport. Freunde. Feiern. Make-up. Freizeit. Kino. Einen Nebenjob. Einen kurzen Rock tragen. Nichts, was Spaß machte, gar nichts. Aber gegen den verpflichtenden Schwimmunterricht an der Schule hatten sie nichts unternehmen können.

Sam runzelte die Stirn und fuhr mit dem Finger ihre Wirbelsäule entlang. Seine Berührung erregte sie. Er schien die zunehmende Nähe zwischen ihnen noch immer gut auszuhalten, ohne mit ihr zu schlafen, aber wenn sie nicht bald mehr bekäme, würde sie verrückt werden vor Lust. Ihr Körper prickelte und sie hatte Gänsehaut – nicht von der Kälte des Wassers!

»Welche Eltern wollen nicht, dass ihr Kind Sport treibt?«, fragte er irritiert, aber um einen sachlichen Tonfall bemüht. Er war wohl etwas abgelenkt, bemerkte Mia.

»Meine.« Mehr gab es dazu nicht zu sagen aus ihrer Sicht. Sie drehte sich auf den Rücken und schloss die Augen. Das hier hätten ihre Eltern niemals erlaubt. Wenn sie gewusst hätten, was sie gerade tat, wären sie früher im Erdboden versunken vor Scham und hätten zu Hause dann getobt, geschimpft, gewütet und sie mit Hausarrest bestraft, weil sie sich »wieder unmöglich benahm«. Sie dagegen fand es vollkommen in Ordnung, dass sie splitterfasernackt an diesem Teich in der Sonne lag. In Sams Nähe fühlte sie sich dermaßen wohl in ihrer Haut wie niemals zuvor. Meistens mochte sie ihren Körper, der so viel schon ausgehalten hatte und der zu einer enormen Leistungsfähigkeit imstande war, die sie wie ein Roboter schuften ließ, wenn es darauf ankam. Klar, an manchen Tagen wünschte sie sich mehr Kurven, wie die von Georgie zum Beispiel, deren Größe und Proportionen ihr einfach perfekt vorkamen, aber sie war nun mal klein und zierlich. Das war okay für sie, zumal sie trotz all der Zurückhaltung, die Sam so beherrscht an den Tag legte, merkte, welche Wirkung ihr Körper auf ihn hatte. Es gab ihr ein kleines, süßes Gefühl von Macht. Unter seinen Blicken und Berührungen fühlte sie sich schön.

Wie um ihre Gedanken zu bestätigen, beugte sich Sam über sie und küsste sie hungrig. Mia erwiderte seinen Kuss und fuhr mit einer Hand über seine nackte Brust, drängte ihren

Oberkörper an ihn, als sein Kuss fordernder wurde. Mit einer Hand fuhr er ihre Taille entlang. Er packte sie sanft und zog ihren Körper halb auf sich. Durch seine Jeans hindurch spürte sie seine Erregung, die immer härter wurde, je länger sie sich küssten. Mia schob ihre Hand auf Sams Bauch. Er stöhnte leise. Sie wurde mutiger und fuhr unter seinen Hosenbund. Ihre Finger fanden krauses Haar und … dann hielt er ihre Hand auf. Er atmete zwei Mal tief ein und aus, während sie ihn erstaunt ansah.

»Magst du das nicht?«, fragte sie vorsichtig, etwas verunsichert. Hatte sie das etwa falsch verstanden? Er rieb sich mit einer Hand übers Gesicht.

»Doch, sehr sogar. Ich denke die ganze Zeit daran. Deine Hände auf meinem Körper, das ist unglaublich gut. Aber es geht nicht an diesem Ort. Hier kommen oft Wanderer vorbei. Ich bin der Polizeichef. Was wir hier tun, ist Erregung öffentlichen Ärgernisses. Im besten Falle.«

Mia zog sich zurück und er fluchte, als er ihren durch seine Zurückweisung verletzten Blick sah.

»Mia. Du machst mich wahnsinnig. Ich wünsche mir gerade nichts mehr, als mit dir auf der Stelle Sex zu haben. Aber das ist nicht der richtige Zeitpunkt, nicht der richtige Ort. Ich will, dass wir uns stundenlang lieben. Ich will mit dir einschlafen und aufwachen und von vorne anfangen. Bis wir beide nicht mehr können. Das macht man am besten in einem Bett.«

Mia sah ihn skeptisch an. Dann seufzte sie. Er hatte ihr schon mal gesagt, er sei langsam. Aber verdammt – musste er sooo langsam sein? Sie wurde ungeduldig, hielt die Zurückhaltung kaum noch aus.

»Nur damit du es weißt: Ich will mit dir schlafen«, erwiderte sie mit leicht erhobener Stimme. »Und wenn wir das nicht bald erleben, platze ich. Dann werde ich mir wohl eine Ersatzbefriedigung besorgen müssen.« Sie wusste selbst nicht, woher ihr Mut und diese provokante Laune kamen. Früher hatte sie sich immer für schüchtern gehalten. Schüchtern, zaghaft und zurückhaltend. Aber bei ihm fühlte sie sich stark, schön und sinnlich. Wie eine Kämpferin, eine Amazone. Und Amazonen holten sich Befriedigung, wenn sie Lust darauf hatten. Sam riss überrascht über ihre Direktheit seine Augen auf. Dann lachte er, weil sie ihn so zornig anfunkelte.

»Das ist nur fair. Und auch, dass ich hier mit Schmerzen vor Lust sitzen und mir das jetzt vorstellen muss.«

»Sieh es als gerechte Strafe an. Ich habe Hunger. Was hat deine Mutter eingepackt? Und glaub mal nicht, dass du den Großteil davon bekommst. Mit diesem Essen kompensiere ich jetzt etwas. Und das ist allein deine Schuld.«

Als sie eine Stunde später zurückfuhren, hatte Mia sich wieder beruhigt. Sam setzte sie an der Feuerwache ab und küsste sie zum Abschied. Mit beiden Händen griff er nach ihrem Hintern und knetete ihn kurz zärtlich, ihr Kuss wurde intensiver. Dann fuhr er mit der Hand unter ihr T-Shirt, über ihren flachen Bauch, der bebend auf seine Berührung reagierte. Obwohl Sams Körper Mia vor der Straße abschirmte, hätten Passanten trotzdem erkannt, wie die beiden herumturtelten.

»Das ist ein kleiner Vorgeschmack auf das volle Menü«, flüsterte er ihr ins Ohr und sie wurde rot. Sie hatte sich davor aufgeführt wie eine Verrückte. Aber er machte sie schließlich wahnsinnig mit seinen Küssen und Berührungen. Alle ihre Sinne waren längst überreizt, sie sehnte sich so sehr nach mehr. Mit einem Blick über Sams Schulter prüfte Mia, ob jemand sie beim Knutschen beobachtete. Zum Glück waren sie allein.

»Die Luft ist rein, Herr Kommissar. Das ist mein kleines Andenken an dich. Bis später«, flüsterte sie zurück und küsste ihn verheißungsvoll.

Kapitel 10

Endlich war der Tag des Frühlingsfests gekommen. Schon frühmorgens war die ganze Stadt auf den Beinen, um die letzten Lampions, die letzten Girlanden und jede Menge bunter Luftballons anzubringen. Aus allen Geschäften tönte laut Musik, Fenster und Türen standen sperrangelweit offen. Nachmittags und abends würden auf einer Bühne, die neben dem Rathaus aufgebaut war, Bands spielen, auf dem Marktplatz davor war genug Platz, damit der ein oder andere das Tanzbein schwingen konnte. Der Frühling hatte ihnen einen Tag voll Sonnenschein geschickt, wie sich das für einen Ehrentag gehörte.

Mia war schon vor dem Morgengrauen aufgestanden, hatte Käpt'n etwas zu essen gegeben und war zum Hotel geeilt, um dort das Frühstücksbüfett für die Gäste vorzubereiten. Das Iris' Inn war ausgebucht und es herrschte eine lautstarke, fröhliche Betriebsamkeit. Der große Esstisch aus langen, glatt geschmirgelten alten Holzbohlen bot genug Platz für alle Gäste. Mia hatte nie gefragt, aber das Möbelstück sah aus, als hätte Tom es gefertigt, die Kombination aus grobem Look mit samtweich geschmirgeltem Touch trug eindeutig seine Handschrift. Es gefiel Mia, dass alle Gäste an einem Tisch sitzen mussten und nicht wie in anderen Hotels oder Restaurants an Einzeltischen.

Auch im gemeinsam genutzten Wohnzimmer mit den Sofas und Sesseln kamen die Gäste schnell miteinander ins Gespräch, tauschten Tipps für Wanderrouten, Lokale und Events in der Gegend aus. An diesem Tag hatte Georgie ausnahmsweise Hausverbot und saß schmollend und schimpfend in ihrem Haus im Wald. Tom und Vera hatten zu große Sorgen, dass sie sich an so einem Tag nicht zurückhalten und sitzen bleiben würde, und ihr deshalb strengstens untersagt, das Haus zu verlassen. Während des Frühstücks hatte Georgie Mia zwei Mal angerufen und gefragt, wie es lief, bis Mia ihr schließlich ganz liebevoll, aber direkt gesagt hatte: »Jetzt reicht es, Georgie. Ich werde dir alles berichten, jedes Detail, aber jetzt gerade muss ich mich um unsere Besucher kümmern.«

Kaum waren die Gäste fertig mit Frühstück, flitzte Mia zurück zur Feuerwache und öffnete das große Tor. Sie war ab zehn Uhr für den Flohmarkt zuständig und hatte mithilfe von Veras Freundinnen alle Waren adrett auf Klapptischen und Garderobenständern ausgelegt. Eine der Frauen half ihr, bis Vera selbst auftauchte und die Freundin ablöste. Beide waren sie ohne Pause beschäftigt, man brauchte sie für eine Meinung bei einem Kleidungs- oder Möbelstück, erkundigte sich nach Preisen, plauderte über das Fest, das Wetter und was der Ort an spannenden Themen hergab. Bewohner und Touristen rannten ihnen buchstäblich die Bude ein. Einer der ersten Schnäppchenjäger, die gleich nach der Eröffnung auftauchten, war Tina. Verlegen trat sie zu Mia und streckte ihr mit unsicherem Blick einen Zehneuroschein entgegen. Ohne jedoch einen Flohmarktfund dafür einzutauschen. Mia sah sie fragend an.

»Soll ich wechseln?«, bot sie hilfsbereit an, weil sie nicht verstand, was das sollte. Tina schüttelte den Kopf.

»Das ist für neulich. Ich zahle dir die zwanzig Euro zurück, die du mir gegeben hast. Es dauert vielleicht ein bisschen.

Michael ist sehr streng, was das Haushaltsgeld angeht. Aber er arbeitet dafür auch sehr hart. Also. Hier sind die ersten zehn. Wenn ich mehr abzweigen kann, bekommst du den Rest. Sobald es geht. Versprochen.« Tina wedelte mit dem Schein. Sie wollte es schnell über die Bühne bringen, es war ihr sichtlich unangenehm, eine verräterische Röte zog sich über ihren Hals bis hoch zu Wangen und Ohren. Mia verspürte sofort Mitleid mit der Frau. Sie hatte selbst schon in Situationen gesteckt, in denen sie sich für etwas geschämt hatte, wofür man sich eigentlich nicht zu schämen brauchte. Daher schüttelte sie den Kopf und warf Tina einen aufmunternden, besonders freundlichen Blick zu.

»Behalte es, Tina. Gerade geht es mir sehr gut. Und du kannst es vielleicht noch gebrauchen. Es ist kein Geschenk. Es ist …« Mia suchte nach den richtigen Worten und ihr Blick fiel dabei auf Vera, die einige Meter entfernt stand. Was hätte sie in so einer Lage gesagt? »Es ist folgendermaßen. Ich konnte dir damit in einem unschönen Moment helfen, für mich absolut selbstverständlich. Wenn du irgendwann mal jemanden siehst oder kennst, der Hilfe braucht und du sie anbieten kannst, dann machst du das und denkst dabei an mich. Wir halten zusammen. Wenn wir füreinander da sind, ist alles halb so wild.« Mia war stolz auf sich. Sie klang zwar fast schon wie Vera, aber es erfüllte sie mit einem warmen Gefühl des Glücks, großzügig und verständnisvoll sein zu können. Dankbar nickte Tina, steckte den Geldschein zurück in ihre alte Handtasche und versprach, es zu machen, wie Mia vorgeschlagen hatte.

»Tina. Wir haben uns lange nicht gesehen.« Vera gesellte sich zu den beiden. Tina lächelte skeptisch. Vera schien ihr nicht ganz geheuer zu sein, aber natürlich kannten sie sich aus der Gemeinde.

»Hallo, Vera.«

»Sag mal, kennst du zufällig jemanden, der im Café für ein paar Tage aushelfen könnte?«, fragte Vera und sah ganz unschuldig dabei aus. So harmlos war sie doch sonst nicht, bemerkte Mia und beobachtete aufmerksam, was vor sich ging.

»Weil, es ist folgendermaßen. Meine Geschäftspartnerin Lina, die Kleine mit den dunklen Haaren und der süßen Tochter, ist noch in Schweden bei ihrer Familie auf unbestimmte Zeit. Meine Nichte Georgie muss im Bett liegen, vielleicht sogar bis das Baby kommt und das sind noch ein paar Wochen! Ich bin alt. Ich kann mich doch nicht um alles kümmern: Hotel, Garten, Laden, Café«, zählte sie an ihren Fingern auf. »Irgendwann will ich schließlich auch mal einfach nur im Gras liegen und Wolken anschauen. Eine Frau in meinem Alter hat ein Recht darauf, findet ihr nicht auch?«

Tina und Mia nickten beide zustimmend. Wenn es dieses Recht gegeben hätte, wäre es für Vera geschrieben worden.

»Also, falls du jemanden kennst, der für ein paar Stunden helfen kann, wäre ich sehr dankbar. Es ist harte Arbeit. Man muss Tee zubereiten und Kuchen verteilen, Tische abwischen, Getränke nachfüllen, es gibt immer was zu tun. Am schlimmsten ist diese Kaffeemaschine. Weiß der Teufel, was meine Nichte sich dabei gedacht hat, als sie das Monster gekauft hat. Ein riesiges Teil. Damit kann man bestimmt auf siebzehn verschiedene Arten Kaffee zubereiten. Siebzehn!«, wiederholte sie mit Nachdruck. »Wenn es nach mir gegangen wäre, hätten die Gäste im Café meinen guten Getreidekaffee vorgesetzt bekommen, den ich seit Jahren trinke, aber Lina und Georgie haben ja darauf bestanden, dass es *richtiger* Kaffee in all seinen Variationen sein muss. Das ist nichts für mich. Bei mir gibt es höchstens Filterkaffee und basta. Iced Cappudingsda mit Caramel Toppsing oder wie das heißt … Na ja. Jedenfalls suche ich jemanden, der für ein paar Stunden pro Tag einspringt. Was die Arbeitszeit angeht, bin ich flexibel. Jede Stunde ist willkommen. Vielleicht frage ich Maria«, dachte sie laut nach.

Bei dem Gedanken an die rundliche Ziegenwirtin, die angeblich den schlimmsten Kaffee aller Zeiten braute, verzogen Mia und Tina simultan das Gesicht. Mittlerweile hatte Mia durchschaut, was Vera versuchte. Diese Frau! Sie hätte jedes verlorene Schäflein aufgenommen, wenn sie gekonnt hätte. Bestimmt bekam sie Tina dazu überredet, für sie zu arbeiten, darauf hätte Mia gewettet. Eine zweite Kundin kam und zeigte ihre Fundstücke, einen Blazer und zwei versilberte Kerzenständer.

»An wen geht denn dieses Jahr die Spendensumme?«, erkundigte sich die Frau und reichte einen Geldschein an Mia, die wiederum zu Vera sah, weil sie das besser erklären konnte.

»Wir haben kurzfristig entschieden, dass es an eine Organisation geht, die Frauen, die von zu Hause fliehen müssen, Unterkunft und juristische Hilfe bietet«, antwortete Vera und Mia warf ihr einen erstaunten Blick zu. War nicht das Naturschutzzentrum im Gespräch gewesen? Vera erwiderte diesen Blick ruhig, wissend, verständnisvoll. Mia schoss das Blut in die Ohren. Sie wagte nicht, zu Tina zu schauen. Sie selbst hätte Hilfe dringend gebraucht, als sie weggelaufen war. Tina würde Unterstützung benötigen, wenn sie je den Mut aufbringen würde, ihren prügelnden Mann zu verlassen. Darum hatte Vera ihre Pläne geändert – aber womöglich ahnte sie auch, was Mia in den Süden getrieben hatte. Mia nahm sich vor, besonders viel von dem Flohmarktkram zu verkaufen. Aufquatschen würde sie es den Leuten mit allen Argumenten, die ihr einfielen! Jeder Euro zählte. Jetzt mehr als jemals zuvor.

Dankbar nickte Tina Mia zu und verließ eilig den Flohmarkt. Kaum war sie zum großen Tor hinaus, tauchte dort eine Frau auf, die Mia schon mal gesehen hatte. Nur wo? Angestrengt kramte sie in ihrem Gedächtnis und es fiel ihr wie

Schuppen von den Augen. Die Frau, die da in ihrem schicken Outfit in der Feuerwache stand, war die Mutter des Jungen, der auf dem Markt in Freiburg ihre Becher zu Bruch gebracht hatte! Aufgeregt stieß Mia Vera an und raunte es ihr zu.

»Sieh an, Susanne Müller-Traubach«, flötete Vera laut, damit die Kundin es am anderen Ende des Raumes hörte. Sie sah zu ihnen herüber, lächelte mit einem Ausdruck im Gesicht, den Mia kaum deuten konnte – Arroganz? Überheblichkeit? Falschheit? – und stolzierte dann zu ihnen herüber, eine zierliche Vase in der Hand.

»Vera Winter. Hallo. Wie geht's? Oh, ich glaube, wir kennen uns noch nicht. Müller-Traubach, mein Name«, sagte sie und streckte Mia die Hand hin. Diese funkelte sie böse an, reichte ihr aber höflich die Hand. Mit Absicht legte sie besonders viel Druck in den Griff und genoss das leichte Zucken der Frau, als sie ihre Hand wie ein Schraubstock zusammendrückte.

»Doch, wir kennen uns. Zumindest sind wir uns schon mal begegnet.« In den Augen der Frau sah sie, dass sie Mia nun ebenfalls erkannt hatte. Selbstbewusst reckte Susanne Müller-Traubach das Kinn, zog eine der zierlichen, geschwungenen Augenbrauen hoch und sah hochnäsig auf Mia herunter.

»Ach, das ist ja ein Zufall. Wusste nicht, dass Sie hier leben. Da dachte ich, ich kenne alle Bewohner *meiner* Gemeinde und nun sieh mal einer an.« Sie betonte das »meiner« besonders, damit Mia auch klar wurde, dass sie nicht hierhergehörte.

»Erst seit Kurzem«, erklärte Mia und wünschte ihr alles Schlechte. Was für eine schreckliche Person!

»Das ist ja schön. Dann herzlich willkommen in unserem Städtchen. Woher kommen Sie, wenn ich fragen darf?«, wollte sie neugierig wissen.

»Norddeutschland. Möchten Sie die Vase kaufen?«, fragte Mia und deutete auf Susannes Flohmarktfund. Ging diese Frau schließlich überhaupt nichts an, woher Mia kam.

»Ja, unbedingt. Ist ja auch für einen guten Zweck, normalerweise kaufe ich keine Flohmarktsachen, man weiß ja nie, durch welche Hände diese Dinge schon gewandert sind. Aber in diesem Fall mache ich eine Ausnahme, die Vase passt wunderbar in unser neues Wohnzimmer. Wir haben es gerade umdekoriert. Ich sage zu Bernd immer, wenn ich nicht alle fünf Jahre eine neue Couch bekomme, gehe ich ein. Man braucht doch seine kleinen Freuden.« Sie lachte, aber es klang ganz und gar nicht voller Freuden. Vera murmelte, das klinge irgendwie verlockend. Dann legte sie Mia die Hand auf den Arm und wandte sich an Susanne.

»Das macht dann hundertundeinen Euro.«

Susannes Gesichtszüge entglitten ihr für einen herrlich langen Moment.

»Das ist aber teuer. Ich dachte, das sei nur Flohmarktkrempel.«

»Ist es auch. Einen Euro für die Vase. Hundert Euro für Mias Becher, die dein Bengel zerstört hat. Ich bin sicher, du wolltest sie ohnehin bezahlen und bist nur noch nicht dazu gekommen, nicht wahr? Ist es nicht wunderbar, dass du nun die Gelegenheit dazu hast?« Vera presste eine Hand auf ihr Herz und strahlte beide Frauen an. Überrumpelt warf Mia ihr einen überraschten Blick zu, dann straffte sie die Schultern und sah genauso unnachgiebig zu Susanne, wie Vera es tat. Sie würde eine Amazone sein. Eine Kämpferin. Susanne musterte die beiden und wollte die Vase schon zurückstellen. Da holte Vera noch mal aus. »Oder ist es bei euch zurzeit bisschen knapp wegen dieses neuen Wohnzimmers?« Der Kommentar saß, Susanne zuckte getroffen und riss sich dann schnell zusammen. Mia musste ein Lachen unterdrücken. In diesem Moment liebte sie Vera von ganzem Herzen. Noch nie in ihrem Leben war jemand für sie eingestanden. Sie kannte niemanden, der so großzügig, mutig, selbstbewusst, frei und solidarisch war wie diese Frau.

»Natürlich nicht. Ich hatte selbstverständlich vor, für den Schaden aufzukommen. Du weißt ja, wie das mit einem kleinen Raufbold so ist.« Sie kramte in ihrer winzigen Handtasche und zückte eine edle Geldbörse. »Bitte sehr, ich habe es leider nicht in kleinen Scheinen«, zischte sie und zog unwillig einen Hunderter und eine Münze hervor. Vera hielt Mia hinter ihrem Rücken die Hand zum Abklatschen hin und lächelte freundlich.

»Kein Problem. Solange er echt ist.« Vera winkte lässig ab und entzog ihr den Schein schwungvoll. Susanne schnaubte entrüstet und eilte mit ihrer Vase davon. Vera steckte Mia den Schein in die Hosentasche und klopfte ihr liebevoll dabei auf den Hintern.

»Das ist deiner.«

»Danke.« Mia wusste nicht, was sie sagen sollte – das war vielleicht eine Show gewesen!

Vera sah sie entrückt an. »Ich bin dein Universum, Mädchen. Ich kümmere mich um dich.«

Wenn Mia der Vormittag schon emsig und trubelig vorgekommen war, schlug der Nachmittag das um Längen. Es wurde richtig wuselig in dem kleinen Ort. Die Hauptstraßen waren abgesperrt. Wer nicht zum Frühlingsfest wollte, musste einen großen Umweg fahren. Die Plätze waren proppenvoll, dicht gedrängt standen die Besucher zusammen, tranken Limonade und Bier, aßen Bratwurst und Kuchen. Die Band spielte Swingmusik und überall lag fröhliches Lachen in der Luft. Vera schickte Mia in eine Pause, als einige Freundinnen kamen, um sie beide für eine Stunde abzulösen. Sie selbst ging los, um Kuchen für Georgie zu kaufen. Tom war beim Hufeisenwerfen als Aufsicht eingetragen und bis über beide Ohren beschäftigt. Vera wusste, dass Georgie zu Hause wie auf heißen Kohlen sitzen würde und unbedingt wissen wollte, wie es lief. Sie würde kurz rausfahren, ihr den Kuchen bringen, vom Fest berichten und anschließend ins Geschäft gehen. An einem Tag wie diesem brummte der Laden. Vera hatte einen Teenager aus dem Ort für heute angestellt, das junge Mädchen hielt souverän die Stellung, aber Vera wollte lieber doch mal vorbeisehen.

Mia schlenderte durch die bunt geschmückten Straßen, staunte über die gute Stimmung, die herrliche Atmosphäre und freute sich darüber, dass einige Bewohner sie schon erkannten und ihr zuwinkten. Vor der Polizeistation stand Sam in seiner schicken Festtagsuniform. Er strahlte über das ganze Gesicht, als Mia auf ihn zulief. Ihr Herz machte einen schnellen Sprung und sie hüpfte im Einklang damit auf den Bordstein. Kaum war sie bei ihm angekommen, zog er sie zu einem leidenschaftlichen filmreifen Kuss in seine Arme. Für einen kurzen Augenblick vergaß sie, wo sie waren, und presste ihre Lippen auf seine.

»Herr Wachtmeister, belästigen Sie die junge Frau nicht!«, rief eine Stimme und eine jüngere Version von Sam tauchte neben ihnen auf. Mia richtete sich auf und sah erstaunt zwischen den beiden hin und her. Die Ähnlichkeit war verblüffend. Der junge Mann hatte ebenfalls blonde Wuschelhaare, ein energisches Kinn, die gleichen Augen mit dem gleichen schelmischen Blick. Nur die Nase war nicht so krumm wie Sams. Und die Lachfältchen um seine Augen waren noch nicht so ausgeprägt, er musste einige Jahre jünger sein als Sam.

»Ist das dein Mädchen?«, fragte der kleine Sam. Der große Sam verdrehte die Augen und boxte ihn unsanft gegen die Schulter.

»Sag das nicht. Sie ist eine Frau. Damit kennst du dich wohl noch nicht aus, Hosenscheißer. Mia, das ist mein doofer kleiner Bruder Leo. Am besten ignorierst du ihn einfach. Er ist eine Plage. Dachte eigentlich, das verwächst sich irgendwann, doch das ist leider nicht der Fall. Immerhin ist er alt genug, um Medizin zu studieren, und das, obwohl er so ein Idiot ist.«

Leo zwinkerte Mia zu. Ihn umgab etwas völlig Unbekümmertes, Sorgenfreies, etwas, worum Mia ihn beneidete.

»Wenn du mal wirklich Spaß haben willst und nicht so sehr unter Kommandant Sam leiden willst, ruf mich an.« Er breitete lachend die Arme aus und die Brüder nahmen sich in den Schwitzkasten. Nicht gerade sanft zerwuschelte Sam seinem kleinen Bruder die Frisur, was der lachend ertrug. Zwischen den beiden war eine dermaßen starke Verbindung zu spüren, dass Mia einen kleinen Stich im Herzen wahrnahm. So etwas hatte sie noch nie gehabt, würde es nie. Die Liebe zwischen Geschwistern musste etwas ganz Besonderes sein, dachte sie sehnsüchtig.

»Meine zwei Jungs. Seid ihr nicht langsam zu alt für Raufereien?«

Mia drehte sich um. Neben ihr tauchte eine große, grazile Frau auf. Sie hatte einen kurzen blonden Bob, der akkurat geschnitten war und die exzentrische, wild gezackte Brille, die sie trug, betonte. Der Frau, die ihr irgendwie bekannt vorkam, stand das Modell auffallend gut. Zu einem leuchtend roten Sommerkleid trug sie eine gehäkelte, dunkelblaue Stola. Die war bestimmt aus Veras Laden, schlussfolgerte Mia. Sie hatte so viel Anmut in ihrer Haltung, in ihrem Blick, dass Mia sich ganz plump neben ihr fühlte. Nervös zog sie an dem Bund ihrer Jeans. Ihr fiel ein, woher sie die Frau kannte. Es war eine von Veras Freundinnen, Linda, Sams Mutter.

»Mama, das ist Sams Mädchen, kennst du sie schon? Ich versuche, sie ihm auszuspannen«, stellte Leo sie vor. Seine Mutter, sein Bruder, Begrüßungsküsse in der Öffentlichkeit. Das wirkte alles ungeheuer offiziell. Mia wurde etwas schwindelig. Befangen sah sie zu der Frau, die sie durch die künstlerische Brille freundlich musterte.

»Schön, dass wir uns kennenlernen. Nenn mich bitte Linda.«

»Mia«, gab Mia eingeschüchtert zurück.

»Mia. Du bist Veras große Hilfe, davon habe ich schon gehört. Klasse! Wie verrückt, dass wir uns bisher immer verpasst haben, wenn ich Vera geholfen habe. Hat Sam dich schon zu Kaffee und Kuchen eingeladen? Oder bist du eher der Eis-Typ? Ich habe einen Stand mit Soft-Ice entdeckt. Wenn eure Schwester auftaucht, finden wir sie bestimmt dort«, äußerte sie ihre Vermutung und warf ihren Söhnen einen wissenden Blick zu. Von der Schwester hatte Sam ihr auch schon erzählt, eine richtig große Familie. Das Einzelkind Mia war überwältigt.

»Mia, ich habe gehört, dass du ins alte Feuerwehrhaus eingezogen bist«, wandte sich Linda wieder an sie und deutete hinter sich in Richtung der Station. Mia nickte schwach.

Linda ergriff Mias Hand und drückte sie herzlich. »Es ist schön, dass dort abends wieder Licht hinter den Fenstern brennt. Das gibt mir ein gutes Gefühl. Ich habe viele wunderbare Erinnerungen daran und der Geist im Haus freut sich über deine Anwesenheit, denke ich.«

Mia lächelte ihr zu. Seine Mutter war wirklich nett zu ihr, sie sollte sich echt mal entspannen! Obwohl es ihr irgendwie wichtig war, was seine Familie über sie dachte, war sie gerade dabei, es zu versauen, dachte Mia. Die mussten sie ja für ein verschüchtertes, komisches, kleines Mädchen halten, wenn sie nicht bald ein bisschen aus sich herauskam.

»Es ist ein wunderbarer Ort. Und Käpt'n und ich freuen uns über unsere gegenseitige Gesellschaft.« Na also, ging doch.

»Ach, der alte Kerl. Gut, dass er jemanden hat«, bestätigte Linda. Mia dachte, es war gut, dass sie im Gegenzug auch jemanden hatte. Käpt'n schlief mal bei ihr im Bett, eng an sie angekuschelt, mal im alten Sessel. Wenn sie da war, wich er ihr meistens nicht von der Seite und versuchte, so viele

Streicheleinheiten zu bekommen wie möglich. Sie konnte ihn gut verstehen, fühlte sie sich doch genauso kuschelbedürftig und ausgehungert nach Zärtlichkeit. Da hatten sich auf jeden Fall zwei gefunden, die zusammenpassten.

»Ach, das wollte ich unbedingt loswerden. Die Becher. Mia! Die sind wunderschön. Ich habe mich sehr über Sams Geschenk gefreut.« Linda legte Mia eine Hand auf den Arm und lächelte ihr dankend zu.

Leo formte neben seiner Mutter mit den Lippen einen Knutschmund, was diese mit einem kleinen Klaps auf seinen Hinterkopf quittierte, obwohl sie, wenn überhaupt nur aus den Augenwinkeln gesehen haben konnte, was er tat. Sam lachte aus vollem Hals über Leos Gesicht, der sich den Hinterkopf rieb und eine Grimasse zog.

»Leonhard Förster, benimm dich!«, warnte die Mutter ihren Jüngsten, aber mit einem nachsichtigen Lächeln im Gesicht.

»Vielen Dank«, sagte Mia artig wegen Lindas netten Worten über die Becher. »Das freut mich sehr. Sam, da fällt mir ein, ich muss dir noch etwas erzählen.«

Als seine Mutter die Becher erwähnt hatte, kam Mia wieder die Begegnung vom Flohmarkt in Erinnerung. Mia zog den Geldschein aus ihrer Hosentasche und zeigte ihn stolz. »Die Frau von dem kleinen Jungen, der meine Becher auf dem Markt in Freiburg zerbrochen hat, die stammt hier aus dem Ort. Es ist Susanne irgendwas Doppelnamiges.«

Sam, Leo und Linda verzogen alle gleichzeitig das Gesicht, als sie den Namen hörten.

»Vera hat sie genötigt, die Becher zu bezahlen, es war unbeschreiblich!«, fuhr Mia fort und berichtete kurz von dem Vorfall. Sam beugte sich vor und küsste sie. Vor seiner Familie! Mia riss die Augen auf, lachte dann aber doch, weil sie sich einfach so sehr über das Geld und noch mehr über die Gerechtigkeit freute.

»Das will ich ihr auch geraten haben! Hast du denn Lust auf ein Eis? Oder Kuchen?«, erkundigte er sich. Mia legte den Kopf schräg. Das fragte er noch?

»Kann ich auch beides haben?«, meinte sie frech. Sam schlang den Arm um ihre Schultern.

»Klar. Kommt ihr mit?«, wandte er sich an seine Familie und gemeinsam zogen sie los.

»Mia, wo hast du denn dein Atelier? Kannst du es in der Feuerwache aufbauen?«, wollte Linda wissen und hakte sich freundschaftlich bei Mia unter.

»Momentan habe ich leider kein eigenes. Wenn mein Vorrat an Bechern aufgebraucht ist, muss ich mir ein neues suchen. Ich war eigentlich nur auf der Durchreise und habe nicht viel Gepäck mitgenommen«, erklärte sie und ließ unerwähnt, dass sie gar kein anderes Gepäck besessen hatte. Ihr fiel plötzlich auf, wie sehr sie die Werkstatt und ihr kleines Töpferstudio vermisste!

»Wir hatten eine talentierte Keramikerin in der Grundschule der Nachbarstadt. Leider ist sie vor zwei Monaten verstorben. Seitdem fällt der Kurs für die Kinder aus. Es ist ein Jammer. Du musst wissen, dass ich früher Lehrerin an dieser Schule war und noch immer im Schulkomitee tätig bin. Wir suchen verzweifelt Ersatz. Wenigstens bis zu den Sommerferien, damit die Kinder ihre Projekte fertigstellen können.«

Sam unterbrach seine Mutter. »Mama, lass sie bitte. Sie hat doch gesagt, dass sie auf der Durchreise ist. Mia will irgendwann weiter. Oder?«, fragte er sie und sah sie mit undurchschaubarem Blick wachsam an. Mia zögerte. Ja, sie wollte weiter. Wollte sie wirklich? Musste sie? Die Fragen ließen sich gar nicht mehr so leicht beantworten. Dazu genoss sie ihr Leben hier zu sehr in vollen Zügen.

»Bis zu den Sommerferien?«, fragte sie nach. Linda nickte. »Wir können nicht viel zahlen, das genaue Honorar müsste ich noch mal nachschlagen, da gibt es Regelsätze für externe Lehrkräfte. Es sind drei Klassen mit jeweils drei Stunden pro Woche. Und ich habe gehört, es gibt Interesse an einem Kurs für Erwachsene. Wir Mütter, dazu zähle ich mich auch noch immer, obwohl meine Jungs schon seit Ewigkeiten aus der Grundschule raus sind. Soweit ich weiß, wollte eine angehende Braut mit ihren Brautjungfern an ihrem Junggesellinnenabschied dort Porzellan bemalen. Aber das wäre alles optional und von der Schularbeit separat zu betrachten. Bis zu den Sommerferien sind es zwar nur noch ein paar Wochen, aber es wäre jammerschade, wenn die Kinder ihre Skulpturen nicht fertigstellen können. Denk gern darüber nach! Sam gibt dir meine Nummer und du meldest dich am Montag?«

Mia zögerte, zumindest kurz. Nein, irgendwie wollte sie noch nicht weiterziehen, wenn sie ehrlich zu sich war. Sie fühlte sich wohl hier. Noch ein paar Wochen würden nicht schaden. Nur um noch etwas Energie zu tanken und ein bisschen Geld zu verdienen. Bevor sie dann wirklich endgültig aufbrechen würde! Sesshaft konnte sie hier unter keinen Umständen werden, das ging einfach nicht.

»Könnte ich denn noch ein paar Wochen in der Feuerwache bleiben?«, wandte sie sich an Sam, der ohne zu zögern nickte.

»Das sollte kein Problem sein. Offiziell gehört sie zwar der Stadt, aber meine Mutter hat einen guten Draht zum Bürgermeister. Das können wir für dich klären.«

Linda lachte und erklärte: »Der Bürgermeister ist mein Schwager, Sams und Leos Onkel.« War das nicht der Werkstatttyp, dachte Mia und fragte sich, wie groß diese Familie noch werden würde.

»Allerdings habe ich keine Materialien und kein Werkzeug dabei«, wandte Mia ein. Linda winkte ab. »Das ist doch alles vorhanden. Warum kommst du am Montag nicht einfach mal in die Schule und schaust es dir an? Am besten bringst du deine

Unterlagen gleich mit und wir machen alles dingfest. Das wird fantastisch«, freute sie sich. Mia verbot sich, an Unterlagen zu denken. Sie besaß keine Unterlagen. Sie hatte einen Führerschein, ihren Personalausweis und das war's. Brauchte man mehr, um in einer Schule zu arbeiten? Darum würde sie sich am Montag kümmern. Irgendeine halb gare Erklärung würde ihr im Zweifelsfall einfallen, wie immer. Jetzt freute sie sich erst mal darüber, dass sie vielleicht ein paar weitere Wochen an diesem magischen Ort bliebe. Das musste sie Vera erzählen. Die konnte bestimmt auch noch Hilfe gebrauchen, so wie Georgie es gesagt hatte. Mittlerweile waren sie durch die Stadt geschlendert und an den Ständen mit Kuchen, Eis und weiteren Leckereien angekommen. Mias Freude über den verdienten Hunderteuroschein war so groß, dass sie Sam gern einladen wollte. Aber Linda ließ das nicht zu und bezahlte für alle. »Das ist aber nett, danke sehr«, bedankte sich Mia anständig.

»Ach, das ist doch selbstverständlich«, machte Sams Mutter die Geste kleiner. Für sie vielleicht schon, nur für Mia nicht. Sie würde sich bestimmt nie an die große Hilfsbereitschaft der Bewohner des Dorfes gewöhnen, befürchtete sie.

Es war schon spät am Abend, als langsam Ruhe einkehrte. Nachdem die Band eingepackt hatte, verließen die Tagestouristen den Ort nach und nach. Als fast eine Stunde lang keine Kunden mehr aufgetaucht und somit auch keine weiteren Verkäufe zu erwarten waren, begann Mia, die übrig gebliebenen Flohmarktsachen in Kisten zu verstauen. Veras Freundinnen aus dem Dorf würden die restlichen Gegenstände und Kleidungsstücke in den nächsten Tagen abholen und zur Wohlfahrt bringen. Sie legte die Kleider ordentlich zusammen in Kartons und wickelte die fragilen Dinge wie Gläser, Vasen und Geschirr in Zeitungspapier. Käpt'n tauchte auf und strich um ihre Beine. Tagsüber hatte er sich versteckt – zu viel Trubel in seinem Zuhause für seinen Geschmack. Aber jetzt war er zurück und neugierig. Den einen oder anderen Karton besah er von innen. Im kleinsten – einem leeren Schuhkarton – rollte er sich schließlich gemütlich ein und beobachtete von seinem Platz aus, wie sie aufräumte.

»Das machst du richtig«, sagte Mia an ihn gewandt und kraulte ihn kurz hinter dem Ohr.

Als Sam spät in der Nacht nach seinem letzten Rundgang, auf dem er sich vergewissert hatte, dass alle Betrunkenen sicher nach Hause gekommen und die Straßen wieder frei geräumt waren, in der Feuerwache auftauchte, fand er eine staubige, verschwitzte und übers ganze Gesicht strahlende Mia vor, die gerade die letzten Kisten packte und zur Seite schob. Dafür, dass sie so klein und zierlich wirkte, hatte sie erstaunliche Kraft, dachte er bewundernd. Als hätte sie gespürt, dass er da war, drehte sie sich um und entdeckte ihn im Eingang.

»Möchtest du mit zu mir kommen?«, fragte Sam leise und Mias Herz stolperte. Ein Funkeln ihrer Augen war ihm Antwort genug und er streckte die Hand nach ihr aus. Eilig lief sie zu ihm, verschränkte die Finger mit seinen und folgte ihm über die Straße. Er hielt ihr die Tür zur Polizeistation auf und schloss hinter ihnen ab. Dann dirigierte er sie an den Haupträumen vorbei, die Treppe nach oben. Sie war noch nie in seiner Wohnung gewesen und stellte fest, dass sie ähnlich spartanisch eingerichtet war wie ihre. In einer Ecke baumelte ein schwerer Boxsack aus Leder. Das Bett stand an der Wand und war ordentlich gemacht. An den Wänden hingen Bilder von seiner Familie in dunklen Holzrahmen. Auf dem Boden befand sich ein Plattenspieler, daneben zwei große Kisten mit Schallplatten. Es roch so sehr nach ihm in dieser Wohnung, dass ihr beinahe schwindelig wurde. Sam trat hinter sie und küsste sie zärtlich in den Nacken. Mia legte den Kopf zurück und schloss die Augen, als er sie sanft umarmte. Seine Hände fuhren über ihren Bauch und er drückte sie behutsam an sich. Seine Lippen fanden ihre sofort, als sie sich zu ihm umdrehte und den Kopf zum Kuss hob. Sie schlang einen Arm um seinen Hals, den anderen um seinen Rücken, presste sich fest an ihn. Wollte seinen muskulösen Oberkörper und seinen Herzschlag spüren, je näher, desto besser. Seine Gürtelschnalle drückte in ihren Magen. Ihre Zungen tanzten miteinander, spielten, liebkosten einander. Mia biss ihm leicht in die Lippe. Ihr Kuss wurde intensiver, wilder, fordernder. Heute würde sie sich nicht mit Ausreden abspeisen lassen. Da war ein Verlangen in ihr, wie sie es nie zuvor gefühlt hatte, und es brannte lichterloh in ihr. Langsam knöpfte sie sein Hemd auf und sah ihm dabei in die Augen, die vor Lust immer dunkler wurden. Als sie endlich seine nackte Haut unter ihren Fingerspitzen spürte, war sie erstaunt, wie seidig weich sie sich anfühlte. Hingebungsvoll drückte sie einen sanften Kuss auf seine Brust, die unter ihrer Berührung erbebte. Sam fuhr mit einer Hand unter ihr Shirt, strich über ihren Rücken. Mia sah ihm fest in die Augen, trat einen Schritt zurück und zog sich das T-Shirt selbst über den Kopf. Darunter war sie nackt, sie empfand es als Freiheit, keinen BH tragen zu müssen, und kam sich damit wild, mutig und äußerst sinnlich vor. Langsam öffnete sie ihre Hose, ohne ihn aus den Augen zu lassen, weil seine Reaktion auf ihren Körper sie noch mehr berauschte. Sam trat zu ihr und streifte ihr die Jeans über den Hintern. Darunter trug sie eine verwaschene Unterhose mit dem Batman-Logo auf der Vorderseite. »Heiß«, kommentierte er mit leiser, dunkler Stimme und seine Augen blitzten vor Freude. Schwungvoll umfasste er Mia in der Taille, hob sie hoch und trug sie einfach zu seinem Bett. Sie zog ihn mit sich, als er sie vorsichtig darauf ablegte. Sein Körper auf ihrem, sein Gewicht, die glatte, warme Haut, die Muskeln, die vor Erregung angespannt waren, das alles zu spüren, ließ sie zittern. Sam küsste ihren Bauch und verteilte zärtliche Küsse auf dem Weg Richtung Batman. Mia sog scharf die Luft ein, als er das berühmte Motiv der Fledermaus über ihrem Vulvahügel küsste. Eine Hand fuhr über die Innenseite ihres Oberschenkels, immer höher und höher. Am liebsten hätte sie ihn gedrängt, sie wollte ihn fühlen. Mit Händen, Mund, mit allem, was er zu bieten hatte. Sie hielt es kaum noch aus. Aber Sam ließ sich Zeit. Bahnte mit Küssen seinen Pfad weiter auf ihren Beinen. Mia griff mit beiden Händen in seinen Haarschopf. Ungeduldig dirigierte sie ihn zurück zu ihrem Gesicht und küsste ihn leidenschaftlich. Sam zog ihr die Unterhose hinunter, sie strampelte sich frei. Dann war er an der Reihe. Mia rollte sich über ihn und setzte sich auf seine Beine. Sie zerrte an der Gürtelschlaufe und ihre Finger konnten nicht schnell genug die Knöpfe seiner Hose öffnen. Lachend half ihr Sam, als sie fluchte. Sie zog ihm die Hose über die Knie. Sam stöhnte auf, als sie mit ihren Händen auf Erkundungstour ging, sanft, streichelnd, neugierig.

»Mia«, raunte er. Er zog sie auf sich und richtete sich auf. Ein Arm umschlang sie fest und drückte sie an sich. Mia spürte ihn zwischen ihren Beinen. Sie zitterte, wollte nicht länger warten. Sam küsste ihre Brust, auch er bebte vor Erregung. Jetzt *konnte* sie nicht länger warten. Flüsternd fragte sie nach einem Kondom. Sam griff in seine Nachttischschublade und zog sich den Schutz über. Mia stöhnte laut, als sie ihn endlich in sich spürte. Immer schneller bestimmte sie das Tempo, mit dem sie sich auf ihm bewegte. Sam hatte seine Hände an ihren Hüften. Kurz bevor sie kam, hielt er sie fest und drehte sich mit ihr um, sodass sie unter ihm lag. Quälend langsam fuhr er fort in ihrem Liebesrausch. Langsam, genussvoll drang er tief in sie ein. Ließ den Stoß in sie nachhallen. Wieder. Und wieder. Mia konnte sich nicht mehr zurückhalten. Sie ließ los und kam. Der heftige Höhepunkt schüttelte ihren Körper. Sie schrie leise auf und klammerte sich an seinen Schultern fest. Einen Moment nach ihr erreichte auch Sam den Gipfel und ließ sich im Rausch der Lust gehen. Mia fing sein Stöhnen mit einem langen Kuss auf. Sam sackte zusammen und stützte sich gerade noch ab, um nicht mit seinem gesamten Gewicht auf sie zu fallen. Er drehte sich und zog sie mit, sodass sie halb auf seiner sich heftig hebenden und senkenden Brust lag.

»Das hat mir gefallen«, flüsterte sie kichernd. Sam schlang die Arme um ihren Körper. Er küsste sie auf die Stirn.

»Gut. Gib mir ein bisschen Zeit. Dann zeige ich dir etwas, das dir auch gefallen könnte«, versprach er keuchend.

Er hielt sein Versprechen. Sie liebten sich bis in die frühen Morgenstunden. Sam ließ sich Zeit, um Mias Körper zu entdecken, und liebkoste sie an Stellen, von denen sie nicht gewusst hatte, dass sie so auf Berührung reagieren würden. Sie konnte nicht genug bekommen von ihm. Kurz bevor der Morgen dämmerte, verlangte sie zitternd und erschöpft nach etwas zu essen.

Sam zog sich Boxershorts über, ging in seine Küche und bereitete eine riesige Portion scharfes Rührei zu. Dazu gab es frisches, würziges Brot, ein Bier für Sam und ein großes Glas Limonade für Mia. Eingewickelt in eine dünne, große Decke nahmen sie im Bett das köstliche Mahl zu sich. Gesättigt, befriedigt und höchst zufrieden mit sich und der Welt nickte Mia in Sams Armen ein. Den Sonntag verschliefen sie weitestgehend. Für ein zweites, richtiges Frühstück standen sie am späten Nachmittag auf, fuhren zu einem Lokal und bestellten einen Berg Bauernfrühstück. Als sie zurückkehrten, krochen sie ins Bett, liebten sich leidenschaftlich und verbrachten den Abend dort knutschend und kuschelnd, sahen Filme, aßen Chips. Es war der perfekte Abschluss eines fantastischen Wochenendes, fand Mia. Sie sog alles Gute in sich auf wie ein

Schwamm und legte einen Vorrat an schönen Erinnerungen in ihrer Seele an. In dunklen, einsamen Zeiten würde sie eine nach der anderen davon hervorkramen und sich daran wärmen. Diese Erinnerungen waren um so viel mehr wert als das ganze Geld, das sie hier verdient hatte, mehr als die hundert Euro für die zerbrochenen Becher. Mehr als alles, was sie je besessen hatte, und niemand würde ihr diese Erinnerungen wieder nehmen können.

Kapitel 11

Am Montagmorgen brach Mia mit einem mulmigen Gefühl im Bauch zur Schule auf. Der Gedanke, ihre Hände in feuchten Ton zu tauchen und etwas daraus zu formen, war einfach zu verlockend. Und die Aussicht, hier noch einige Wochen zu bleiben. Mit Käpt'n, Vera und Georgie. Und mit Sam. Die Erinnerung an den Tag zuvor ließ sie lächeln. Wenn sie gewusst hätte, dass sich Sex so gut anfühlen würde, hätte sie nicht so lange darauf verzichten können. Da war etwas Besonderes zwischen ihnen, eine Anziehung, die weit über das Körperliche hinausging. Vielleicht war es nur mit ihm so schön, dachte sie und hing kurz in Gedanken in dem Moment fest. Dann riss sie sich los und stieg aus dem Auto. Es war eine kleine Grundschule, ein langes, zweistöckiges Gebäude mit Flachdach. In einigen Fenstern hingen hübsche, aus transparentem Papier ausgeschnittene Blumen, ein anderes war mit Fingerfarben bemalt. Die Kinder kamen aus allen umliegenden Ortschaften hierher, hatte Sam ihr am Abend zuvor erzählt und auf dem Parkplatz entdeckte Mia einen kleinen Schulbus nach dem anderen, der Grüppchen von Kindern unterschiedlichen Alters ausspuckte. Viele Kinder wurden auch von ihren Eltern gebracht, einige kamen zu Fuß, mit Tretrollern oder auf dem Fahrrad. Es herrschte ein emsiges Gewusel, das von lautem Lachen und Rufen begleitet wurde.

Die weiterführende Schule war in einem separaten Haus nebenan untergebracht, auch dort eilten Kinder, Jugendliche und Erwachsene ins Gebäude. Mia atmete tief durch. Sie hatte die Schule ohne Abschluss verlassen. Ihre Schulzeit war ganz anders gewesen als die der anderen Kinder, dachte sie, als eine Gruppe von kichernden, schwatzenden Mädchen an ihr vorbeilief. In ihrer Erinnerung sah sie sich allein, den Kopf stets gesenkt, schweigend durch die Gänge laufend. Sie war eine gute Schülerin gewesen, fleißig, immer Bestnoten. Nur nicht in der mündlichen Teilnahme und auch nicht, wenn es um Gruppenarbeiten ging. Dafür war sie einfach zu verschlossen gewesen. Wenn sie darüber nachdachte, was ihre Eltern ihr angetan hatten mit dem psychischen Druck, den sie permanent auf sie ausgeübt hatten, damit sie sich immer fügte, nie aufmuckte, laut war, störte, auffiel … Sie hatten aus ihr ein schüchternes, misstrauisches, in sich gekehrtes, unsicheres Wesen gemacht und sie damit um etliche schöne, aufregende, lebendige Erlebnisse betrogen. Ein kleiner Junge rempelte sie im Vorbeilaufen an und entschuldigte sich lachend bei ihr. Dann flitzte er weiter, seinen Freunden hinterher. Mia sah, wie Linda, Sams Mutter, auf den Parkplatz fuhr und hob zum Gruß die Hand. Linda stellte das Auto ab, packte ihre Sachen zusammen und lief auf Mia zu.

»Guten Morgen. Schön, dass du hier bist«, begrüßte die ältere Frau sie und küsste sie zur Begrüßung beiläufig auf eine Wange.

»Ich bin etwas aufgeregt«, gestand Mia ihr, worauf Linda lachte.

»Das ist völlig normal und absolut überflüssig. Die Rektorin ist ein Sonnenschein. Oh. Hi, Kit«, rief sie und winkte einer jungen Frau zu, die gerade auf dem Parkplatz von einem Motorrad stieg und den Helm abnahm. Ein Schwall langer roter Haare fiel heraus und umrahmte ein außergewöhnlich schönes Gesicht. Ganz symmetrisch, stellte Mia fest, eine schlanke, gerade Nase, toll geschwungene Augenbrauen über mystischen Augen. Der sinnliche Mund war mit tiefrotem Lippenstift versehen. Mit dem blassen, ebenmäßigen Teint sah sie aus wie ein Fabelwesen. Die Frau sah zu ihnen herüber und winkte freundlich zurück.

»Das ist Kit Haas. Sie ist unsere Stadtprominente. Eine berühmte Malerin. Ist hier aufgewachsen, gerade aus New York zurückgekehrt«, klärte Linda sie flüsternd auf und hakte sich vertraulich bei Mia unter. Das hatte Mia doch schon mal gehört. Als sie mit Vera in Linas Haus gewesen war, fiel es ihr wieder ein. Die schöne Frau war die Malerin des aufregenden Gemäldes, das dort bei Lina hing. Kit verstaute ihren Helm und lief mit langen Schritten auf sie zu. Sie trug enge verblichene Jeans, Boots und eine schwere, zerschlissene Motorradjacke.

»Sam und sie waren in der Schule befreundet. Ich glaube, sie war sogar seine erste Freundin, jedenfalls verbrachte sie unzählige Stunden bei uns und mir wurde ausdrücklich verboten, zu stören, wenn die beiden in Sams Zimmer waren, das sei ›voll uncool‹«, flüsterte Linda weiter und begrüßte Kit mit dem gleichen freundschaftlichen Kuss, den auch Mia bekommen hatte, als sie bei ihnen eintraf. Mias Herz pikste kurz bei der Information. Natürlich hatte Sam andere Frauen gehabt. Und Freundinnen in der Schule. Aber musste es diese Schönheit sein? Sie war atemberaubend! Kit lächelte ihr höflich zu und grüßte. Mia erwiderte ihr Lächeln, spürte aber eine kleine, gemeine Unsicherheit in sich aufziehen. Neben dieser Frau fühlte sie sich nicht mehr wie die sinnliche Amazone, die sie in den vergangenen Stunden in sich entdeckt hatte. Mühsam schluckte sie das Gefühl hinunter. Das war doch albern!

»Kit, was treibt dich zurück an die Schule?«, erkundigte sich Linda interessiert.

»Die Rektorin hat gefragt, ob ich den Kindern etwas über Kunst erzählen kann. Wir wollen die Details besprechen«, antwortete sie. Kits Stimme war nicht fein und zart, wie man vermutet hätte bei ihrem Anblick. Im Gegenteil, sie war rauchig, stark und unheimlich erotisch.

»Ach, das ist ja lustig. Dann werdet ihr beide Kolleginnen sein«, freute sich Linda und fuhr fort: »Mia wird vermutlich den Töpferkurs übernehmen. Endlich. Die Stelle wurde leider aufgrund eines Todesfalles frei. Und das mitten im Schuljahr. Mia ist eine begnadete Künstlerin, musst du wissen, Kit.«

Mia errötete und winkte ab.

»Ich bin Keramikerin. Das ist nicht vergleichbar. Ich habe eines Ihrer Bilder gesehen. Es ist umwerfend! Ich konnte mich nicht losreißen von dem Anblick.«

Kit lächelte erfreut über Mias ehrliches Kompliment. »Danke. Schön, dich kennenzulernen, Mia. Wollen wir?«, fragte sie und deutete zum Eingang. Linda lief vorweg, gefolgt von den beiden jungen Frauen.

Mia hatte wenige Erinnerungen an ihre Grundschule, nur dass sie bestimmt nicht wie diese hier gewesen war. Überall liefen kichernd und quatschend kleine Gruppen Schüler durch die Gegend. Die Wände waren von Kinderhänden bemalt worden und zeigten Tiere und spielende Kinder in den buntesten Farben. In Vitrinen standen weitere kleine Kunstwerke. Alles wirkte unbeschwert und fröhlich. Mias Herz ging auf. Sie blieb vor einem Glasschrank mit Töpferwaren stehen. In ihrer Vorstellung hatte sie sich ausgemalt, dass die Kinder Eierbecher herstellten. Oder krumme Tassen mit unförmigen, instabilen Henkeln. Eben genau wie ihre ersten Objekte gewesen waren, als sie sich das Töpfern selbst beigebracht hatte. Aber hier stand eine Ansammlung von eiförmigen Gegenständen, die mit großen Augen und verzogenen Mündern eine Gangstergruppe bildeten. Darunter entdeckte sie liegende Katzen und einen Elefanten. Sie musste begeistert lachen, der Elefant hatte nicht nur zwei, sondern vier große Ohren und auch mehrere Rüssel. So viel Fantasie! Linda trat neben sie.

»Das sind die aktuellen Werke. Nach dem Schuljahr dürfen die Kinder ihre Sachen natürlich mit nach Hause nehmen, aber bis dahin haben wir hier im Flur eine kleine Ausstellung der Kunstobjekte. Es wäre noch Zeit für ein neues Projekt bis zu den Sommerferien.« Sie sah Mia ermutigend durch ihre gezackte Brille an. »Ich denke, du würdest wunderbar hierherpassen. Du bist so jung und kreativ, das finden die Kinder bestimmt klasse. Komm, wir stellen dich der Rektorin vor.«

Die Frau, die Mia gleich darauf kennenlernte, entsprach ziemlich genau dem Bild, das man sich von einer Grundschulrektorin machte: gemütlich, etwas rundlich, trug eine Strickjacke und eine altmodische Brille mit dicken Gläsern. Sie begrüßte Mia und Linda freundlich und Mia entspannte sich ein bisschen. Die Frauen plauderten über das Frühlingsfest, das Wetter, dann kamen sie endlich zum eigentlichen Punkt dieses Treffens. Zur Demonstration von Mias Fähigkeiten hatte Linda ihre Becher, die sie von ihrem Sohn zum Geburtstag geschenkt bekommen hatte, mitgebracht. An so etwas hatte Mia gar nicht gedacht und war froh, dass Sams Mutter so umsichtig war. Die Rektorin drehte und wendete einen Becher staunend und fuhr mit dem Zeigefinger über die feine Glasur. Dann kam der Moment, vor dem Mia Angst gehabt hatte. Sie fragte nach Zeugnissen und Referenzen. Mia schluckte und setzte ihr scheinheiligstes Lächeln auf.

»Meine Mappe mit Unterlagen habe ich leider nicht dabei. Ich war ursprünglich auf der Reise nach Spanien und habe hier nur wegen einer Autopanne einen Zwischenstopp eingelegt, jetzt aber beschlossen, noch eine Weile zu bleiben, weil es mir hier gut gefällt. Ich werde darum bitten, dass man sie mir schickt, und die Unterlagen natürlich nachreichen, sobald sie da sind.« Mia hatte die Wahrheit schon das ein oder andere Mal ziemlich überstrapaziert, aber das war eine glatte Lüge, für die sie sich schämte. Vor allem vor Linda, die ihr freundlich zunickte. Es klang zwar plausibel, aber mit dieser Unwahrheit würde Mia leben müssen, was einen bitteren Geschmack hinterließ. Energisch vertrieb sie den Gedanken. Eins wollte sie aber unbedingt ehrlich gestehen.

»Ich habe allerdings keine richtige Ausbildung zur Keramikerin. Das Töpfern habe ich mir selbst beigebracht in der Werkstatt meiner ehemaligen Vermieterin.« Das war zumindest nah dran an der Realität. Die Rektorin lachte.

»Das macht nichts. Hauptsache, Sie halten es aus, mit einer Horde Neunjähriger zu töpfern. Ich gebe Ihnen diesen Personalbogen mit, bringen Sie ihn gern ausgefüllt zurück, wenn Sie anfangen. Wann könnten Sie denn starten?«, fragte sie. Mia sah kurz zu Linda und dann zur Rektorin.

»Im Prinzip könnte ich sofort loslegen, ich müsste aber mit Vera Winter noch mal sprechen, ich helfe zurzeit nämlich viel im Iris' Inn aus, das sollte jedoch kein Problem sein. Von mir aus kann es also diese Woche losgehen. Es bleiben ja nicht mehr viele Wochen in diesem Schuljahr und warum Zeit verlieren? Ist denn noch ausreichend Material vorhanden oder muss welches besorgt werden?«

»Wir sollten einen Vorrat haben. Am besten zeigt Linda Ihnen gleich den Arbeitsplatz. Wenn etwas fehlt, geben Sie mir gern Bescheid. Wir sind im zweiten Schulhalbjahr meist etwas knapp im Budget, aber ohne Material kann man schließlich nicht töpfern. Apropos Budget. Wir müssen über Ihre Bezahlung sprechen. Es gibt ein festgelegtes Gehalt für ungelernte Lehrkräfte.« Sie nannte Mia den Lohn und diese nickte glücklich. Dass sie auch für viel weniger gearbeitet hätte, verheimlichte sie lieber.

»Eine Frage hätte ich noch. Zurzeit habe ich leider keine eigene Werkstatt, dürfte ich denn den Ofen in der freien Zeit auch mal für persönliche Projekte nutzen?«, fragte Mia vorsichtig mit klopfendem Herzen. »Selbstverständlich würde ich dafür Miete oder einen Obolus bezahlen.« Hätte sie selbst töpfern können, das schien ihr einfach … unglaublich! Sie sehnte sich so sehr danach, mit ihren Händen den feuchten Ton zu nehmen, etwas daraus zu gestalten, zu formen, mit ihren Händen zu erschaffen. Es hatte sie gerettet in einer Zeit, die zu den schwierigsten ihres Lebens gehört hatte. Das Töpfern hatte etwas in ihr zum Klingen gebracht, und ohne ihre Keramikarbeit kam sie sich vor wie eine halbe, unfertige Person. Wie ein Klumpen, aus dem nichts Schönes geformt werden konnte. Wenn sie dagegen mit dem Material arbeitete, richtig eintauchte und ihre Kreativität auslebte, wurde sie zu der Frau, die sie sein wollte.

»Selbstverständlich. Wenn Sie Ton brauchen, bedienen Sie sich gern. Das können wir mit Ihrem Lohn verrechnen, Sie müssen mir nur sagen, wie viel Sie verbraucht haben. Geben Sie mir beziehungsweise den anderen Kunstlehrern rechtzeitig Bescheid, wenn das Material zur Neige geht, damit wir nachbestellen können. Wenn es gut läuft, könnten wir uns auch vorstellen, einen Sommerkurs in den großen Ferien anzubieten, aber darüber können wir gern noch mal sprechen, wenn Sie sich eingewöhnt haben. Was meinen Sie?«

Mias Herz begann heftig zu klopfen, dieses Mal nicht vor Angst, sondern vor Freude. Sie würde wieder töpfern können. Selbst wenn es nur ein paar Kleinigkeiten wären, könnte sie immerhin endlich, endlich wieder kreativ sei und damit sogar Geld verdienen. Mit dem Gehalt und dem, was sie bei Vera verdiente, könnte sie nicht nur Lebensmittel kaufen und einen kleinen Betrag ansparen. Eventuell würde es auch reichen, um für ihre Unterkunft in der Feuerwache zu bezahlen. Miete zahlen, mit echtem Geld. Geld, das sie durch eine tolle Arbeit verdiente, die ihr Spaß machte. Mia fühlte sich wie eine ernst zu nehmende Erwachsene. Sie war keine Herumtreiberin mehr. Bis zu den Sommerferien, mit der Option auf einen Sommerferienkurs, wäre sie eine sesshafte, ehrenwerte, engagierte, hart arbeitende Bürgerin. Es erfüllte sie mit solchem Stolz. Von einer Ausreißerin war sie zu einem Straßenmädchen geworden, von dort zu einer Haushaltshilfe, die Arbeit gegen Unterkunft getauscht hatte, danach war sie wieder obdachlos gewesen. Nun war sie hier. Hatte mehrere Jobs, Freunde, verdiente sogar Geld und würde Kinder in etwas unterrichten, das sie wirklich liebte. Alles, weil Sam in ihr Auto gefahren war. Sie sollte ihn dafür mit Küssen überhäufen.

Zwei Tage später war es so weit. Mias erster Schultag als Töpferlehrerin war gekommen. Vor Nervosität konnte sie nicht mal frühstücken, weil ihr Magen verrückt spielte. Von Kindern im Grundschulalter hatte sie keine Ahnung, wenn sie ehrlich zu sich war, und sie bangte, ob sie ihnen gewachsen war. Das Klopfen ihres Herzens spürte sie bis in die Ohren, als sie die Schule betrat. Sie trug ihre Töpferjeans, die Latzhose mit den vielen bunten Flecken. Darin fühlte sie sich zumindest wohl und sicher. Bevor sie die Rektorin begrüßte, die am Eingang auf sie wartete, wischte sie sich die feuchten Handflächen daran ab. Gemeinsam gingen sie in den Keller zum Werkraum. Die Rektorin stellte Mia den Schülern vor, die sie mit ebenso großen Augen ansahen wie sie die Kinder. Mia atmete tief durch und lächelte. Als ein kleines Mädchen in der ersten Reihe zurücklächelte, gewann sie an Mut. Mia erzählte den Schülerinnen und Schülern, dass sie selbst noch gar nicht so lange töpferte und es mit ihnen zusammen weitererlernen wollte. Sie hatte sich überlegt, was sie in den nächsten Wochen mit ihnen anfertigen würde. Definitiv keine Eierbecher! Stattdessen schlug sie vor, dass sie gemeinsam einen kleinen Film erstellen würden.

»Einen richtigen Film, Frau Mia?«, fragte ein kleiner Junge mit leuchtenden Augen. Sie nickte und beugte sich verschwörerisch vor.

»Wir werden ein Märchen nachstellen. Dafür müssen wir alle Figuren töpfern und glasieren. In allen Farben, die wir schön finden. Auch die Kulissen müssen wir selbst malen. Dann nehme ich eine Kamera und mache von jeder Einstellung ein Foto. Wenn man das ganz schnell hintereinander abspielt, ist es wie ein richtiger Film. Wie ein Daumenkino, habt ihr so etwas schon mal gesehen? Den Film können wir vielleicht auf eurem Sommerfest kurz vor den Ferien zeigen«, erklärte sie ihr Vorhaben den gespannt lauschenden Zuhörern. Ein Mädchen meldete sich und hopste dabei auf ihrem Stuhl auf und ab.

»Kann ich auch einen Alien machen für das Märchen?«, fragte die Kleine und Mia lachte begeistert.

»Klar!« Warum nicht? Bei ihr würde alles erlaubt sein, beschloss Mia, die die Kreativität und den Enthusiasmus der Kinder um keinen Preis bremsen wollte.

»Und ich will einen Dinosaurierroboter machen!«, rief ein dicker Junge mit runder Brille. Die anderen Kinder lachten und riefen lautstark durcheinander, welche Wesen sie töpfern wollten. Mia grinste. Das würde ein ungewöhnliches Märchen werden.

»Logo, auch das geht. Wir können uns ein Märchen aussuchen. Oder wir überlegen uns selbst eine Geschichte. Wollt ihr das?«

»JA!«, kam es unisono und in einer unglaublichen Lautstärke zurück.

»Dann los, an die Arbeit«, sagte Mia, klatschte in die Hände und öffnete den Materialschrank. Ihr Herz ging auf, als sie die große Auswahl an Werkzeug sah. Sie liebte auf Anhieb den Geruch in diesem Keller. Er erinnerte sie an die Werkstatt im Garten von Frau Eisenhauer, wo sie sich das Töpfern beigebracht hatte. Egal, wie einsam sie damals gewesen war, in diesem Raum hatte sie sich immer beschützt gefühlt. Abgesehen von dem Duft nach feuchtem Ton war dieser Keller jedoch ganz anders als Frau Eisenhauers Schuppen. Hier war sie nicht allein. Hier gab es Freude, Begeisterung, lautes Kinderlachen und ein stetes Gewusel. Es war richtig Leben in der Bude. Mia verteilte den Ton, gab Tassen für Wasser und Material heraus. Sie ging von Kind zu Kind, fragte nach den Namen, nach Geschwistern, welche Haustiere sie hatten und sogar nach der Lieblingseissorte. So kam sie mit allen in ein kurzes Gespräch, lernte die Kinder besser kennen und baute eine Verbindung zu ihnen auf. Als sie ihnen von ihrem alten einohrigen Kater Käpt'n erzählte, hingen die Kleinen gebannt an ihren Lippen. Die zwei Stunden vergingen wie im Flug, fast war Mia ein bisschen traurig, als die Schulglocke das Ende einläutete. Allerdings war sie danach das erste Mal seit Monaten allein mit einer Töpferscheibe und Material. Kaum waren die Kinder aus dem Zimmer gestürmt, um zum nächsten Unterricht zu gelangen, machte sie sich an die Arbeit. Ihr Vorrat an Getöpfertem war extrem geschrumpft und sie wollte für Nachschub sorgen. Für den Laden. Und für … ja, für den Zeitpunkt, wenn sie wirklich weiterziehen musste. Irgendwann wäre es so weit, zwangsläufig. Sie konnte hier nicht für immer bleiben. Aber dieses Mal wäre sie besser vorbereitet, mit mehr Waren, etwas Erspartem und viel mehr Selbstbewusstsein. Wenn sie tatsächlich im Sommer loszog, wäre sie nicht mehr das kopflose, verängstigte Mädchen auf der Flucht. Sondern eine junge Frau, mit ungeahnter Stärke und Mut. Und mit besseren Ressourcen.

Mia genoss die Atmosphäre in der Töpferwerkstatt. Ihre Vorgängerin hatte einen Kassettenrekorder zurückgelassen, in dem eine Kassette mit Hits von Woodstock steckte. Zur Musik von Joe Cocker machte sich Mia ans Werk, krempelte die Arme hoch und versenkte die Hände in der zähen Masse. Kraftvoll knetete sie den eckigen Klumpen, bis er geschmeidiger wurde. Sie liebte jeden Schritt beim Töpfern. Von der Auswahl des Tons bis zur Fertigstellung der Glasur. Jeder Schritt war wichtig und musste mit Liebe und Bedacht angegangen werden. Das Kneten zu Beginn war für sie auch immer der Moment, in dem das Objekt, das sie erschaffen wollte, in ihrem Kopf Form annahm. Als der Ton die gewünschte Festigkeit hatte, platzierte sie ihn mittig auf der Drehscheibe. So ein Glück, dass es hier welche gab! Langsam drehte sie die Platte mit einer Hand und fuhr mit dem Zeigefinger der anderen Hand über den unteren Rand des Klumpens, begann, den Ton festzuklopfen. Als er stabil auf der Scheibe stand, gab sie mehr Gas und sorgte dafür, dass das Objekt mittig ausgerichtet war. Mit beiden Händen fuhr sie sanft, aber bestimmt an den Seiten entlang. Immer wieder tauchte sie ihre führende Hand in Wasser. Schon nach wenigen Sekunden begann der Klumpen seine Form zu verändern. Sie gab mit den Fingern mehr Druck auf bestimmte Stellen und direkt veränderte sich das Objekt. Mit jeder ihrer Bewegungen sah es wieder anders aus. Es war magisch, was sie mit ihren Händen erschaffen konnte. Sie wölbte die Finger langsam, gleichmäßig auf die obere Seite und öffnete das Stück zu einer Schüssel. Ihre rechte Hand stabilisierte den Behälter weiterhin von außen, während ihre linke Hand geschmeidig ins Innere glitt und das Stück ausformte. Die Finger der rechten Hand folgten und mit gleichmäßigem Druck geschah das Wunderbare: Aus einem unscheinbaren Klumpen wurde eine hübsche Schale. Sie konnte es noch, stellte Mia erleichtert fest. Als sie zufriedengestellt war, nahm sie einen feuchten Schwamm, fuhr rund um das Gefäß auf der Scheibe herum und sanft durchs Innere. Dann nahm sie einen scharfkantigen Draht und löste die Schale gekonnt von der Töpferscheibe. Mia musterte sie zufrieden von allen Seiten, sie war ihr gleichförmig gelungen. Davon würde sie noch ein paar weitere herstellen. Aber im nächsten Schwung würde sie ein paar außergewöhnlichere Formen ausprobieren. Sie hatte Lust zu experimentieren. Das würde Vera sicher gefallen. Sie lächelte bei dem Gedanken an den Freigeist, diese Frau motivierte sie zu Kreativität und Erfindungsreichtum, lebte ihr vor, dass Konventionen und Gleichförmigkeit nicht die einzig möglichen Lebensformen waren. Mia war mit all den strengen Regeln ihrer Eltern aufgewachsen, im Vergleich dazu schien Vera ihr geradezu extrem ungezwungen und gelöst. Die ältere Frau war für Mia ein Vorbild dafür, wie frei man war, wenn man sich nicht um Bestimmungen und Vorgaben scherte. Das galt auch fürs Töpfern. Mia würde ihrer Fantasie freien Lauf und sich einfach überraschen lassen, was dabei herauskam, genau wie Vera es vermutlich getan hätte.

Als Mia am Nachmittag die Schule verließ, war sie überglücklich. Sie hatte nicht nur die ersten Stunden mit ihren Schülern – IHREN Schülern – gemeistert, sondern auch einen ganzen Schwung kleiner Schalen vorbereitet. Sie sah genau vor sich, wie sie die Glasuren mischen wollte, um einzigartige Werke zu schaffen. Sie würden sich sicher gut verkaufen im Laden. Mit Vera im Kopf hatte sie nicht nur runde, flache Schalen gestaltet, sondern auch ein paar ovale, ein paar bauchige und eine, die aussah, als bestünde sie aus mehreren gestapelten Quadraten. Mal sehen, ob aus allen etwas Brauchbares wurde. Für heute war es erst mal gut. Mia trat vor das Schulgebäude, hielt einen Moment inne, um sich die Sonne ins Gesicht scheinen zu lassen. Dann lief sie zu ihrem Kleinwagen. Direkt neben ihrem Auto auf dem Parkplatz begegnete sie Kit, die gerade auf ihr Motorrad stieg.

»Na, erster Schultag?«, fragte Kit sie und musterte Mia freundlich.

»Ich glaube, es ist ganz gut gelaufen. Zumindest hatten die Kinder Spaß. Und ich auch!«, berichtete Mia der Malerin.

»Das ist schön. Kinder brauchen Kreativität. Kunst sorgt für einen wichtigen Entwicklungsschub der Persönlichkeit. Und sie haben Spaß daran, etwas zu gestalten. Deshalb habe ich mich auch breitschlagen lassen. Ich werde wohl einen Kurs anbieten. Freies Malen. Worauf habe ich mich da nur eingelassen?«, fragte Kit und verzog lachend das Gesicht.

»Das klingt großartig. Auf die Ergebnisse bin ich mal gespannt! Heute hatte ich den ersten Tag mit den Kindern und wir starten auch ein neues Projekt. Die Kleinen hatten so witzige Ideen.« Mia berichtete Kit von ihrem Vorhaben mit dem Stop-Motion-Film aus Fotos, von der Geschichte, in der sie Aliens und Roboter und Dinosaurier unterbringen musste. Die Künstlerin ihr gegenüber war sofort Feuer und Flamme, sie lobte Mia für die tolle Idee und bestaunte den Einfallsreichtum der Schüler.

»Wenn du Hilfe bei den Kulissen für das Alien-Dinoroboter-Märchen benötigst, sag Bescheid. Vielleicht kann ich beim Malen helfen«, bot Kit spontan an.

»Im Ernst? Du willst Kulissen für ein getöpfertes Märchen der dritten Klasse malen? Du bist … ein Weltstar!« Mia sah sie überrascht an. Kit zuckte mit den Schultern.

»Was bedeutet das schon? Du kannst es dir ja überlegen, mein Angebot steht jedenfalls. Ich muss los. Wir sehen uns.« Sie stülpte den Helm über ihre rote Mähne und düste knatternd mit ihrem Chopper davon. Mia sah ihr nach. Was für eine Frau! Und Sams erste Freundin. Ob sie ihn darauf ansprechen konnte? Machte man das in … nein, das Wort Beziehung konnte sie einfach noch nicht denken, das stand ihr nicht zu, was auch immer sie hatten, sobald Mia das Städtchen verlassen würde, wäre es vorbei. Das Klingeln ihres Telefons riss sie aus den Gedanken an Sam.

»Hallo, Georgie. Ist alles okay?«, begrüßte sie die Anruferin, als sie die Nummer auf dem Display erkannte.

»Absolut. Das Baby ist noch drin, ich bin bislang nicht wahnsinnig geworden. Das kann sich aber jederzeit ändern. Ich rufe allerdings wegen etwas anderem an. Wir haben den Onlineshop doch vor ein paar Tagen live geschaltet. Gerade habe ich eine Bestellung über drei Waren erhalten. Könntest du dich darum kümmern und alles verpacken?«, wollte Georgie wissen und Mias Herz hüpfte vor Freude und Stolz – der Onlineshop war ihre Idee gewesen und wenn er sich auszahlte, umso besser.

»Kein Problem. Ich bin gerade an der Schule. Ich kann auf dem Rückweg bei euch vorbeikommen und die Bestellscheine abholen. Herzlichen Glückwunsch zum ersten Verkauf!«, gratulierte sie.

»Dieser Erfolg gebührt ganz allein dir! Schließlich war es deine Idee. Ohne dich hätten wir noch immer keinen Onlineshop«, entgegnete Georgie.

»Ohne dich auch nicht. Dann gäbe es nämlich keine Texte, keine Ankündigungen, keine Beschreibung, kein Nix. Nur Fotos von Seifen. Einigen wir uns auf: Teamarbeit«, schlug Mia vor und schloss mit der freien Hand ihr Auto auf. Sie verabschiedete sich und fuhr los. Sie genoss die Fahrt, kurbelte die Fenster herunter und ließ die frische Luft herein, die sie hier so gern roch. Nach Wald und Bäumen, nach Frühling, fast konnte man schon den Sommer schnuppern. Sie drehte das Radio auf und sang lauthals mit. Was für ein guter Tag!

Eine halbe Stunde später kam sie bei Tom und Georgie an. Sie war zuvor schon einmal mit Vera hier gewesen, um etwas Wolle für Georgie abzuliefern, die noch immer brav das Bett beziehungsweise das Sofa hütete und sich zu Tode langweilte. Gegen diese Langeweile häkelte sie manisch und brauchte ständig Wollnachschub. Toms Haus lag tief im Wald versteckt auf einem großen Privatgrundstück. Von vorne betrachtet sah es nur wie ein flacher, schmuckloser Bungalow aus. Doch wenn man das Haus betrat, landete man auf einer Empore, die den Blick nach unten in ein riesiges offenes Wohn- und Schlafzimmer freigab. Die komplette Front war über zwei Stockwerke verglast und man blickte weit in die Waldschlucht dahinter hinein. Es war atemberaubend. Mia klopfte und ging dann einfach durch die nicht abgeschlossene Tür ins Haus. Wie beim letzten Mal staunte sie über den Ausblick und stieg dann die steile Treppe nach unten. Hier saß Georgie auf einem alten, gemütlichen Sofa und hatte eine bunte, gehäkelte Decke über den Beinen ausgebreitet. Neben ihr stand ein Korb Wolle, auf einem kleinen Tisch türmten sich Snacks und Getränke, Laptop und Zeitschriften. Ein kräftiger Kater lag zusammengerollt zu ihren Füßen. Georgies Gesicht leuchtete auf, als Mia die Treppe hinunterging. Begeistert winkte sie Mia zu sich.

»Endlich. Seit dem Wochenende habe ich niemanden außer Tom gesehen. Ich liebe den Mann. Wirklich! Aber er versteht einfach nichts von Klatsch und Tratsch. Als ich ihn fragte, was es Neues aus der Stadt gebe, sagte er allen Ernstes, dass bei den Ansbergern im Herbst ein Baum gefällt werden müsse. Das versteht er unter Neuigkeiten! Komm, setz dich«, forderte sie Mia auf und klopfte auf das Sofa neben sich.

»Von Klatsch und Tratsch verstehe ich auch nichts, befürchte ich«, gab Mia kleinlaut von sich.

»Das glaube ich nicht. Erzähl mir vom Frühlingsfest. Vera hat mir von Susannes Auftritt erzählt. Wahnsinn! Wie war das für dich? Ich will alles wissen!«

Mia erzählte ihr noch mal von der Begegnung und sie lachten gemeinsam über Veras Verhalten. Dann berichtete Mia, dass sie Sams Familie kennengelernt hatte. Zumindest Bruder und Mutter.

»Oh, da gibt es noch einen ganzen Schwung mehr. Schwester mit Mann und Kind, diverse Onkel und Tanten, Cousins und Cousinen. Ich glaube, die haben selbst den Überblick verloren.« Georgie und Mia kicherten wie alte Freundinnen.

»Sag mal, Kit Haas, die Künstlerin, hast du sie schon mal getroffen?«, fragte Mia.

»Ja, sie wollte mich malen. Nackt. Mit dem Bauch. Ich habe nicht ernsthaft darüber nachgedacht, weil ich dachte, sie macht nur Witze. Und jetzt ist es sowieso nicht mehr möglich. Ich kann mich nicht in Pose legen und liegen bleiben. Was wäre das für ein Bild.« Mit den Händen fuhr sie neben ihrer Silhouette entlang. »Schwangere im zweiten Trimester, nackt auf einem Sofa mit Chipskrümeln. Keine Ahnung, ob ich mich das überhaupt getraut hätte. Nackt!«, wiederholte sie und riss zur Unterstreichung ihres Entsetzens die Augen auf. Mia kicherte noch mal und knabberte an einem Keks, den Georgie ihr angeboten hatte.

»Ich habe ein Bild von ihr in Linas Haus gesehen. So etwas habe ich nie zuvor … es ist so erotisch, lebendig, gewagt.« Georgie nickte bei Mias Beschreibung. Das beschrieb die Kunst von Kit Haas sehr gut.

»Und sie selbst ist genauso. Ich habe sie heute wieder an der Schule getroffen. Diese Frau ist unbeschreiblich schön. Und dermaßen heiß! Darf man das über eine andere Frau sagen?«

»Klar, darf man.«

»Wusstest du, dass sie wohl Sams erste Freundin war? Seine Mutter hat etwas angedeutet. Aber ich habe ihn noch nicht gefragt.«

»Ist das ein Problem?« Georgies Augen leuchteten neugierig. Das interessierte sie doch deutlich mehr als Bäume, die gefällt werden mussten. Mühsam richtete sie sich auf und massierte sich den vom vielen Herumliegen schmerzenden Rücken.

»Ich glaube nicht. Am Anfang dachte ich, ja, es stört mich irgendwie, verunsichert mich, weil sie einfach so sexy ist.«

»Du bist auch unfassbar sexy«, unterbrach Georgie sie. »Auf deine Weise. Ich denke nicht, dass du dir Sorgen machen musst. Das mit den beiden ist ewig her, ich glaube, fast zwanzig Jahre. Sam himmelt dich an!« Sie pfiff leise und Mia schlug verlegen die Hände vors Gesicht.

»Jedenfalls ist sie supernett. Vielleicht machen wir ein Kunstprojekt zusammen an der Grundschule. Kit Haas und ich. Irre.«

»Klingt doch super. Jetzt zum Geschäftlichen. Im Drucker, dort drüben in der kleinen Büro-Ecke, liegt die Bestellung. Wenn du die gewünschten Waren einpacken und zur Post bringen könntest, wäre das fantastisch. Der Onlineshop war eine längst überfällige Einrichtung. Vielen Dank, dass du das in die Hand genommen hast, Mia! Und schön, dass du hier warst. Das hat mir gutgetan. Wenn ich hier wirklich bis zum Ende der Schwangerschaft liegen muss, drehe ich wohl irgendwann durch. Besuch lenkt mich jedenfalls ab. Und das mit Klatsch und Tratsch hast du übrigens doch ganz gut drauf, finde ich. Willkommen in der Kleinstadt!«

Mia fuhr mit dem Bestellzettel im Gepäck direkt zum Laden. Sie suchte die Produkte heraus, notierte den Ausgang auf der Bestandsliste, die Georgie in ihrem Perfektionismus eingeführt hatte, und überprüfte bei dieser Gelegenheit gleich die vorhandenen Waren. Durch die unregelmäßigen Öffnungszeiten der vergangenen Wochen war im Laden ein bisschen Chaos entstanden, das sie gleich beseitigte, wo sie schon mal hier war. Selbst wenn Lina bald zurückkehrte und die Führung im Gästehaus wieder übernahm, wären es nicht genug helfende Hände. Das Café hätte jetzt in den Frühsommermonaten häufiger geöffnet sein müssen, denn der Strom an Touristen, die durch das Örtchen fuhren, nahm stetig zu. Wenn das Café geöffnet war, musste allerdings auch der Laden offen sein, denn beides war nicht nur räumlich über den Durchbruch in der Wand miteinander verbunden, sondern gehörte auch irgendwie zusammen. Zumal die Cafégäste gern im Laden stöberten und bei der Gelegenheit das ein oder andere Schmuckstück erstanden, und andersherum Ladenkundinnen nicht selten noch einen schnellen Kaffee nebenan trinken wollten. Aber jetzt blühte der Garten – die Plantage, wie das Grundstück hinterm Hotel liebevoll genannt wurde. Vera verbrachte jede freie Minute dort, sprach mit den Blumen und Bienen, küsste jeden Tag einen Lavendelzweig. Die wahre Arbeit waren die Pflanzenpflege und die Entnahme von Kräutern, Blüten und Blättern für die Produktion von Seifen, Kerzen und Teemischungen. Und sie selbst würde jetzt auch mehr Zeit woanders verbringen: in der Schule. Mia seufzte. Wie man es auch drehte und wendete – sie waren einfach zu wenige, um das Gesamtgeschäft am Laufen zu halten. Liebevoll strich sie über die weiß lasierten Holzregale, die Tom auf Maß in das Geschäft gebaut hatte. Die Oberfläche fühlte sich weich und samtig an. Die Produkte waren von Georgie mit Bedacht präsentiert. Es war ein zauberhafter Ort. Mia ließ den Gedanken zu, wie es wäre, hierzubleiben. Nicht weiterzuziehen. Wäre sie willkommen? Über den Sommer hinaus? Sie schüttelte den Gedanken ab und brachte die Bestellung zur Post, dann fuhr sie zum Feuerwehrhaus.

Sam saß in seiner Dienstwache und starrte auf die Nachricht, die ihn gerade erreicht hatte. Sein Herz raste. Er hatte die Augen vor der Wahrheit verschlossen und war auf sie reingefallen. Mia war eine Diebin. Das Auto, nach dem er seine Kollegen in Hamburg hatte suchen lassen, war nachträglich als gestohlen gemeldet. Dieser alberne Vertrag, den sie ihm gezeigt hatte – hatte sie ihn gefälscht? Wer war Mia? Verdammt! Grimmig knirschte er mit den Zähnen. War er so geblendet gewesen von dem süßen Gesicht und dem großen Herzen, von ihrer Hilfsbereitschaft? War das eine Masche, hatte sie sich etwa die gutgläubige Vera ausgesucht, um etwas von ihr zu ergaunern? Sam verfluchte sich leise murmelnd. Er hatte das Schlimmste getan, was ein Polizist tun konnte: blind vertraut, nicht geprüft, nicht nachgedacht. Alles wegen eines hübschen Lächelns und eines knackigen Pos. Sam warf einen Blick rüber zur Feuerwache. Dort stieg Mia gerade aus dem Auto und schloss die Tür auf. Misstrauisch beobachtete er, wie sie im Haus verschwand. Sam schüttelte den Kopf. Es musste ein Fehler sein. Musste einfach. Er hatte sich nicht in eine Betrügerin verliebt. Oder? Waren Vera und Georgie in Gefahr? Die Kinder in der Schule? Er hatte zugelassen, sogar unterstützt, dass sie nicht weitergezogen war, sondern sich in seiner Stadt vorübergehend niedergelassen hatte. Wenn hier ihretwegen etwas passierte, würde er dafür verantwortlich sein. Sein Puls galoppierte, dann atmete er ein paar Mal tief ein und aus. Erst die Fakten kennen, dann handeln. Entschlossen griff er zum Telefon und rief den Absender der E-Mail in Norddeutschland an.

»Vielen Dank, dass Sie sich melden«, kam es vom anderen Ende. Sam schluckte schwer.

»Ja, ich will herausfinden, was los ist. Wissen Sie Näheres?« Er klang professionell, aber in seinem Inneren tobten Wut und Furcht.

»Miriam Eisenhauer ist vor ein paar Monaten gestorben. Sie war eine alte, alleinstehende Frau. Schwer krank laut Totenschein und ihrem ehemaligen Arzt. Es gibt keinerlei Anlass zu glauben, dass der Tod nicht natürlich war. Von einer Tötung gehen wir also nicht aus.«

Sam schloss kurz die Augen vor Entsetzen. An so etwas hätte er ohnehin nie im Leben gedacht. Wie gutgläubig er doch war, trotz seines Berufes, dachte er bitter.

»Ihre Kinder sagen, sie wurden von einer Pflegekraft benachrichtigt, als ihre Mutter starb«, fuhr sein Kollege aus Hamburg fort. »Sie haben diese Pflegerin aber nicht angetroffen. Die Nachbarn bestätigen, dass es eine junge Frau gab, die wohl einige Jahre bei Frau Eisenhauer gewohnt hat und sich um sie kümmerte. Soweit ich das verstehe, haben die Nachbarn aber nie mit ihr gesprochen. Frau Eisenhauers Kinder konnten dazu gar nichts sagen, haben sie offenbar nie kennengelernt.«

»Das ist merkwürdig«, äußerte sich Sam.

»Auf jeden Fall. Aber Sie wissen ja, wie das manchmal so sein kann in Familien. Die Unterlagen der alten Frau sind jedenfalls ordentlich geführt, nur für die Pflegerin gibt es keinerlei Vertrag oder Ähnliches. Auf dieselbe Adresse war allerdings eine junge Frau gemeldet. Die Erben gehen also den Nachlass durch und dabei fällt ihnen auf, dass das Auto fehlt. Die Besitzerin hat es wohl seit Jahren nicht selbst gefahren, die Kinder wussten nicht mal mehr, dass es das Auto noch gab. Aber in den Unterlagen der alten Frau gibt es eine Kaufbestätigung und es ist noch auf sie angemeldet. Irgendwo muss es also sein.«

Ja, hier. In seiner Stadt. Sogar auf der Straßenseite gegenüber, dachte Sam und kämpfte mit Enttäuschung, Wut und Sorge. Es war das Auto, in das er aus Versehen gekracht war bei dem Unfall, mit dem alles begonnen hatte.

»Wir haben Ihre Anfrage nach dem Auto gesehen. Bingo. Das ist der vermisste Wagen«, fuhr sein Kollege fort.

»Mia, wenn das denn ihr Name ist, lebt hier seit ein paar Wochen. Sie ist …« Sam stockte. Süß. Liebenswert, hilfsbereit, schüchtern. Manchmal frech. Anziehend. Fordernd im Bett. Immer hungrig nach Süßigkeiten. Unschuldig. Was davon stimmte wirklich?

»Ich kenne sie. Dachte ich zumindest. Ich gehe der Sache auf den Grund und melde mich wieder bei Ihnen. Danke für Ihre Nachricht.«

Sam legte auf, rieb sich das Gesicht. Er wollte nicht rübergehen und herausfinden, dass alles stimmte, was die Kollegen aus Hamburg erzählten. Wollte, dass es dafür eine gute Erklärung gab. Um das herauszufinden, würde er Mia fragen müssen. Egal, wie bitter die Wahrheit sein würde, er kam nicht drum herum, er musste sie herausfinden. Schwerfällig erhob er sich und überquerte mit langsamen Schritten die Straße.

Er fand Mia in der kleinen Wohnung, wo sie Wäsche in ihren Schrank sortierte. Käpt'n schlief in dem alten Sessel. Sam zögerte eine Sekunde, wappnete sich für das Unvermeidliche, dann klopfte er. Es hatte keinen Sinn, noch länger zu warten. Er hatte Fragen. Viele. Mia würde sie beantworten müssen. Die junge Frau, von der er gedacht hatte, sie mittlerweile gut zu kennen, sah hoch und strahlte ihn an. Bis sie seinen ernsten Blick sah und das Lächeln erlosch. Panik flackerte in ihren Augen auf. Das bestätigte Sam darin, dass hier etwas nicht stimmte. Jemand, der nichts zu verbergen hatte, hätte nicht dermaßen alarmiert reagiert.

»Mia. Du musst mir unbedingt die Wahrheit sagen. Wer bist du? Wer bist du wirklich?«

Kapitel 12

Mia starrte ihn entsetzt an. Er hatte sie erwischt! Wie hatte sie auch so dumm sein können, sich mit dem Polizeichef vor Ort einzulassen und zu denken, er werde keine Nachforschungen anstellen? Fieberhaft suchte sie nach einer Erklärung. Sie schluckte und ihr Blick raste hin und her. Sam verschränkte die Arme.

»Lüg mich jetzt bitte nicht an, Mia. Das kann ich nicht leiden. Sag einfach die Wahrheit! Fangen wir damit an, wie du heißt.«

»Mein Name ist tatsächlich Mia.« Sie sah ihn ernst an und er wartete ab, doch vor Angst konnte sie kaum weitersprechen. Mühsam schluckte sie den Kloß in ihrem Hals hinunter und sammelte sich.

»In Ordnung. Wer war Miriam Eisenhauer? Woher hast du ihr Auto? Hast du es gestohlen?«, hakte er nach. Seine Stimme, sein Blick, seine Haltung – er war unnachgiebig. Mit einer Ausrede würde er sich dieses Mal nicht abspeisen lassen. Mia holte zitternd Luft und schlug die Hände vors Gesicht. Würde er sie noch gernhaben, wenn er die Wahrheit über sie und ihre Herkunft erfuhr? Und was war mit den Dingen, die sie getan hatte? Das Auto nicht umzumelden – war das eine Straftat?

Hätte sie etwas anders machen müssen, als Miriam Eisenhauer gestorben war?

»Ich weiß nicht, wo ich anfangen soll«, flüsterte sie. Sam beruhigte sich ein bisschen, weil sie der Konfrontation wenigstens nicht aus dem Weg ging.

»Mia. Ich werde dich nicht anbrüllen oder dir wehtun, auf keinen Fall! Aber du musst mir deine Geschichte schon erzählen, sonst weiß ich nicht, was wirklich los ist. Fang am Anfang an. Woher kommst du?«

Mia setzt sich auf ihr Bett und zog die Knie an. Mit etwas Abstand zu ihr ließ sich Sam auf dem Küchenstuhl nieder und wartete. Alles war vor Ungeduld angespannt.

»Am Anfang? Okay.« Sie würde ihm alles erzählen. Es musste jetzt endlich raus. Zu lange hatte sie geschwiegen, sich niemandem anvertraut.

»Meine Familie ist ganz anders als deine. Es gab keine Gewalt, meine Eltern haben mich nicht geschlagen oder misshandelt, das nicht. Man könnte sie im besten Fall als streng bezeichnen. Oder lieblos. Hart. Und unnachgiebig. Mein Vater war jähzornig und brüllte rum, wenn ihm irgendetwas nicht gefiel. Er arbeitete nachts in einer Fabrik, oft auch Doppelschichten, weil er dann deutlich mehr verdiente. Zu Hause musste immer alles picobello sein und mucksmäuschenstill, damit er sich von seinem Job erholen konnte. Wenn ihm irgendwas nicht passte oder er Ärger in der Arbeit hatte, ließ er seine Wut an meiner Mutter aus, schikanierte sie, hielt sie klein, demütigte sie. Sie sei eine schlechte Mutter, eine undankbare Frau, mache ihm das Leben schwer, sie könne froh sein, dass er sich mit ihr überhaupt abgebe.« In Mias Stimme schwang Groll mit.

»Meine Mutter ist, oder war, emotional sehr instabil, sehr unsicher. Ich glaube nicht, dass sie sich jemals gegen ihn gewehrt hat, wenn er so drauf war. Sie wusste nicht, wie sie damit umgehen sollte, ließ einfach alles geschehen und projizierte ihr

Leiden dann auf mich. Sagte immer wieder, eigentlich sei ich ja an allem schuld, meinetwegen sei mein Vater so unzufrieden mit ihr. Weil ich mich nicht benähme, weil ich mich anders kleiden wolle, als sie es mir vorschrieb, im Haushalt helfe ich auch nie mit und so weiter. Mir wurde schon als Kind immer wieder gesagt, wie schlecht ich sei, ein undankbares, missratenes Gör, das sie beide ja auch eigentlich gar nicht gewollt hatten. Ich habe es ihnen geglaubt und mich selbst immer unsichtbarer gemacht, um nicht anzuecken. Bloß nicht meinen Vater aufbringen. Wenn das passierte, war es nur eine Frage der Zeit, bis meine Mutter mir irgendwas verbot oder etwas Gemeines zu mir sagte.« Mia strich sich selbst beruhigend mit der flachen Hand über das Knie. Sie hatte noch nie mit jemandem ausführlich darüber gesprochen, und es mit ihren eigenen Worten zu hören, verursachte einen schmerzhaften Druck in der Gegend ihres Herzens. Mittlerweile wusste sie, dass es nicht normal war, unter solchen Umständen aufzuwachsen, wusste, dass Eltern auch ganz anders sein konnten: liebevoll. Nur hatte sie das nicht erlebt. Nun war sie erwachsen und ihre Kindheit würde auch nie anders werden, ihre Vergangenheit und ihre Erinnerungen daran konnte sie nicht umprogrammieren, einfach übermalen, anders formen. Wieder holte sie tief Luft, um fortfahren zu können.

»Als ich klein war, funktionierte ihr System auch. Ich kannte es nicht anders und habe mich meistens gefügt. Aber als ich ein Teenager wurde, kam es immer häufiger zu Streitereien.« Sie klang bitter und zornig, hielt den Blick gesenkt, weil sie nicht in seinen Augen lesen wollte, dass er sie bemitleidete.

»Je älter ich wurde, je freier ich sein wollte, umso strenger wurden ihre Regeln. Wenn mein Vater zu Hause war, durfte ich keine Musik mehr hören, mein Zimmer nur verlassen, wenn ich ins Bad musste oder im Haushalt half. Geredet wurde nur, wenn ich vorher fragte, ob ich etwas erzählen dürfe. Oft durfte ich nicht, weil mein Vater seine Ruhe brauchte oder meine Mutter jetzt keine Zeit für ›Gequatsche‹ hatte. Beim Essen wurde sowieso geschwiegen. Aber worüber sollte ich mit ihnen sprechen? Wir hatten uns nichts mitzuteilen, weil es außerhalb ihrer Regeln nichts zu erleben gab.«

Nach einer kurzen Pause, in der sie sich selbst bestärkte, ihm jetzt, da sie damit angefangen hatte, einfach alles zu erzählen, fuhr sie fort.

»Um nicht aufzufallen, durfte ich nur Blusen tragen. Sieben Stück habe ich besessen. Sechs weiße und eine schwarze. In meinem ganzen Leben trage ich keine blöde Bluse mehr!« Nun warf Mia doch einen vorsichtigen Blick zu Sam. In seinem Gesicht spiegelte sich Entsetzen, als er sich vorstellte, wie sie aufgewachsen war. Weil sie noch lange nicht fertig war, schwieg er und ließ ihr Zeit zum Ausreden.

»Ich habe mein Leben gehasst. Wirklich! Alles daran. Nichts durfte ich. Nicht Fahrrad fahren, wie du schon weißt, keinen anderen Sport. Keine Freizeit. Sie erlaubten nie etwas, das ich wollte. Mein Vater lehnte immer sofort ab und meine Mutter sagte nur ausweichend, dass wir sehen würden. ›Vielleicht. Beim nächsten Mal womöglich.‹ Ich durfte einfach gar nichts. Nichts, was andere Teenager so machen. Es war nicht mal so, dass ich feiern gehen wollte oder ein Bier trinken. Nur ein halbwegs normaler Teenager sein. T-Shirt und Jeans tragen, zum Beispiel. Ins Kino gehen. Ich war noch nie in einem Kino.« Sie umklammerte zitternd ihre Knie und hielt mit der linken Hand ihre rechte fest, als sie bemerkte, dass sie ständig diese beruhigende Geste wiederholte und sich selbst übers Bein strich.

»Es war verboten, sich mit Freundinnen treffen. Wenn ich welche gehabt hätte. Es wollte niemand mit mir befreundet sein, die anderen Kinder fanden mich sonderbar. In der Schule wurde ich nicht gemobbt, aber … übersehen. Ignoriert von Schülern und Lehrern. Ich kann es ihnen nicht mal vorwerfen, wir waren komisch und man machte eben lieber einen Bogen um uns. Meine Eltern haben mich nie umarmt oder geküsst oder gefragt, wie es mir geht.« Tränen liefen ihr übers Gesicht. Der Zorn musste Traurigkeit Platz machen. Jetzt, wo sie ihre Geschichte erzählte, spürte sie wieder die Einsamkeit, die sie so unglücklich gemacht hatte als Kind und Jugendliche. Der einzige Trost, den sie empfand, war, dass sie dieses Leben hinter sich gelassen hatte. Sie war gegangen und dem Elend entflohen. Der Weg, den sie gewählt hatte, war nicht schön, nicht geradlinig, aber sie war stolz auf ihren Mut, der sie damals hatte Reißaus nehmen lassen.

»Mia«, setzte Sam an und schluckte schwer. Er rieb sich über das Gesicht, wie immer, wenn er müde war oder nicht wusste, was er sagen sollte. »Das ist brutal.«

»Ja, das war es. Als ich fast sechzehn war, lernte ich endlich ein Mädchen kennen, das meine Freundin sein wollte. Warum auch immer. Ich war ein seltsames, schweigendes, unsichtbares Ding. Aber Sophia wollte unbedingt mit mir befreundet sein.« Sie sah wieder kurz hoch, um sich zu vergewissern, dass er zuhörte. Sam nickte ihr ermutigend zu.

»Sophia war das Beste, was mir bis dahin geschehen ist. Sie war lustig und offen und es war ihr egal, dass wir nie bei mir sein konnten. Wir hingen in der Schule zusammen rum, liefen nachmittags durch unser Viertel, verbrachten viel Zeit bei ihr, hörten Musik, ich durfte ihre Kleider anprobieren, sie zeigte mir, wie man Rouge und Wimperntusche benutzte. Natürlich schminkte ich mich ab und zog meine Blusenuniform wieder an, bevor ich nach Hause ging. Vor allem, nachdem ich ein einziges Mal einen kurzen Rock von ihr ausgeliehen hatte und von meiner Mutter damit erwischt worden war. Es gab so einen Ärger zu Hause dafür, also habe ich den Kopf wieder eingezogen. Dennoch, mit Sophia heimlich Zeit zu verbringen, mit ihr Spaß zu haben, war der erste echte Akt der Rebellion.«

»Wie ging es weiter?«, erkundigte sich Sam leise.

»Zu meinem Geburtstag schenkte mir Sophia einen Lippenstift. Hellrosa, lächerlich dezent. Meine Mutter entdeckte ihn, als sie mein Zimmer durchsuchte, was sie nicht mal heimlich tat, sondern ganz offen, als hätte sie jedes Recht dazu. Ging in mein Zimmer, zog Schubladen auf, hob die Matratze an, stellte meinen Kleiderschrank auf den Kopf. Sie fand den Lippenstift in meinem Schuh. Es wurde nicht gebrüllt, nur konsequent geschwiegen. Drei Wochen redete sie kein Wort mit mir. Mein Vater sagte nur, er sei schwer enttäuscht, weil ich meiner Mutter solche Sorgen bereite, und schwieg ebenfalls. Aber ich war mutiger geworden. Dank meiner Freundin Sophia. Eines Abends sprach ich meine Eltern darauf an, was denn schlimm an ein bisschen Make-up sei. Hast du mal gesehen, wie Teenager heute aussehen? Einige tragen quasi Bühnen-Make-up und warum auch nicht, wenn es ihnen Freude macht? Im Vergleich dazu sah ich jedenfalls aus wie eine Nonne und ich benahm mich auch wie eine. Alles, was ich wollte, war, mit meiner Freundin vorm Spiegel ein bisschen Lippenstift aufzutragen und uns gegenseitig zu versichern, wie hübsch wir doch seien. Was Teenager nun mal so machen. Warum wurde ich dafür bestraft, dass ich normal sein wollte?« Ihr liefen Tränen der Wut und des Schmerzes über die Wangen, die viel zu lange zurückgehalten worden waren. Jahrelang hatte sie ihren Kummer unterdrückt, weil sich niemand für ihre Tränen interessiert hatte. Für ihr Leben, für ihre Gefühle. Aber jetzt war Sam da und wollte alles genau wissen. Und es tat gut, endlich mit der ganzen Geschichte rauszurücken. Es war befreiend, sie spürte, wie eine Last von ihr abfiel, sich ein Knoten in ihrer Brust löste.

»Dann nannte meine Mutter mich eine Hure. Wegen des hellrosa Lippenstifts! Ich habe es nicht mehr ausgehalten. Als alle schliefen, habe ich mich davongeschlichen. Vorher habe ich meiner Mutter Geld aus der Haushaltskasse gestohlen. Mit siebzig Euro in der Tasche bin ich mit dem Bus nach Hamburg gefahren.« Mia trocknete sich die Tränen mit dem Ärmel ihres Pullovers. Es war gut, dass Sam ihr so viel Zeit ließ, zu erzählen. Sie war noch lange nicht fertig mit ihrer Geschichte, aber sie musste alles erzählen, damit er sie verstand.

»Mia, was deine Eltern getan haben, das ist Misshandlung. Seelische Misshandlung, mindestens.« In seiner Stimme schwangen Mitleid und Verständnis mit. Und unterdrückter Zorn, er war wütend auf ihre Eltern. Mia zuckte mit den Schultern.

»Ich kannte es nicht anders, bis ich Sophia traf. Durch sie ist mir klar geworden, dass ich nicht weiterleben wollte wie bisher. Dass ich dort wegmusste. Als ich erst mal das Geld geklaut hatte und weggelaufen war, wurde mir schnell klar, dass ich auf keinen Fall zurückkehren konnte. Meine Eltern sind sicher durchgedreht, als ich verschwand. Ich hatte meine Mutter bestohlen. Sie würde nie wieder mit mir reden. Das war ein so radikaler Akt, dass ich mir nicht mal ausmalen konnte, was zu Hause geschehen würde, wenn ich umkehrte. Davor hatte ich mehr Schiss als vor dem Weglaufen. Ich war also in Hamburg und wusste nicht, wohin.«

»Wie alt warst du da?«, hakte Sam nach. Mia lächelte traurig.

»Sechzehn. Und ja, es war genauso schrecklich, wie man es sich vorstellt. Ein paar Wochen schlief ich nachts in Gartenhäuschen und lief tagsüber einfach durch die Straßen. Irgendwann im Herbst traf ich auf eine Gruppe anderer Herumtreiber. Jugendliche. Sie nahmen mich auf und wir lebten einige Zeit zusammen auf der Straße. Versteckten uns nachts in alten Fabrikgebäuden, Gärten, ab und an schliefen wir, wenn es im Winter zu kalt wurde, in einer Auffangstelle für Obdachlose. Einige Monate war ich mit ihnen unterwegs, dann zog ich wieder allein los.«

Sam schüttelte fassungslos den Kopf. Ihm fehlten die Worte. Aber er nickte ihr immer, wenn sie zu ihm sah, kurz zu, damit sie weitererzählte.

»Die anderen fingen an, mit Drogen zu experimentieren, und ich wollte nicht. Hatte zu sehr Angst, was das mit mir machen würde. Ich wusste, wenn ich damit anfinge, würde es für mich keinen Weg zurück geben. Nicht zurück nach Hause. Sondern zurück in ein normales Leben, nach dem ich mich die ganze Zeit sehnte. Ein Dach über dem Kopf. Kleidung. Etwas zu essen. Einen Job. Betteln ist so erniedrigend, aber wenn du musst, machst du auch das. Stehlen war keine Option, ich konnte das nicht, auch wenn einige der Mädchen und Jungen, mit denen ich rumhing, meinten, das würde den reichen Hamburgern nichts ausmachen. Eine Zeit lang war es schön, nicht allein unterwegs zu sein, aber da wurde es mir zu viel und ich bin ohne sie losgezogen. Eines Abends wühlte ich in einem Mülleimer hinter einem Supermarkt nach weggeworfenen Lebensmitteln, was verboten ist, das weiß ich, aber ich hatte solchen Hunger, dass ich nicht mehr klar denken konnte. Ein Wachmann entdeckte mich und folgte mir. Es fühlte sich an, als rannte ich um mein Leben. Ich hatte Todesangst vor dem, was passieren würde, wenn man mich aufgriff und zur Polizei brächte. Zu dem Zeitpunkt war ich gerade so noch siebzehn Jahre alt und ich dachte, wenn die mich fangen, dann muss ich zurück zu meinen Eltern. Nach eineinhalb Jahren ohne jeglichen Kontakt zu ihnen! Auf der Flucht verletzte ich mich bei einem Sturz am Knöchel und schleppte mich in den nächstbesten Gartenschuppen, um mich dort zu verstecken. Es war nichts gebrochen, aber ich konnte nicht weiterlaufen. Immerhin hatte ich den Wachmann abgehängt. Dort, in dem Schuppen fand mich am nächsten Morgen Miriam Eisenhauer.« Sie atmete durch. Das Schwerste war geschafft.

»Ich müsste etwas sagen, aber ich weiß einfach nicht, was«, gestand Sam überfordert. »Als Polizist habe ich schon viele schlimme Lebensgeschichten gehört, aber das … Mia.« So unnachgiebig, wie er die Wahrheit von ihr eingefordert hatte, so verständnisvoll und mitfühlend klang er nun. »Du musst schreckliche Angst gehabt haben.«

Mia zuckte mit den Schultern. Ja, das hatte sie. In der Zeit, die sie auf der Straße verbracht hatte, war Angst ein ständiger Begleiter gewesen. Auch jetzt, obwohl es über vier Jahre her war, spürte sie die Furcht noch, wenn sie daran zurückdachte.

»Frau Eisenhauer nahm mich in ihr Haus mit und gab mir etwas zu essen, schickte mich in die Dusche und verabreichte mir Schmerztabletten für meinen angeknacksten, dicken Knöchel. Zwei Tage durfte ich auf einem Gästebett schlafen und mich auskurieren. Dann machte sie mir ein Angebot. Ich sollte mich um sie kümmern, um den Haushalt, einkaufen und kochen, zur Bibliothek fahren und Bücher ausleihen, den Garten pflegen und sie. Im Gegenzug dazu ließ sie mich bei ihr wohnen und essen. Es sollte nur für ein paar Monate sein, sie war schwer krank und es klang so, als würde sie bald sterben. Dachte ich zumindest, betonte sie auch immer wieder. Am Ende habe ich mich vier Jahre lang um sie gekümmert.«

»Wo hast du gelebt? Bei ihr?«, hakte er nach und versuchte, ein Bild von ihrer Lage zu bekommen.

»Ja, im Gästezimmer. Sie war nett zu mir, aber blieb immer distanziert. Wir hatten einen Deal und daran haben wir uns gehalten. Arbeitsleistung gegen Gästebett. Und dann war da noch die Töpferwerkstatt.« Jetzt leuchteten Mias Augen auf.

»Ihr verstorbener Mann war Keramiker gewesen und hatte eine Werkstatt im Garten gehabt. Eine Mischung aus Schuppen und Garage, aber voll ausgestattet mit allem, was man zum Töpfern braucht. Ich durfte alles nutzen. Frau Eisenhauer war wichtig, dass ich immer in der Nähe blieb, falls sie etwas brauchte, aber ich sollte jetzt nicht die ganze Zeit neben ihr im Wohnzimmer sitzen. So verbrachte ich all meine freie Zeit an der Töpferscheibe. Das war toll, wahnsinnig toll, aber sehr einsam.«

»Mia, puh, das ist hart. Hat sie dir wenigstens einen Lohn bezahlt für deine Arbeit?«, wollte Sam wissen und runzelte die Stirn. Mia schüttelte den Kopf.

»Eigentlich nicht. Aber sie hat mich anders bezahlt, hat mir den Führerschein finanziert, damit ich sie zu Arztterminen bringen konnte, hat Ton für mich bestellt und mir manchmal ein bisschen Geld zugesteckt, damit ich mir etwas zum Anziehen kaufen konnte.«

»Du warst also nicht bei den Ämtern oder so gemeldet und nicht versichert«, fasste der Beamte Sam zusammen. Mia nickte kleinlaut und biss sich auf die Lippe. »Ich glaube, ich bin noch immer nicht versichert, ehrlich gesagt. Wie schlimm ist das? Kann ich dafür Ärger bekommen?«

Nach einem kurzen Moment des Nachdenkens stand Sam auf und setzte sich neben sie. Er legte eine Hand auf ihre und sie ergriff sie zögerlich.

»Ehrlich gesagt, weiß ich es gerade nicht. Also ja, irgendwie schon, aber ich kann das im Moment nicht in vollem Umfang sagen und es ist nichts, das wir nicht hinbekommen können. Darum mach dir keine Sorgen, das klären wir. Im Großen und Ganzen ist es eine Kleinigkeit, wenn auch eine wichtige.«

Dankbar lächelte sie ihn an. »Wir«, hatte er gesagt.

»Euer Deal, wie du es genannt hast, ist nicht fair gewesen. Du warst rund um die Uhr für sie da. Und sie hat dafür gesorgt, dass du total vereinsamst. Wieso bist du nicht von ihr weggelaufen? Sie war eine alte Frau, sie hätte sich nicht wehren können.« Sam äußerte die Frage, die sie sich in den vergangenen Monaten immer wieder gestellt hatte. Es gab darauf nur eine Antwort, die sie schulterzuckend äußerte.

»Ich wusste einfach nicht, wohin. Auf die Straße wollte ich nicht zurück und zu meinen Eltern konnte ich nicht. Außerdem gab sie mir ein Dach über dem Kopf, ein Bett, das Töpfern. Ich war ihr etwas schuldig.« Mia zuckte mit den Schultern.

»Mia, sie hat dich ausgenutzt«, stellte er nüchtern fest. Aus seiner Sicht schien es klar zu sein, aber Mia hatte es damals nicht so empfunden.

»Jetzt weiß ich das. Seit ich Vera und Georgie kenne und dich und deine Familie. Ich tausche auch hier meine Arbeitsleistung gegen etwas ein, doch ich bekomme so viel mehr als ein paar Euro und die Reste vom Abendessen. Das ist etwas vollkommen anderes als damals. Ihr habt mir ein Zuhause gegeben. Ein Dach über dem Kopf. Tom hat mir sogar ein Bett gebaut.« Sie klopfte auf die Matratze, auf der sie saßen. »Einfach so, aus … Nächstenliebe? Nettigkeit? Das kannte ich bisher nicht. Am Anfang, damals in Hamburg, war ich einfach nur froh, dass ich irgendwo schlafen konnte. Und irgendwie bin ich geblieben, weil Fortlaufen keine Option war. Außerdem gab es die Werkstatt.« Mia lächelte traurig. Sie vermisste den Ort, an dem sie so viele Stunden verbracht hatte. Wo sie gelernt hatte, wie großartig es sich anfühlte, mit ihren eigenen Händen etwas zu gestalten, ganz nach ihren Vorstellungen.

»Ich habe diesen Ort wirklich geliebt. Das Gefühl von Ton in meiner Hand, die glatten Oberflächen, wenn ich mit der Glasur fertig war. Wenn mir eine perfekte Schale gelungen war, trug mich das Glücksgefühl durch viele einsame Stunden. Nächtelang saß ich da und habe experimentiert. Ich habe dort meine Profession gefunden. Es war das größte Geschenk, das mir bis dahin jemand gemacht hat. Sie ließ mich alles nutzen, was vorhanden war. Ich weiß, es war nicht in Ordnung, wie sie mich behandelt hat. Vermutlich sogar gegen das Gesetz, aber es war ein Deal, mit dem ich zu dem Zeitpunkt leben konnte. Vielleicht trifft es eher: existieren. Jetzt habe ich ein Leben und weiß, wie sich das anfühlt. Die Frau war …« Mia rang nach Worten, um sie zu beschreiben. Sie dachte an Vera, die das krasse Gegenteil von Frau Eisenhauer war. »… nicht herzlich. Nicht liebevoll. Aber das kannte ich ja schließlich schon. Sie ließ mich da sein, brüllte mich nicht an oder redete mir auch nicht ein, dass ich ein Nichtsnutz wäre, das war mehr, als ich erwarten konnte, dachte ich.«

Sam schwieg und Mia hatte das Gefühl, ihre ehemalige Obdach-Geberin in Schutz nehmen zu müssen. Doch da gab es nicht viel zu erzählen, Sam hatte vermutlich recht mit seiner Einschätzung. Ihre Absprache war nicht fair gewesen.

»Wir kamen miteinander klar, mehr als alles andere hasste sie jedoch ihre Kinder. Sie hat immer nur von den treulosen, geldgeilen Bastarden gesprochen. Ich glaube, sie war genauso einsam wie ich. Kurz vor ihrem Tod hat sie mir ihr Auto verkauft, du hast den Vertrag ja gesehen. Der Kaufpreis betrug einen Euro. Es sei ihre Rache an ihren Kindern, dafür, dass sie seit Jahren von ihnen vernachlässigt wurde, hat sie mir erzählt und tatsächlich, in den vier Jahren, in denen ich ständig in ihrer Nähe war, habe ich ihre Kinder kein einziges Mal zu Gesicht bekommen. Frau Eisenhauer hatte den Plan, ihr ganzes Hab und Gut für ein paar Cent zu veräußern, und wenn sie sterben würde, sollte ich ihren Erben ein Marmeladenglas mit dem Kleingeld überreichen. Sie hat immer wieder davon gesprochen, dass ihnen nicht mehr als das zustünde. So weit ist es aber gar nicht gekommen. Sie hatte mir den Auftrag erteilt, all ihren Besitz zu verschleudern, damit hatte ich noch nicht begonnen, weil ich nicht wusste, wie ich das anstellen sollte. Dann starb sie. Endlich, muss ich sagen. Für mich und für sie. Das ist doch kein Leben, so auf den Tod zu hoffen und nur noch Rachepläne zu schmieden. Ich habe einen Arzt gerufen, der es offiziell festgestellt hat, dann den Bestatter und anschließend habe ich die Familie informiert, meine Sachen gepackt und bin losgefahren.

Kreuz und quer durchs Land. Wieder war ich auf der Straße gelandet, dieses Mal aber mit dem kleinen Auto, immerhin. Im Kofferraum hatte ich alle meine getöpferten Waren, die ich auf Flohmärkten und Basaren verkaufte. Jemand empfahl mir Freiburg als optimalen Ort für den Verkauf meiner Keramik. Also bin ich hier gelandet.« Mia sah Sam ruhig an. Er nahm ihr Gesicht in seine Hände und küsste sie lange auf die Lippen.

»Du bist hier in Sicherheit. Umgeben von Menschen, die dich gernhaben.« Seine Stimme war eindringlich und sanft. Sie wollte ihm glauben, es klang wunderbar, wie ein Märchen. Mia nickte und wieder traten ihr Tränen in die Augen, die sie viel zu lange zurückgehalten hatte. Zu Hause hätten Tränen nur Störung verursacht, niemand hatte dort Verständnis gezeigt, Mitgefühl. Auf der Straße interessierte sich ohnehin niemand für Tränen. Aber jetzt war die Schleuse geöffnet und es tat gut, sie laufen zu lassen. Mit den kullernden Tränen fiel auch eine enorme Last von ihr ab. Ihre Geschichte war nicht schön, und an einigen Stellen problematisch, aber endlich hatte sie Sam die Wahrheit erzählt und er war nicht schreiend weggelaufen, hatte sie nicht verhaftet. Ganz im Gegenteil, er war für sie da und wollte mit ihr nach einer Lösung suchen.

»Wir müssen das mit dem Auto und deinen Versicherungen offiziell klären, Mia, damit du keinen Ärger bekommst. Wir können meine Schwester bitten, uns zu helfen. Sie ist Juristin und kennt bestimmt einen Anwalt, der ein Schreiben aufsetzen kann. Oder sie kümmert sich selbst darum. Gut, dass du diesen Vertrag vom Autoverkauf noch hast.« Sam zog Mia auf seinen Schoß und umarmte sie fest.

»Wie …«, Mia suchte nach Worten. »Wie bist du darauf gekommen, mich zu fragen, wer ich wirklich bin?«

»Die Erben von Frau Eisenhauer haben das Auto nachträglich als gestohlen gemeldet und für einen Augenblick, bitte verzeih mir das, das liegt am Job, dachte ich, dass ich eigentlich nichts über dich weiß«, erklärte er mit ernster Miene und beide hingen einen Moment lang schweigend ihren Gedanken nach.

»Bist du böse auf mich?«, fragte Mia dann zaghaft. Zu ihrer Erleichterung schüttelte Sam den Kopf.

»Ich wünschte, du hättest mir von Anfang an die Wahrheit erzählt. Ich hielt dich einfach für einen künstlerischen, hilfsbereiten Freigeist, der auf der Durchreise zufällig hier gelandet ist und dem es hier gefällt. Aber weißt du was? Du bist ein künstlerischer, hilfsbereiter Freigeist.« Er strich ihr die Haare aus dem Gesicht und sah sie liebevoll an. Sie nickte. Das wünschte sie sich. Freigeist, das klang schön. Schöner als Herumtreiberin. Es klang nach Vera, die in Mias Augen die freieste, glücklichste, stolzeste und zufriedenste Person war, die sie kannte.

»Es tut mir leid, dass ich dir nicht die Wahrheit gesagt habe. Aber … ich wusste ja nicht, wie du bist, als wir uns kennenlernten. Irgendwie nahm alles seinen Lauf und ich habe den passenden Augenblick nicht gefunden«, erklärte sie. »Ich hatte Angst vor deiner Reaktion. Davor, dass du mich zurückweisen könntest.«

»Weißt du, ich wünschte zwar, du hättest es mir früher gesagt, aber es ist, wie es ist. Wir werden allerdings mit einigen Leuten reden müssen. Du musst Vera, Georgie und meiner Mutter zumindest einen Teil davon erzählen. Du brauchst keine Angst vor ihren Reaktionen zu haben. Hier wird nicht geschwiegen als Bestrafung. Aber sie müssen wissen, wer du wirklich bist. Vera und Georgie lassen dich in ihren Geschäften arbeiten und meine Mutter hat dir diesen Schuljob verschafft. Meiner Meinung nach verdienen sie die Wahrheit. Wenn du nicht willst, musst du nicht alles erzählen, aber ein paar Informationen wären wichtig. Außerdem denke ich, dass es gut wäre, meine Schwester einzuschalten, weil wir ein paar juristische Ratschläge benötigen, und ich kenne und vertraue da nur ihr und ihrer Einschätzung.«

Mia nickte. Ja. Sie konnte es diesen Frauen erzählen, das spürte sie. Jetzt war ein Anfang gemacht, beim nächsten Mal würde es ihr bestimmt schon weniger schwerfallen, zu erzählen, woher sie kam.

»Aber vorher kümmern wir uns um etwas anderes. Besseres. Ich weiß, was dir guttun wird. Komm mit.« Sam zog sie mit sich hoch und stellte sie auf den Boden. Für einen kurzen Moment lehnte sie sich an ihn, schloss die Augen, spürte seinen warmen Körper, den kräftigen Herzschlag, der sie immer so beruhigte. Dann gingen sie los und Mia folgte ihm. Sam wollte nicht verraten, wohin sie fuhren.

»Du wirst schon sehen, aber versprochen, es ist großartig!«, beteuerte er.

In Sams Auto trocknete sich Mia mit einem Taschentuch die Augen, atmete ein paar Mal kräftig durch, um die Anspannung loszuwerden. Sam beobachtete sie aus den Augenwinkeln, er konnte noch immer nicht fassen, was sie ihm erzählt hatte. So eine brutale Geschichte. Er kannte Einsamkeit nicht, nicht mit seiner riesigen Familie, seinen Freunden und den Kolleginnen und Kollegen bei der Polizei. Wie schrecklich das sein musste, wenn man niemanden hatte. Mühsam schluckte er den Kloß in seinem Hals hinunter. Wenn sie ihn weiterhin in ihrem Leben wollte, würde sie nie wieder einsam sein müssen, nie wieder allein, verzweifelt, hoffnungslos. Schon seit einiger Zeit wusste er, dass er sich Hals über Kopf in sie verliebt hatte. In ihre Lebenslust, die Freude und Begeisterung, mit der sie Neues entdeckte, den unbändigen Hunger auf alles. Nachdem er ihre Geschichte gehört hatte, kam noch etwas anderes hinzu: ihre Stärke. Was sie ausgehalten hatte … Wahrscheinlich wusste sie nicht mal, wie mutig und tapfer sie war. Sam schüttelte den Kopf. Es war unfassbar.

»Was ist?«, fragte sie vorsichtig und er warf ihr ein zuversichtliches Lächeln zu.

»Nichts, alles gut. Warte kurz hier, ich bin gleich zurück.« Er lenkte seinen Wagen auf den Parkplatz bei der Tankstelle, wo er vor ein paar Wochen so schicksalsträchtig in sie gerollt war. Er ließ Mia im Wagen zurück und ging in den kleinen Shop der Tankstelle, um sich einen Kaffee zu kaufen und für sie etwas zu trinken und einen Schokoriegel.

Mit der Limo in der einen und der Süßigkeit in der anderen Hand sah sie schon viel glücklicher aus, fand er, als sie weiterfuhren. Ihr Gesicht war vom Weinen gerötet, die Augenlider geschwollen. Er griff rüber zu ihr und strich ihr liebevoll über den Oberschenkel, was ihm ein zaghaftes Lächeln von ihr einbrachte. Das zu einem ungläubigen Lachen wurde, als sie nach eineinhalb Stunden Fahrt an ihrem Ziel anhielten. Es war ein ausgedehntes Hofgrundstück, an dessen Eingang ein Schild hing, auf dem die Umrisse von Hundekörpern abgebildet waren.

»Was machen wir hier?«, fragte sie und ihre Augen waren groß wie Untertassen. Sam lachte und küsste ihre Fingerknöchel, presste seine Wange gegen ihre zarte Hand.

»Ich bekomme endlich einen Polizeihund. Er heißt Oskar und hat riesige Pfoten und lange Ohren. Meine ehemalige Ausbilderin bei der Polizei trainiert mit ihrem Mann Polizeihunde. Oskar taugt nicht für den richtigen Polizeidienst, hat die Prüfung nicht bestanden, der Doofkopf. Er ist einfach zu gutmütig und zu verschmust. Für den Dienst taugt das nicht. Nicht offiziell. Aber ich dachte, bei uns im Ort wäre ein tollpatschiger, liebenswerter, verspielter Aufpasser ganz gut. Oskar hat kleine Halbbrüder. Sie sind sechs Wochen alt und du darfst bestimmt mit ihnen kuscheln, während ich den Papierkram für meinen neuen Kumpel erledige.«

Mia riss die Augen noch weiter auf. »Welpen?«

Sam lachte über ihr Gesicht und küsste den erstaunt offen stehenden süßen Mund. Das war genau die Reaktion, die er sich erhofft hatte. Er stieg aus, ging ums Auto herum, nahm Mia an der Hand und gemeinsam betraten sie den Hof. Sie wurden von lautem Gebell aus allen Richtungen begrüßt. Seine Bekannten kamen über die Einfahrt zu ihnen, neben ihnen lief brav ein karamellfarbener Hund mit dicken Pfoten und großen Ohren. Begeistert über den Besuch wedelte das Tier so heftig mit der Rute, dass der ganze Körper wackelte. Sam grinste. Ja, das war seiner. Als er seine ehemalige Ausbilderin, zu der er seit damals Kontakt gehalten hatte, und ihren Mann vor ein paar Wochen besucht hatte, hatte er sich direkt in den Tollpatsch verguckt. So ein lieber, verschmuster, zutraulicher Kerl. Genau das, was ihn nicht zu einem Diensthund machte, fand Sam besonders ansprechend. Als die Besitzerin ihm erzählt hatte, dass sie ihn abgeben mussten, weil sie ihn zwar liebten, aber er einfach kein Arbeitshund sei und sie dafür keine Zeit hätten, war für Sam sofort klar gewesen, dass er Oskar nehmen würde.

»Er kann es kaum erwarten!«, rief ihm die Frau zu und gab dem Hund endlich ein Kommando, loszulaufen. Mit großen Schritten galoppierte Oskar zu Sam, rannte ihn fast um, weil er nicht schnell genug abbremsen konnte, und sprang dann aufgeregt um seine und Mias Beine. Lachend bückte sich Sam, kraulte ihn hinter den Ohren und tätschelte den großen Kopf.

»Entschuldige, jetzt habe ich genau das gemacht, was man nicht soll: Erst den Hund begrüßen, dann die Menschen.« Sam richtete sich auf, reichte den Trainern die Hand und stellte Mia vor.

»Barbara, Klaus, das ist Mia. Sie würde gern die Welpen sehen.« Mia nickte eifrig zu seinen Worten.

»Wenn ich darf!«, fügte sie hinzu und Klaus winkte sie zu sich und ging zu dem geräumigen Außengehege, das nur ein paar Schritte entfernt war.

»Komm mit, ich bring dich hin. Dann können die beiden sich um Oskar kümmern.«

Während Sam mit Barbara sprach, saß Mia umringt von acht winzigen, runden Hundebabys auf dem Boden im Welpenzwinger und drückte jedes einzelne der kleinen Tiere verzückt an ihre Brust. Die Tränen waren längst versiegt. Sie sah so glücklich aus, wie man nur sein konnte. Mit aller Macht musste sich Sam von dem Anblick losreißen und auf das Gespräch mit Barbara konzentrieren. Er wollte Mia immer so glücklich sehen, strahlend, völlig im Moment. Sorglos, nicht ängstlich, sondern entspannt und begeistert. Er würde auf sie aufpassen, dafür sorgen, dass sie gut behandelt wurde, und sie jeden Tag küssen. Zweiundzwanzig Jahre ihres Lebens hatte sie ohne Liebe verbracht. Da war einiges nachzuholen. Mit ihm, wenn sie ihn ließ.

Am nächsten Morgen trafen sich Vera, Linda, Mia und Sam bei Georgie und Tom im Waldhaus zu einem konspirativen Frühstück. Sam hatte die anderen am Vorabend, als sie mit Oskar nach Hause gekommen waren, noch um eine Zusammenkunft gebeten, ohne zu viel zu verraten. Mia und Sam hatten auf der Rückfahrt von der Hundezuchtstation beschlossen, dass es besser war, es bald hinter sich zu bringen. Am Vorabend war ihr das auch noch wie ein guter Plan vorgekommen. Nun hatte Mia jedoch Herzrasen, ihr war richtig schlecht vor Angst. Sie setzte mit ihrer Offenbarung alles aufs Spiel, vor allem den Job in der Schule. Wer ließ schon eine Lügnerin auf Kinder los? Niemand, der bei Verstand war. Georgie und Vera hatten ihr blind ihr Geschäft anvertraut, Mia ging im Laden, im Café und im Hotel ein und aus. Wie würden sie es wohl finden, wenn sie herausfanden, wer sie wirklich war? Sam sah Mia in Gedanken all diese Kämpfe ausfechten. Er versuchte, sie zu beruhigen, zu trösten, zu motivieren und zu unterstützen. Für ihn war vor allem wichtig, dass Mia endlich die Wahrheit erzählen konnte. Sie sollte nicht mit Lügen durchs Leben laufen müssen. Er sah, dass nicht nur die Vorfälle der Vergangenheit, sondern auch die kleinen Lügen ihr zugesetzt hatten. Es war an der Zeit.

Die anderen saßen schon gespannt in Toms Wohnzimmer, tranken Kaffee und plauderten. Linda fragte sich, ob dieses Treffen wohl die Offenbarung einer ungeplanten Schwangerschaft bedeutete. Wurde sie etwa wieder Oma? Sie liebte es, Oma zu sein. Aber Sam und Mia kannten sich erst ein paar Wochen. Ihre mütterlichen Sorgen gingen fast mit ihr durch und sie versuchte beherrscht, sich nichts anmerken zu lassen. Da tauchten endlich Sam und Mia auf. Sam hielt Mias Hand fest umschlossen, als sie zu den anderen nach unten gingen. Ihre Finger waren feucht vor Aufregung und ihr Griff klammernd.

»Guten Morgen«, grüßte Sam alle, küsste seine Mutter zur Begrüßung auf die Wange und stellte sich schützend neben Mia, die ein Nervenbündel war. Sie rang mit den Händen, sah niemanden direkt an.

»Ich liebe ja spannende Geschichten, aber pack den rosa Elefanten endlich aus«, forderte Vera neugierig und beugte sich vor, um nichts zu verpassen. Mia holte tief Luft.

»Ich wollte euch erzählen, woher ich komme. Meine Eltern haben mich emotional vernachlässigt, fast schon gequält, bis ich als Teenager weggelaufen bin, weil ich es einfach nicht mehr ausgehalten habe. Das war vor sechs Jahren. Eine Weile habe ich auf der Straße gelebt, bis ich Obdach bei einer alten Dame fand.« Das war die Kurzfassung, sie hatte sie ausgesprochen und fühlte sich gleich etwas besser, wenn auch noch immer angespannt und besorgt, ob man ihr die Jobs, die sie so gern ausführte, nun wegnehmen würde.

Linda, Vera und Georgie starrten die junge Frau sprachlos an. Das Entsetzen wurde immer größer, als Mia den Rest der Geschichte erzählte. Ihre Geschichte. Sie fasste ihr Leben kürzer zusammen, als sie es am Vortag bei Sam gemacht hatte, beschränkte sich auf die wichtigsten Stationen und Motive. Aber es war noch immer schrecklich genug, um bei ihren Zuhörern starke Reaktionen hervorzurufen. Beim Reden wurde sie mutiger, fühlte sich freier, als sie aussprach, was sie seit Jahren mit sich herumtrug. Mia hielt Veras verständnisvollen Blick fest. Das tröstete sie und machte Mut, immer weiterzuerzählen. Es ging fast ohne Tränen. Erst, als Georgie bei Mias Bericht irgendwann laut aufschluchzte, flossen auch bei Mia ein paar leise Tränen. Sam stand neben ihr, felsenfest an ihrer Seite, wofür sie unendlich dankbar war. Sie schloss ihre Geschichte damit ab, dass Sam in ihre Stoßstange geknallt war und sie hier gestrandet war, in ihrem sicheren Hafen.

»Wenn ihr nichts mehr von mir hören wollt, habe ich Verständnis dafür. Auch, wenn ihr nicht mehr möchtet, dass ich für euch arbeite. Ich hoffe nur, ihr versteht, warum ich bisher nicht die ganze Wahrheit gesagt habe«, beendete sie ihre Erzählung. Vera sprang auf und umarmte Mia fest.

»Du armes Ding. Das ist ja eine schöne Scheiße«, fasste sie Mias Leben zusammen. Bei dieser Wortwahl musste Mia einfach lachen.

»Ja, allerdings. Es tut mir schrecklich leid. Obdachlosigkeit ist nichts, mit dem man bei neuen Freunden angibt«, erklärte sie sich. Vera schüttelte den Kopf.

»Papperlapapp. Irgendwie habe ich es geahnt. Hier drin.« Sie wackelte mit dem kleinen Finger der rechten Hand. »Das ist mein weiser Finger, der spürt solche Geschichten. Aber jeder braucht seine Zeit, um für sich einzustehen. Ach, Mia-Mädchen.« In Veras Stimme schwang Liebe mit. Georgie rappelte sich mit der Hilfe von Tom hoch und wankte zu ihnen herüber. Sie breitete die Arme aus und Mia ging den Schritt in die feste Umarmung der schwangeren Frau.

»Wie hast du das nur ausgehalten?«, fragte Georgie mit erstickter Stimme. »Gut, dass du jetzt hier bei uns bist.« Mia nickte. Ja, das war gut. Sie warf einen ängstlichen Blick zu Linda, und bekam ein mildes Lächeln geschenkt.

»Es war sehr mutig, uns deine Geschichte zu erzählen. Das klingt wirklich alles ganz schrecklich«, sagte sie sanft.

»Was ist mit der Schule?«, fragte Mia besorgt. Diesen neuen Job wollte sie nicht verlieren, sie liebte ihn schon jetzt, die Werkstatt im Schulkeller und die Arbeit mit den Kindern. Es machte ihr solche Freude, mit ihnen kreativ zu sein.

»Das lass mal meine Sorge sein. Vorerst muss die Rektorin nichts wissen«, beschloss Linda. »Wir überlegen gemeinsam, ob und wann wir etwas sagen. Ich muss das erst mal alles verdauen, glaube ich.«

Linda erhob sich, kam zu ihnen und legte Sam die Hand auf den Arm. Sie bat ihn, sie zum Auto zu begleiten, was er als guter Sohn selbstverständlich tat. Er ließ Mia in der tränenreichen, tröstenden Obhut von Vera und Georgie zurück und brachte seine Mutter nach oben. Linda wartete, bis sie zur Tür hinaus waren, dann nahm sie seine Hand und wandte sich ihm zu.

»Samuel. Pass bitte gut auf dich auf«, bat sie eindringlich. Sie sah ihn ernst an. Sam presste die Lippen zusammen. Er hatte geahnt, dass sie die Gelegenheit nutzen würde, um etwas zu sagen. Etwas Mütterliches wie »Pass bitte gut auf dich auf«. Außerdem hatte sie ihn bei seinem vollen Namen genannt. Das war seit Jahren nicht vorgekommen, sie musste sich also wirklich große Sorgen machen.

»Mama.«

»Nein«, unterbrach seine Mutter ihn resolut, »es geht nicht um Mia als Frau. Ich mag sie wirklich, sie ist großartig. Ich dachte zwar immer, dass dein Bruder Leo mal so eine … Kreative, eine Verlorene mit nach Hause bringen würde. Du weißt ja, wie er ist, immer Unsinn im Kopf und ständig auf der Suche nach Spaß. Für dich hatte ich immer jemanden gesehen, der gesetzter ist. Aber wohin die Liebe nun mal fällt, kann man nicht ahnen.« Sie sah ihn besorgt, aber liebevoll an. »Mein großer Junge, du bist ein großartiger Mann geworden. Ich bin so stolz auf dich, du bist anständig, ehrenhaft, pflichtbewusst.«

Sam wandte verlegen den Kopf ab, doch sie griff nach seinem Kinn und zwang ihn damit sanft, sie wieder anzuschauen.

»Du bist wie dein Vater. Ihr habt so viel gemeinsam. Immer im Dienst der Menschheit. Sich selbst für die Rettung anderer opfern. Das kann auch gefährlich sein.«

»Das weiß ich, Mama. Aber ich kann nichts dagegen tun. Ich mag sie sehr.« Sam fasste sich ans Herz und seine Mutter folgte seiner Geste, legte ihre Hand auf seine. Sie lächelte ihm zu.

»Das ist offensichtlich. Glaub bloß nicht, du könntest solche Gefühle vor deiner Mutter verheimlichen. Ich kenne meinen Sohn. Und ich habe dich noch nie so verliebt gesehen, wie jetzt. Du sollst wissen, dass ich Mia wirklich von ganzem Herzen mag. Aber sie hat nie gelernt, zu lieben und geliebt zu werden. Deswegen meine Bitte: Pass ein bisschen auf dein Herz auf, damit sie es nicht zerstört, falls sie weiterzieht.«

Sam nickte. Seine Mutter hatte recht. Er wünschte, er hätte mit seinem Vater darüber reden können. Sein Dad war ein toller Zuhörer und noch besserer Ratgeber gewesen. Er fehlte ihm jeden Tag, wie gern hätte er ihm Mia vorgestellt.

»Ich hoffe, Mia zieht nicht weiter. Ich hoffe, sie bleibt hier. Bei mir. Bei uns«, gestand er seiner Mutter. Sie küsste ihn auf die Wange.

»Wir werden sehen.«

Kapitel 13

Oskar entpuppte sich als der untalentierteste Polizeihund, den Sam je erlebt hatte. Kein Wunder, dass er die Prüfung nicht bestanden hatte. Er war liebenswert, tollpatschig, warf sich vor jedem Menschen begeistert auf den Boden und streckte seinen Bauch für eine Krauleinheit nach oben. Für Leberwurstbrote tat er alles, was man von ihm wollte. Mit vielen kleinen Snacks als Belohnung brachte Sam ihm schnell ein paar unnütze Tricks bei, wie mit der Pfote High-five zu geben, im Kreis zu laufen oder wie angeschossen umzufallen. Oskar liebte das Spiel so sehr, dass er zwar artig in sich zusammenfiel, dann aber wild mit dem Schwanz auf den Boden klopfte, voller Vorfreude auf seine Belohnung. Wenn Sam morgens aufwachte, saß Oskar bereits neben seinem Bett und hatte den Kopf auf der Kante abgelegt. Vermutlich saß er so schon einige Zeit und wartete sehnsüchtig darauf, dass Sam endlich aufwachte und sein Lieblingsspielzeug für ihn warf. Sobald Sam die Augen aufschlug, flippte Oskar vor Begeisterung völlig aus und überschlug sich vor Freude. Wortwörtlich. In den ersten Tagen rannte er einige Male in Sams Wohnung gegen den Tisch, blind vor Aufregung. Dann kapierte er es und schlug gezielt wilde Haken durch den kleinen Raum. Oskar wurde schnell zum Liebling der Kinder aus dem

Ort. Sobald Sam mit ihm irgendwo auftauchte und Oskar sich zum Kraulen und Spielen auf den Boden warf, war er umringt von Kindern, die den treudoofen Hund streichelten. Oskar ließ alles mit Hingabe über sich ergehen. Er konnte nie genug bekommen. Auf einem Spielplatz fand Oskar im Gebüsch einen nassen, dreckigen Teddybären, den er seither oft stolz mit sich herumschleppte. Sam liebte den Hund ab dem ersten Tag und genoss die Streifzüge durch sein Revier mit Oskar auf dem Beifahrersitz. Oft ließ er ein Seitenfenster herunter, denn Oskar genoss es, sich mit flatternden Ohren den Wind um die Schnauze wehen zu lassen.

Die Sommermonate brachten immer die meiste Arbeit für Sam. Für die nächsten Wochen schob er Doppelschichten. Die Touristen strömten durch das Städtchen, auf dem Weg zu ihren Wandertouren. Für ihn bedeutete das mehr Unfälle, die protokolliert werden mussten, mehr Streitereien, die es zu schlichten galt, und leider auch ein paar kleinere Diebstähle. Alles in allem keine großen Delikte, aber viel Papierkram. Wenn er abends in der Wache die Ablage erledigte, lag Oskar unter dem Schreibtisch schnarchend auf seinen Füßen. Sam versuchte, sich zu konzentrieren und die Aufgaben schnell hinter sich zu bringen. Aber er konnte nicht verhindern, dass er ab und an den Blick aus dem Fenster lenkte, rüber zur Feuerwache. Meistens war Mia genauso eingespannt wie er oder sogar noch stärker. Sie hatte den Töpferunterricht an der Schule, nutzte darüber hinaus die Gelegenheit, um selbst wieder Keramiken herzustellen. In den freien Stunden half sie Vera im Hotel, im Café oder im Laden. Sie war überall anzutreffen und wirbelte durch die Örtlichkeiten. Vera hatte – unter Protest – einen Gärtner angestellt. Aber die Plantage war zu groß geworden. Tom half, wo er konnte, aber mit der schwangeren Georgie zu Hause, die nach einem erneuten Wehen-Zwischenfall weiterhin strenge Bettruhe verordnet bekommen hatte, blieb nicht genug Zeit, um richtig anzupacken. Der junge Mann, den Vera sich ausgesucht hatte, nachdem sie endlich akzeptiert hatte, dass sie Unterstützung im Garten brauchte, war frisch aus dem Gefängnis entlassen worden. Ein ehemaliger Soldat, der nach seinem Dienst Schwierigkeiten gehabt hatte, sich wieder in die Gesellschaft einzugliedern. Sam verurteilte ihn nicht dafür. Er wusste von einem seiner Cousins, wie schwer ein Leben mit posttraumatischem Stress sein konnte. Dennoch behielt er ihn lieber gut im Auge. Für das Café hatte Vera tatsächlich Tina als Kellnerin engagiert. Zumindest für die nächsten Wochen, in denen Tinas prügelnder Ehemann auf einer weit entfernten Baustelle war. Sobald er nach Hause kam, musste Tina vermutlich mit der Arbeit aufhören und für ihn da sein. Sam seufzte laut und tätschelte Oskars Kopf, der bei dem Geräusch sofort aufgehorcht hatte. Er rappelte sich auf und bot Sam den schmutzigen Teddy an.

»Danke, Kumpel. Aber es ist alles in Ordnung. Nur der übliche Kleinstadtwahnsinn eines Polizisten«, lehnte Sam das schmuddelige Spielzeug ab, klopfte dem Hund aber dankbar die Flanke. Er sah rüber zur Feuerwache und bemerkte, dass Licht in der Wohnung brannte. Mia war endlich zu Hause, dachte er und sein Herz schlug schneller. Er konnte ebenfalls bald Feierabend machen und ihr dann für einen Kuss – oder mehr – einen Besuch abstatten. Als hätte sie seine Gedanken erhört, sah er, wie die Tür der Wache sich öffnete und Mia über die Straße zu ihm rüberlief.

»Oskar, wir bekommen Damenbesuch. Benimm dich!«, mahnte Sam lächelnd und Oskar wedelte vor Begeisterung mit dem Schwanz. Kaum hatte Mia die Wache betreten, rannte Oskar zu ihr, um sie zu begrüßen.

»Ja, du Feiner.« Sie kraulte ihn ausgiebig mit einer Hand unterm Kinn, während sie mit der anderen eine Kuchenschachtel balancierte. Darin waren sicher ein oder zwei übrig gebliebene

Tortenstücke, Reste aus dem Café, die Mia nie im Leben weggeworfen hätte. Sie beugte sich vor, um Sam zu küssen. Es war ein kurzer Kuss zur Begrüßung, aber Sam sehnte sich nach mehr. Er wollte ihren Körper an seinem spüren und den Kuss genießen. So zog er sie an sich, bis sie auf seinem Schoß saß. Lachend schlang sie die Arme um seinen Hals und küsste ihn leidenschaftlicher als zuvor. Er liebte diesen Hunger an ihr. Sie nahm, was sie bekommen konnte, forderte immer mehr, gab sich bereitwillig hin, sie war ausgehungert nach Berührungen und er gab ihr nur zu gern einen Nachschub, wenn sie ihn benötigte, konnte er doch selbst nicht genug von ihr bekommen.

»Was hast du mitgebracht?«, fragte er, als sie sich von ihm löste.

»Johannisbeertörtchen. Drei Stück waren heute übrig, alles andere hat Tina verkauft. Das Café brummt. Das Hotel ist ausgebucht und ich müsste den Laden viel länger öffnen, als ich kann. Es ist irre. Geht das den ganzen Sommer so?«

Sam schmunzelte und nickte.

»Bis November. Dann ist plötzlich Winter und du hast nur noch ein paar Wintersportler zu Besuch.« Er wollte nicht daran denken, dass sie dann vielleicht längst nicht mehr hier wäre. In ihm war in den vergangenen Wochen die Hoffnung gekeimt, dass sie weitaus länger bliebe. Er wollte nicht, dass sie ging, seine Gefühle für sie wurden immer stärker.

»Johannisbeere klingt gut«, sagte er statt der drei anderen Worte, die er sagen wollte. Er würde sie nicht bedrängen mit seinen Emotionen. Für große Worte und noch größere Gefühle käme die richtige Zeit. Mia lehnte sich nach hinten und öffnete den Karton. Vorsichtig reichte sie ihm ein Törtchen, das mit einem ordentlichen Klecks Sahne versehen war.

»Tina meinte, die Sahne sei optional. Optional! Seit wann ist Sahne optional? Ich habe uns eine Extraportion draufgeschaufelt.« Sie tauchte den Finger ein und schleckte ihn ab.

Sams Mund wurde trocken. Den zweiten Sahnefinger schnappte er sich und zog ihn zwischen seine Lippen. Mias Augen bekamen das fröhliche Funkeln, das er schon kannte und das ihn jedes Mal anmachte. Das Wissen, dass er dieses Funkeln erzeugen konnte, kam dazu. Mit der Zunge leckte er über ihre Fingerkuppe und Mia öffnete leise stöhnend den Mund. Eine Aufforderung, sie zu küssen. Fest, wild, leidenschaftlich. Er hob sie hoch und setzte sie auf seinen Schreibtisch. Seine Hände fuhren zu ihrem Rücken, er presste sich gegen sie. Mia schlang die Beine um seine Hüften und fuhr mit einer Hand unter sein Hemd. Rasch öffnete sie die Knöpfe und fuhr über seinen Brustkorb. Er liebte ihre Finger auf seiner Haut, die sanften Berührungen ebenso wie die kräftigen, fordernden. Sam schob beide Hände unter ihr T-Shirt. Sie trug wieder mal keinen BH, was ihn wahnsinnig machte vor Lust. Vor Kurzem hatte sie ihm erklärt, dass ihre Brüste zu klein seien, um Unterstützung zu brauchen, und sie sich immer wagemutig und aufregend vorkomme, wenn sie keinen trug. Sam zog ihr das Shirt über den Kopf und senkte seine Lippen auf ihre Brust. Mia stöhnte lauter auf und beugte sich seiner stürmischen Zärtlichkeit begehrlich entgegen. Mit beiden Händen öffnete sie seinen Gürtel und knöpfte die Jeans auf.

»Lass uns nach oben gehen«, flüsterte Sam in ihren Nacken. Mia zog sich zurück, um ihn anzuschauen.

»Hast du Angst, verhaftet zu werden?«, fragte sie frech und fuhr mit einer Hand in seine Hose. Sam schloss die Augen und kämpfte mit sich. Mias Griff verstärkte sich und er gab auf. Hastig schob er ihren Rock über die Hüften und eine Hand zwischen ihre Beine. Mias Augen leuchteten auf, bevor sie sie genussvoll schloss. »Mehr«, forderte sie, als er mit den Fingern über ihr sensibles Zentrum strich. Und Sam gab ihr mehr. Er befreite sich aus seiner Hose, angelte nach seinem Rucksack, aus dessen Seitenfach er ein Kondom entnahm, öffnete die

Verpackung mit den Zähnen und zog es sich hastig über. Mia drehte sich um und beugte sich bäuchlings über seinen Tisch. Sam hielt ihre Hüften fest, als er in sie eindrang. »Mehr«, verlangte sie erneut und er stieß fester zu, immer wieder und wieder. In einem wilden Tempo rasten sie auf den Höhepunkt zu. Mias Körper wurde von heftigen Wellen erfasst und ihre rhythmischen Bewegungen zogen ihn mit in den süßen Abgrund. Ihr lautes Stöhnen war wie ein Drogenrausch für ihn. Sam stützte sich auf dem Tisch ab und atmete keuchend ein und aus. Mia warf ihm einen Blick über ihre Schulter zu und sah ihn mit einem vorwitzigen Zwinkern an.

»Sahne sollte nie optional sein, oder?«, fragte sie und er lachte lauthals, während er sie in seine Arme zog.

»Du bist unglaublich«, raunte er liebevoll an ihre Schläfe und sie kicherte an seiner Brust. »Lass uns nach oben gehen und die Törtchen essen«, schlug er vor.

Mia sah sich um. An der Eingangstür saß Oskar und sah schuldbewusst zu ihnen herüber. Auf seiner Nasenspitze prangte ein verräterischer weißer Fleck.

»Oho. Oskar hat uns das mit den Törtchen abgenommen.«

Sam zog sich fluchend die Hose hoch. Er hatte gerade den Gürtel geschlossen, da fing Oskar an zu winseln, würgte den Kuchen wieder hoch und übergab sich auf den Boden. Mia brach in Gelächter aus.

»Ich mach das schon. Schließ du lieber deine Projekte ab. Wir treffen uns in einer halben Stunde oben.«

Sie zog sich den Rock über den Hintern und ihr T-Shirt wieder an. Die Unterhose stopfte sie einfach in ihre Tasche. Sam starrte sie abgelenkt an, so konnte er unmöglich arbeiten! Mia sah seinen Blick und grinste, frech zog sie die Augenbrauen hoch, dann ging sie zu Oskar und redete beruhigend auf den Tollpatsch ein. In der Küche fand sie Tücher und Putzmittel.

Nachdem sie die Sauerei beseitigt hatte, nahm sie Oskars Leine und ging mit dem armen Kerl nach draußen.

Auf dem Spaziergang um den Block erbrach sich Oskar noch einmal und Mia tätschelte beruhigend seinen großen Kopf.

»Das scheint mir die gerechte Strafe zu sein. Sei froh, dass Sam dich nicht wegen Diebstahl verhaftet hat«, flüsterte sie in sein Ohr. Oskar jaulte zustimmend und tapste hinter ihr her. In ein paar Minuten würde es ihm hoffentlich besser gehen. Mia warf einen Blick in den sternenklaren Himmel und atmete tief die warme, würzige Frühsommerluft ein, lauschte den Geräuschen der Nacht, dem Schrei eines Käuzchens, Grillenzirpen, dem Plätschern des Baches, der durch den Ort floss. Sie ging mit einem bauchwehgeplagten Hund spazieren, ihr Mitbewohner war ein einohriger alter Kater, der ihr Bett wärmte, sie hatte gerade hemmungslosen Sex auf dem Schreibtisch des Polizeichefs gehabt und wenn sie zurückkehrte, würde sie sich Sam vielleicht noch mal schnappen. Was war das für ein schönes Leben, dachte sie freudestrahlend. Und jetzt, wo er die Wahrheit über sie wusste, fühlte sie sich frei. Frei und überglücklich.

Zurück in der Wache fand sie Sam am Schreibtisch vor. Er legte gerade den Hörer auf, als Mia mit Oskar hereinkam. Oskar eilte zu seinem Besitzer und legte ihm den großen Kopf auf den Oberschenkel. Sam tätschelte ihn wie aufgefordert und kraulte ihn am Ohr.

»Meine Mutter hat angerufen. Sie hat dich zum Sommerfest eingeladen. Meine Familie veranstaltet ein großes Grillfest. Möchtest du mitkommen?«, fragte er sie. Freude, Schreck und Unbehagen durchfuhren Mia. Dann wieder Freude. Zögerlich nickte sie, während Sam sie belustigt ansah, offenbar hatte ihr

Gesicht deutlich widergespiegelt, welche Emotionen sich gerade in ihr abgewechselt hatten.

»Okay. Musst du gar nicht arbeiten?«

»Ausnahmsweise habe ich frei. Kannst du einen Nachtisch beisteuern?« Er fragte es beiläufig und räumte nebenbei seinen Schreibtisch auf, deshalb bekam er dieses Mal die Wirkung seiner Frage nicht mit. Mia erstarrte. Sie konnte nicht backen. Hatte noch nie Kuchen oder Nachtisch zubereitet, immer nur selbst gegessen. Bei ihren Eltern hatte sie das nie gedurft und im Hotel hatte das Backen immer Vera übernommen. Sie straffte die Schultern. Das würde sie schon schaffen.

»Klar«, sagte sie betont locker und war auf ihren unbekümmerten Tonfall stolz. Sam kam zu ihr herüber, küsste sie und fuhr forschend mit einer Hand unter ihren Rock über ihren nackten Po.

»Hast du noch immer keinen Slip an?«, fragte er leise und seine Stimme wurde rauer. Langsam schüttelte sie den Kopf. Kurzerhand nahm Sam sie an der Hand.

»Dann muss ich dich leider verhaften. Erregung öffentlichen … nein. Einfach nur Erregung. Über das Strafmaß wird noch heute verhandelt.«

Stürmisch, aber darauf bedacht, dass sie nicht stolperte, zog er sie die Treppen zu seiner Wohnung rauf. Mia lachte und Oskar sprang wie verrückt um sie beide herum und bellte vor Begeisterung über dieses neue Spiel.

»Halt. Herr Kommissar, Sie müssen mir meine Rechte vorlesen. Sonst dürfen Sie mich nicht festnehmen«, beschwerte sich Mia. Oben angekommen, stieß Sam die Wohnungstür mit dem Fuß auf, ging mit wenigen Schritten durch den Raum auf sein Bett zu.

»Du hast das Recht, mich zu küssen«, sagte er, beugte sich vor und forderte gleiches Recht ein. Mia schlang die Arme um seinen Hals und ließ sich mit ihm in die Kissen fallen.

»Davon mache ich doch gleich Gebrauch!«

Am Tag des Sommerfestes schien die Sonne mit voller Kraft, perfekt also für die Gartenparty mit der Familie. Zumindest nahm Mia das an, sie hatte keinerlei Erfahrungswerte. Die Nacht davor hatte sie in ihrer kleinen Wohnung verbracht und sich am Nachtisch versucht. Zum Glück gab es genug einfache Rezepte im Internet und sie hatte auch höchstens drei bis vier Stunden nach dem passenden gesucht. Kleinigkeit, quasi. Vor allem wollte sie vor Linda gut dastehen. Sie waren sich seit ihrer großen Lebensbeichte zwar ein paar Mal begegnet, doch es war nie Zeit gewesen, noch mal ausführlich zu reden, weil entweder Linda oder Mia auf dem Sprung oder Zeitpunkt und Ort nicht geeignet waren. Linda war freundlich wie zuvor, es gab also keinen Anlass, misstrauisch zu sein oder zu befürchten, dass sie ihre Meinung gegenüber Mia geändert hatte. Doch Mia wollte auf Nummer sicher gehen. Sie wünschte sich sehr, dass Linda sie als Sams Freundin akzeptierte, sie in den Familienkreis aufnahm. Na, dazu war dieser Tag ja der beste Beweis, hatte sie sich stundenlang eingeredet, als sie an der winzigen Kochzeile versuchte, einen Nachtisch zuzubereiten. Immerhin verbrachte sie einen wichtigen Tag mit der Familie ihres … Freundes. Liebhabers. Besten Freundes. All das war er für sie. Seine Familie sollte sehen, dass sie eine gute Wahl war, liebenswert und »Sams würdig«. Er sollte sie mit Stolz vorzeigen können. Wenn er sie zum Sommerfest seiner Familie mitbringen sollte, bedeutete das sicher etwas. Mia stellte mit Erstaunen fest, dass die Einladung eine große Rolle für sie spielte. Umso wichtiger war natürlich, dass dieser verdammte Nachtisch schmeckte! Ihre Wahl war auf einen krümeligen, schokoladigen Keksteig-Boden gefallen, mit einer Mischung aus Frischkäse und Quark darauf und verziert mit Beeren und essbaren Blüten, die sie aus Veras Garten ernten durfte. Dafür brauchte sie keinen Ofen, den sie in der

Feuerwache ohnehin nicht hatte. Sie hätte Vera um Hilfe bitten können und den Nachtisch im Iris' Inn oder im Café zubereiten. Aber im Hotel war seit Wochen die Hölle los, die Sommergäste gaben sich die Klinke in die Hand. Mia war schon dankbar, dass sie an diesem wichtigen Tag freibekommen hatte. Da wollte sie nicht noch um Hilfe für einen harmlosen Nachtisch bitten. Es war jedoch schwieriger, als sie befürchtet hatte. Die halbe Nacht kämpfte sie mit dem Teig. Mal war er zu krümelig, dann zu feucht. Sie drehte fast durch! Am Ende hatte sie immerhin rund zwanzig kleine, in Sternform ausgeschnittene, winzige Käsekuchen, die sie mit Himbeeren und Heidelbeeren belegte und mit Kornblumenblüten dekorierte. Und sie hatte Bauchweh von all dem Teig, den sie genascht hatte. Natürlich nur von dem misslungenen! Sie stellte die Minikuchen für die nächsten Stunden in den kleinen Kühlschrank und hoffte einfach, dass es funktionierte und die süße Masse noch fester wurde bis zur großen Feierlichkeit. Erschöpft und mit zu viel Zucker im Bauch schlief sie ein.

Am nächsten Morgen holten Sam und Oskar sie mit dem Auto ab. Mia trug das eine Kleid, das sie Linas Flohmarktspenden entnommen hatte, das einzige Kleid, das sie besaß. Ein Fest verlangte nach einem schönen Outfit, dachte sie. Sie kletterte in Sams Wagen und küsste erst Sam, dann Oskar zur Begrüßung. Oskar flippte vor Begeisterung aus und wedelte so heftig mit dem Schwanz, dass Sam ihn lachend wegschieben musste, weil er sonst nicht hätte fahren können.

»Oskar, ab nach hinten!«, forderte er den Hund auf, was dieser kleinlaut winselnd und nur sehr ungern tat, er saß so gern neben Sam und hielt die Schnauze aus dem Fenster. Mia hatte zudem auch noch etwas zu essen dabei. Das roch der Hund genau und warf seinem Besitzer bettelnde Blick zu, um vorne bei ihnen bleiben zu können. Aber Sam war gnadenlos.

»Du folterst ihn, weißt du das?«, fragte Mia und beugte sich zur Rückbank, um das arme Tier beruhigend zu kraulen.

»Ja, ich bin ein sehr schlechter Hundepapa.«

»Wärst du gern mal ein richtiger Papa?«, fragte sie ihn spontan. Sam grinste jungenhaft und seine Augen leuchteten auf.

»Auf jeden Fall. Mein Dad war ein wahnsinnig toller Vater. Ich möchte das weitergeben. Mit der richtigen Frau will ich unbedingt Kinder haben, am besten eine ganze Horde. Ich stamme aus einer großen Familie und habe große Lust, diese Tradition weiterzuführen.« Er lachte und schielte zu ihr hinüber. »Was ist mit dir?«

Mias Herz hüpfte bei seinem bedeutungsvollen Blick. Im Gegensatz zu ihm machte es sie schon nervös, darüber nachzudenken. Die richtige Frau, hatte er gesagt. Dachte er dabei an sie? Konnte sie die richtige Frau für jemanden sein? Für ihn?

»Kann ich noch nicht sagen. Mir hat sich diese Frage bisher nicht gestellt. Ich hatte sogar eher hysterische Angst davor, schwanger zu werden. Auf der Straße wollte ich auf keinen Fall ein Kind bekommen. Was wäre das für ein Leben? Und danach … Nein, das war nie eine Option und ich habe mich auch nicht gefragt, ob ich es will, weil ich mehr damit beschäftigt war, es unter den gegebenen Umständen unbedingt zu verhindern. Aber die Vorstellung, eine eigene Familie zu haben und all die Liebe weiterzugeben, die man in sich trägt, die finde ich schon schön.«

Sie lächelten sich zu, bis Mia etwas verschämt wegsah. Sam ergriff ihre Hand und drückte sie liebevoll. Bevor er weiter auf das Thema eingehen konnte, waren sie jedoch schon am Ziel angekommen.

»Bist du hier aufgewachsen?«, erkundigte sich Mia neugierig und stellte sich Sam als Kind vor. Sie parkten vor einem großen Fachwerkhaus mit weißen Fensterläden und üppig bepflanzten Blumenkästen. Neben dem Haus stand ein großer Baum, an dessen dickstem Ast eine alte Holzschaukel hing, als wären seit Sams Kindheit nicht über zwanzig Jahre vergangen. Ein hüfthoher Gartenzaun umgab das Grundstück. Im Garten rund um das Haus gab es ein paar Obstbäume, blühende Büsche, Rosen und andere Blumen. Es sah einladend aus und strahlte eine fröhliche Gemütlichkeit aus.

»Ja, jetzt wohnt nur noch meine Mutter hier. Und Leo, wenn er vom Studieren nach Hause kommt. Das Haus hat mein Urgroßvater gebaut, mein Opa hat es erweitert, mein Papa ebenfalls und vermutlich wird es für immer in unserem Familienbesitz sein. Es hängen unzählige Erinnerungen daran.«

»Bestimmt viele gute«, mutmaßte Mia, der nicht entgangen war, wie glücklich er aussah, wenn er über seine Familie sprach.

»Eigentlich nur gute. Wirklich. Klar, wir haben auch diese ganzen bockigen Teenager-Phasen durchgemacht und mit unseren Eltern lautstark gestritten. Aber alles in allem hatte ich eine großartige Kindheit.«

Es versetzte ihr einen kleinen, gemeinen Stich mitten ins Herz. Natürlich gönnte sie ihm diese Erfahrung, aber sie selbst würde nie wissen, wie das war, in so einer Familie aufzuwachsen. Das machte sie traurig und ließ ihre Nervosität wegen des Zusammentreffens mit seiner Familie wieder steigen. Sam dagegen bekam gar nicht mit, welche Gefühle in ihr miteinander stritten. Er zog die Handbremse an, griff nach hinten zum Türöffner und ließ Oskar aus dem Auto springen, dann half er Mia, die den Teller mit den Törtchen trug, aus dem Wagen. Hand in Hand gingen sie um das hübsche, gepflegte Haus herum und … Mia blieb abrupt stehen. Hinter dem Haus im Garten hatten sich viele Menschen versammelt. So viele, dass sie gar nicht alle zählen konnte. Bierbänke, Tische, Stühle jeglicher Art waren aufgestellt, zwischen den großen, alten Bäumen hingen Girlanden in aufeinander abgestimmten Farben. Im Rasen steckten Fackeln, die bei Einbruch der Nacht eine wunderbar romantische Stimmung verbreiten würden. Zwischen all den Erwachsenen wuselte mindestens ein Dutzend Kinder unterschiedlichen Alters herum. Oskar konnte nur mit Mühe neben Sam bleiben, man sah ihm an, dass er am liebsten sofort losgestürmt wäre, um alle kennenzulernen. Mia stand der Mund offen vor Schreck.

»Du hast gesagt, dass wir mit deiner Familie feiern«, flüsterte sie schockiert. Sam sah sie verständnislos an.

»Das ist meine Familie. Zumindest, soweit ich das sehe. Kann immer sein, dass jemand mit Freunden kommt. Alle Gäste sind hier stets willkommen – wenn sie denn etwas zum Büfett beisteuern und einen eigenen Stuhl mitbringen«, erklärte er unbeschwert.

»Wie viele Menschen sind das denn?«, wisperte sie. Lachend schüttelte er den Kopf.

»Ich habe keine Ahnung, muss ich gestehen. Alles okay?« Er legte ihr beide Hände auf die Schultern und zwang sie, ihn anzusehen. Besorgt wiederholte er seine Frage, als sie beim ersten Mal nicht reagierte. Mia wusste, dass sie ihre Nervosität, die drohte, sich zu einer handfesten Panik zu entwickeln, nicht länger verstecken konnte.

»Sam. Das sind bestimmt hundert Menschen. Ich dachte, wir reden von deiner Mutter, Leo, vielleicht deiner Schwester mit Mann und Kind. Das wäre schon krass gewesen. Es ist ein Familienfest und ich … mittendrin.« Mühsam schluckte sie. Ihr Nachtisch würde niemals für alle reichen. Man würde sie für eine schlechte Gästin halten. Ein üppiges Büfett war ungeheuer wichtig bei solchen Festen, hatte sie gelesen, sie dagegen hatte nur ein paar winzige Kuchenstücke mitgebracht.

»Versuch, dich zu entspannen. Einen großen Teil der Leute kennst du schon aus dem Dorf. Irgendwie bin ich davon ausgegangen, dass du Bescheid weißt über meine Großfamilie. Haben wir nie darüber gesprochen?«

»Doch. Georgie hat mich ebenfalls vorgewarnt. Sie meinte, ihr hättet selbst keinen Überblick mehr. Aber damit habe ich nicht gerechnet, mit dieser Armada an Menschen.«

Sam bestätigte Georgies Vermutung mit einem Grinsen, legte den Arm um Mia und lenkte sie sanft weiter zu der Gesellschaft. Oskar verstand das als Zeichen, sich endlich mitten ins Geschehen stürzen zu dürfen, und galoppierte los.

»Stimmt ja auch. Meine Mutter hat vier Geschwister, mein Papa sechs. Einige haben zwei bis vier Kinder. Die ersten Enkelkinder sind auch unterwegs. Ein Onkel hat ein zweites Mal geheiratet und seine neue Frau hat drei Töchter mit in die Ehe gebracht. Das sind die da hinten.« Er deutete auf eine Gruppe Menschen, die unter einem Baum standen und miteinander plauderten. Mia schwirrte der Kopf.

»Mach dir keine Sorgen. Sie werden dich alle lieben«, sagte er lapidar, ohne zu wissen, was er damit anrichtete. Was, wenn nicht, dachte Mia angsterfüllt. Sie hatte noch nicht herausgefunden, ob sie liebenswert genug für diese Familie war. Ob sie überhaupt liebenswert war.

Sams Bruder Leo kam auf sie zu und küsste sie zur Begrüßung fest auf die Wange. Offensichtlich hatte er schon ein oder zwei Bier getrunken, seine Wangen waren gerötet, er roch herb und sah aus, als hätte er etwas Lustiges angestellt, aber das war eigentlich sein normaler Ausdruck. Immerhin ein bekanntes Gesicht. Mia lächelte ihn etwas verkrampft an und schlug ihm auf die Finger, als er versuchte, etwas von ihrem Nachtisch zu erwischen.

»Finger weg, Leo! Bevor deine Mutter etwas davon abbekommen hat, kriegst du keinen Krümel«, bestimmte sie. Er salutierte und begrüßte seinen großen Bruder liebevoll mit einer festen Umarmung.

»Ich kümmere mich darum, dass sie als Erste deinen Nachtisch probiert«, bot er an und nahm ihr den großen Teller aus der Hand. Mia ließ widerwillig los, sie hatte sich zu gern daran festgehalten. Sam ergriff ihre Hand und drückte sie. Nun gut, dann würde sie sich wohl daran festklammern.

»Es ist alles gut, Mia. Komm, wir suchen erst mal meine Schwester, damit du sie endlich kennenlernst. Leo, hast du Lucy gesehen?«

Der kleine Bruder deutete auf eine Hollywoodschaukel im hinteren Bereich des Anwesens. Mia entdeckte eine Blondine mit Baby auf dem Schoß und einen dunkelhaarigen Mann, der neben beiden stand und zwei Getränke in den Händen hielt. Sam zog Mia mit sich zu ihnen. Kaum hatten sie die drei erreicht, schnappte er sich das Baby und hob es hoch über seinen Kopf.

»Ah, mein allerliebster Kumpel. Hallo, Zwerg. Kennst du mich noch? Ich bin dein Onkel Sam. Der coole Onkel«, brummte er dem Baby zu, das ihn mit großen Augen anstarrte. Sams Schwester erhob sich, um ihren Bruder zu begrüßen.

»Weiß Leo schon, dass du der coole Onkel sein willst?«, fragte sie lachend und nahm ihrem Mann eines der Getränke aus der Hand.

»Keine Ahnung. Ich halte es für offensichtlich. Leo wird sich einfach damit abfinden müssen. Lucy, das ist Mia.« Sam lächelte Mia an, während er mit einer völlig natürlich wirkenden Bewegung das kleine Kind in seine Arme bettete. Er schaukelte es sanft hin und her, nahm eins der dicken Füßchen in die Hand, als das Baby die Beine anzog, und hielt es fest. Mia starrte ihn eine Sekunde zu lang an. Er war ein Naturtalent. Mit Babys. Mit Menschen. Sie war definitiv nicht gut genug für ihn, dachte sie und schluckte den Gedanken wie einen bitteren Bissen hinunter. Das war nicht der richtige Ort für Selbstzweifel, also wandte sie sich an Lucy und versuchte ein Lächeln.

»Du bist also Mia«, sagte Sams Schwester mit einem freundlichen, offenen Gesichtsausdruck. »Wir haben uns leider auf dem Frühlingsfest verpasst. Aber jemand hier hatte die ganze Nacht Bauchweh und war unausstehlich. Und ich meine nicht meinen Mann.« Sie pikste dem Baby auf Sams Arm in den Bauch, das fröhlich gluckste und mit den runden Armen und Beinen ruderte. »Das ist übrigens mein Mann, Alfredo«, stellte sie den stillen dunkelhaarigen Mann vor. Dieser nickte Mia zu.

»Ich hoffe, du weißt, auf welchen Wahnsinn du dich mit dieser Familie eingelassen hast«, gab er nüchtern von sich, aber in seinen Augen blitzte Schalk auf. Mia bewegte den Kopf in einer Mischung aus verneinendem Schütteln und bejahendem Nicken.

»Die Dimensionen werden mir gerade klar«, antwortete sie und Alfredo grinste verständnisvoll.

»Falls du was Härteres als Bier brauchst, gib mir ein Zeichen, ich weiß, wo sie das gute Zeug verstecken«, flüsterte er ihr so laut zu, dass Lucy und Sam es hörten.

»Ich müsste mal kurz ums Eck«, antwortete Mia, lächelte ihn aber dankbar an. Nach wie vor war sie angespannt, spürte es in allen Muskeln, sie war ganz verkrampft. Dabei gab es keinen Grund, alle waren aufmerksam und freundlich zu ihr, niemand gab ihr das Gefühl, sie hätte es nicht verdient, hier zu sein. Bei ihnen. Mitten unter ihnen. Es war nur in ihrem Kopf, versuchte Mia, sich aus den dunklen Gedanken zu befreien. Aber es fiel ihr schwer. Die anderen hatten nicht durchgemacht, was sie durchgemacht hatte. Sie war anders als diese glücklichen, zufriedenen, liebenden Menschen.

Lucy bot an, ihr das Badezimmer zu zeigen, doch Mia wollte sie nicht aus dem Kreis ihrer Liebsten reißen und lehnte dankend ab.

»Das finde ich bestimmt auch allein, aber vielen Dank für das Angebot.«

»Zur Not einfach alle Türen öffnen. Einfach drauflos«, empfahl Lucy und wandte sich wieder Sam zu.

Mia lief so unsichtbar wie möglich zum Haus und betrat es durch die geöffnete Terrassentür. Das Wohnzimmer wirkte gemütlich, das große Sofa war voll beladen mit Jacken und Taschen der zahlreichen Gäste. In einer Ecke stand ein altes Klavier. Mia fragte sich, wer von den Kindern darauf gespielt hatte. War Sam musikalisch? Er liebte Rockmusik und hörte sie gern laut, das wusste sie. Konnte er ein Instrument spielen? Es gab so vieles, das sie noch nicht über ihn wusste. Auf dem Klavier standen ein gutes Dutzend Bilderrahmen mit Familienfotos. Mia trat näher, um sie besser betrachten zu können, und entdeckte Sam, Lucy und Leo auf einem Bild, da konnten sie höchstens Teenager sein, Leo war sogar noch ein richtiges Kind. Die drei saßen auf der Hollywoodschaukel, die sie als die im Garten wiedererkannte, und lachten in die Kamera. Da strahlte so viel Lebensfreude aus ihren Gesichtern. Leo streckte dem Fotografen die Zunge raus, Lucy machte Sam Hasenohren hinter seinem Kopf. Und er hielt die Hand an Lucys Seite, als würde er sie gerade kitzeln. Nie im Leben hätte es ein solches Foto, ja nicht mal so eine Situation in ihrer Familie gegeben. Albernheiten, Freude, Spaß. Mia atmete tief durch, sie musste diesen Sumpf überwinden. Auf einem anderen Foto stand Sam in Polizeiuniform als junger Kerl – vielleicht frisch von der Schule – neben einem großen Mann. Er war eine gealterte Version von Sam und Leo, gekleidet in ein festliches Sakko. Die gleichen blonden Haare, die gleichen Augen, das energische Kinn, das verschmitzte Lächeln. Das musste sein Vater sein, den Arm stolz um seinen Sohn gelegt. Nebeneinander sahen sie beeindruckend aus, groß, sportlich, ehrenhaft, glücklich.

Mia riss sich los und ging auf die Suche nach dem Badezimmer. Die Gästetoilette im Erdgeschoss war besetzt, also stieg sie langsam die große, dunkle Holztreppe in den ersten Stock hinauf. Im Treppenaufgang hingen weitere Bilder,

Familienfotos und etliche gemalte Kinderzeichnungen. Sie besah sich jedes einzelne. Im Flur entdeckte sie eine Holzschale mit Blütenmischung aus dem Laden und lächelte das erste Mal an diesem Tag etwas entspannter. Vorsichtig öffnete sie eine Tür – ein Kinderzimmer, ordentlich aufgeräumt. Zwei Türen weiter stieß sie auf Lindas Schlafzimmer und schloss schnell die Tür. Als sie sich umdrehte, prallte sie mit einem Jungen zusammen. Er trug ein Polizeikostüm und einen Cowboyhut. Breitbeinig baute er sich vor ihr auf und stemmte die Hände in die Hüften.

»Stehen bleiben!«, forderte er sie mit lauter Stimme auf. Erschrocken zuckte sie zusammen und lachte dann überrascht. Spielerisch hob sie die Hände.

»Verzeihung. Ich suche nur das Badezimmer. Kennen Sie sich hier aus, Herr Polizist?«, fragte sie den Kleinen. Er musterte sie misstrauisch.

»Bist du eine Räuberin?«, fragte er. Sie schüttelte vehement den Kopf.

»Schwöre es!«, verlangte er und sie hob zwei Finger zum Herzen.

»Doppelschwör! Aber ich muss echt dringend pinkeln.«

Er deutete auf das Ende des Gangs und sie ging rückwärts mit erhobenen Händen langsam auf die Tür zu. Der Junge ließ sie nicht aus den Augen, sprang dann aber los und flitzte die Treppe hinunter, als eine Stimme von unten nach einem gewissen »Jakob-verdammt-wo-steckst-du-schon-wieder« rief.

Mia schloss sich im Bad ein. Es war geräumig und hübsch. Große, helle Kacheln, modernes Design. Und eine ganze Seifensammlung aus dem Laden stapelte sich auf einem Mauervorsprung. Es war schön, überall die Produkte aus Veras Geschäft zu finden. Mia betrachtete sich im Spiegel, sah ihre Augen, die Angst und Ruhelosigkeit verrieten, bemerkte den angespannten Zug um die Mundwinkel. Sie erklärte ihrem Spiegelbild, dass es dafür keinen Grund gebe, und zwang sich zu einem Lächeln, bis sie es sich selbst fast glaubte. Als sie die Treppe wenig später nach unten lief, hatte sie es fast schon im Griff. Im Wohnzimmer saß Sam auf dem Klavierhocker und wartete auf sie. Er zwinkerte ihr zu, als sie zu ihm eilte, zog sie auf seinen Schoß und küsste sie in den Nacken.

»Hältst du es aus?«, fragte er leise. »Wenn du willst, gehen wir wieder«, bot er an, als sie nicht antwortete, doch sie schüttelte den Kopf.

»Nein. Natürlich nicht. Aber ich brauche vielleicht eine doppelte Dröhnung Zucker, um das zu verarbeiten.« Sie schmiegte sich an ihn und genoss seine Nähe.

»Die bekommst du. Komm, wir gucken, was das Büfett hergibt.«

Er erhob sich und nahm sie an der Hand. Eine junge Frau stürmte in das Wohnzimmer, rief ein flüchtiges »Hi« und eilte zum Sofa. Hektisch hob sie Jacken und Taschen hoch, sah darunter und fluchte.

»Cousinchen, was suchst du?«, fragte Sam hilfsbereit.

»Meine Handtasche. Ich war sicher, sie mitgenommen zu haben. Da bin ich ein wandelndes Frauenklischee, in dieser Tasche steckt mein halbes Leben. Ohne die gehe ich nirgendwo hin. Aber hier ist sie nicht, draußen nicht, im Auto nicht. Ich werde noch wahnsinnig.« Grimmig verzog sie das Gesicht, dann blickte sie auf, stemmte die Hände in die Hüften und schnaubte frustriert.

»Wenn ich deine Handtasche zur Fahndung ausschreiben soll, gib mir Bescheid.«

Sie stimmte in sein Lachen ein.

»Ich komme darauf zurück.«

Es blieb nicht das einzige vermisste Teil an diesem Tag. Mia hatte sich endlich etwas beruhigt und an die neue Situation gewöhnt. Vielleicht lag es auch daran, dass Sam, Lucy und Leo nicht von ihrer Seite wichen. Einer von den dreien war immer in ihrer Nähe. Hatten sie sich abgesprochen? Jedenfalls gab es Mia die Sicherheit, die sie brauchte, um diesen Tag zu überstehen. Vielleicht lag es auch daran, dass sie sich den Teller am Büfett mit leckerem Essen voll beladen hatte – zwei Mal! Jetzt saß sie an der langen, hübsch dekorierten Tafel zwischen Sam und Leo. Der kleine Cowboypolizist Jakob saß ihr mit der jungen Frau, die Sam als Cousinchen bezeichnet hatte und offensichtlich die Mutter des Kleinen war, gegenüber und musterte sie noch immer misstrauisch. Linda trat an ihren Tisch, eine Hand nervös am Halsausschnitt ihres Kleids zupfend.

»Was ist denn los, Mama?«, fragte Sam und deutete auf ihre Geste.

»Ach, nichts. Ich kann nur meine Halskette nicht finden. Die, die euer Vater mir zur silbernen Hochzeit geschenkt hat. Ich hatte sie neben mein Outfit aufs Bett gelegt und seitdem ist sie weg. Bestimmt taucht sie wieder auf. Es fühlt sich nur etwas nackt um den Hals herum an.« Linda zwang sich, die Hände von ihrem Hals zu nehmen, und winkte ab.

Cousinchen drehte sich zu Sams Mutter um.

»Das ist ja seltsam. Und ich kann meine Handtasche nicht finden. Heute ist wohl allgemeiner Verlier-deine-Sachen-Tag«, erzählte sie amüsiert.

Cowboypolizist Jakob funkelte Mia böse an.

»Du bist ja doch eine Räuberin! Und eine Lügerin!«, rief er wütend und sprang auf. Alle um sie herum verstummten und blickten zwischen Mia und Jakob hin und her. Es war ein Schlag in ihren Magen, das Blut wich ihr aus dem Gesicht und Adrenalin schoss durch Mias Körper. Cousinchen zog ihren Sohn am Arm.

»Was erzählst du denn wieder für Märchen, Jakob? Benimm dich gefälligst. Außerdem heißt es Lügner und nicht Lüger«, zischte sie ihn an und wandte sich entschuldigend an Mia. »Er guckt zu viel Fernsehen, seine Fantasie geht ständig mit ihm durch. Es tut mir leid. Jakob, entschuldige dich bei Mia!«

Der Junge verschränkte die Arme und verzog bockig den Mund.

»Schon okay.« Mia lächelte verkrampft. Die anderen fingen wieder an, sich zu unterhalten, als wäre nichts geschehen. Stumm und starr sah Mia auf ihren Teller. Ihr wurde schlecht. Die Worte des Jungen hallten in ihrem Kopf nach, während die Geräusche um sie herum dumpfer wurden. Sie hörte ihr eigenes Herz lautstark pochen, fühlte, wie eine Welle der Panik sie erfasste, und konnte kaum noch atmen. Mechanisch tupfte sie mit der Serviette ihren Mund ab, setzte ein Lächeln für Sam auf und entschuldigte sich, als sie sich erhob. Betont langsam, mit mühsam kontrollierter Atmung ging sie zum Haus, als müsste sie nur kurz auf die Toilette. Doch sie wollte weg. Musste es. Und zwar sofort.

Mia schlich zur Vordertür heraus. Die Party fand im Garten hinter dem Haus statt, alle hatten sich an den Tischen niedergelassen und aßen. Niemand würde sehen, wie sie davonlief. Sie setzte einfach einen Fuß vor den anderen, ohne darüber nachzudenken, wann Sam feststellen würde, dass sie weg war. Ohne an die anderen Gäste zu denken. So würde es immer sein. Wenn etwas fehlte, würde man denken, sie habe es gestohlen. Die Ausreißerin. Die Herumtreiberin. Die Lügnerin. Da konnten alle noch so nett zu ihr sein, Mia würde für immer die mit der fragwürdigen Vergangenheit bleiben. Tränen liefen über ihre Wangen, als sie immer schneller wurde. Am Ende der Straße fing sie an zu laufen, kurz darauf rannte sie. Rannte zurück zur Stadt.

Kapitel 14

Es dauerte etwa zwanzig Minuten, bis Sam merkte, dass Mia nicht zurückgekehrt war. Er stand auf und ging durch den Garten. Seine Augen suchten das Grundstück ab. Vielleicht war sie noch im Haus … Sein Instinkt sagte ihm, dass etwas nicht stimmte. Mit großen Schritten eilte er ins Haus, hastete die Treppe nach oben, sah in jedes Zimmer, klopfte an die Badezimmertüren. Doch auch im Haus war Mia nicht zu finden. Er kehrte nach draußen zurück und versuchte, sich von der Veranda aus einen Blick über den gesamten, großen Garten zu verschaffen. Etwas abseits des Trubels standen seine Geschwister zusammen und unterhielten sich.

»Habt ihr Mia gesehen?«, rief Sam atemlos und trat zu ihnen. Lucy warf ihm einen irritierten Blick zu und schüttelte den Kopf.

»Tut mir leid, ich habe nicht darauf geachtet. Ist sie weg?«

»Bruderherz, wenn dir dein Mädchen verloren geht, würde ich mir an deiner Stelle mal Gedanken machen«, witzelte Leo. Sam zog grimmig die Augenbrauen zusammen und Leo verstummte.

»Was ist los?«, fragte er neugierig und alarmiert, als er den sorgenvollen Blick seines großen Bruders bemerkte.

»Verdammt! Sie ist verschwunden. Ich glaube, das war zu viel für sie«, murmelte Sam und raufte sich die Haare. Was war er doch für ein Idiot, schimpfte er sich selbst. Schon als sie angekommen waren, hatte sie ihm durch ihre Reaktion auf die Menschenmenge signalisiert, dass sie dem nicht gewachsen war. Er hatte es nicht ernst genommen und war einfach davon ausgegangen, dass sie sich schon wohlfühlen würde, immerhin war es nur seine Familie und deren Mitglieder waren alle entspannt und offenherzig.

»Das Fest?«, fragte Lucy.

»Ja. Das Fest, die Familie. Vor allem die *ganze* Familie.«

»So schlimm sind wir nicht, Sam. Komm schon«, verteidigte Leo sich und ihre Angehörigen.

»Für sie vielleicht schon. Sie hat …« Sam stockte kurz, dann stieß er einen Seufzer aus. »Als Teenager ist Mia von ihren Eltern weggelaufen und hat nach ein paar Monaten auf der Straße bei einer alten Frau gelebt. Vier Jahre lang. Ziemlich einsam, ohne Kontakt zu anderen Personen als zu dieser Frau. Ich kann euch das jetzt nicht alles erzählen. Außerdem muss Mia entscheiden, wie viel sie davon preisgeben will. Aber sie ist traumatisiert, würde ich sagen, und erholt sich gerade erst von ihrer Vergangenheit. Ich befürchte, ich habe ihr hiermit zu viel zugemutet, ich Depp. Warum habe ich nicht besser auf sie aufgepasst?« Zerknirscht presste er die Lippen aufeinander und verfluchte sich. Als er hochsah, blickte er in die entsetzten Gesichter seiner Geschwister. Er erinnerte sich daran, wie fassungslos er gewesen war, als Mia ihm ihre Geschichte endlich anvertraut hatte. Genau diese Fassungslosigkeit las er auch in den Gesichtern seiner Geschwister. Er nickte bestätigend.

»Das kann doch nicht wahr sein! Was ist denn das für eine schreckliche Geschichte, Sam? Hat diese Frau ihr was angetan?«, polterte Lucy, die Anwältin, sofort los, mit einem zornigen Funkeln in den Augen. Ihr großer Sinn für Gerechtigkeit hatte sie Jura studieren lassen. Lucy wollte die Welt besser machen, einstehen für die, die es nicht selbst konnten. Sam liebte seine Schwester dafür. Aber er hatte keine Zeit, ihr jetzt alles zu erzählen. Erst musste er Mia finden.

»Nein, soweit ich verstanden habe, war da nichts. Es gibt allerdings noch ein paar Dinge zu klären, das wollte ich mit dir besprechen, wir brauchen dafür deine Hilfe, später, bald. Das spielt jetzt gerade keine Rolle. Erst muss ich Mia suchen. Ich mache mir Sorgen«, wiegelte Sam ab. Lucy und Leo nickten verständnisvoll.

»Wo könnte sie sein?«, fragte Leo.

»Sie ist definitiv nicht hier. Dann ist sie vielleicht zurück in die Stadt gelaufen. Ins Feuerwehrhaus«, schlussfolgerte Sam.

»Du solltest hinfahren. Wir bleiben hier und melden uns bei dir, falls sie doch wieder auftaucht«, bot Lucy an. Sam nickte dankbar und eilte schon davon.

Mia war den ganzen Weg zurück in die Stadt gerannt. Es war nicht weit, und die Panik hatte sie angetrieben. Im Feuerwehrhaus angekommen, lief sie nach oben in die Wohnung. Die Panik, die sie vom Gartenfest hatte weglaufen lassen, war noch nicht abgeklungen, trieb sie weiter an, so sehr, dass sie kaum klar denken konnte. Sie musste ihre Sachen packen. Wo fing sie an? Mit einer Rolle Müllbeutel bewaffnet, ging sie ins Bad. Hastig warf sie all die lieb gewonnenen kleinen Proben aus dem Laden, die Seifen und Cremes in eine der Tüten. Dann hastete sie zurück in das Wohn- und Schlafzimmer. Auf dem Ledersessel saß Käpt'n und beobachtete verstimmt ihr hektisches Treiben. Sie warf ihm einen kurzen bedauernden Blick zu und murmelte, dass es ihr leidtue und sich sicher jemand um ihn kümmern werde. Kurz überlegte sie, ob sie ihn mitnehmen könnte, verwarf den Gedanken aber umgehend. Sie hatte keinen Plan, wohin sie gehen wollte. Hauptsache weg. Ein Karton, der vom

Flohmarkt übrig geblieben war, musste als Koffer herhalten. Sie war gerade mittendrin, ihre Kleidungsstücke hineinzuwerfen, als sie die schnellen Schritte eines Mannes auf der Eisentreppe hörte. Mia schluchzte auf, weil sie genau wusste, wer die Treppe heraufrannte, um sie aufzuhalten. Sam.

»Was tust du da?«, fragte Sam verwirrt. Er war in ihre Wohnung gestürmt und in der Tür stehen geblieben, um die Szene zu erfassen.

»Ich packe«, antwortete Mia und warf weitere T-Shirts in den Karton. Sie hatte erstaunlich viele Sachen angehäuft, seit sie hier gestrandet war. Kleidung, ein bisschen Geschirr, ein paar Bücher. Alles Flohmarktkram. Ehrlich erworben. Nichts davon hatte sie gestohlen! Das ist alles meins, wollte sie brüllen, schluckte es aber hinunter.

»Und wohin fährst du?«, hakte er nach.

»Weg. Ich gehöre nicht hierher. Verstehst du das nicht? Ich werde immer ein Eindringling sein.« Sie schnappte sich den Karton und drängte an ihm vorbei. Er hielt sie am Arm fest. Sie funkelte ihn aus tränennassen Augen an. Ihr Körper, ganz steif und verkrampft vor blinder Panik.

»Lass mich bitte gehen, Sam.« Ihre Stimme überschlug sich.

»Ich lasse dich los, aber du schuldest mir eine Erklärung, Mia! Was ist vorgefallen? War das zu viel für dich mit meiner Familie? Ist es etwa das, was Jakob zu dir gesagt hat?«, schob er hinterher und sah an ihrem Blick, dass er ins Schwarze getroffen hatte.

»Er ist ein Kind. Niemand hat das ernst genommen«, versuchte er, sie zu überzeugen. Sie stand vor ihm, den Karton mit ihren Habseligkeiten im Arm, an dem sie sich festklammerte. Er ließ ihren Arm los.

»Das verstehst du nicht. Diese Familie, diese Gemeinschaft, dieser Ort. Du bist ein Teil davon. Ich nicht. Ich werde immer ein Fremdling sein. Wenn etwas geschieht, wenn etwas fehlt, gestohlen wird, wird man immer mich verdächtigen. Weil ich die Neue bin, die mit der dubiosen Vergangenheit. Die, die früher in Mülleimern gewühlt hat, um zu überleben. Die ihrer Mutter Geld gestohlen hat, um wegzulaufen. Das kann ich nicht ändern, es wird immer an mir haften wie Pech.« Ihr liefen Tränen übers Gesicht, die Verzweiflung drückte schmerzhaft auf ihr Herz. Sie wollte so sehr dazugehören, normal sein und würde es doch nie. Sam streckte die Hände aus und legte sie sanft um ihr Gesicht.

»Mia. Niemand aus meiner Familie denkt ernsthaft, du hättest diese Kette entwendet. Sehr wahrscheinlich ist sie unters Bett gefallen. Oder eine meiner Großnichten hat sie gefunden und trägt sie nun heimlich mit sich herum. Und die Handtasche meiner Cousine wird bei ihr zu Hause sein. Niemand, wirklich niemand, denkt, du wärst eine Diebin. Du musst mir glauben«, beteuerte er. Mia ließ den Karton los, polternd fiel er zu Boden. Sam zog sie behutsam an seine Brust und strich ihr beruhigend über den Kopf.

»Ich will dir glauben. Aber …« Sie konnte nicht weiterreden. Suchte nach Worten, um ihm die Angst begreiflich zu machen, um zu erklären, wie sie sich zuvor gefühlt hatte. Ertappt, ohne dass sie etwas verbrochen hatte, wie panisch sie geworden war, dass sie nicht mehr klar hatte denken können.

»Ihr seid alle wahnsinnig nett. Dieser ganze Ort ist magisch, mit allen Menschen darin. Okay, fast allen. Aber das ist okay, weil ihr anderen so wunderbar seid. Und ich habe Angst davor, dass ihr etwas Schlechtes über mich denken könntet. Es wäre das Schlimmste für mich, euch zu enttäuschen. Dich zu enttäuschen«, brachte sie schließlich hervor und sackte in seinen Armen fast zusammen. Sam kämpfte selbst mit den Tränen, als er die Verzweiflung und Furcht in ihrer Stimme hörte.

»Mia.« Er küsste sie auf den Scheitel und drückte sie fest an sich. »Mia. Du wirst uns nicht enttäuschen. Außer wenn du einfach wegläufst. Ohne Grund, ohne dich zu verabschieden. Wir haben mehr verdient als das. Hab doch ein bisschen Glauben an uns. Du willst, dass wir dir vertrauen, aber du musst auch uns vertrauen!«

»Ich weiß nicht, wie das geht«, gestand sie ein. Es stimmte. Sie wusste nicht, wie sich das anfühlte, wie man damit umging. Konnte man sich das einfach vornehmen? Sie hatte es als Kind nicht gelernt, war es zu spät, das als Erwachsene nachzuholen?

»Du wirst es herausfinden. Stück für Stück. Fang damit an, nicht wegzulaufen. Entscheide dich, zu bleiben. Aus freien Stücken, weil du hier sein möchtest. Bei uns. Entscheide dich für uns, Mia, bitte.« Sams Stimme klang so verzweifelt, wie sie sich fühlte. Jetzt, wo ihre Panik nachgelassen hatte, drang seine Gefühlswelt zu ihrer durch. Er hatte auch Ängste, wie sie.

»Ich will ja, aber es ist schwer.« Mia schluchzte noch ein letztes Mal auf und ließ den Kopf hängen. Ihr kam ein schrecklich peinlicher Gedanke. »Ich habe mich blamiert. Habe ich dich mitblamiert? Ist deine Familie sauer auf mich?« Oh, bitte nicht! Sie wollte so sehr gemocht werden, hoffentlich hatte sie mit ihrer Flucht nicht alles zerstört.

Sam drückte sie fest an sich und vertrieb den schrecklichen Gedanken.

»Niemals. Bei der Horde ist bestimmt nicht mal aufgefallen, dass wir weg sind. Das ist der Vorteil, wenn deine Familie aus so vielen Menschen besteht. Möchtest du wieder zurück oder hast du genug fürs Erste?«

»Gibt es nachher ein Lagerfeuer?«, fragte Mia, weil sie an die Feuerstelle im Garten dachte, neben der schon Holz aufgestapelt gewesen war. Dabei sah sie zu ihm auf. Tränen hingen an ihren Wimpernspitzen, aber sie lächelte zaghaft und Sam küsste sie erleichtert.

»Klar. Aber nur ein kleines wegen der Waldbrandgefahr, das versteht sich von selbst für eine Feuerwehrfamilie. Es reicht, um Stockbrot zu machen.«

»Lass mich kurz die Heulerei aus dem Gesicht waschen und dann können wir wieder zurück. Ich habe noch nie Stockbrot gegessen.«

»Dann wird es Zeit, dass wir das nachholen.«

Kapitel 15

Die Schule schloss für die langen Sommerferien, aber Mia hatte Sommerkurse als privates Ferienprogramm für die Schüler organisiert und durfte die Klassenräume im Keller auch nutzen, um an einem Abend pro Woche Kurse für Jugendliche und Erwachsene anzubieten, die schnell ausgebucht waren. Das Töpfermärchen, das sie mit Kit und den Kindern gestaltet hatte, hatte sicher dazu beigetragen. Es war bei den Eltern unglaublich gut angekommen. Die Geschichte war kreativ, witzig und Kits gemalte Kulissen wunderschön. Mia war stolz darauf und sogar Kit, die eigentlich in einer ganz anderen Liga spielte, hatte Mia gestanden, dass sie schon lange nicht mehr so viel Spaß am Malen und Gestalten gehabt hatte wie bei diesem Projekt mit ihr und den Kids. Die Rektorin der Grundschule hatte einen Termin mit der lokalen Presse organisiert, um darüber zu berichten, was eher an Kit, dem Weltstar der Kunstszene, lag als an Mia. Die hatte sich bei dem Termin möglichst viel im Hintergrund gehalten und das Reden der Rektorin und Kit überlassen. Diese Art von Aufmerksamkeit war sie nicht gewohnt. Kit hatte mehrfach darauf hingewiesen, dass es nicht ihr persönliches Verdienst war, sondern vor allem Mias Idee, die sie zusammen mit den Schülern gemeinsam umgesetzt hatten. Kit wollte sich nicht mit fremden Federn schmücken, aber es war eindeutig, dass die Presse vor allem an ihrer Person interessiert gewesen war und an der Frage, warum eine berühmte Malerin ein Kunstprojekt an einer süddeutschen Grundschule unterstützte. Darüber hatte sich Kit maßlos geärgert und sich im Nachhinein mehrfach bei Mia entschuldigt, aber Mia war die Presse nicht wichtig. Sie hatte nur gelacht und Kit gestanden, dass sie eigentlich ganz dankbar war, nicht im Mittelpunkt stehen zu müssen. Für sie zählte nur die Freude, die sie zusammen mit Kit und den Kindern verspürte. Die leuchtenden Augen der stolzen Kinder machten sie glücklich. Wie versprochen hatte sie mit einer digitalen Kamera alle getöpferten Figuren und Szenerien bis ins Detail fotografiert und nach dem Daumenkino-Prinzip zu einem Stop-Motion-Film zusammengeschnitten. Georgie hatte ihr dafür mal wieder ihren Laptop geliehen. Irgendwann würde sie einen eigenen haben, träumte Mia und kam sich dabei ganz kühn vor. Ein halbes Jahr zuvor hatte sie noch zitternd mit all ihren Kleidern übereinander angezogen im Auto geschlafen und nicht gewusst, wovon sie die nächste Mahlzeit bezahlen sollte. Und nun träumte sie von Töpferkursen, eigener Keramik und sogar etwas so Teurem wie einem Laptop für sich ganz allein.

Zum Abschluss des Schuljahres hatte sie jedem Kind eine DVD mit dem Film gebrannt und ihn auch online hochgeladen, damit die Kinder all ihren Verwandten zeigen konnten, was sie geschaffen hatten. Sie hatte dabei an ihre Eltern gedacht, die dieses Projekt ganz sicher niemandem gezeigt hätten. Die Eltern von Mias Schülern dagegen waren ganz verliebt in die Gestaltungskraft ihrer Sprösslinge und dankten Kit und ihr beim Fest zum Schuljahresende überschwänglich. Sie wurden geradezu überhäuft mit Geschenken, wie Mia fand. Etliche Flaschen Sekt und Wein, feine Pralinen und hübsche Blumensträuße von den Eltern sowie selbst gemalte Bilder von den Kindern. Mia hängte jedes Bild, das ihr geschenkt wurde, in der Feuerwache auf und brachte so Farbe und Fröhlichkeit in ihr Zuhause. Die Blumen platzierte sie auf der Fensterbank. Sie erinnerte sich daran, wie sie hier eingezogen war und sich vorgestellt hatte, eines Tages eine Vase mit Blumen zu füllen und auf den Tisch zu stellen. Nun standen sogar sieben davon in der Wache und zauberten jedes Mal ein großes, zufriedenes Lächeln auf Mias Gesicht, sobald sie die Blumen und die gemalten Bilder der Kinder erblickte.

Die Begeisterung und Dankbarkeit der Eltern führte dazu, dass Mias Töpferkurse schnell ausgebucht waren. Über die Kursgebühr hatte sie sich mit Vera und Georgie beraten, weil sie selbst gar kein Gespür dafür hatte, was sie verlangen konnte. Immerhin war sie keine diplomierte Töpferin, hatte sie eingewandt. Aber Georgie hatte sie vehement unterbrochen und ihr den Kopf zurechtgerückt. Mia fügte sich und legte aufgeregt einen Preis fest. Nicht eine Person beschwerte sich darüber, dass der Kurs zu teuer sei, stellte sie erleichtert fest. Die Einnahmen konnte Mia natürlich gut gebrauchen und sie war froh und dankbar für Georgies Durchsetzungsvermögen. Mit der Rektorin hatte sie ganz unkompliziert vereinbart, ihr während des Schuljahres mitzuteilen, wie viel Material sie selbst verbrauchte, und die Ausgaben dann über ihr Gehalt abzurechnen. Da sie in den Sommerferien jedoch kein Gehalt von der Schule bekam, notierte Mia die Menge, die ihre Kursteilnehmerinnen benötigten, separat. Dazu führte sie genau Buch, wie viel Gramm Ton für ihre Schüler und wie viel für sie selbst verwendet wurde. Sie rechnete es exakt ab, damit man ihr unter keinen Umständen vorwerfen konnte, Vertrauen missbraucht zu haben. Die Kurse ermöglichten ihr auf diese Weise, selbst einen großen Vorrat an Schalen, Bechern, Tellern und Vasen anzulegen. Sie produzierte in jeder freien Minute so viel sie konnte und ihre Sammlung wuchs von Tag zu Tag.

Vera hatte sich für diesen Abend zum Töpferkurs angekündigt. Sie war neugierig, wie ihr Mia-Mädchen sich als Lehrerin schlug. Sie hatte Mias Entwicklung in den vergangenen drei Monaten beobachtet und war stolz darauf, was für eine starke, selbstbewusste junge Frau aus dem verschreckten, in sich gekehrten Mädchen geworden war. Zu Recht schrieb sich Vera einen Anteil daran zu. Einmal mehr hatte sich bestätigt, dass es nichts gab, was dieser Ort, die Frauen, die hier wirkten, ihr Gartenparadies, warmes Essen und ein Lavendelschaumbad nicht richten konnten.

Mia war ihr nach wie vor eine große Hilfe im Hotel, im Café, im Laden. Sie war immer da, wenn man sie brauchte. Sie packte mit an und schuftete von früh bis spät mit großem Eifer. Vera fand das fast etwas übertrieben, schließlich musste man auch mal durch den Garten tanzen oder Zeit für Kreatives haben. Künstlerinnen wie Mia sollten nicht nur hier und da ein paar Stunden Zeit haben für ihr Handwerk. Wenn einen die Muse packte, konnte man doch nicht nach der Stoppuhr aufhören, weil man noch dies und jenes erledigen musste. Und richtige Pausen nahm sich Mia auch nie! Der Töpferabend war Veras Pause. Also hatte sie sich bei Mia zum Kurs angemeldet. Mal sehen, was die Kleine draufhatte. Ihre Keramiken waren jedenfalls wunderschön und verkauften sich gut im Laden. Vor allem zusammen mit den Seifen und den Blütenmischungen, sie waren die perfekte Ergänzung. Das konnte Mia wirklich gut. Jetzt war Vera gespannt auf Mias Lehrerinnenqualitäten.

Zusammen mit vier weiteren Frauen aus der Umgebung hatte sie sich im Schulkeller eingefunden und sah Mia nun aufmerksam dabei zu, wie man den Ton zur Vorbereitung klopfte und knetete. Sie hatte schon einmal getöpfert, das war aber in den Siebzigerjahren gewesen, also vor fast fünfzig Jahren, und sie hatte nur mehr verschwommene Erinnerungen, stellte sie belustigt fest. Mia wollte den Frauen heute zeigen, wie man einen Schmuck-Kaktus gestaltete. Es sollte eine flache, kleine Schale werden, aus deren Mitte ein Kaktus wuchs, an dessen Stacheln oder Armen man Ringe und Ketten hängen konnte. Vera lachte laut, als sie das hörte.

»Das finde ich super! Ich habe ja so viel Schmuck zu Hause. Eigentlich müsste ich eine ganze Kaktusfarm töpfern«, verkündete sie vergnügt in den Raum hinein. Mia grinste.

»Klar, Vera, das kriegen wir hin. Wir fangen aber erst mal mit einem an«, sagte sie zu ihrer vorlauten Schülerin und drückte freundschaftlich ihren Arm. Mit großem Engagement knetete Vera den Ton, wie Mia es allen gezeigt hatte.

Während Mia ihre Runde drehte und bei jeder Frau für ein paar Minuten stehen blieb, um mit ihr zu plaudern und hier und da ein paar Griffe am Ton zu zeigen, schweifte Vera in Gedanken ab. Das Arbeiten mit dem Ton war eine sinnliche Handwerkskunst. Das Kneten und Formen mit den Händen. Zu spüren, wie die Masse unter den Fingern nachgab, weicher wurde, geschmeidig. Es brachte sie auf eine Idee. Vor sich hin kichernd beschloss sie, mit ihrem Objekt leicht vom ursprünglichen Motiv abzuweichen.

Als Mia zu guter Letzt bei Vera auftauchte und über ihre Schulter sah, stutzte sie. Das war definitiv kein Kaktus!

»Ist das eine Frau, die du da formst?«, fragte sie belustigt. Vera sah sie mit vor Vergnügen blitzenden Augen an und nickte eifrig.

»Das ist ja übersexuell, das Töpfern! So sinnlich. Das hat meine yonische Energie geweckt, ich konnte nicht anders.« Sie hielt die Figur in die Höhe und drehte sie ein bisschen.

»Und die vielen Arme?«, hakte Mia nach. Veras Töpferobjekt war die handflächengroße Abbildung eines kurvigen Frauentorsos mit sechs Armen.

»Weil wir Frauen schuften, als hätten wir sechs Arme. Mindestens. Du müsstest das doch am besten wissen, du kleiner Feger.« Sie zwinkerte Mia zu. »Wie findest du die Hängebrüste?« In ihrer Frage schwangen Erheiterung und ein kleines bisschen Stolz mit.

Die Brüste der Figur hingen bis zu dem rundlichen Bauch hinab. Mia lachte ein bisschen verlegen. War es in Ordnung, diesen Humor in der Öffentlichkeit zu haben? Sie musste ihre Rolle als Töpferlehrerin noch ausbalancieren.

»Habe maßstabsgetreu meinen nachgebildet«, erklärte Vera zwinkernd und Mia schüttelte sprachlos den Kopf. Typisch Vera, wenn sie beteiligt war, musste man wohl mit allem rechnen! Die anderen Frauen hatten ihr Gespräch mitverfolgt und waren näher getreten, um das Kunstwerk zu sehen. Lautes Gelächter erfüllte den Raum.

»Aber die Brüste können schlecht als Haken dienen, wenn sie so runterhängen«, warf eine von ihnen pragmatisch ein. Vera nickte nachdenklich. Dann griff sie zielgerichtet zu und bog die tönernen Brüste, bis sie mit einer kleinen Kurve nach oben standen und jetzt eher aussahen wie zwei weitere Arme, die der Figur aus dem Brustkorb wuchsen. »So. Problem gelöst. Wenn das mit meinen auch ginge, würde ich es sofort tun.«

Mia rieb sich das Gesicht. Klar, mit Vera im Kurs war eine Überraschung dieser Art zu erwarten gewesen. Und es tat dem Unterricht keinen Abbruch, im Gegenteil, Veras verrückte Kunst sorgte dafür, dass die Stimmung im Töpferkeller noch lockerer wurde. Die Frauen lachten, plauderten und tauschten witzige Anekdoten aus – und sie blieben mit Feuereifer am Werk. Mia sog die Energie, die in diesem Kellerraum waberte, in sich auf. Sie liebte es. Sie liebte es fast genauso sehr, wie selbst zu töpfern. Aber nur fast! Nichts konnte so schön sein, wie ungestört in ihre Leidenschaft vertieft zu sein, sie allein, ein Klumpen Ton und ihre Drehscheibe. Aber es bereitete ihr eine große Freude, anderen diese Leidenschaft näherzubringen und sie in die unendlichen Möglichkeiten des Töpferns einzuweihen. Nicht nur den Kindern, auch den erwachsenen Frauen. Als sie den ersten Workshop von Vera besucht hatte, das Kerzenziehen, war sie auf der anderen Seite gewesen. Auch das hatte ihr großen Spaß gemacht, aber jetzt, als Lehrerin, empfand sie es als noch berauschender, fühlte sich selbst dadurch größer, stärker, erwachsener. Sie hatte ihre Bestimmung gefunden, das wusste sie. Und sie würde alles dafür tun, um das nicht wieder aufs Spiel zu setzen.

So sehr sie in den kommenden Wochen das Unterrichten genoss, so sehr genoss Mia die Stille und Einsamkeit, wenn sie allein im Keller ihrer Arbeit nachgehen konnte. Ihre Tage teilten sich in diesem Sommer auf in zahlreiche Schichten im Café, im Laden, im Hotel und im Schulkeller. Sie fand ihren Flow wieder, als hätte die monatelange den Umständen geschuldete Pause, nachdem sie die Töpferwerkstatt in Hamburg verlassen hatte, nicht stattgefunden. Die Arbeit an der Drehscheibe ging ihr flüssig von der Hand. Sie liebte das Gefühl, den feuchten Ton in den Händen zu halten, liebte den Geruch und das Gespanntsein darauf, wie die Objekte aussahen, wenn sie aus dem Ofen kamen. An diesem Morgen holte sie gerade eine große Ladung heraus und musterte die Ergebnisse kritisch. Auf Veras Wunsch hin hatte sie Seifenschalen in Blattform für den Laden erstellt. Mal sehen, ob das Muster der Blattadern gut zur Geltung kam. Es hatte sie einige Tests mit verschiedenen Schablonen und Materialien gekostet, um jetzt ein zufriedenstellendes Ergebnis zu erzielen. Am liebsten hätte sie all ihre Waren im Laden und auf dem Markt in Freiburg verkauft, aber dazu mussten sie ihrem strengen, prüfenden Blick standhalten. Zu der Fuhre an Blätterschalen kamen einige kleine Schüsseln und ihre neuste Idee: Minivasen. Jedes Teil nahm sie vorsichtig in die Hand und prüfte es kritisch von allen Seiten. Zufrieden mit dem Ergebnis zählte Mia noch mal nach, als sie alle inspiziert hatte. Es waren definitiv genug für die nächsten paar Wochen. Alles für den Laden. Hoffentlich verkauften sie sich gut. Vera war zuversichtlich, denn auch dieser Sommer brachte wieder jede Menge Touristen in die kleine Stadt, Touristen mit Geld, Freude an kunsthandwerklichen Gegenständen und dem Bedürfnis, ein Mitbringsel mit nach Hause zu nehmen. In einigen Wochen fand der alljährliche große Künstlermarkt in Freiburg statt, vielleicht konnte sie sich dort einen Tisch teilen oder sich sogar einen eigenen Stand leisten. Ihr Erspartes wuchs stetig. Im Café und im Hotel wurde sie immer von Vera verköstigt und so gab sie von ihrem Gehalt, das sie aus den verschiedensten Quellen bezog, nur das aus, was sie für die geringe Miete des Zimmers über der Feuerwehrwache und für Material zum Töpfern aufbringen musste. Ein leeres Marmeladenglas war zum Sparschwein umfunktioniert worden und Mia hatte es in der Feuerwache gut versteckt. Regelmäßig holte sie es hervor, zählte staunend ihr Vermögen und verstaute das Glas wieder, wenn sie sich ausreichend versichert hatte, dass der Betrag darin weiter angewachsen war.

Als Sam an den Türrahmen klopfte, drehte sich Mia um und erwiderte sein Lächeln. Sie war ganz in die Arbeit versunken gewesen und hatte nicht gehört, dass er gekommen war.

»Oh, hi.« Ihre Wangen röteten sich leicht vor Freude und er ging auf sie zu, um sie zu küssen. Entzückt stellte sie ein freudiges Gefühl in ihrem Magen fest, als seine Lippen ihre berührten.

»Hallo, meine Hübsche.«

Sein Kompliment brachte sie zum Kichern, liebevoll strich sie über sein Gesicht und lehnte sich ein bisschen zurück, um es besser sehen zu können.

»Weißt du, was ich beeindruckend finde?«, fragte Sam und fuhr gleich fort. »Du bist vollkommen fokussiert, hoch konzentriert und bekommst kaum etwas um dich herum mit, wenn du arbeitest. Immer zu hundert Prozent bei der Sache, das ist faszinierend«, beschrieb er, was er gesehen hatte, als er zur Tür hereingekommen war. Mia zuckte mit den Schultern.

»Es geht nicht anders, das Töpfern ist ein filigranes, sensibles Handwerk. Dinge gehen leicht zu Bruch, wenn man nicht aufmerksam ist. Außerdem muss ich jedes Teil genau auf Fehler und Risse untersuchen. Stell dir vor, eine Vase verliert Wasser. Etwas Unperfektes kann ich nicht verkaufen, auch wenn die missglückten Stücke oft einen ganz besonderen Charme haben.«

»Du bist voll in deinem Element, oder?«

»Absolut. Ich liebe es. Alles daran. Wie war deine Nacht?«, erkundigte sie sich.

»Sehr anstrengend.« Sam war die ganze Nacht über unterwegs gewesen, um seinen Kollegen vom Nachbarrevier bei einer Übung zu helfen. Die Erschöpfung stand ihm ins Gesicht geschrieben, dennoch sah er zufrieden aus. Wie sie selbst ihre Keramiken liebte, so ging er in seinem Job auf. Mittlerweile verbrachten sie fast jede Nacht zusammen, entweder bei ihm auf der Station oder bei ihr in der Wache. Sie genoss seine Nähe, die Wärme, die er neben ihr im Bett ausstrahlte, liebte es, mit ihm noch vor Sonnenaufgang aufzustehen, mit Oskar, Käpt'n und ihm zu frühstücken, eine Runde mit dem Hund zu drehen. Dann ging jeder seinen Aufgaben nach, tagsüber begegneten sie sich hier und da, abends kamen sie wieder zusammen, mal früher, mal später. Wenn er eine Nacht nicht da war, vermisste sie ihn, sehnte sich nach ihm und hatte es gern, wenn sich der Kater oder der Hund zu ihr aufs Bett gesellte. Diese Nacht war so eine gewesen. Wie schön, dass er ihr einen Besuch im Schulkeller abstattete, bevor er nach Hause fuhr. Er sah müde aus, stellte Mia besorgt fest.

»Bist du auf dem Weg in die Wache?«, fragte sie und er nickte träge.

»Ja, aber vorher wollte ich dich wenigstens kurz sehen. Was hast du damit vor?«, fragte er interessiert und deutete auf den Karton mit den Minivasen.

»Ein neues Experiment. Hat funktioniert! Ich wollte ganz, ganz kleine Vasen herstellen. In die man nur eine einzelne Blume reinstellen kann. Damit lassen sich wunderbar Reste vom Ton verwerten. Das habe ich versucht und zu meinem Glück sind bisher alle etwas geworden. Siehst du, jede hat eine eigene Form bekommen, ich glaube, es sieht schön aus, wenn man mehrere nebeneinanderstellt. Es war etwas knifflig, weil die Öffnungen wirklich winzig sind, trotzdem soll so viel Wasser reinpassen, dass man nicht ständig nachfüllen muss!« Sie nahm eine der grazilen Vasen, die nur so groß wie ihr Daumen waren, in die Hand und drehte sie vor seinen Augen hin und her. »Vielleicht taugen sie auch eher für Trockenblumen oder Eicheln mit Stiel. Das sieht bestimmt sehr hübsch aus im Herbst.« Sie zuckte wieder mit den Schultern. Sie würde die Vasen noch einem Test unterziehen und falls sie nicht dicht sein sollten, würde sie einfach so tun, als wären sie nie anders als für Trockenblumen geplant gewesen. Mit einem dünnen Lavendelzweig darin würden sie gut in den Laden passen. Vera konnte ihr bestimmt ein paar Stängel aus der Plantage geben, damit Mia demonstrieren konnte, wie sie es sich vorstellte.

»Als ich angefangen habe, zu töpfern, habe ich vor allem leichte Dinge gemacht. Schalen, Becher ohne Henkel, solche Sachen. Jetzt habe ich richtig Lust, Kompliziertes auszuprobieren. Wenn ich schon Kurse anbiete, sollte ich mehr draufhaben als das, was meine Lehrlinge können.« Behutsam schob sie die kleine Vase in seine Hemdtasche, in der seine Polizeimarke steckte, wie immer. Mittlerweile hatte sie sich daran gewöhnt und zuckte bei ihrem Anblick nicht mehr zusammen. »Hier, nimm die als Dankeschön für deine Mutter mit. Wenn sie sich nicht für mich eingesetzt hätte, wäre es nie zum Unterricht mit den Kindern gekommen und es gäbe auch die Töpferkurse in den Ferien nicht. Alle Kurse sind ausgebucht, kannst du dir das vorstellen? Wahnsinn!«

Sam ergriff ihre Hand und küsste sie.

»Darüber wird sie sich sicher freuen. Wann machst du heute Feierabend?«, erkundigte er sich. Mia ging kurz ihren Tagesplan im Kopf durch.

»Ich mache das hier noch schnell fertig. In einer Stunde öffne ich den Laden und wollte vorher im Café nach dem Rechten sehen. Tina hat den Vormittagsdienst, aber Lina ist wieder da. Jetzt lerne ich sie endlich auch richtig kennen. Sie will heute gleich die Nachmittagsschicht übernehmen. Ich bleibe im Laden bis um fünf. Dann schaue ich kurz im Hotel vorbei, bereite einige Zimmer für neue Gäste vor und kümmere mich um das Saubermachen nach dem Abendessen. Ich denke, ich bin gegen neun Uhr zu Hause. Das wird ein langer Tag.« Sie lachte glücklich auf. Je voller und abwechslungsreicher die Tage, desto lieber waren sie ihr. Das lag vor allem an den wunderbaren Frauen, mit denen sie diese Tage verbringen durfte, und an dem guten Essen von Vera, mit dem sie in der Regel diese langen Tage ausklingen lassen konnte.

»Okay. Bis dahin bin ich wieder fit. Ich muss kurz in die Wache, ein paar Dinge erledigen, dann lege ich mich für zwei, drei Stunden hin. Lass uns heute Abend etwas Schönes unternehmen: grillen oder zum Teich fahren und eine Runde schwimmen. Wir könnten auch ein Mitternachtspicknick veranstalten und die Sterne beobachten. Im Sommer kann man hier richtig gut Sternschnuppen gucken, vor allem im August. Du darfst dir dann was wünschen. Auch unanständige Sachen. Diese Wünsche bitte direkt an mich richten.«

»Da fällt mir bestimmt was ein«, antwortete sie, wackelte feixend mit den Augenbrauen und küsste ihn als Vorgeschmack auf die Nacht innig. »Ich hole dich ab, sobald ich im Hotel fertig bin. Vielleicht kann ich von Vera ein paar Reste abstauben für unser Mitternachtspicknick mit versauten Sternschnuppenwünschen.«

Sams Telefon klingelte und unterbrach den intimen Moment. Stirnrunzelnd sah er darauf und meldete sich dienstlich. Wenn man ihn an seinem freien Tag anrief, konnte das nichts Gutes bedeuten. Mia beobachtete besorgt, wie ein Ausdruck des Schocks auf seinem Gesicht erschien. Schnell fing er sich wieder, mit professioneller, unergründlicher Miene legte er auf.

»Was ist passiert?«, wollte Mia wissen. Sie hatte ihn genau beobachtet und all ihre Sinne waren angespannt, weil sich seine physische Anspannung auf sie übertrug. Da konnte sein Gesichtsausdruck noch so um Neutralität bemüht sein, sie spürte seinen Körper vor Adrenalin vibrieren.

»Es wurden Schüsse auf dem Grundstück von Michael und Tina gehört. Wenn der Bastard ihr was angetan hat, Gnade ihm Gott!«, knurrte Sam mit beherrschter Stimme, zückte sein Telefon erneut, um Verstärkung aus den Nachbargemeinden anzufordern, und lief dabei schon los. Mit großen Schritten rannte er den Gang entlang und war nach wenigen Sekunden aus Mias Blickfeld verschwunden.

Kapitel 16

Mia sah ihm erstarrt hinterher. Seine Schritte verhallten schnell, sie hörte noch, wie oben die Eingangstür des kleinen Schulgebäudes ins Schloss fiel, dann war alles still um sie herum. Was hatte er da gerade gesagt? Schüsse? Konnte das wahr sein? Ihr Herz hatte kurz aufgehört zu schlagen, um dann umso wilder zu pochen. Mia löste sich aus ihrer Starre und packte in aller Eile ihre Sachen zusammen. Die Keramiken mussten warten, sie griff nur nach Handy und Schlüsselbund. Dann hastete sie so schnell es ging zu ihrem Wagen. Immer wieder murmelte sie Tinas Namen. Hoffentlich war ihr nichts passiert. Bitte, bitte, lass sie nicht verletzt sein, flehte Mia zu einer höheren Macht. Tina war ihr ans Herz gewachsen, sie waren beide verlorene Seelen, die wussten, wie schwer es war, dem Horror zu Hause zu entkommen. Es verband sie miteinander, auch wenn sie nie darüber sprachen. Während Mia die Landstraße entlangraste und alles an Geschwindigkeit aus dem Kleinwagen herausholte, das er hergab, wurde ihr mit einem Mal bewusst, dass sich Sam selbst in Gefahr begab, wenn er zu dem Tatort fuhr. Mia hatte gerade das Ortsschild hinter sich gelassen, als ihr bei dieser Erkenntnis schlecht wurde. Sie musste an den Straßenrand fahren, wo sie abrupt abbremste. Ihre Hände zitterten zu sehr, um noch lenken zu können. Wenn ihm etwas zustieß, was dann? Ihr Herz krampfte vor Schmerz. Das durfte einfach nicht sein! Mia konnte vor Angst kaum atmen. Das erste Mal in ihrem Leben hatte sie Liebe gefunden, die durfte sie nicht jetzt schon wieder verlieren. Sie sprang aus dem Wagen und rannte die letzten Meter quer über die Straße zum Café. Sie wollte die Tür aufreißen, aber es war abgeschlossen. Mia presste ihr Gesicht an die Scheibe und hämmerte mit der Faust dagegen. Aus dem hinteren Bereich sah sie Vera hervortreten. Die ältere Frau hielt kampfbereit ein Küchenmesser in der Hand und ihre Augen funkelten angriffslustig. Als Vera erkannte, wer an der Tür polterte, legte sie das Messer weg, eilte zu Mia und ließ sie hinein. Schnell schloss sie hinter der jungen Frau wieder ab und suchte mit den Augen die Straße vorm Café ab. Mia ergriff Veras Arme, umklammerte sie in blinder Panik.

»Vera, ich glaube, es ist etwas Schreckliches passiert! Sam wurde gerade angerufen. Auf dem Grundstück von Tina und Michael sind Schüsse gefallen. Er ist sofort hingefahren«, brachte Mia mit brüchiger Stimme hervor.

»Ich habe schon davon gehört«, antwortete Vera und umarmte Mia fest. »Aber Tina geht es gut. Sie ist bei Tom und Georgie. Ich habe sie dorthin geschickt. Sie tauchte vor einer halben Stunde hier auf, in Tränen aufgelöst. Es gab wohl einen heftigen Streit mit ihrem Mann und sie ist davongelaufen. Endlich!«

Mia atmete tief durch und musste das Gehörte kurz verdauen. Tina war in Sicherheit. Zum Glück! Was aber war mit Sam? Sie musste ihn unbedingt erreichen. Ihm sagen, dass Tina nicht auf dem Grundstück war. Vielleicht wusste er es nicht und ging ein Risiko ein, weil er dachte, er müsse die Frau retten. Mia wollte sofort umdrehen und zu ihm fahren, aber Vera hielt sie fest.

»Sam weiß, was er tut, Mia. Wenn du jetzt losfährst, bringst du ihn und dich in Gefahr«, sagte sie ruhig. »Ich telefoniere ein bisschen herum und versuche, jemanden auf der Dienststelle zu erreichen. Und dann warten wir ab«, schlug sie überraschend vernünftig vor. »Das Universum wird schon wissen, was zu tun ist«, schob sie hinterher, sie war schließlich immer noch Vera.

Mia nickte. Wehe, das Universum würde sich nicht ordentlich um Sam kümmern. Sie durfte ihn nicht verlieren!

Der Vormittag zog sich schier endlos. Mia tigerte im Café auf und ab, rastlos, ängstlich, besorgt. Vera hing pausenlos am Telefon und versuchte herauszufinden, was vor Ort los war. Es wurde Nachmittag, als endlich die Erlösung für Mia kam. Veras Telefon klingelte und Mia griff Trost suchend nach Veras freier Hand, sie konnte nicht hören, was am anderen Ende gesagt wurde, und bangte um die Nachricht. Endlich sprach Vera. »Es geht ihm gut. Es geht ihm gut, Mia-Mädchen, keine Sorge. Das war Tom. Sam ist bei ihm und Georgie, um mit Tina zu sprechen.« Mia und Vera atmeten beide tief durch und hielten sich fest an den Händen. »Noch mal«, ordnete Vera an und Mia entfuhr ein leiser Schluchzer beim Einatmen.

»Ich hatte solche Angst um ihn«, gestand sie Vera. Die ältere Frau lächelte wissend. Dann klatschte sie in die Hände.

»Jetzt los. Lass uns verschwinden von hier. Ich brauche erst mal einen Schnaps, wenn ich nach Hause komme. Was für ein Tag!«

Mia fuhr nicht mit Vera ins Hotel, sondern in die Feuerwache, setzte sich dort auf den Sessel am Fenster, schnappte sich Käpt'n und beobachtete die Station auf der anderen Straßenseite, damit sie nicht verpasste, wenn Sam zur Wache zurückkehrte. Das Schnurren des Katers auf ihrem Schoß tat ihr gut und sie fühlte sich weniger allein, während sie wartete. Endlich fuhr

Sams Wagen vor. Mia sprang auf und stellte sich ans Fenster. Den Kopf gesenkt stieg er aus dem Wagen und drehte sich in ihre Richtung um. Seine Schultern hingen müde hinunter. Er sah schrecklich erschöpft aus. Ihre Blicke begegneten sich und sie lächelte ihm ermutigend zu. Dann eilte sie nach unten und über die Straße. Sie flog ihm um den Hals und er fing sie dankbar für die Zuneigung auf. Es war ein schrecklicher Tag gewesen und ihr Körper eng an seinem gab ihm etwas Trost. Er schloss die Arme um sie.

»Er hat sich selbst erschossen«, murmelte er und zog Mia noch näher an sich heran. Er hatte nie viel Respekt und Achtung für diesen Mann gehabt. Aber seine Tat ließ auf eine tiefe Verzweiflung schließen und sein Tod kam Sam sinnlos vor. Gerade hatte er Tina zusammen mit einer Kollegin die Nachricht überbringen müssen und sie zu dem Streit befragt. Die Kollegen aus der nächstgrößeren Dienststelle hatten den Tatort untersucht und das Ruder übernommen. Aber Tina zu sagen, dass ihr Mann tot war, das wollte er nicht von völlig Fremden ausführen lassen. Sam fühlte sich für seine Nachbarn und Gemeindemitglieder verantwortlich. Den schockierten Blick in ihren Augen würde er nie vergessen. Entsetzen, Horror und eine kleine Prise Erleichterung. Während des Streits hatte sie dermaßen Angst vor ihrem Mann bekommen, dass sie in blinder Panik geflohen war. Das hatte ihr vielleicht das Leben gerettet. Man konnte nur mutmaßen, was danach bei ihr zu Hause passiert war. Als Sam eingetroffen war, hatte er Michael im Wohnzimmer tot aufgefunden. Entweder hatte er sich selbst gerichtet oder war durch einen Querschläger tödlich getroffen worden, als er um sich geschossen hatte, das konnte man noch nicht sagen. Seine Kollegen würden es herausfinden und den Fall abschließen, wenn alle offenen Punkte geklärt waren. Sam presste die Augen zusammen, um das Bild vor seinen Augen zu vertreiben, und senkte seine Nase an Mias Nacken. Ihr Duft beruhigte ihn, ihr Körper an seinem, die kräftige Umarmung, darin fand er ein kleines bisschen Trost.

»Komm«, sagte sie, »lass uns reingehen.«

Mia hatte die ganze Nacht über Sams Schlaf gewacht und selbst kein Auge zugemacht. Sie dachte an Tina und was nun geschehen würde. Vermutlich nahm Vera sie erst mal auf, stellte sie sich vor. Sie würde schon aufgefangen werden von diesen wunderbaren Frauen hier im Ort, die auch sie aufgefangen hatten.

Als der Morgen graute, rief Mia leise Oskar zu sich und drehte eine kleine Runde mit ihm durch die Stadt. Der Hund hatte gespürt, dass etwas nicht stimmte, und war wie Mia die ganze Nacht nicht von Sams Seite gewichen. Trotz der gestrigen Tragödie wirkte im Ort alles wie immer. Die ersten Geschäfte öffneten, die Bewohner gingen ihrer Arbeit nach. Man grüßte sie und sie grüßte zurück. Beim Bäcker bekam sie frische, noch warme Brötchen und kehrte mit ihrem Einkauf nach Hause zurück. Routiniert kochte sie Kaffee und deckte den Frühstückstisch. Als sie sich umdrehte, sah sie, dass Sam trotz ihrer Bemühungen, leise zu sein, von ihrem Treiben aufgewacht war und sie aus müden, verhangenen Augen beobachtete. Er hatte ihr mal gestanden, dass er ihr gern dabei zusah, wie sie Dinge erledigte, er sah sie einfach gern an. Sie mochte es, denn immer, wenn sie bemerkte, dass er sie beobachtete, sah sie seinen liebevollen Blick, sah sich selbst durch seine Augen. Heute jedoch blickten seine Augen nicht verliebt, sie waren nur traurig. Mia verstand und lächelte ihm liebevoll zu.

Mit einem Becher in der Hand kletterte sie zurück in sein Bett und küsste ihn auf die Schläfe. Sam richtete sich auf, nahm ihr dankbar den Kaffee ab.

»Wie geht es dir?«, erkundigte sich Mia und strich ihm die Haare aus dem Gesicht.

»Ich kann einfach nicht fassen, was geschehen ist«, murmelte er und trank einen Schluck von dem heißen Getränk.

»War er der erste …« Mia verstummte, als Sam mit dem Kopf schüttelte.

»Nein. Er wird auch nicht die letzte Leiche sein, die ich sehe. Das bringt der Job mit sich. Aber er … Ich glaube, mich nimmt einfach mit, dass es für seine Situation eine andere Lösung gegeben hätte. Das hätte nicht passieren müssen. Ich war in den vergangenen Jahren so sehr darauf fokussiert, dass er seiner Frau nichts antut, dass ich überhaupt nicht gesehen habe, wie fragil er war und welche Gefahr er auch für sich selbst darstellte. Als ich in Frankfurt gearbeitet habe, ist mir die Arbeit nicht so nahe gegangen. Es ist etwas anderes, wenn man die Menschen persönlich kennt und sich für sie verantwortlich fühlt. Es ist schöner und schrecklicher zugleich.«

»Man kann nicht alle retten, Sam.« Mia griff nach seiner Hand und er drückte sie.

»Das würde ich aber gern. Ich verstehe das als Teil meiner Aufgabe. Ich habe den Job als Polizist gewählt, weil ich meinen Beitrag zu einer sicheren, guten, gerechten Gesellschaft leisten will. So wurde ich erzogen. Meine Eltern haben immer großen Wert auf soziale Gerechtigkeit gelegt. Auf gleiche Chancen. Darauf, dass wir als Gesellschaft füreinander da sind. Schau dir uns doch nur mal an, Lucy ist Anwältin geworden, Leo studiert Medizin. Mein Vater war bei der Feuerwehr, meine Mutter Grundschullehrerin. Es liegt in unserer DNA, anderen zu helfen. Wir könnten gar nicht anders.«

Etwas begann in ihr zu vibrieren. Ein brutaler Gedanke, der sich Bahn brach in ihr Bewusstsein.

»Sam. Bin ich für euch eine Art … Sozialprojekt?«, fragte sie misstrauisch und richtete sich etwas auf, wappnete sich für eine unangenehme Wahrheit. Sam hielt mit dem Becher in der Luft mitten in der Bewegung inne. Er runzelte die Stirn.

»Nein. Wie kommst du auf diese irrsinnige Idee? Hat jemand aus meiner Familie etwas zu dir gesagt? Wenn irgendjemand etwas angedeutet oder aus Versehen etwas Unbedachtes geäußert hat …«

»Nein, das nicht. Mir kam nur die Überlegung, warum ihr euch dermaßen um mich kümmert? Ist es diese Sozial-DNA, die du gerade erwähnt hast?«, bohrte sie nach und knetete nervös ihre Hände. Das hätte sie nicht ertragen können. Sie wollte keine Almosen, erst recht keine Gefühls-Almosen!

»Was meinst du denn? Ich verstehe nicht, was los ist, Mia? Meine Familie möchte Zeit mit dir verbringen und dich besser kennenlernen. Ganz ohne Hintergedanken. Weil ich dich gernhabe.« Sam zeigte sein Unverständnis mit zusammengezogenen Augenbrauen und einem forschenden Blick, dem Mia standhielt, auch wenn es ihr schwerfiel.

»Weil du mich gernhast, haben sie mich auch gern? Was ist denn das für eine Logik?«, beharrte sie und verschränkte die Arme vor der Brust. Das konnte nicht normal sein. So funktionierte das doch nicht! »Weißt du, was ich glaube? Es gefällt euch, mich aufzupäppeln. Habe ich recht?«

Sam stand vom Bett auf und ging aufgewühlt ein paar Schritte durch die kleine Wohnung. Der vorherige Tag gab seine Prise zur Anspannung dazu. Dann drehte er sich zu ihr um. Seine Augen funkelten sie zornig an. Mia war selbst emotional zu bewegt, um deshalb zu erschrecken. So aufgewühlt hatte sie ihn noch nie gesehen.

»Du spinnst ja wohl. Wie kannst du das von meiner Familie denken? Das ist unfair, Mia. Du hast es gar nicht nötig, aufgepäppelt zu werden. Sieh dir doch mal an, was du dir hier aufgebaut hast! Hattest du Unterstützung dabei? Ja. Aber hast du es dir selbst erarbeitet und verdient? Ja, verdammt! Natürlich freuen wir uns, wenn wir dir eine Freude machen können«, rief er. Es war das erste Mal, dass er laut wurde, und sie stand ebenfalls auf, um durch die Wohnung zu laufen. Der Hund verkroch sich winselnd unterm Tisch.

»Und es ist ganz selbstlos, mir eine Freude zu machen?«, gab sie in zynischem Tonfall zurück. Für wie doof hielt er sie denn?

»Ja. Schade, dass du das nicht zu schätzen weißt. Das ist ungerecht. Meine Familie hat mehr verdient als diese absurden Vorwürfe.« Er hatte es gerade erst ausgesprochen, da schlug er die Hände vors Gesicht und raufte sich den Schopf. »Scheiße, das habe ich nicht gemeint. Du bist nicht undankbar, das wollte ich damit nicht sagen. Aber ich verstehe nicht, warum du nicht akzeptieren willst, dass wir einfach gern Zeit mit dir verbringen. Wieso ist das immer wieder Thema? Können wir das nicht hinter uns lassen? Wir gehen einen Schritt vorwärts und zwei zurück, kommt es mir manchmal vor.« Der Frust sprach aus jeder Faser seines Körpers.

»Und ich verstehe einfach nicht, warum ihr das tut. Ich brauche eine vernünftige Erklärung dafür!« Mia zitterte. Vor Wut, Angst, Überforderung. Sam sah hoch und begegnete ihrem Blick. Als er ihn festhielt, verrauchte langsam sein Frust und sein Gesichtsausdruck wurde milder.

»Ich wünsche mir so sehr, dass du mir endlich vertraust. Von ganzem Herzen. Mir und meiner Familie«, bat er verzweifelt.

Als Mia darauf nichts zu erwidern wusste, sagte er plötzlich ganz ruhig, ganz zärtlich.

»Wir lieben dich, Mia. Darum.«

Mia erstarrte. Die Worte hallten in ihr nach.

Sam presste die Lippen zusammen, dann zuckte er mit den Schultern.

»Das ist die Wahrheit, damit musst du irgendwie klarkommen. Meine Familie hat dich gern. Was wir tun, tun wir aus Zuneigung. Nicht, weil du ein Projekt bist oder wir eine übertrieben soziale Ader haben und uns beweisen wollen. Sondern weil wir dich lieben! Das ist die vernünftige Erklärung, die du suchst. Und bevor du es infrage stellst: Ich. Liebe. Dich. Dich, Mia!«

Nach einem kurzen Moment des Schweigens schluchzte Mia, überrascht von ihren eigenen Emotionen, auf.

»Ich glaube, ich liebe deine Familie auch«, antwortete sie. Sie hatte es schon gespürt, die Liebe in ihr für ihn. Ihr hatten nur die richtigen Worte gefehlt, die sie nie zuvor ausgesprochen hatte. »Ich habe noch nie jemanden geliebt, Sam. Das ist verdammt unheimlich.«

Sam ging zu ihr und zog sie an sich in eine feste Umarmung. »Ist es denn nicht auch ein bisschen schön?«, wollte er wissen und küsste ihre Schläfe.

»Doch. Sehr. Unheimlich und unheimlich schön.«

Mias Handy unterbrach den Moment ihrer Liebesbeteuerungen. Es war Vera, die ihr eine wichtige Nachricht übermittelte. Als sie auflegte, sah Mia zu Sam und fing an, vor Freude zu lachen.

»Georgies Baby ist da!«

Kapitel 17

Einige Tage später fuhr Mia zu Georgies und Toms Haus im Wald. Sie hatte einen großen Korb mit Lebensmitteln von Vera dabei, außerdem ein kleines Geschenk für das Baby – ein getöpfertes Namensschild in der Form eines dicken Wals. Sie folgte dem Waldweg, fuhr rumpelnd über die schmale Brücke, die zu Toms Grundstück führte, und parkte vor dem Haus. Beladen mit den Mitbringseln lief sie zur Tür, klopfte, trat wie sonst auch einfach ein und lief über die Treppe nach unten ins Wohn- und Schlafzimmer, wo Georgie im großen Bett saß und las. Die frischgebackene Mutter blickte auf, als Mia die Treppe hinunterkam, und ihr Gesicht strahlte.

»Hallo«, flüsterte Mia und warf einen vorsichtigen Blick auf das schlafende Baby neben Georgie. Es war in eine leichte Decke eingewickelt, trug eine Mütze aus Stoff, sodass nur das winzige Gesicht zu sehen war.

»Hallo«, wisperte Georgie ebenfalls und winkte Mia zu sich. Die beiden Frauen umarmten sich lange.

»Ich habe euch etwas mitgebracht. Vorräte, schon zubereitet von Vera für die nächsten zwei, drei Tage. Und ein Geschenk für Ella. Wie geht es dir?«, fragte Mia leise und überreichte Georgie den in Seidenpapier eingewickelten Wal mit dem Namenszug ihrer Tochter darauf. Sie setzte sich vorsichtig auf die Bettkante und beobachtete die ruhigen Atemzüge des Neugeborenen. Was für ein Wunder! Georgie hatte einen kleinen Menschen auf die Welt gebracht. Das war das Krasseste, was Mia sich vorstellen konnte.

»Vielen Dank für das schöne Geschenk, Mia! Das ist ja hübsch.« Gerührt drückte Georgie Mias Hand.

»Gern geschehen. Und jetzt erzähl endlich, wie es dir ergangen ist. Ich will alles wissen.«

»Okay, also ich bin völlig überwältigt. Wir sind völlig überwältigt. Tom hat geheult wie ein Schlosshund! Es war so aufregend. Und anstrengend. Aber endlich ist sie da, unsere kleine Ella. Ich wusste nicht, zu welcher Liebe man in der Lage sein kann, Mia. Mir platzt fast das Herz. Und Tom war eine große Hilfe bei der Geburt. Ohne ihn hätte ich es nicht geschafft. Und das alles nach diesem furchtbaren Tag.«

»O Gott, ja«, bestätigte Mia und schüttelte entsetzt den Kopf. Die schrecklichen Ereignisse beschäftigten sie noch immer. »Erzähl«, forderte sie Georgie auf.

»Tom und ich saßen gerade beim Frühstück, als es an der Tür hämmerte. Tina! In Tränen aufgelöst, panisch, zitternd. Ich habe erst gar nicht verstanden, was vorgefallen war, weil sie so gestammelt hat. Aber Tom hat durchgegriffen. Wir haben die Tür verrammelt und Tina hier versteckt. Tom hat sich oben mit einem Vorschlaghammer hinter der Tür verschanzt und die Auffahrt beobachtet. Es war unwahrscheinlich, dass Tinas Mann herausfindet, wo sie war, aber man weiß ja nie!«

Mia lief ein Schauer über den Rücken und sie schüttelte sich kurz.

»Tina war wirklich in Tränen aufgelöst und hat sich gar nicht beruhigt. Ich glaube nicht, dass ich jemals jemanden so verängstigt gesehen habe. Der Streit ging wohl darum, dass sie ohne seine Erlaubnis angefangen hat, im Café zu arbeiten.

Er hat sie verdächtigt, ihn verlassen zu wollen, und sie hat es bejaht. Da ist die Situation wohl eskaliert. Ich habe versucht, sie zu beruhigen, aber was kann man da schon sagen? Und dann fuhr am Nachmittag plötzlich Sam auf den Hof und kam mit einer Kollegin herein, um ihr die Nachricht zu überbringen, dass ihr Mann tot ist. Unfassbar.«

Mia hatte die ganze Zeit einen Kloß im Hals. Erneut wurde ihr bewusst, dass dieser Streit für Tina auch ganz anders hätte ausgehen können. Sie war vielleicht gerade so entkommen.

Georgie erzählte weiter, wie einige Stunden später, als Sam gerade mit Tina weggefahren war, die Wehen so plötzlich und heftig eingesetzt hatten, dass Tom und sie sofort ins Krankenhaus aufgebrochen waren.

»Ein paar Stunden später war unsere Tochter auf der Welt. Damit war dieser schreckliche Tag wenigstens noch dafür gut, dieses kleine Wunder zu uns zu schicken«, schloss Georgie ihren Bericht und Mia wischte sich eine Freudenträne von der Wange. »Hat Vera schon behauptet, das Universum sei daran beteiligt?«, wollte sie wissen und beide kicherten.

»Natürlich! Ich vermute ja, die Tatsache, dass ich in der einundvierzigsten Woche schwanger war, hat ihren Anteil dazu beigetragen. Aber wenn Vera findet, das Universum hat die Kleine geschickt, um den Schrecken des Tages auszugleichen, soll mir das recht sein. Hauptsache, unser Baby ist endlich da.«

Mia drückte gerührt Georgies Hand.

»Bist du bereit für ein bisschen Klatsch und Tratsch?«, wollte sie wissen. Georgie nickte.

»Immer!«

»Sam und ich haben uns gegenseitig gesagt, dass wir uns lieben.« Mia schlug die Hände vor den Mund und wurde feuerrot im Gesicht. Georgie lachte begeistert.

»Das ist doch wunderbar! Oh, ich muss gleich weinen, befürchte ich.« Schon liefen ein paar heiße Tränen über ihre

Wangen, während sie bis über beide Ohren strahlte. »Die Hormone. Ich dachte, das hört auf, sobald sie da ist. Aber ich glaube, seitdem heule ich noch mehr«, entschuldigte sich Georgie, wischte sich die Tränen resolut aus dem Gesicht.

»Es ist wunderbar, das stimmt. Aber ich habe es noch nie zu jemandem gesagt und noch nie gesagt bekommen. Mich hat noch nie jemand auf diese Weise geliebt und es ist ganz schön groß, dieses Gefühl. Wie ein riesiger Klotz. Was mache ich denn nur damit?«, wollte Mia wissen. Es tat so gut, eine Freundin zu haben, mit der man über diese Themen reden konnte.

»Du kannst den Klotz zu etwas formen, das dir weniger Angst macht, Mia. Wie beim Töpfern«, beschwichtigte die junge Mutter ihre Freundin und kicherte. »O Gott, ich klinge wie Vera. Es färbt ab, wenn man zu viel Zeit mit ihr verbringt.«

Mia nickte bestätigend. Da war was dran, sie hatte es selbst schon bemerkt, fand aber auch, es könnte einen schlechter treffen. Vera mochte einem vielleicht sehr außergewöhnlich und gewöhnungsbedürftig vorkommen, aber je länger Mia Zeit mit ihr verbrachte, umso mehr bewunderte und verehrte sie diese Frau, die mit so viel Freude, Neugierde und dieser Ist-mir-doch-egal-was-andere-denken-Haltung durchs Leben tanzte. Davon konnte man sich gut etwas abschauen.

»Ich fahre jetzt in den Laden. Es sind wieder Bestellungen eingetroffen, die ich versenden will. Wenn du irgendwas brauchst, egal was, dann sag mir bitte Bescheid!«, forderte Mia von Georgie und stand vom Bett auf. Sie warf noch einen langen Blick auf das winzige Wesen neben Georgie und lächelte verzückt. Wie klein dieses große Wunder war!

»Danke. Lina kommt heute auch in den Laden, oder?«

»Ja, wir haben uns in den vergangenen Tagen ständig im Hotel, im Café oder im Laden verpasst. Ich hatte auch viel in der Schule zu tun. Aber heute lerne ich sie endlich kennen. Ich hoffe, sie mag mich, ich bin ein bisschen aufgeregt«, gestand Mia.

»Wer mag dich denn bitte nicht, du Süße!« Georgie lachte und schickte sie los.

Mia schloss erst den Laden auf, dann nebenan das Café und bereitete alles für Tina und Lina vor, die heute hier tätig sein würden. Tina wollte unbedingt weiterhin im Café arbeiten. Sie war, wie Mia sich schon gedacht hatte, für ein paar Tage bei Vera untergekrochen, die sie in ihrer besonderen Art wieder ein bisschen aufgepäppelt hatte. In das Haus des Unglücks konnte und wollte Tina nicht zurück, was Mia verstand. Noch war die Polizei dort zugange, um den Vorfall zu prüfen, doch auch wenn bald die Untersuchung vorbei wäre, würde Tina nicht dorthin zurückkehren, hatte sie beschlossen. Tom hatte angeboten, sich darum zu kümmern, dass das Haus von einer Spezialfirma ausgeräumt und gereinigt würde, sobald Sams Kollegen grünes Licht gaben. Dann sollte das ganze Anwesen verkauft werden. Tina hatte sich gewünscht, dass alles möglichst normal weiterlief, also arbeitete sie weiterhin im Café und alles andere würde sich finden. Darum machte sich Mia keine Sorgen, die Gemeinde würde Tina auch weiterhin unterstützen.

Mia startete das Kassensystem und die Kaffeemaschine, damit beide schon hochgefahren waren, wenn die Frauen eintrafen. Anschließend füllte sie Kaffeebohnen nach, holte die Kuchen aus dem Kühlschrank und platzierte sie in der Glasvitrine am Tresen. Dann hob sie Stühle herunter, wischte gewissenhaft über die Tische, obwohl gestern Abend schon gereinigt worden war. Sie erledigte es lieber doppelt. Dann ging sie durch den Durchbruch rüber in den Laden, öffnete dort Tür und Fenster, ließ frische Luft in die Geschäftsräume. Sie goss die Blumen vor beiden Geschäften und sah nach, ob im Laden alles aufgestockt war. Behutsam rückte sie ihre Keramiken in den Regalen zurecht und lächelte stolz. Sie fügten sich gut in das Gesamtkonzept des Ladens. Den Rausch, den sie verspürte, wenn jemand einen Becher, eine Schale oder Vase von ihr kaufte, hatte sie noch lange nicht satt. Kunden gaben Geld für etwas, das sie mit ihren Händen geschaffen hatte, das war das schönste Kompliment für ihre Arbeit, das man ihr machen konnte. Zufrieden sah sie sich um. Es war kurz vor neun Uhr morgens und sie war schon richtig fleißig gewesen. Zeit für eine kurze Pause mit einem kalten Früchtetee auf der Bank vor dem Geschäft. Mia nahm sich das Getränk aus dem Café, setzte sich in die Sonne und genoss den Moment.

Kurz darauf eilte eine kleine Frau mit dunklen Haaren über die Straße zu ihr herüber und winkte schon von Weitem. Mia winkte zurück. Sie erkannte Lina wieder von dem Telefonat damals und stand auf.

»Du bist Mia, nicht wahr? Endlich«, rief Lina und begrüßte sie schwungvoll mit einer kurzen, kräftigen Umarmung. »Das wurde jetzt aber auch Zeit, dass wir uns kennenlernen.«

Mia nickte. Auch wenn sie nicht mehr so schüchtern war wie zu Beginn und sich immer mehr wie eine Amazone fühlte, brauchte sie manchmal einen Moment, um sich darauf zu besinnen. Sie gab sich einen Ruck und lächelte Lina an.

»Wollen wir vielleicht einen Kaffee trinken oder einen Eistee? Dazu ein Zitronentörtchen? Vera hat heute Morgen schon die Kuchenauswahl vorbeigebracht«, schlug sie vor und Lina nickte voller Vorfreude. Ausgestattet mit den Leckereien setzten sie sich vor das Café und genossen die morgendliche Ruhe vor dem Erscheinen der ersten Gäste. Lina nahm Mia rasch die Zurückhaltung, indem sie einfach losplapperte.

»Das hier habe ich vermisst. Es war gut, dass ich bei meiner Familie in Schweden war, aber dieser Ort … der hat mir wirklich gefehlt. Apropos Schweden, ich habe ein fantastisches neues Rezept für Kanelbullar – das sind die schwedischen

Zimtschnecken – von meiner Tante bekommen. Ich glaube, ich backe das hier in den nächsten Tagen nach. Das kommt bestimmt gut an bei unseren Gästen. Mein Hefezopf war schon der Renner, aber die Zimtschnecken werden noch besser, wirklich!«

Mia nickte. Sie hatte noch nie solche schwedischen Kanelirgendwas gegessen, aber sie würde nie Nein sagen zu etwas, das mit viel Zucker und Butter angefertigt war. Jahrelange Enthaltsamkeit musste ausgeglichen werden mit Unmengen an Süßem, Essen und literweise Limonade. Sam zog sie immer liebevoll damit auf, aber das machte Mia nichts, sie war eben eine kleine Zuckerschnute, was war schon dabei? Es war leicht, mit Lina zu plaudern, die junge Frau sprudelte nur so vor Freude, sprang leichtfüßig von einem Thema zum nächsten, zeigte sich aufmerksam und interessiert. Mia mochte sie auf Anhieb. Nach ihrer zweiten Tasse Kaffee sprach Lina etwas an, das ihr sehr wichtig war: die Zukunft der Geschäfte.

»Georgie behauptet natürlich, dass sie so schnell wie möglich wieder arbeiten will, aber ich denke, sie verbringt sicher noch ein paar Wochen mit dem Baby zu Hause, bis sich alles eingespielt hat. Das sollen sie auch mal machen. Ich habe durch meine Tochter auch nur begrenzt Zeit. Tina bleibt wohl dem Café erhalten, meinte sie. Wir können sie jetzt für mehr Stunden einplanen, vermute ich. Oh, ist das unsensibel gewesen? Nun ja, du weißt ja selbst, wie viel Arbeit das Hotel, der Laden, das Café, die Veranstaltungen machen. Ich war ein paar Monate fort, viel länger als geplant, und muss echt einiges nachholen. Vor allem müssen wir uns dringend an die Planung für die Herbstmonate und die Wintersaison machen. Genau genommen sind wir schon viel zu spät dran, aber zur Not müssen wir eben improvisieren. Ich dachte, ich frage dich einfach ganz direkt, ob du dir vorstellen kannst, noch ein bisschen zu bleiben«, legte Lina die Karten auf den Tisch. Das kam für Mia überraschend, nachdenklich tupfte sie einen Törtchenkrümel von ihrem Bein. Dann nickte sie.

»Ja, ich will bleiben.«

Sam und sie hatten noch nicht darüber gesprochen, wie es weitergehen sollte. Es kam ihr vor, als ob er das Thema absichtlich mied, um die schöne Zeit, die sie hatten, nicht zu überschatten, aber ganz offensichtlich brannte es ihm auf der Seele. Er wollte, dass sie blieb, das wusste sie. Er liebte sie, sogar seine Familie liebte sie, hatte er gesagt, und sie glaubte ihm. Sie selbst wünschte sich nichts sehnlicher, als bleiben zu können und ein richtiges Zuhause zu haben.

»Es gibt da ein paar Dinge, die ich klären muss in Hamburg.« Sie musste endlich aufräumen in ihrem Leben. Das mit dem Auto musste offiziell geregelt werden, ihre Versicherungen. Sie musste sich wie ein anständiger Mensch beim Amt melden, brauchte Unterlagen, um ein eigenständiges, ehrliches Leben führen zu können. Es wurde Zeit, dass sie das in Angriff nahm, dabei bekam sie Unterstützung von Sams Schwester Lucy. Mia wollte die Vergangenheit aufräumen, um endlich unbeschwert auf ihre Zukunft blicken zu können. Aber sie hatte Angst davor, gestand sie sich ein, weil sie nicht wusste, was sie erwartete. Eines allerdings war klar: Weglaufen war keine Option mehr in ihrem Leben.

»Ich will unbedingt bleiben. Und ich steige gern offiziell hier bei euch ein. Wo auch immer du mich einplanst, ich habe alles schon durchlaufen. Im Hotel geholfen, im Café, im Laden, bei Veranstaltungen. Den Onlineshop befüllt«, fügte sie voller Stolz auf ihre Idee hinzu.

»Der Onlineshop ist übrigens genial! Wie sieht es aus mit deiner Arbeit an der Schule? Hast du dafür schon einen Plan?«, hakte Lina nach. Mia zuckte mit den Schultern.

»Ich würde gern weitermachen. Es hat mir große Freude bereitet, mit den Schülern zu arbeiten. Aber es gehört leider ebenfalls zu den Dingen, die ich klären muss. Wenn es nach mir ginge, würde ich den Job nach den Sommerferien genauso fortführen wie bisher.«

»In Ordnung. Es ist so, ich muss einfach immer alles organisieren, da bin ich wie Georgie. Wenn du vor ihren Listen schon Angst hast, dann warte ab, bis du meine siehst.« Beide lachten. Mia erinnerte sich nur zu gut an Georgies Listenwahnsinn aus dem Frühjahr.

»Ich werde also demnächst Einsatzpläne schreiben und dich vielleicht erst mal eher nachmittags, abends und an den Wochenenden einplanen. Dann ist vormittags Zeit für deine Schüler. Und sobald du einen Überblick hast, wie viele Stunden du erübrigen kannst, sagst du mir Bescheid und wir passen das Ganze an. Ist das in Ordnung für dich? Du weißt ja, dass wir leider momentan noch nicht mehr als den Mindestlohn zahlen können. Aber Vera vergütet auch in Naturalien. Und sie legt beim Universum ein gutes Wort für dich ein. Dass das unbezahlbar ist, wissen wir ja. Sobald das alles hier«, Lina breitete die Arme aus, um zu demonstrieren, wie groß ihr Vorhaben war, »mehr Geld abwirft, wirst du auch mit einem besseren Lohn rechnen können, das ist ja selbstverständlich. Wir würden dich dann jetzt offiziell einstellen. Dafür bräuchte ich ein paar Angaben von dir. Passt es dir, wenn ich dir die Unterlagen in den nächsten Tagen vorbeibringe?« Lina sah sie gespannt an und Mia wich ihrem Blick nicht aus.

»Das mit den Unterlagen … das ist eine der Sachen, die ich noch klären muss. Sams Schwester hilft mir dabei, ich hoffe, es ist bald geklärt, dann kann es offiziell losgehen. Sehr, sehr gern sogar. Ich freue mich darüber!« Es fiel ihr nicht leicht, auszusprechen, dass es da noch Probleme gab, die aus dem Weg geräumt werden mussten. Lina nickte verständnisvoll und Mia entspannte sich wieder. Es klang herrlich, es klang wie eine Zukunft.

Die erste Gästin des Tages tauchte auf und unterbrach den Kaffeeklatsch der beiden Frauen. Kit Haas parkte ihre Maschine vorm Café, schwang ein langes Bein über das Motorrad und lief mit einem großen Lächeln im Gesicht zu ihnen. Lina stieß Mia verschwörerisch an. »Ist das …?«, raunte sie Mia ungläubig zu, dann fing sie sich.

»Sie sind Kit Haas, oder?«, vergewisserte sie sich dann direkt und stand auf, um der Malerin ehrfürchtig die Hand zu reichen. Kit nickte. Lina stellte sich vor und gestand Kit, dass sie ein großer Fan und tatsächlich Besitzerin eines ihrer Kunstwerke war, was Kit mit einem freundlichen Lächeln quittierte.

»Mein Mann hat mir dieses wahnsinnig sinnliche Gemälde von Ihnen zur Hochzeit geschenkt. Wir haben es in einer Galerie in New York entdeckt und ich war schockverliebt. Er sagte, wir könnten es nicht transportieren. Das war Unsinn, aber ich habe ihm erst mal geglaubt. Ich war dermaßen enttäuscht und habe ständig wieder von dem Bild angefangen.« Lina lachte und erzählte weiter, wie ihr Mann Peter heimlich hinter ihrem Rücken mit der Galerie telefoniert und alles für den Heimtransport organisiert hatte.

»Das war vielleicht eine Überraschung, als wir nach Hause kamen und plötzlich dieses Bild bei uns im Hausflur stand!«

»Freut mich, dass es Ihnen gefällt.« Kit wandte sich an Mia. »Ich brauche ein Geschenk und dachte, ich schaue mal, ob ich eine Auswahl deiner Töpfersachen hier im Laden finde.«

»Klar, gern. Komm mit.« Eilig sprang Mia auf und zeigte Kit den Weg in den Laden. Die große, schlanke Frau schritt lässig durch das Geschäft, begutachtete mit wachem Blick Schnitzereien von Tom, die Häkelwaren und Mias Keramiken. Mit einer Seifenschale und zwei kleinen Vasen kam sie schließlich zur Kasse, an der Mia geduldig auf ihre Kundin gewartet hatte. Sorgfältig verpackte Mia die Waren, während Kit ihr das

Geld passend auf die Theke legte. Daneben platzierte sie einen Brief und schob ihn auf Mia zu.

»Ich habe etwas für dich.«

Mia sah überrascht hoch und nahm den Umschlag an sich. Sie zog das dicke Stück Papier, das darin war, ein kleines Stück hervor, warf einen Blick darauf und gab einen ungläubigen Laut von sich.

»Wirklich? Kit!«, brachte sie hervor und unterdrückte die Tränen, die ihr in den Augen brannten. Vorsichtig holte sie das Papier komplett heraus und betrachtete es fassungslos. Es war eine postkartengroße Zeichnung, die Hände zeigte, die töpferten. Mia erkannte ihre eigenen darin wieder, selbst die kleine Narbe, die sich über ihren linken Daumen zog, war abgebildet. Es war nur eine Skizze, doch die Linien waren fein, elegant, es sah so echt, so lebendig aus.

»Es war eigentlich nur eine Übung, aber es hat mich fasziniert, dir beim Töpfern zuzusehen. Deine Finger tanzten um den Ton und du wusstest instinktiv, wie du sie drehen und wenden musstest, wo du mehr Druck benötigt hast, damit diese Schale entstand. Wenn man noch nie getöpfert hat, ist es außerordentlich beeindruckend. Ich dachte, du freust dich vielleicht darüber.« Kit musterte Mia, die noch immer mit Tränen der Rührung kämpfte und ihren Blick nicht von der Zeichnung losreißen konnte.

»Das ist wirklich für mich?«, hauchte Mia ungläubig.

»Ja, wenn du möchtest.«

»Klar. Das ist vermutlich das Wertvollste, was ich besitze, Kit!« Die Malerin winkte jedoch nur ab. Für sie mochte es nur eine unbedeutende Übung gewesen sein, aber für Mia war es das schönste Geschenk, das sie je bekommen hatte.

»Gern geschehen. Sag, hast du Zeit für einen weiteren Kaffee oder musst du hier die Stellung halten?«, fragte Kit.

»Nein, wir können sehr gern einen Kaffee trinken. Ich sehe ja, wenn jemand in den Laden kommt. Darf ich dich als Dankeschön einladen?«

»Gut, ich will etwas mit dir besprechen. Sieht aus, als würde ich noch eine Weile hier im Ort bleiben, und man hat mich gefragt, ob ich mir vorstellen könnte, hier eine Ausstellung zu geben.« Kit verzog das Gesicht, als sie weitersprach. Gemeinsam gingen sie nach nebenan ins Café, wo Mia hinterm Tresen verschwand, um den Kaffee zuzubereiten. Mit einer Geste signalisierte sie Kit, dass sie dabei weiterhin zuhörte.

»Es ist nur, dass mir das Heimatmuseum als Ort vorgeschlagen wurde und … na ja.« Kit schnaubte entrüstet. »Ich denke nicht, dass ich in das Heimatmuseum passe. Es ist verstaubt und, äh, heimatlich, wenn du weißt, was ich meine.« Sie schüttelte sich, als würde ihr bereits diese Vorstellung physisch zusetzen.

»Woran hast du gedacht?«, wollte Mia wissen.

»Zwei Optionen fallen mir ein, beide betreffen dich.« Kit ließ ihre Aussage wirken. Mia riss die Augen auf, damit hatte sie nicht gerechnet.

»Okay«, gab sie abwartend von sich.

»Die alte Feuerwache könnte man in eine Galerie umwandeln, dachte ich. Es ist ein cooler Ort, auf eigene Art urban, rau, geschichtsträchtig. Das wäre eine ideale Umgebung für eine Galerie. Und soweit ich weiß, wohnst du dort zurzeit in der Wohnung über der Wache. Alternativ habe ich das Café im Visier. Die meisten meiner Werke befinden sich aktuell bei Galeristen in New York und Berlin. Ich kann hier also nur eine Reihe an Skizzen und Kritzeleien ausstellen. Ähnlich wie dein Handmotiv. Ich habe in letzter Zeit eine ganze Serie an Fingerübungen gemacht. Als ich sie neulich durchgesehen habe, ist mir aufgefallen, dass ich offensichtlich unterbewusst ein Konzept verfolgt habe. Jedenfalls sind es dadurch doch mehr als nur Kritzeleien. Die Bilder sind klein und es sind nur rund zwanzig, fünfundzwanzig Motive. Ein kleiner Raum würde also vollkommen reichen, wenn man sie gut arrangiert.«

Kit wartete ab, wie Mia auf ihre Idee reagieren würde. Mia war noch immer sprachlos.

»Das wäre eine Ehre! Die Feuerwache ist nicht gut genug gesichert und tagsüber nicht besetzt. Obwohl ich dir recht gebe: Es ist ein schöner Ort, wenn man in heruntergekommenem Backstein einen gewissen Charme entdecken kann. Ich bin allerdings viel unterwegs wegen des Ladens, des Hotels und, und, und. Ich befürchte, da könnten wir nicht für die Sicherheit deiner Arbeiten garantieren. Aber das Café wäre eine Option. Tagsüber ist immer jemand von uns dort. Wir haben viel Publikumsverkehr und zwei freie Wände. Für das Café wäre es auch richtig gute Werbung. Am besten besprechen wir das mit Lina. Lina und Georgie haben den Überblick über alles, was die Geschäfte angeht. Lina weiß bestimmt auch, wie man eine Vernissage organisiert.«

Kit nickte und folgte Mia ins Hinterzimmer des Cafés. Mia hatte es richtig eingeschätzt: Lina war sofort in ihrem Element, stellte viele kluge Fragen, machte sich Notizen und legte in ihrem Kopf vermutlich bereits drei Listen für das Projekt an.

Bevor Kit die beiden Frauen wieder verließ, sprach sie Mia noch auf die Schule an.

»Kommst du nach den Sommerferien zurück an die Schule? Ich hatte erstaunlich viel Spaß dort und überlege, ob ich im nächsten Schuljahr erneut einen Kurs anbieten soll. Wenn du auch kommst, könnten wir wieder gemeinsam ein Projekt auf die Beine stellen.«

»Ich habe noch nicht final mit der Rektorin gesprochen, aber ich würde gern, ja«, gestand Mia.

»Mach das mal, ich glaube, wir könnten zusammen viel Spaß haben an dieser Schule.«

Mia dachte gern an das Projekt zurück, das sie und die Schüler mit Kits Unterstützung umgesetzt hatten. Das moderne Töpfermärchen war gut angekommen und die Produktion hatte Mia unheimlich viel Spaß gemacht. Am Anfang war sie eingeschüchtert gewesen von Kits Kunstfertigkeit, hatte jedoch schnell gemerkt, wie leicht es war, mit ihr zusammenzuarbeiten. Die Malerin war zwar distanziert und sprach nicht viel über Persönliches, aber sie war offen für alle Ideen der Kinder gewesen und hatte mit großem Engagement mitgeholfen, damit aus dem Projekt etwas richtig Schönes wurde. Dabei hatten sich beide Frauen super verstanden. Kit war zu unnahbar, um eine richtige Freundin zu sein, aber sie war zuverlässig, freundlich und bodenständig. Mia war zudem dankbar, dass Kit ihr das Gefühl gab, als Künstlerin mit ihr auf Augenhöhe zu sein, was Mia völlig verrückt fand, wobei sie sich aber gleichzeitig geschmeichelt fühlte. Immerhin war Kit Haas ein Weltstar. Und sie hatte ihr ein großartiges Geschenk gemacht. Sie würde einen angemessenen Rahmen für die Zeichnung ihrer Hände kaufen müssen. Das war eine andere Nummer als die fröhliche, bunte Kinderkunst ihrer Schüler, die Mia einfach mit Klebeband an der Wand der Feuerwache befestigt hatte. Kits Skizze verlangte nach etwas Besonderem.

»Wieso bleibst du noch länger hier? Gehst du denn nicht zurück nach New York?«, fragte Mia neugierig und hoffte, damit nicht die unausgesprochene Grenze an Intimität zwischen ihnen zu überschreiten. Kit schüttelte den Kopf.

»Meine Großeltern leben in diesem Ort. Ich werde hier gebraucht.« Und dann tat sie etwas, womit beide Frauen nicht gerechnet hatten. Sie öffnete sich Mia und gestand ihr:

»Ich war künstlerisch total ausgebrannt. Alle dachten, es liegt daran, dass ich mich von meinem Partner getrennt hatte.

Aber wir haben uns getrennt, weil wir uns nicht mehr genug geliebt haben und das letzte Jahr unserer Beziehung nur noch zusammen waren, weil die gesamte Kunstszene es von uns erwartet hat. ›Das große Künstlerpaar‹«, brach es aus ihr heraus. Mia sah sie überrascht über die Offenheit, aber aufmerksam und verständnisvoll nickend an.

»Ich war einfach durch mit der Stadt.« Kit atmete kurz durch, um sich zu sammeln. Das war jetzt auch für sie plötzlich gekommen, aber es hatte gutgetan, es endlich einmal auszusprechen.

»Kann man mit so einer Stadt jemals durch sein?«, fragte Mia erstaunt. New York – von so etwas träumte sie nicht mal. Sie war weit davon entfernt, in eine Stadt außerhalb Europas zu reisen, nicht mal in Gedanken flog sie dorthin.

»Weißt du, Mia«, sagte Kit und lächelte geheimnisvoll, »die schönste Stadt der Welt gibt dir nichts, wenn du nicht mit dem Herzen dort bist. Ich bleibe jedenfalls erst mal hier.«

Hierbleiben, das hätte auch Mia gern getan. Aber wenn sie im kommenden Schuljahr und bei Lina angestellt sein wollte, würde es nicht mit Trickserereien gehen. Sie musste den offiziellen Weg beschreiten und der erforderte eine Meldung bei der Gemeinde, dass sie hier lebte, ein polizeiliches Führungszeugnis für den Job in der Schule, eine Krankenkassenkarte und noch einige weitere Dokumente, die sie nicht liefern konnte. Aber Lucy hatte versprochen, ihr dabei zu helfen. Mit Lucy und Sam würde sie es schaffen. Hoffentlich rechtzeitig, bevor das Schuljahr startete. Mia merkte, wie wichtig es ihr war, dort wieder arbeiten zu können. Es war ein kleiner Job, nur ein paar Stunden pro Woche. Aber diese Stunden machten ihr unheimlich viel Spaß. Und die Aussicht, ein weiteres Projekt mit Kit auf die Beine zu stellen, war ebenfalls verlockend. Sie wollte gern Kindern beibringen, aus Ton etwas zu formen. Ihre

Leidenschaft weitergeben, ihr Wissen, das sie sich selbst auf die harte Tour angeeignet hatte, weil niemand da gewesen war, um ihr etwas zu zeigen. Sie hatte alles, was sie übers Töpfern wusste, aus Büchern aus der Bibliothek und durch reines Ausprobieren, Scheitern, Weiterausprobieren gelernt. Die Kinder sollten es leichter haben. Leichter und lustiger. Mia nahm sich vor, Lucy bald anzurufen und zu fragen, wie sie vorgehen würden. Es war höchste Zeit!

Kapitel 18

Am nächsten Morgen kehrte Mia von ihrer Runde mit Oskar zurück in die Wache, um den Hund bei Sam abzuliefern. Sie wollte schnell weiter. Der Laden musste geöffnet werden, es gab weitere Bestellungen über den Onlineshop und Georgie hatte dafür gesorgt, dass Vera den Nachschub an Seifen und Kräutertees endlich in den Laden brachte, wo sie verpackt, etikettiert und einsortiert werden mussten. Um Georgie glücklich zu machen, wollte Mia auch die Bestandsliste aktualisieren. Mia war schon in Gedanken bei den Punkten ihrer Aufgabenliste, als sie die Wache betrat. Sie hatte nicht damit gerechnet, Sams Schwester anzutreffen. Überrascht begrüßte sie Lucy und ließ Oskar von der Leine, damit er zu seinem Besitzer laufen konnte. Da hatte sie erst am Vortag beschlossen, Lucy bald anzurufen, und schon saß diese einen Tag später vor ihr. Lucy sah Mia ernst an, was Mias alte Nervosität zurückbrachte. Mit einem kurzen Blick fing sie auch Sams besorgten Gesichtsausdruck ein.

»Was ist passiert?«, fragte sie alarmiert. Lucy schüttelte den Kopf, nickte dann, weil eben doch etwas vorgefallen war, das es zu besprechen galt.

»Es geht um diese lästige Autosache. Sam hat mir doch neulich den Kaufvertrag von Miriam Eisenhauer gezeigt. Es ist nicht das eleganteste Schriftstück, das ich als Anwältin je gesehen habe, aber es ist ein bindender Vertrag, rechtsgültig, es gibt nichts daran auszusetzen. Die gute Nachricht ist also, das ist so gut wie vom Tisch.«

Mia atmete erleichtert aus. Doch sie spürte, dass es noch nicht vorbei war. Lucys Blick war zu ernst, da war noch etwas.

»Aber jetzt habe ich ein Schreiben von einer Kanzlei erhalten. Die Erben, also die Kinder von Miriam Eisenhauer, wollen dich verklagen. Es ist wohl so, dass das Testament der alten Dame endlich verlesen wurde, und sie hat dir etwas vererbt.« Lucy legte eine Pause ein, damit Mia das Gehörte verdauen konnte. Sie war blass geworden und steif vor Angst.

»Wieso das? Was hat sie mir denn vererbt?«, wollte Mia wissen, die sich partout nicht vorstellen konnte, dass die alte Frau sie in ihrem Testament bedacht hatte. Warum sollte sie? Der Deal zwischen ihnen war gut gewesen, solange er gedauert hatte, aber nach ihrem Tod waren sie sich nichts mehr schuldig. Sie hatten einander gebraucht und das war alles gewesen, was sie verbunden hatte.

»Die Werkstatt. Wenn ich das richtig verstanden habe, handelt es sich um die Töpferei ihres verstorbenen Mannes, ein Atelier im Garten«, beantwortete Lucy die Frage und beobachtete, wie Mias Augen groß wurden. Mia gab ein kleines Wimmern von sich. Ihr liebster Arbeitsplatz, ihr Zufluchtsort.

»Die Werkstatt?« Mia löste sich aus ihrer Schockstarre und ging zu Sam hinüber, der bereitwillig den Arm tröstend um sie legte.

»Ja. Dabei gibt es ein kleines Problem. Eine Werkstatt kann als ganzer Raum betrachtet werden und nicht nur als die Inhalte, die sich darin befinden. Dir gehört eventuell damit das Gebäude im Garten, der wiederum den Erben zugefallen ist. Die Familie will das Haus verkaufen. Und das geht nicht, wenn dir etwas gehört, das fest in den Garten einbetoniert ist.

Juristisch ist das etwas kompliziert. Das allein könnten wir aus der Welt räumen. Sie sind allerdings überzeugt, du hättest dir das unrechtmäßig erschlichen, um ihnen zu schaden. Deshalb die Klage. Erbschleicherei ist kein eigener Strafbestand, aber sie kommen mit Betrug und das ist eine andere Nummer. Sie holen zu einem großen Schlag aus, um dich zu treffen und kleinzukriegen. Doch das werden wir nicht zulassen. Hörst du, Mia? Wir regeln das.«

Oskar spürte die Anspannung im Raum und tapste vorsichtig zu Mia, um sein Gesicht gegen ihren Oberschenkel zu pressen. Im Reflex legte Mia eine Hand auf seinen großen Kopf. Es tröstete sie. Oskar zu ihren Füßen, Sam neben ihr. Lucy stand im übertragenen Sinn hinter ihr. Sie war nicht mehr allein, aber sie hatte Angst und wollte keinen Ärger. Es sollte nur endlich vorbei sein, damit sie hier ihr Leben leben konnte.

»Was machen wir jetzt? Muss ich etwa ins Gefängnis?«, fragte sie mit zitternder Stimme. Lucy schüttelte vehement den Kopf.

»Auf gar keinen Fall. Das sind Punkte, die man ohne Gefängnis klärt. Mach dir darüber bitte keine Sorgen. Diese Klage ist lächerlich. Eigentlich sollten wir eine Gegenklage einleiten. Diese Frau hat dich nicht rechtmäßig bezahlt. Und das ist strafbar. Du hast ein Anrecht auf das ausstehende Gehalt. Du solltest dir das gut überlegen. Es wäre auch ein wirklich gutes Druckmittel gegen diese absurde Anschuldigung.«

Mia dachte nach. Nein, sie wollte keine Gegenklage einreichen, sie wollte endlich ihre Ruhe haben, ihren Frieden. Da war sie schon aus dem Schatten ihrer Vergangenheit so weit herausgetreten, es musste doch irgendwann vorbei, einfach mal gut sein. Sie war schon so nah dran!

»Müssen wir das oder gibt es eine andere Lösung?«

Lucy sah sie mitfühlend an. Dann seufzte sie.

»Nein, wir müssen nicht, aber lass es mich bitte wenigstens im Hinterkopf haben, falls es ekelig werden sollte. Ich überlege mir was. Gut wäre allerdings, wenn wir zu einem Treffen mit den Anwälten fahren und die Fronten abstecken. Erst mal nur reden und vorfühlen, welchen Diskussionsspielraum wir haben. Sie haben einen Termin in zwei Wochen vorgeschlagen. Du und ich können hinfahren und die Angelegenheit klären«, schlug sie vor.

»Ich komme mit«, mischte sich Sam ein. »Ich lasse dich nicht allein in diese Situation gehen.« Dankbar lehnte Mia sich an ihn.

»In Ordnung, dann fahren wir alle drei«, beschloss Lucy. »Wir räumen da jetzt gründlich auf. Für mich hat das ab sofort Priorität mit all den anderen Punkten, die wir für dich klären wollen.«

Mia nickte nur. Sie hatte einen Knoten im Magen. Einen Knoten aus Angst. Wieso passierte ihr das? Sie hatte nichts Schlimmes getan. Oder vielleicht doch? Was, wenn die Anwälte der gegnerischen Seite etwas gefunden hatten, das sie aus Versehen verbrochen hatte? Fieberhaft überlegte sie, was man ihr vorwerfen konnte. Lucy trat zu ihr und legte eine Hand auf Mias Schulter, brachte sie dazu, ihr ins Gesicht zu schauen.

»Mia, wir stehen das gemeinsam durch. Okay?«

»Okay«, antwortete Mia und hielt Lucys zuversichtlichem, sicherem Blick stand. Diese Familie würde sie nicht fallenlassen.

Sam beobachtete Mia im Schlaf. Er versuchte, sich so wenig wie möglich neben ihr zu bewegen. Ihr Schlaf war leicht, sie schreckte schnell hoch. In seinem übergroßen Bett sah sie winzig aus, wie sie sich so zu einer engen Kugel zusammengerollt hatte, das Kissen umklammert, die Knie bis zur Brust hochgezogen. So schlief sie nahezu jede Nacht. Es kam selten vor, dass sie einfach entspannt neben ihm lag, die Gliedmaßen von sich gestreckt. Manchmal, ganz selten, wenn sie die halbe Nacht hemmungslosen Sex gehabt hatten und Mia zufrieden und erschöpft war, dann kam das vielleicht vor, aber meistens rollte sie sich neben ihm zusammen. Er wusste, dass die embryonale Haltung Schutz bedeutete. Schutz und Wärme. All das war eine Folge ihrer Zeit auf der Straße und der Einsamkeit ihres früheren Lebens. Er wünschte sich sehr, dass sie es irgendwann ablegte. Dass sie tiefer und fester schlief, dass sie sich nachts entspannen konnte, in dem Grundvertrauen, dass er bei ihr war und auf sie aufpasste. Sich an ihn kuscheln würde, wenn sie fror, mehr Platz einforderte in seinem Bett, in seinem Leben. Er wünschte sich, dass sie die dunklen Schleier der Vergangenheit ablegen würde, irgendwann. Irgendwann, aber dann für immer. Er würde jeden ihrer Albträume vertreiben, wenn sie ihn ließ. Auch den, auf den sie gerade zusteuerten. Die Fahrt nach Hamburg belastete sie extrem. Ihre Bewegungen waren fahrig, sie zitterte immer wieder am ganzen Körper, ihre hübschen Augenbrauen waren stets sorgenvoll zusammengezogen und sie hatte ständig kalte Hände. Das war Angst. Er lächelte, als sie sich umdrehte und sofort wieder in ihre Schutzhaltung glitt. Seine Liebe zu ihr wuchs jeden Tag. Es hatte nichts mit seinem Helfersyndrom oder einem übertriebenen Beschützerinstinkt zu tun. Einzig Mia war es, die diese gigantischen Gefühle der Liebe in ihm hervorrief. Ihre Hilfsbereitschaft, ihre Energie, ihr Engagement und ihre Zuverlässigkeit. Es war ihre Kreativität und wie sie sich immer zu hundert Prozent auf eine Aufgabe konzentrierte. Ihr Hunger nach Liebe, Lust, Leben. Sie freute sich wie ein Kind, wenn sie etwas Neues entdeckte. Stark war sie, viel stärker als ihr bewusst war. All das formte sie zu dem Menschen, den er mit ganzem Herzen liebte. Es brachte ihn fast um, dass sie solche Verzweiflung verspürte und drohte, wieder zu der verunsicherten, in sich gekehrten Version ihrer selbst zu werden. Zu der Mia, in deren Auto er aus Versehen gekracht war. Seitdem war alles anders, besser geworden. Und er würde nicht zulassen, dass sie dahin zurückkehrte. In den zwei Wochen zwischen der Bombe, die Lucy hatte platzen lassen, und der heutigen Reise nach Hamburg hatten er und seine Familie, Vera, Georgie und Lina alles versucht, Mia abzulenken. Leo war mit ihr zu ihrem ersten Fußballspiel gefahren, wo sie wenigstens für zwei Stunden den größten Spaß gehabt hatte. Nachdem sie den Schock überwunden hatte, wie viele Menschen in so ein Stadion passten, gefiel es ihr so gut, dass sie Sams Trikot, das er ihr geliehen hatte, am liebsten nicht wieder hergegeben hätte und er ihr versprechen musste, auch mal mit ihr hinzugehen. Lina hatte sie ins Kino ausgeführt, um einen schnulzigen Liebesfilm zu schauen. Mia hatte ganz allein einen Familieneimer Popcorn verdrückt und war begeistert von dem Event, aber mit leichten Bauchschmerzen nach Hause zurückgekehrt. Er selbst hatte das Date, das sie vor der großen Tragödie geplant hatten, endlich organisiert – eine Nacht am Liebesteich, wo sie nach Sternschnuppen Ausschau gehalten hatten, die man besonders im August zu Dutzenden sehen konnte. Jedes Mal, wenn Mia eine entdeckt hatte, hatte sie vor Begeisterung gejubelt und Sam geküsst. Es war eine ihrer schönsten gemeinsamen Nächte geworden. Er hoffte, es würden noch viele folgen.

Sogar seine Mutter hatte Mia für zwei Stunden entführt und ihr Pediküre und einen Friseurtermin spendiert – Frauentag hatte sie es genannt und darin selbst das allergrößte Vergnügen gefunden. Es waren viele Ereignisse, die Mia nie zuvor erlebt hatte. Alle Menschen, die sie gernhatten, sorgten dafür, dass sie nicht allein blieb und zu sehr ins Grübeln kommen konnte, und unterstützten sie so gut es ging. Ihre Freude darüber hatte ihn jedes Mal unendlich glücklich gemacht, aber es hatte nie die unterschwellige Angst, die sie verspürte, zum Verblassen gebracht. Mia versuchte, es sich nicht anmerken zu lassen, aber er kannte sie mittlerweile besser. Sie war nervös, angespannt, besorgt. Es fiel ihr schwer, darauf zu vertrauen, dass die Armada an Freunden und Familie die ganze Angelegenheit klären würde, doch sie bemühte sich und er wusste das sehr zu schätzen, da es ihm zeigte, dass Mia sich in seiner Welt zurechtfinden wollte, dass sie bei ihm bleiben wollte. Ihr Streben danach, alles richtig zu machen, war nicht nur, um selbst endlich glücklich zu sein und frei, sondern auch, um ihn glücklich zu machen. Sam schwor sich, alles zu tun, dass sie beide glücklich sein konnten. Zusammen.

Als es Zeit wurde, aufzustehen, weckte Sam Mia mit einem sanften Kuss auf die Wange. Heute reisten sie nach Hamburg, um ihre Vergangenheit ein für alle Mal zu klären. Mia verzichtete auf ihr Frühstück, weil sie Magenschmerzen hatte vor Anspannung, und so nahm Sam einfach nur ein paar Snacks für sie mit und beschloss, sich am Bahnhof mit Proviant einzudecken. Sie fuhren mit dem Auto nach Freiburg zum Bahnhof, Lucy lebte in Stuttgart und würde in Mannheim zu ihnen in den Zug steigen. Auf der Fahrt nach Freiburg war Mia auffällig schweigsam, was nicht verwunderte angesichts der großen Reise. Sam und Lucy konnten noch so oft beteuern, dass das alles halb so schlimm sei und einfach nur geklärt werden musste, für Mia blieb die Situation schrecklich. Am Bahnhof hielt Sam die ganze Zeit über fest ihre Hand, wofür sie dankbar war. Da die Fahrt einige Stunden dauern würde, waren sie besonders früh aufgebrochen und beobachteten auf der ersten Etappe den Sonnenaufgang vom Zug aus. Mia bemühte sich, Trost darin zu finden. Rund eineinhalb Stunden später stieg wie geplant Lucy zu ihnen. Sie trug einen schicken Hosenanzug, die Haare waren streng frisiert und sie war dezent geschminkt. In einer großen, teuer aussehenden Lederhandtasche trug sie Unterlagen mit sich und nutzte die Zugfahrt zum Arbeiten. Wie sie dasaß, so ordentlich zurechtgemacht, vertieft in Akten, gab sie ganz die souveräne Anwältin ab, was Mia ein gutes Gefühl vermittelte. Sie versuchte, in allem Positiven, das ihr heute begegnete, ein gutes Zeichen zu entdecken, daraus Mut zu schöpfen und Kraft, doch es gelang ihr immer weniger, je näher sie dem Norden kamen. Wenn Lucy und Sam nicht bei ihr gewesen wären, wäre sie womöglich erneut weggelaufen. Aber Weglaufen war keine Option mehr.

»Es wird alles gut«, flüsterte Sam ihr zum wiederholten Male an diesem Tag ins Ohr, als er mitbekam, wie sie sich immer mehr verkrampfte. Mechanisch nickte Mia, wollte ja auch gerne glauben, dass alles gut werden würde. Immer wieder ging sie die möglichen Szenarien durch. Sams Schwester hatte sie am Abend zuvor angerufen und war noch mal alle Details mit ihr durchgegangen. Lucy hatte ihr gut zugeredet, es gebe nichts zu befürchten. Wer nichts angestellt hatte, brauche auch keine Sorgen zu haben. Aber Mia hatte schreckliche Angst. Lucy hatte recht – sie hatte nichts verbrochen. Wenn man die Fakten betrachtete, war es geradezu lächerlich, zu glauben, Mia habe sich in das Testament geschlichen. Vier Jahre lang hätte sie die alte Frau nach Strich und Faden ausnehmen, sie umschmeicheln, ihr Geld oder Wertgegenstände entwenden können. Nichts davon hatte Mia getan. Das Einzige, was sie aus Hamburg mitgenommen hatte, waren das alte Auto, das ihr rechtmäßig gehörte, und eine Ladung Töpferware. Dennoch war sie die einzige Zeugin in ihrem Fall, denn Miriam Eisenhauer war verstorben und ihre Familie konnte alles Mögliche behaupten.

Hamburg empfing sie mit Sonnenschein, kreischenden Möwen und flirrenden Großstadtvibes. Im Gegensatz zu den vielen Touristen, die den schönen Spätsommertag in der Hansestadt genossen, hatte Mia keine Augen für das trubelige Geschehen in den adretten Straßen. Sie sah die Ecken, an denen sie sich als junge Ausreißerin herumgetrieben hatte. Sie sah die Straße, durch die sie gerannt war, auf der Flucht, weil einer ihrer Weggefährten etwas gestohlen hatte und dabei erwischt worden war. Sie konnte wieder hören und spüren, wie ihr Herz damals geklopft hatte und sie kaum hatte atmen können vor Sorge, gefasst zu werden. Sie sah sich selbst, wie sie verängstigt, verstört und verzweifelt durch diese Stadt gelaufen war. Wie elend das gewesen war, ohne Hoffnung.

Sam ließ die ganze Zeit über ihre Hand nicht los, als wollte er sie davor bewahren, doch noch Reißaus zu nehmen. Dabei versuchte er nur, ihr etwas von seiner Zuversicht zu übertragen. Er vertraute darauf, dass seine Schwester die Lage schon richten würde, und sprach Mia Mut zu, ließ sie nicht aus den Augen und war immer für eine Umarmung zu haben, die sie dringender als je zuvor brauchte. Mit einem Taxi fuhren sie zur Anwaltskanzlei und betraten das schicke Gebäude. Im Empfangsbereich ließ man sie warten. Mia hatte sich von Lina ein grünes Kleid und einen passenden Blazer geliehen. Lina und Lucy hatten sie überzeugt, dass der Look wichtig war. Sie war keine Herumtreiberin mehr, sondern eine junge, verantwortungsvolle Erwachsene, die ihr Leben wieder in den Griff bekommen hatte und nun den Anschuldigungen der Erben entgegentrat. Zu diesem Termin könne sie leider nicht ihre bunt bekleckste Latzhose tragen, in der sie so gern verschwand, wenn ihr etwas zu viel wurde, hatte Lina ihr erklärt. Doch die von ihr vorgeschlagene weiße Bluse hatte Mia standhaft verweigert. »Eher gehe ich nackt«, hatte sie aufgebracht gepoltert und Lina hatte beschwichtigend genickt. »Ich denke, wir finden in meinem Kleiderschrank etwas Angemessenes für dich.« Zielsicher hatte sie einige moderne, nicht zu aufreizende Business-Outfits aus einer Ecke ihres riesigen Ankleidezimmers gezaubert. Das grüne Kleid war sofort in die engere Auswahl gekommen, weil es perfekt saß und gut zu Mias dunkelbraunen Haaren passte. Mia fand sich seltsam erwachsen und seriös in dem Etuikleid, aber mit ein bisschen

Glück konnte sie schon in einigen Stunden wieder rausschlüpfen und in ihrer T-Shirt-Jeans-Kluft aufatmen. Damit sie es nicht während der langen Fahrt verknitterte, hatte sie sich erst kurz hinter Hannover in der Zugtoilette umgezogen und Jeans und Pulli in einen Rucksack gestopft. Jetzt, in der Kanzlei, wo sie das Treffen mit den Anwälten von Frau Eisenhauers Erben haben würden, war sie doch froh, auf Lina und Lucy gehört zu haben. Etwas Verkleidung schadete nicht in dieser schicken Umgebung.

»Sam, wenn wir da gleich ins Gespräch gehen, hältst du dich raus. Du überlässt mir das Reden!«, befahl Lucy ihrem Bruder streng. »Du wirst niemandem an die Gurgel gehen, nicht herumpoltern und auch nicht auf Tische hauen, ist das klar?«

Sam nickte zähneknirschend. »Ja, ja, schon klar. Ich weiß, was meine Rolle ist.«

»Mia, du redest nur, wenn ich dir ein Zeichen gebe. Ansonsten lässt du mich einfach machen«, wandte sich Lucy etwas sanfter mit letzten Instruktionen an Mia. »Versuche, deine Hände nicht zu sehr zu kneten oder irgendwas damit zu tun. Halt sie einfach still auf deinem Schoß, versuche, offen und freundlich zu lächeln. Guck einfach ein bisschen unschuldig, okay?«

Bevor Mia darauf reagieren konnte, wurde sie abgelenkt und sprang überrascht auf. Sie hatte Lucy aufmerksam zugehört und alle Tipps in sich aufgesogen, als sie aus dem Augenwinkel bekannte Gesichter wahrnahm. Das Paar, das in diesem Moment durch das Foyer in Richtung Ausgang ging, stoppte ebenfalls erschrocken und starrte sie an. Die Frau wandte ihr Gesicht halb ab.

»Meine Eltern«, flüsterte Mia tonlos. Damit hatte sie nicht gerechnet. Seit sechs Jahren hatte sie die beiden weder gesehen noch gehört, kein Lebenszeichen mit ihnen ausgetauscht.

Die beiden waren gealtert, stellte sie fest, hatten graue Haare bekommen und Sorgenfalten durchzogen ihre verhärmten Gesichter. Ihre Mutter hatte einen verbitterten, harten Zug um den Mund. Ihr Vater sah aus wie ein gebrochener Mann, klein, krumm, ohne jegliche Freude im Gesicht. Es tat weh, die beiden zu sehen. Es tat weh, weil es keine töchterlichen Gefühle mehr gab, stellte Mia erstaunt fest. Sie hatte schon lange nicht mehr daran gedacht, wie es wäre, die beiden zu treffen. Früher hatte sie sich ausgemalt, wie sie reagieren würden, wenn sie, Mia, nach Hause zurückkehrte. Diesen Gedanken hatte sie vor langer Zeit begraben. Doch als sie es sich noch vorgestellt hatte, dann immer so, dass es äußerst emotional abgelaufen wäre. Mal dachte sie an Wut, dann an Angst, Enttäuschung, ab und an vermutete sie sogar ein warmes Gefühl von Familienzugehörigkeit verspüren zu können. Nichts dergleichen geschah, als sie nun vor ihnen stand. Sie spürte einfach gar nichts.

»Vater«, grüßte sie ihn reserviert und nickte beiden zu. Er schnaubte lediglich und seine Frau drehte sich zurück, um Mia direkt ansehen zu können. Mühsam beherrscht schüttelte die Frau den Kopf.

»Wir wurden als mögliche Zeugen befragt. Deinetwegen. Das war beschämend! Nach sechs Jahren, in denen wir keinen Ton von dir gehört haben, ist das Erste, was uns an dich erinnert, ein Anwaltsschreiben mit der Bitte, uns über dich zu äußern.« Ihre Stimme war zittrig, voll unterdrückter schlechter Gefühle. Kurz zuckte Mia zusammen, als sie die Stimme hörte. Hart, lieblos, verbittert. Eine Stimme, die die schlimmste Zeit ihrer Kindheit vor ihren Augen lebendig werden ließ. All die Bestrafungen, der Liebesentzug, wenn sie etwas gesagt oder getan hatte, das in den Augen ihrer Mutter verwerflich gewesen war. Eine Erinnerung an all den Schmerz, gegen den sie jahrelang gekämpft hatte und dem sie erfolgreich entflohen war.

»Ich nehme an, ihr habt nicht für mich ausgesagt«, sagte sie und verschränkte die Arme vor der Brust. Sam stand auf und legte ihr zur Unterstützung eine Hand auf die Schulter.

»Guten Tag«, grüßte er höflich. Mia spürte, wie wütend er auf ihre Eltern war. Er ließ stellvertretend für sie den Sturm an Emotionen zu, den sie nicht fühlte. Sie wusste, er würde nichts Unangemessenes tun, dafür war er zu sehr Polizist und außerdem hatte seine Schwester ihn gerade dazu aufgefordert, nur die Rolle des Anwesenden zu geben und nicht aktiv zu werden. Daran würde er sich sicherlich auch ihren Eltern gegenüber halten, vermutete Mia. Dennoch war es schön, dass er sich neben sie stellte, demonstrierte, dass sie ihnen nicht allein gegenübertreten musste.

»Wie könnten wir? Ich für meinen Teil kann nur sagen, dass ich nicht mehr weiß, wer du bist. Doch eine Schande bist du, und dass ich mich für dich schäme, das ist alles, was ich über dich zu sagen habe«, spie ihre Mutter zornig aus, während ihr Vater weiterhin schwieg. Mia hatte sie immer als die Schwache, Labile gesehen und ihn als den Tyrannen, dessen Grausamkeiten sie nur weiterreichte an ihr Kind. Jetzt schien es so, als kannte sie ihre Mutter genauso wenig wie die ihre Tochter.

Die kleine Mia von früher hätte nur »Ja, Mutter« gesagt, kleinlaut den Kopf gesenkt und auf ihre Strafe gewartet. Aber diese Mia gab es nicht mehr. Sie war eine andere, eine Kämpferin. Eine Kämpferin würde nicht den Kopf einziehen, also hielt Mia sich bewusst gerade, löste die verschränkten Arme und reckte mutig das Kinn.

»Du musst mir nicht verzeihen, das erwarte ich nicht. Aber ich werde dir verzeihen. Euch beiden. Lebt wohl.« Sie drehte sich um und ging zurück zu den Sesseln, wo Lucy gewartet und die Szene aus ein paar Metern Entfernung beobachtet hatte. Sam folgte ihr. Er nahm ihre Hand und presste einen kurzen Kuss darauf.

»Du bist die tapferste, mutigste, stärkste Frau, die ich kenne!«, murmelte er und Mia lächelte ihm zu. Es war ein merkwürdiges Lächeln, das von selbstbewusst funkelnden Augen begleitet wurde. Die Begegnung hatte sie aus dem Schock, unter dem sie seit Tagen stand, wachgerüttelt. Das war gut für das anstehende Gespräch.

Mit der Energie, dieser neu errungenen kämpferischen Besinnung auf ihre Stärke, betrat sie kurz darauf gemeinsam mit Lucy und Sam den Konferenzraum, in dem das Gespräch stattfinden sollte. Sie wurden an den großen Tisch gebeten, gegenüber saßen die Anwälte der Erben. Sie hörte kaum, was besprochen wurde. In Gedanken war Mia noch bei der Begegnung mit ihren Eltern. Sie hatte ganz anders reagiert, als sie es sich früher ausgemalt hatte. In ihrer Vorstellung waren ihre Eltern überdimensionale Schreckgespenster, jetzt sah sie die beiden, wie sie wirklich waren. Klein, kummervoll, unbedeutend. Hatten sie sich verändert, seit Mia davongelaufen war? Oder hatte nur sie sich so sehr von ihnen abgewandt, dass sie mit dem nötigen Abstand endlich klarsah? Hatte sie dieses Aufeinandertreffen gebraucht, um sich von den letzten emotionalen Fesseln ihrer Eltern zu befreien? Sie schwor sich, niemals so zu werden wie sie, versprach sich selbst, ihre Vergangenheit wirklich endgültig hinter sich zu lassen, sich auf das Gute in ihrem Leben zu konzentrieren und nicht mehr dem nachzutrauern, was man ihr vorenthalten hatte. Nein, sie würde nicht verbittern! Ein selbstbestimmtes, glückliches Leben zu führen, wäre die größtmögliche finale Abnabelung von ihren Eltern, die sie sich vorstellen konnte, und der größtmögliche Gewinn für sie selbst.

»Meine Mandanten streben eine außergerichtliche Einigung an«, setzte der gegnerische Anwalt an und Lucy nickte. »Wenn Sie bereit sind, auf Ihren Anspruch an der Immobilie zu verzichten, sind meine Mandanten bereit, die Klage wegen Diebstahls und Betrugs zurückzuziehen. Damit kommen wir Ihnen sehr entgegen! Ein Rechtsstreit würde vor Gericht klar zu unseren Gunsten entschieden werden. Wenn schon die Eltern der Angeklagten Ihren schlechten Charakter bestätigen würden, wirft das kein gutes Licht auf Sie.«

Mia kehrte aus ihren Gedanken zurück zu dem Ort, an dem sie sich gerade aufhielt. Sie ballte wütend die Fäuste unterm Tisch. Sam drückte unauffällig sein Knie gegen ihre vor Zorn zitternden Beine. Endlich hatte sie den Schock über diese unangenehme, beängstigende Konfrontation mit den gegnerischen Anwälten überwunden, doch sie musste ruhig bleiben, sachlich, souverän. Das hatte Lucy ihr vorher noch eingetrichtert und Mia wollte sich daran halten.

»Wir sehen die Lage ganz anders. Meiner Mandantin steht das Erbe zu. Es gab keine Erbschleicherei, es gibt keinen Diebstahl. Der Kaufvertrag des Autos ist gültig in seiner Form. Das wurde ausreichend besprochen und geklärt. De facto gibt es keinen Diebstahl hier und das können wir auch darlegen.« Lucy klang geschäftsmäßig, nüchtern, sachlich. Das war gut, dachte Mia. Vielleicht schaffte sie selbst es auch, so zu klingen. Bei ihren Eltern war es ihr gerade gelungen. Obwohl sie Lucy versprochen hatte, ihr das Reden zu überlassen, brannte ihr doch etwas auf der Seele, das sie unbedingt loswerden musste.

»Die Werkstatt war für vier Jahre das Zuhause meiner Mandantin. Die Mutter Ihrer Kläger hat sie nicht nur bei sich wohnen, sondern auch in diesem Raum arbeiten lassen. Es ist nicht verwunderlich, dass genau dieser Teil Mia vererbt wurde«, wandte sich Lucy an die gegnerische Seite und erntete ein abfälliges Lächeln.

»Ich möchte etwas dazu sagen«, meldete sich Mia zu Wort. Man nickte ihr erstaunt zu. Bislang hatte sie nur schweigend vor sich hingestarrt. Aber jetzt loderte ein Feuer in ihr.

»Ihre Klienten denken, ich hätte ihre Mutter ausgenutzt. Vielleicht kann man das sogar so sehen. Sie hat mir einen Raum zum Schlafen gegeben. Vielleicht hat sie aber auch mich ausgenutzt oder wir uns gegenseitig. Wir haben uns gebraucht. Sie mich und ich sie. Vier Jahre habe ich mich um diese Frau gekümmert. Vier Jahre geputzt, eingekauft, den Haushalt erledigt, sie zu ihren Arztterminen begleitet. Dafür habe ich keinen richtigen Lohn erhalten, sondern einen Tausch, den ich damals als fair empfand, auch wenn er es rechtlich nicht war, wie mir meine Anwältin versichert hat.« Sie lächelte Lucy kurz zu und fuhr fort. »Im Gegenzug dazu durfte ich die Werkstatt ihres verstorbenen Mannes nutzen. Dieser Ort war vier Jahre lang mein Zuhause, mein Leben. In den vier Jahren, die ich Miriam Eisenhauer gepflegt und betreut habe, habe ich ihre Kinder nicht ein einziges Mal zu Gesicht bekommen. Wo waren sie? Zu Weihnachten eine Karte, zum Geburtstag einen Blumenstrauß. Das kann nicht sein, worum es in Familien geht. Aus meiner eigenen kann ich leider keine guten Erfahrungswerte diesbezüglich vorweisen. Das wissen Sie wohl schon von meinen Eltern. Aber ich habe jetzt eine Familie, eine, in der man füreinander da ist. Nicht wegen eines Deals, sondern von Herzen, aus Liebe. Ich war damals mehr Familie für diese Frau als ihre eigenen Kinder. Bis zu ihrem Tod habe ich Frau Eisenhauer gepflegt. *Ich* war für diese Frau da. Etwas, das eigentlich ihre Kinder hätten übernehmen müssen. Dass Blutsbande nicht verpflichten, ist mir mehr als klar geworden. Aber sich jetzt hier hinzustellen als betrogene, enterbte Kinder …« Mia holte Luft und bremste damit vorübergehend ihren Redefluss, sammelte sich kurz und fuhrt fort. »Es steht mir nicht zu, hierüber zu urteilen. Meine Anwältin rät mir dazu, auf einen Lohn zu klagen, der mir sicher zusteht. Ich habe entschieden, dass ich das nicht möchte. Es geht mir nicht ums Geld. Ich will einfach mein Leben in Frieden leben können. Die Werkstatt war vier Jahre mein Zuhause, ich hänge an ihr. Aber ich will lieber nichts von all dem bekommen, wenn es in solche Streitereien und Vorwürfe ausartet. Wenn ich im Tausch dazu meinen Frieden bekomme, dann verzichte ich auf dieses Erbe und ich verzichte auf die Gehaltsforderungen, das ist mir alles nicht wichtig genug. Ich muss es doch nicht antreten, Lucy, oder?« Mia suchte nach Unterstützung in Lucys Blick. Diese lächelte ihr sanft zu und schüttelte leicht den Kopf, als könnte sie nicht glauben, dass Mia das Ruder übernommen hatte, ganz ohne juristischen Sachverstand, aber mit dem, was sie fühlte, mit ihrer bestechenden Ehrlichkeit. Lucy dachte einen Moment nach, dann schickte sie Mia und Sam vor die Tür, bevor die gegnerischen Anwälte etwas antworten konnten.

»Ich habe eine Idee«, flüsterte sie Mia zuvor noch ins Ohr und nickte ihr beruhigend zu. Sam und Mia erhoben sich und verließen gemeinsam den Konferenzraum.

Als sich die schwere Tür hinter ihnen schloss, atmete Mia erleichtert aus.

»Bist du enttäuscht, weil ich klein beigegeben habe?«, fragte sie und sah zu Sam hoch. Der schüttelte den Kopf und schlang die Arme um sie.

»Ich bin unfassbar stolz auf dich. Und was du über Familie gesagt hast … Ich liebe dich, weißt du. Und meine Familie liebt dich ebenfalls.«

Lucy trat aus dem Konferenzsaal, ein siegessicheres Lächeln auf ihren Lippen. Sie nahm Mia am Arm und ging mit ihr ein paar Schritte zur Seite.

»Ich hatte mir eigentlich einen anderen Ausgang für den Konflikt erhofft, aber ich denke, er ist in deinem Sinne«, begann sie und Mia hing gebannt an ihren Lippen. »Als Anwältin hätte ich mir etwas gewünscht, das ich als gerechter empfunden hätte, aber letztendlich geht es dir nicht um den finanziellen Ausgleich der vier Jahre und das respektiere ich.«

»Sag schon, spann uns doch nicht so auf die Folter«, forderte Sam ungeduldig und hielt Mias Schultern in seinen Händen, als müsste er sich selbst daran festhalten.

»Wir haben uns geeinigt. Du bekommst deine Werkstatt, zumindest die Inhalte. Das heißt, den Brennofen, Material, Werkzeug, Drehscheiben et cetera. Es gibt eine Bestandsliste, falls du sie durchsehen möchtest. Dafür treten wir alle anderen Rechte ab, die wir möglicherweise hätten einklagen können, mit dem Haus und mit dem verweigerten Lohn. Sie lassen im Gegenzug alle Forderungen fallen. Als Anwältin hätte ich dir davon abgeraten, weil dir so viel mehr zusteht! Aber als Freundin, als so was wie deine Schwägerin, habe ich gehört, was du vorhin gesagt hast, und gebe dir recht. Du hast es verdient, endlich in Ruhe und Frieden ein neues Leben zu beginnen. Du hast genug gelitten und es wird Zeit, dass du diesen Teil deiner Vergangenheit hinter dir lassen kannst. Wenn du damit einverstanden bist, unterschreiben wir ein Schriftstück, das gerade aufgesetzt wird, eine Art Vorvereinbarung, ein Protokoll, und machen endlich einen Haken an diese Geschichte. Um die finalen Verträge kümmere ich mich dann in den kommenden Tagen. Was sagst du?«

Mia konnte nur sprachlos nicken. Das war die beste Lösung, die sie sich vorstellen konnte.

»Gut«, fasste Lucy zusammen. »Dann unterzeichnen wir das jetzt. Allerdings müssten wir umgehend eine Spedition auftreiben. Wir versichern mit der Unterschrift nämlich auch, dass wir die Werkstatt innerhalb von drei Tagen räumen.« Sie lachte und zuckte entschuldigend mit den Schultern. »Darum kann sich ja Sam schon mal kümmern, während wir den Papierkram erledigen. Nicht wahr, Brüderchen?«

Sam zückte direkt sein Handy und überließ die beiden Frauen dem Geschäftlichen, während er begann, herumzutelefonieren.

Lucy fuhr noch am späten Nachmittag zurück nach Hause. Mia und Sam blieben spontan über Nacht in Hamburg, um am nächsten Morgen mit der Spedition, die Sam aufgetrieben hatte, die Details der Lieferung zu besprechen. Lina hatte ihnen von zu Hause aus in dem Hotel, für dessen Kette sie früher gearbeitet hatte, ein Zimmer in der norddeutschen Dependance organisiert. Und was für eins! Die Luxussuite war weitaus größer als Mias Wohnung über der Feuerwache. Ehrfürchtig betrat Mia das riesige Zimmer mit Aussicht auf den im Dunkeln leuchtenden Hamburger Hafen. Es war das erste Mal, dass sie die Schönheit der Stadt unbelastet genießen konnte.

»Heilige …«, setzte sie zum Fluchen an, verstummte aber, weil keine Worte beschreiben konnten, was sie sah. Auch im Dunkeln waren die Krane aktiv und entluden riesige Containerschiffe, überall blinkte es hell, überall wurde emsig gearbeitet, der Schein der vielen Lampen tauchte den Hafen in ein goldenes Licht. Dann sah sie sich im Zimmer um, ihr Blick fiel auf das riesige Bett. Auf den ordentlich aufgeschüttelten Kopfkissen lagen zwei hübsch verpackte kleine Schokoladentafeln. Mit wenigen Schritten war sie dort, griff zu und drehte sich fragend zu Sam um.

»Darf man?«, wollte sie wissen und hob eines der Täfelchen hoch. Er lachte nickend.

»Ja, man darf.«

»Okay, ich brauche nämlich dringend etwas Süßes.« Sie lief um das Bett herum und schnappte sich auch das zweite Täfelchen, das auf dem anderen Kopfkissen lag.

»Sorry, wolltest du auch eines?«, fragte sie kauend. »Wenn ja, wäre das jetzt Pech. Da muss ich leider egoistisch sein.«

»Küss mich und ich verzeihe dir«, scherzte Sam. »Mir ist die Schokolade völlig egal, solange du so glücklich damit aussiehst.« Mia eilte zu ihm, sprang in seine Arme und küsste ihn stürmisch.

»Sollen wir essen gehen oder willst du hierbleiben?«, fragte er, als sie sich voneinander lösten. Mia trat ein paar Schritte zurück, stieß die Tür zum Badezimmer auf und warf einen Blick auf die eindrucksvolle Badewanne. Ihr Entschluss stand fest.

»Hierbleiben«, verkündete sie mit leuchtenden Augen. »Da passen wir zu zweit rein. Kommst du?« Schon schälte sie sich aus Blazer und Kleid. Sie warf beides schwungvoll Richtung Bett und ergriff Sams Hand. Kichernd zog sie ihn mit sich. Mit hungrigen Händen knöpfte sie sein Hemd auf und fuhr über den nackten Brustkorb. Sie fühlte sich um Tonnen leichter, gelöster, endlich wieder frei. Und das musste gefeiert werden.

Gemeinsam tauchten sie in das heiße Schaumbad ein. Mia lachte lauthals, als Sam versuchte, in der Wanne seine langen Beine zu ordnen. Endlich hatte er eine Position gefunden, die gemütlich war, und zog die zierliche Mia zu sich.

»Muss ich dir eine Badewanne in die Feuerwache bauen?«, wollte er wissen und seifte ihren Körper mit liebevollen Bewegungen ein. Sie seufzte wohlig.

»Ginge das etwa?«

»Bestimmt. Allerdings müsste sie mitten im Raum stehen, das Bad ist definitiv zu klein dafür. Wir können einen Cousin von mir fragen, er ist Installateur.«

»Natürlich hast du einen Cousin, der Installateur ist.« Wie hätte es anders sein können bei seiner Großfamilie?

»Das hier ist schon etwas anderes als das Gästehaus«, bemerkte Sam. Mia schüttelte den Kopf.

»Das Gästehaus ist trotzdem tausendmal schöner!«

Später verließen sie die große Wanne schweren Herzens, aber Mias Hunger wurde so drängend, dass sie es nicht länger aushielt. Sie wickelte sich in einen flauschigen, übergroßen Bademantel und setzte sich im Schneidersitz auf das Bett. Sam bestellte beim Zimmerservice Pizza, Eiscreme – denn ohne

Nachtisch wäre es unmöglich gewesen – und Getränke. Als alles geliefert wurde, stand auch ein Kübel mit einer Flasche Champagner auf dem Wagen.

»Herzlichen Glückwunsch zur Verlobung«, las Mia von der Karte ab, die dabei lag, und sah Sam mit großen Augen irritiert an. Er lachte und nahm ihr die Karte aus der Hand, um selbst zu lesen, was dort stand.

»Keine Panik. Das hat Lina ihrem ehemaligen Kollegen hier im Hotel erzählt, um die beste Suite zu bekommen«, erklärte er und öffnete fachmännisch die Flasche. Mit einem leisen Plopp ging der Korken ab und eine kleine Schwade strömte aus der Flasche. Es sprudelte, als Sam das elegante, teure Getränk einschenkte.

»Ich bin so euphorisch und gelöst, beinahe hätte ich gerade ›Ja‹ gesagt«, kicherte Mia und probierte einen Schluck von dem perligen Getränk.

»Gut zu wissen«, sagte Sam und prostete ihr zu, amüsiert über ihre rot werdenden Wangen.

Ein paar Tage später fuhr in dem kleinen süddeutschen Ort ein Sprinter aus Hamburg vor. Tom und Sam standen parat sowie ein paar von Sams kräftigen Cousins. Mit vereinten Kräften entluden sie den Sprinter und brachten die gelieferten Teile in die alte Feuerwache. Es hatte Mia ein Vermögen gekostet, die Spedition zu beauftragen, aber das war es ihr wert. Sie hatte jegliche finanzielle Unterstützung von Sam und Lucy abgelehnt. Das war etwas, das sie selbst erledigen musste. Dafür plünderte sie leichten Herzens ihr Sparschweinmarmeladenglas. Es machte sie so gut wie gar nicht nervös, ihr Erspartes auszugeben. Mit der Gewissheit, dass sie hierbleiben und das Glas bald wieder mit ihrem verdienten Geld füllen würde, fiel es ihr nicht schwer. Sie opferte ihr Vermögen, das sie durch die Töpferei und all ihre zahlreichen Jobs, von denen sie keinen freiwillig aufgeben wollte, aufgebaut hatte. Genau so wollte sie es haben, kunterbunt und vielfältig. In Zusammenarbeit mit diesen besonderen Frauen, mit ihren eigenen Schülern. Es war perfekt. Ihr Leben war perfekt!

Mia, Georgie, Lina und Vera beobachteten vom Straßenrand aus das Geschehen. Mia wurde emotional, als sie die geliebten Teile sah. Kiste um Kiste wurde reingetragen, dann der Brennofen und die Drehscheiben. Endlich hatte sie ihre eigene kleine Werkstatt in der Feuerwache. Sie konnte nun jederzeit, wenn sie Lust verspürte, töpfern, brauchte nur aus ihrer gemütlichen, winzigen Wohnung nach unten zu gehen und da war alles, was sie benötigte. Und wenn sie sich nach Liebe sehnte, würde sie wie bisher über die Straße laufen und Sam in der Polizeiwache küssen.

»Wow, ist das cool!«, rief Lina staunend aus. »Weißt du schon, was du als Erstes hier töpfern willst? Könnten wir eigentlich auch in deiner Werkstatt Töpferkurse als Wochenend-Workshops anbieten? Mir kam zu Ohren, wie erfolgreich deine Sommerkurse waren. Ich ahne ein lukratives Geschäft – Töpfern ist absolut angesagt. Und für den Spätherbst haben wir noch zwei, drei Wochenenden frei. Das kriege ich schon noch eingeplant und vorbereitet, wenn wir wollen.«

Mia nickte. Sie hatte auch schon daran gedacht. Die Wache lag näher am Café als die Schule und bot ausreichend Platz.

»Ich bin gedanklich schon bei der Weihnachtsplanung, ehrlich gesagt. Wir könnten kleine Anhänger in Herz- oder Sternform herstellen. Denkt ihr, das verkauft sich gut im Laden? Und ja, an Workshops hier in der Wache habe ich auch gedacht. Warum eigentlich nicht? Das wäre auch etwas, das wir für Kinder anbieten könnten. Meine Schüler haben jedenfalls so einen Spaß am Töpfern, das könnte auch außerhalb der Schule funktionieren. Zudem würde es unser Angebot super ergänzen.«

Georgie und Lina sahen sich hinter Mias Rücken an und zwinkerten sich zu.

»Das sind alles hervorragende Ideen. Getöpferte Weihnachtsdeko – großartig, Mia! Du bist echt genauso infiziert wie wir, immer das Geschäft im Sinn.«

»Natürlich. Dieses Geschäft hat mich gerettet! Ich hatte so ein Glück, ausgerechnet bei euch zu landen. Und dieses Glück gebe ich nie wieder aus den Händen!«, entgegnete Mia und stimmte in ihr Lachen ein. Vera griff nach Mias Händen.

»Und wir dich nicht, Mia-Mädchen.«

Epilog

Es war Juli und Sams Familie feierte ihr übliches Großfamilienfest im Garten seiner Mutter. Mia hatte von sich aus angeboten, Nachtisch mitzubringen, und mit Unterstützung von Vera vier Blechkuchen mit Obst gebacken, für die Kinder sollte es Eis geben. Sam musste drei Mal laufen, um alles vom Auto in den Garten zu bringen. Diese Aufgabe hatte Mia ihm überlassen und sich damit herausgeredet, dass sie mit Lucy plaudern wollte. In Wahrheit war ihr schon wieder leicht übel. Sie hatte eigentlich gehofft, dass das nach ein paar Wochen aufhörte, aber es hielt sich hartnäckig. Immerhin überkam die Morgenübelkeit sie auch tatsächlich nur morgens und ließ über den Vormittag dann wieder nach. Sam wusste noch nichts von seinen baldigen Vaterfreuden. Sie selbst hatte es erst vor Kurzem festgestellt und laut ihrem Arzt war sie schon im dritten Monat. Heute Abend wollte sie es Sam sagen. In den vergangenen Tagen hatte er rund um die Uhr gearbeitet, aber heute hatte er endlich frei. Das war die Gelegenheit, auf die sie gewartet hatte. Unauffällig strich sie sich über den erst leicht gewölbten Bauch. Noch konnte man glauben, sie habe einfach zu viele Süßigkeiten gegessen und das war schließlich nicht unwahrscheinlich bei ihr. Mia grinste. Aber bald würde dieser flache Bauch enorm herausstehen und sie freute sich schon darauf. Auf alles. Auf wirklich alles, was da noch kommen würde. Sie war gespannt, wie Sam auf die Nachricht, dass er Vater werden würde, reagierte.

Mia grüßte Sams Verwandtschaft, plauderte mit denen, die sie schon besser kannte, lächelte anderen, deren Namen sie noch immer nicht draufhatte, zaghaft zu. Oskar wich ihr seit Tagen nicht von der Seite, der Vierbeiner ahnte vermutlich, dass sie besonderen Schutz benötigte. Liebevoll tätschelte sie seinen großen Kopf und drehte sich erstaunt um, als ihr Begleiter aufgeregt bellte. Sam war auf einen Holztisch geklettert und alle verstummten nach und nach, sahen überrascht zu ihm auf. Was tat er da? Er stand mitten zwischen Serviettenstapeln, Gewürzen, Karaffen mit Eiswasser und mit hübschen Blumen gefüllten Vasen.

»Mia«, rief er laut und sie trat langsam näher, bahnte sich ihren Weg durch die Menge zu ihm. »Mia«, wiederholte er und lächelte sie vom Tisch aus an. »Du hast mich mal gefragt, wie viele wir sind. Ich habe endlich nachgezählt. Du siehst hier neunundachtzig Mitglieder des Förster-Clans. Neunundachtzig Personen, die dich lieben. Vor allem ich. Immerhin stehe ich auf einem Tisch.« Alle lachten, sein Bruder Leo johlte und pfiff auf vier Fingern. Linda und ihre Schwestern räumten mit wenigen Handgriffen den Tisch um Sam frei, damit nichts zu Bruch ging.

»Geliebte Mia. Willst du vielleicht Nummer neunzig in meinem Clan werden? Heiratest du mich? Mich und meine ganze Familie?«, fragte er, breitete dabei die Arme aus und zeigte auf die versammelte Mannschaft. Seine Familie klatschte, jubelte und gab überraschte Ausrufe der Freude von sich. Mias Herz schlug wie verrückt und das Blut schoss ihr in die Wangen.

Tränen standen in ihren Augen, als sie nickte und Sam anlächelte. Leo packte sie an der Hüfte und hob sie kurzerhand auf den Tisch zu Sam. Sie holte überrascht Luft.

»Man sieht dich Zwerg sonst nicht. Sag was!«, forderte Leo seine zukünftige Schwägerin auf. Sam ergriff Mias Hand, als sie sich schüchtern an ihn drückte.

»Was hat sie gesagt?«, rief einer seiner Onkel von weiter hinten im Garten. Alle lachten über seine Ungeduld, warteten aber mindestens genauso gebannt auf Mias Antwort.

»Was sagst du?«, fragte Sam sie leise und sie sahen sich einen langen Moment in die Augen. Mia nickte.

»Ich sage natürlich ›Ja‹«, rief sie dann laut aus und Sam schlang die Arme um sie. Er hob sie ein paar Zentimeter hoch und küsste sie. Der Beifall war ohrenbetäubend. Dazu sprang Oskar laut bellend um den Tisch herum. Er verstand das Spiel nicht, aber alle schienen Spaß zu haben und für Spaß war er immer zu haben. Sam half Mia vom Tisch hinunter und streckte auffordernd eine Hand zur Seite, Leo warf ihm ein Stück Stoff zu. Sam fing es, faltete es auseinander und zeigte Mia das Trikot des Fußballteams ihrer Mannschaft. Auf dem Rücken war die Nummer 90 aufgedruckt und darüber stand in riesigen Buchstaben »Förster«.

»Ich hoffe, du nimmst unseren Familiennamen an. Aber wenn du deinen behalten möchtest, geht das klar. Dann bekommst du ein neues Trikot«, versprach er und sie zog sich das Shirt über den Kopf. Sie küsste ihn zärtlich und flüsterte dann:

»Ich möchte unbedingt Mia Förster sein. Du musst allerdings zwei weitere Trikots besorgen. In Babygröße, falls es das gibt.«

Sam packte sie bei den Schultern und riss fassungslos die Augen auf. Tränen schimmerten darin, als er ungläubig fragte, ob es das bedeute, was er gerade verstanden haben wollte. Mia bejahte und nahm sein Gesicht in ihre Hände.

»Du wirst Papa. Gleich doppelt – wir bekommen nämlich Zwillinge in ungefähr einem halben Jahr.«

Sam sank sprachlos auf die Knie und umschlang ihren Bauch. Er presste sein Gesicht dagegen und schüttelte immer wieder den Kopf. Mia lachte und strich ihm liebevoll über den Kopf.

»Na los, sag es allen«, forderte sie ihn auf. Sie wusste, dass er es mit seiner – ihrer – Familie teilen wollte. Die sahen sowieso schon ganz irritiert über ihre Gesten aus. Sam erhob sich und küsste sie innig. Dann brüllte er: »Sie hat nicht nur ›Ja‹ gesagt. Wir werden auch noch Eltern. Von Zwillingen!«

Mia konnte den Freudentaumel seiner Familie kaum verarbeiten. Leo packte sich Mia als Erster und küsste sie überschwänglich, danach gratulierten Lucy und Sams Mutter Linda, die ihre Freudentränen einfach laufen ließ.

»Willkommen in unserer Familie, Mia. Ich freue mich für euch«, gratulierte sie und drückte Mia vorsichtig an sich. »Und für mich. Ich bin so gern Oma!«

Ab da verlor Mia den Überblick über die Glückwünsche. Sam und sie wurden durchgereicht, damit alle gratulieren konnten. Nach kürzester Zeit brummte ihr der Kopf. Zum Glück waren sie irgendwann bei der Nummer 88 angekommen, hatten alle geherzt, alle Hände geschüttelt und konnten durchatmen.

»Ich glaube, ich bin der glücklichste Mann der Welt, Mia«, meinte Sam später, als sie endlich ein bisschen Ruhe hatten und auf der Hollywoodschaukel saßen. Oskar lag erschöpft zu ihren Füßen. Die ganze Aufregung war zu viel gewesen für ihn. Außerdem hatte er unbemerkt Bratwürste vom Büfett stibitzt und sich damit den Bauch vollgeschlagen. Jetzt schnarchte er leise zu Füßen seiner beiden Menschen.

Sam streichelte ehrfürchtig Mias Bauch.

»Das ist gut. Weil ich vermutlich die glücklichste Frau der Welt bin und das passt dann ja«, entgegnete Mia und verschränkte ihre Hand mit seiner.

Danksagung

Danke.

An Martin. Ich wollte immer eine große Familie haben, egal aus welchen Puzzleteilen zusammengesetzt. Deinetwegen bin ich umgeben von einer wilden Horde – Jungs, Hund, Kater. Ich lieb's. Was für ein Abenteuer!

An meine Familie. Ich hab schon richtig Glück mit euch.

An meine Freund:innen. Mit euch ist alles möglich.

An Sonja. Dank dir ist plötzlich aus dem Nichts heraus die Idee entstanden, den Roman mit einer Keramikerin zu besetzen.

An die Diele42 in Celle, hier entstand dieser Roman während einer Pandemie bei Kuchen und Kola.

An meine Agentin Nina und ihr Team, Nicole vom Verlag und Lektorin Claudia.

Vielen, vielen Dank auch an meine Leser:innen.

Freddy Hansmann

Printed in Poland
by Amazon Fulfillment
Poland Sp. z o.o., Wrocław

13642391R00171